虚构 短篇

XU GOU

重建中文之美

百花洲 杂志社 选编

百花洲文艺出版社
BAIHUAZHOU LITERATURE AND ART PRESS

《重建中文之美》丛书
编委会：

主编：姚雪雪
编委：胡青松　游灵通　朱　强
　　　赵　霞　张诗思

目 录

contents

两个研究生

晓　苏

1

我写的这两个研究生，一个是我指导的，还有一个也是我指导的。我把他们这样分开说，是借鉴了鲁迅先生的手法，他在《秋夜》中写两株枣树时是这么写的："一株是枣树，还有一株也是枣树。"我们这些所谓的学者，无论说话还是写文章，都喜欢引经据典，注明出处，罗列一长串参考文献，以此显示自己有学问，同时吓唬那些没读过书的人。

这两个研究生虽说都是我指导的，但指导时间的先后却有所不同，一个从一开始就是我指导的，还有一个是中途转过来由我指导的。这个时间之差非常重要，它的作用和意义在后面的文章中将逐步显现出来。

两个研究生还有一点不同，那就是他们的性别不一样，一个是男的，还有一个是女的。这一点构成了他们的资源区别。如果他们两个都是男的，或者都是女的，那我这个文本就无法构建了。

那个男的姓水，叫水向东；那个女的姓蓝，叫蓝天。中国人取名字，大都是有个来龙去脉，我想这两个研究生的名字也不会例外，因为它们让我轻而易举就想到了从前读过的两部长篇小说，一部是《水向东流》，一部是《蓝天志》。如果要去考证的话，我断定给他们取名字的人肯定受过上述两部作品的影响。

水向东和蓝天是在一年以前同时考到我们这所大学攻读硕士学位的。一说到硕士，我就忍不住要说上几句题外话，千万不要觉得考上硕士有多么了不起，就是考上了博士，那也没什么了不起的！说句不该说的话，现在考硕士和考博士，比当年考初中考高中还要容易。硕士和博士的水平也差，比解放初期的初中生和高中生强不了多少。当然不是指所有的，也有少数是货真价实的。

他们两个人都学比较文学。说到比较文学这个词儿，我就感到莫名其妙，虽说我是吃比较文学这碗饭的，但我至今也没搞明白比较文学是个什么文学。说古代文学和现代文学，说中国文学和外国文学，这些都还说得过去，可比较文学究竟是个什么玩意儿呢？我想，最先提出这个概念的人恐怕也说不清楚。不过这也没有什么值得奇怪的，眼下提倡标新立异，谁头脑发热了，谁心血来潮了，谁神经出毛病了，都可以创建一门学科，然后吆五喝六，出人头地，争名夺利。

所幸的是，这两个研究生，无论是水向东，还是蓝天，都天生聪明、脑袋灵光、智力非凡、悟性超人。他们在很多领域都能无师自通，曲径通幽，左右逢源。我经常感到自己指导他们有点儿力不从心。从某些方面来说，他们的知识和能力已经远远地超过我了，简直可以反过来对我进行指导，我应该拜他们为师才是。不过，对此我一点儿也不觉得惭愧，唐宋八大家之一的韩愈在他的《师说》中早就说过："弟子不必不如师，师不必贤于弟子。"还有一个叫荀子的，他在《劝学》中说："青出于蓝，而胜于蓝。"这个比喻用在我和这两个研究生身上真是再贴切不过了。

2

按照学校研究生院出台的新规定，硕士研究生进校伊始是不指派导师的，学习半年以后才选择导师。当然导师也可以在学生选择的基础上选择学生。我说上面这段话的意思是，水向东和蓝天刚进校那几个月，我谁也没有指导，他们那会儿跟我没有任何关系。

不过，蓝天一进校我就注意到了她，她脸蛋漂亮，身材苗条，打扮得特别时尚，在新一届研究生中显得鹤立鸡群。说出来有点儿不好意思，第一眼见到蓝天，我就想当她的导师了。我这个人喜欢实话实说，像蓝天这么出众的女孩子，哪位男老师不想指导她呢？

令人遗憾的是，蓝天后来却没有选择我，她在意向书上填了我们教研室的巩竹副教授。得到这个不幸的消息，我一下子傻了眼，两颗眼珠像两枚牛黄上清丸卡在眼眶里半天动不了。这个结果是我没想到的，其实我在这之前对蓝天是有过暗示的。有一次在教学楼门口碰见蓝天，我拦住她打了一个精彩的比喻。我先问蓝天，你猜我见到你的第一眼是什么感觉？蓝天自信地说，亭亭玉立，国色天香？我摇摇头说，不对，就像一个非常饥渴的旅行者突然在沙漠上看见了一个水淋淋的苹果！蓝天对我这个修辞很欣赏，当场就伸出一个大拇指夸我说，你太有才了！我知道蓝天这话不是原创，她是借用了宋丹丹和赵本山的小品台词。

听说蓝天选择巩竹当导师后，我感到无比沮丧。一连好几天，我都失眉吊眼，无精打采，像吃了过期的泡菜，心里酸溜溜的。更加严重的是，我居然饭也吃不香，觉也睡不好，几天时间瘦了好几斤。

水向东说起来是个其貌不扬的人，矮小，干瘦，长得尖嘴猴腮，考研的成绩排名也不靠前，所以我当初压根儿就没想过要指导他。然而，水向东却是一开始就选择了我，并且态度十分明确。本来每个学生都可以在意向书上填两个老师，一个作为备选，但水向东却在两个格子里都填着我的名字，很有一点儿非我不选的意思。这让我多少有点儿感动。正因为如此，虽然这之前我没考虑过他，但我还是毫不犹豫地当了他的导师。

确定导师的当天晚上，水向东马上请我吃了一餐饭。现在的大学里非常庸俗，请客吃饭的事情经常发生。很多老师根本没空也没心思读书或者写作，差不多每天都有饭局，吃得满嘴流油，喝得滔气熏天。水向东那天请我吃饭，我们却四处找不到饭馆，学校周围稍微好一点儿的地方都被人坐了。因为那天分导师，明确了导师的研究生都想及时与导师沟通一下，而吃饭喝酒无疑是最好的沟通方式。那天我和水向东从下午五点就开始找餐馆，直到华灯初上的时候才在离学校很远的地方找到了一家小酒店。

因为那天心情不好，我就多喝了几杯，想用酒精麻痹一下自己。我一喝就喝得有点儿醉了。后来，我大着舌头问水向东，你为什么要选择我做你的导师？水向东说，因为您有学问呢！我知道水向东是在拍我的马屁，所以一点儿也不激动。我喝一口酒继续问，你怎么知道我有学问？水向东红了一下脸说，因为您是博士生导师呢！我一听禁不住哈哈大笑起来，把眼泪都笑出来了。笑完后我又问，难道博士生导师就有学问吗？水向东很机智，他这时反过来问我，没有学问怎么会当博导呢？

我一下子被水向东问住了，目瞪口呆，面红耳赤，两眼翻白，像一条死鱼。我为什么会出现这么一副表情？因为我心虚了。我为什么会心虚呢？因为我这个博导是水货！水货是武汉方言，指那些假冒伪劣商品。

凭良心说，我是不能评博导的，虽然发过一些论文，但那些论文没有一篇是我的独创，大都是东拼西凑起来的。我也出版过一部专著，但说起来要笑掉大牙，全书共十八万字，直接引用了六万多字，所谓直接引用，就是在书中打了引号的。没有打引号的叫间接引用，我在书中间接引用了差不多八万字。书前书后还有序跋和内容提要，另外还有十二页的参考文献，这几样加起来少说也有两万字。这么一算，我在那部专著中实际上只写了两万字。评博导还必须要有研究课题，课题我也有一个，是我托关系从上面弄下来的。上面拨下来的科研经费实际上是我自己送上去的，上面从中收了一点儿手续费。

那么，像我这种水平的人怎么会评上博导呢？说起来这中间还有一个不为人知的秘密。我们学校的一位领导，他的儿子想读博士，可是基础太差，没有一个博导愿意招他，恰巧我在这个时候去找了那位领导，请他帮我弄个博导当当。那位领导就说，如果他帮我弄上了博导，那我必须第一个招他的儿子。我这个人没什么立场和原则，当场就拍着胸脯答应了那位领导，于是就这样不费吹灰之力地当上了博士生导师。

刚当上博导那阵子，我还感到不好意思，看见人脸红，心里忐忑不安。但没过几天我就心安理得了，因为我发现像我这种水货博导多得是。实事求是地说，在我们学校一百多位博导中，名副其实的只有十几个人，其余的跟我一样，几乎都是水货，用武汉的另一个方言说，全都是些鬼打架！

3

　　蓝天当初选择巩竹指导她，我虽然感到很失望，但还是能够理解她的。巩竹在我们比较文学教研室最年轻，人又长得帅，所以女研究生们都愿意让他指导。而我呢，快奔五十的人了，头发又掉得早，眼下已经没有几根了，单从形象上来看，显然没法与巩竹相比。况且现在的女孩子，眼睛只认得帅哥，大都是以貌取人的。

　　然而，安排导师不到半年时间，令人奇怪的事情发生了。蓝天有一天碰到我，突然对我挤眉弄眼地说，她想转到我的名下来，让我当她的导师。我开始以为蓝天在拿我开心，所以没往心里去。如今的女孩子太会讨好男人了，见了面后嫣然一笑，或小嘴儿一张，一下子就能把男人们逗得心花怒放，喜上眉梢，得意忘形。我年纪大了，又在这方面吃过亏，所以遇到嘴甜的女孩子就特别小心。我当时对蓝天说，你不要和我开玩笑，有些玩笑是不能随便开的。蓝天突然认真地对我说，我不是开玩笑，我说的是真心话。蓝天这么一说，我有点儿当真了，心里忍不住一阵惊喜。那天蓝天与我是不期而遇的，她好像还有什么急事等着去办。她对我说，过几天我请你吃饭吧，到时我再跟你细谈。蓝天走后，我一个人站在那里半天没动，有一种太阳从西边出来的感觉。

　　过了一天，我在文学院学术报告厅为文学专业的研究生搞了一场专题讲座。所谓讲座，其实与平时讲课的内容也差不多，说白了都是跟学生们吹牛，只不过是阵势摆得大一些，讲前到处贴海报，闹得水响，讲后还有人写新闻稿子往校园网上贴，讲的时候召集很多不三不四的人来听，让他们一边听一边鼓掌。平心而论，这种讲座十场有九场都没什么价值，但领导们喜欢，他们觉得这么一讲就营造出了浓郁的学术气氛。

　　那天我的讲座结束后，听众们一下子就作鸟兽散了。我讲得不好，东扯西拉，胡说八道，炒的又全是现饭，他们早就坐不住了。等我收拾好讲稿走下讲台时，报告厅里只剩下了两个人，一个是水向东，另一个是蓝天。

　　水向东留下来等我是我意料之中的事，自从做了我的学生，他总是像影子一样伴我左右，帮我提包，为我端茶，给我拿衣服，有时候还搀扶我一把，既像我的服务员，又像我的保镖。但我不知道蓝天留下来干什么，难道她真要请我吃饭不成？

蓝天看上去刻意打扮了一番。以前她的头发是扎在脑后的，现在披下来了，烫得弯弯曲曲的，像一团乌云拥在脖子里，显得更加成熟和性感。我一走下讲台，蓝天就朝我跑了过来。她显得很激动，老远就伸出一只手，好像要和我握。但我们没握成，我正要把手伸出去，蓝天注意到了我身边的水向东，于是把手缩回去了。这让我觉得很扫兴。

蓝天果然是要请我去吃饭，她说地方都订好了。得到这个邀请，按说我会欣喜若狂，二话不说就要跟蓝天去餐馆。但事实却恰恰相反，我还没来得及高兴就锁紧了眉头，脸上愁云密布。原因是，我夫人把我管得太紧，用一句形象的话说，她恨不得一天到晚把我拴在她的裤腰带上。她是从来不允许我和女学生单独出去吃饭的，害怕我像我的许多同事那样搞师生恋。加上我这个人又不像个男子汉，还有点儿惧内，一向有贼心没贼胆，因此常常感到苦恼不堪。

水向东倒是很会察言观色，他一下子就看出我的难处来了。这小子敏感，跟我时间虽然不长，但已经知道了我怕老婆。水向东这时用试探的口气问我，要不要我给师母请假？我马上问，怎么请假？水向东微微一笑说，就说我要请导师给我看一篇论文，然后顺便请导师吃个午饭。我一听就眉开眼笑了，连忙点头说，这主意不错！水向东很快用手机打通了我家里的座机，我夫人听说是水向东请我吃饭，想都没想就答应了。水向东还挺会讨人喜欢的。临挂电话的时候，他还假惺惺地邀请师母出来共进午餐。我夫人肯定是不会出来的，水向东心里对此清楚得很。

要说起来，我就是从那一天开始喜欢水向东的。他太善解人意了，这样的人你想不喜欢都不行。水向东和我夫人的通话一结束，我马上就拍着他的肩膀说，谢谢你呀，向东！在那之前，我叫他一直都是三个字，突然减成两个字，他一时还没反应过来。愣了好半天，水向东终于知道我是在喊他。他一下子高兴坏了，显出一副受宠若惊的样子。

那天从报告厅出来时，我和蓝天走在前面，水向东紧跟在我们的屁股后头。走出报告厅后，蓝天突然停下来，回头看着水向东问，要不你跟我们一起去？水向东一开始有可能想和我们一起去的，可蓝天这么一邀请，他反而不好意思去了。水向东的脸马上红了一下，然后就借故朝一边走了。

其实我心里也不希望水向东和我们同行，但我城府很深，没让两个研究生看出来。水向东刚走开，我就用埋怨的口气对蓝天说，你应该让他和我们一起去的！我的声音很大，水向东听见后还回头看了我一眼。蓝天小声对我说，人家想单独请你嘛！有个外人在一起，说起话来多不方便啊！听蓝天这么一说，我心里顿时乐开了花。

蓝天把我带到了学校东门外一家名叫青橘子的餐馆。她订的是一个小包房，墙纸和窗帘都是粉红色的，我一进去就感觉到了一种浪漫的情调。蓝天点了一瓶红酒，喝到第二杯时，她突然提到了换导师的事。蓝天扬起头问我，你同意吗？我苦笑一下说，这可不是我一个人说了算的，光我同意有什么用？首先必须要巩竹同意才行。

蓝天这时把头一歪，调皮地看着我说，如果巩老师同意呢？我没有马上回答她，觉得她刚才的话说得很幼稚。在我们大学里，如果把导师比作庄稼汉，那研究生就是庄稼地，庄稼汉当然是希望庄稼地越多越好，庄稼地越多，产量就越高，收入就越大。因此，庄稼汉们往往都是拼命地争庄稼地，有的还争得面红耳赤，甚至反目成仇。所以，巩竹怎么会愿意把蓝天这块儿已经到手的庄稼地再拱手送给我呢？况且这块儿庄稼地又是这么的肥沃。我于是非常肯定地对蓝天说，巩竹是不可能同意把你转给我的。

蓝天突然把头从一边歪向另一边，对我挤了一下眼睛问，要是巩老师同意了怎么办？我脱口而出说，他如果同意了，我明天就收下你！蓝天马上朝我伸出一只手来，摆出要和我击掌的架势说，一言为定！我也朝她伸过一只手去，说，一言为定！话音未落，我们的手掌啪地响了一声。击掌之后，蓝天猛地站了起来，一字一字地对我说，告诉你吧，巩竹已经同意了！我一下子呆住了，不知道是惊喜还是惊奇，也许兼而有之吧。

我们接下来一连喝了好几杯酒。开始我还有点儿放不开，酒一喝多我的胆子就大了起来。蓝天一边与我碰杯一边说，明天就办手续吧。我伸手在她肩上拍了一下说，好的，从明天开始你就归我了！过了一会儿，我突然想起了什么，放下酒杯严肃地问，你为什么要换导师？蓝天怔了一下，然后低下头说，巩竹品德不好，他好几次都想对我非礼！

蓝天一说完就抬起头看我，她以为我听了她的话会大吃一惊，但我没有，我显得非常冷静。像巩竹这种人，在我们大学里太多太多了，我已经见多不怪。严格说起来，我自己就是这种人。说一句难听的话，我和巩竹其实是一丘之貉。

那天我真不该盘问蓝天离开巩竹的原因，因为她一说出来我就再没兴致和她往下喝酒了。本来我想和蓝天一边喝酒一边动手动脚的，她那么一说，我怎么还好意思在她身上动手动脚呢？接下来我一点喝酒的欲望也没有了，过了一会儿我们便离开了那个叫青橘子的餐馆。

在餐馆门口与蓝天分手时，我张开嘴巴想对她说一句话，可我张了半天嘴却没能把话说出来。我想对她说天下乌鸦一般黑，但我话到了嘴边又吞回去了。

4

水向东很快就知道了蓝天换导师的事，他显得很不高兴，一连好多天都闷闷不乐、郁郁寡欢、委靡不振，见到我再不像过去那样点头哈腰、问寒问暖、毕恭毕敬，只是有气无力地喊我一声，然后就无话可说了。不过我能够理解他的心情，也能够原谅他的这种情绪。这好比一个孩子，一天他的父母突然又领回来一个孩子，那他心里肯定会感到不好受的。

为了让水向东尽快振作起来，我决定找他谈一次话。一次课后，我把水向东留在了教研室。谈话进行之前，我亲自给他倒了一杯水。我们的谈话是以问答的形式开始的。我问，你最近怎么有点儿不开心？水向东想了一会儿说，早知道她是为了换导师请你吃饭，我当时真不该在师母那里给你请假！我说，哎呀，原来你是因为蓝天才不开心的呀！水向东不说话了，迅速把头扭向一边，看样子还有满肚子的气。

接下来我想把蓝天换导师的原因告诉水向东，心想他知道后可能会同情蓝天，进而理解她。我说，蓝天有她的苦衷，你知道吗？水向东说，她要风得风要雨得雨，能有什么苦衷？我压低声音说，她原来的导师对她心怀不轨，她是迫不得已才转到我这里来的！水向东沉默了一会儿说，母鸡不叫，公鸡不跳！他说的是他家乡流行的一句俚语，虽然粗俗但很形象。我听了忍不住笑了一下。笑是可以传染的，水向东听见我笑，他自己也忍不住笑了一下。水向东这么一笑，心情一下子就好多了。

大约过了半个月，北京来了一位刊物主编，我请他去学校南门的养生堂沐足。沐足是我们这些学者的说法，老百姓称之为洗脚。因为洗脚听起来太俗气，太下里巴人，太没有学术性，所以我们使用了沐足这个命名，沐足听起来就高雅多了，就有点儿阳春白雪的味道了，就带有了一定的学术色彩。其实生活中的很多事物，我们学者与老百姓的说法都是不一样的，比如老百姓说的吃饭，我们称为用膳；老百姓说的屙屎，我们称为如厕。我们为什么要与他们说法不同呢？因为我们是读过书的人，是知识分子，是学者。

刚沐完一只脚，水向东打响了我的手机。我一看是水向东的，就没接。因为身边的主编正在闭目养神，我怕接电话惊动了他。他是一位核心期刊的主编，求他发文章的人都得想方设法巴结他。所谓核心期刊，也就是主办单位级别高一些，办刊人员资历深一些，财政拨款数目大一些，其他方面与普通期刊也差不多，文章质量也好不到哪里去，有的甚至还不如普通刊物。但"核心"两个字吃香，我们这些学者每年都必须在核心期刊上发一两篇，否则年终考评就不合格，就拿不到奖金。有时候我们为了在核心期刊上发文章，还要给刊物交版面费呢。所以，我们一旦遇到核心期刊的主编，就要不顾一切地讨好他。

第二只脚刚沐到一半，水向东又把我的手机打响了。本来我还是不想接的，但主编很宽厚，他说你接吧，也许找你有急事。我就对主编说，对不起，那我就接了。水向东果然说有重要的事情告诉我，我问什么事，他说电话中说不清楚，要当面跟我讲，我说那你就来养生堂找我吧。

水向东十分钟不到就打的来到了养生堂，我走出包房，到一楼大厅与他会面。水向东把我拉到一个角落里，有点儿神秘地对我说，蓝天换导师并非是为了躲开巩竹，有人看到她前两天还和巩竹一起逛街呢，手挽手，亲热得不得了！我马上问，那她为什么要转到我名下来？水向东咬着我的耳朵说，她是要读完硕士后接着考你的博士！我问，你是怎么知道的？水向东说，与蓝天同寝室的一个研究生一个小时前告诉我的，我一听说就给你打电话了。

我沉吟了一会儿问，她想考我的博士有什么不对的吗？水向东的脸一下子白了，迟疑片刻后说，其实我也是想读完硕士接着考你的博士的，当初我选你做导师时就有了这个打算。我说，你想考我的博士，这想法也不错嘛，我欢迎你和蓝天都考！水向东突然睁大眼睛说，但你不可能一次从你的学生中招两个啊！

水向东这么一说，我终于明白了他焦急的原因。是的，我每年最多只招两个博士，但不可能都从自己的硕士生中产生。蓝天一到我名下，显然与水向东构成了一种竞争态势，所以他感到焦虑不安了。沉默了一阵，水向东突然用眼睛直直地望着我说，既然蓝天欺骗了你，我建议你把她退回给巩竹！

我愣了一下说，这恐怕不好吧。我这话刚一出口，水向东本来就矮的身材立刻又矮了一截。

5

没过多久，蓝天便正式找我谈到了考博士的事。她是在教研室里找到我的，那天星期六，家里来了几个夫人娘家的人，我就躲到教研室里看看书。刚看了一页，蓝天来了。她耳朵上塞着耳机，我以为她是听音乐，一问才知道她听的是外语，一个小巧的录放机装在上衣口袋里。她说她的外语一直不好，历次考试都是外语拖了后腿。我突然想起她考硕士的外语分数也没达到要求，最后是找了好多关系才破格录取的。

蓝天在我对面坐下来，刚一坐下就说她已决定报考我的博士，希望我能给她开一个书单，最好划定一个复习范围。我开始没有认真地理睬她，想到水向东说起她跟巩竹一道逛街，我心里多少有点儿不舒服。过了一会儿，我无意之中抬起一只手在肩头敲了两下。蓝天马上问，你的肩怎么啦？我说，好像颈椎病发了，又酸又痛。蓝天说，我帮你按摩一下。她说着就绕到了我身后，很快用她的两只手捏住了我的肩。我顿时激动不已，一种麻酥酥的感觉一下子从肩头传遍全身。

我闭着眼睛享受着蓝天的按摩。按了一会儿，我突然又想到了水向东的话，就问，听说你前不久和巩竹一道逛街了？蓝天的手陡然颤了一下，然后说，没有的事，肯定是水向东在造我的谣！我一愣问，他为什么要造你的谣？蓝天迟疑了一会儿说，他想追我，我不同意，所以他就千方百计想坏我的名声！蓝天说着，双手在我肩上就更加用劲了。

后来，蓝天又把话题转到了考博上面。她用比棉花还要温柔的声音说，你给我推荐两本书看吧！我犹豫了一下，就给她说了两本必考的书。蓝天却得寸进尺，进而用撒娇的声音央求我说，这么厚两本书，我哪里看得完呀！你干脆给我点几个题目吧！她说这话时嘴巴几乎挨着我的耳朵了，一股温热的气流直往我的耳根上扑，让我耳热心跳。到了这个地步，我只好乖乖地答应蓝天的要求，一股脑把我打算出的五个题目都告诉给她了。

按了大半个钟头，蓝天的手停了下来。好累啊！她说。我这时灵机一动说，那我来给你按一下吧！我说着就站起身来，马上张开两只手朝蓝天身上伸。但蓝天快步走开了，她对我狡黠地一笑说，今天不麻烦你了，等有了合适的时间和地点，我请你给我按全身！我似乎听出了蓝天的话外之音，她显然在给我暗示什么。我顿时激动得不行，口齿不清地说，你可得说话算话呀！

时间过得真快，一晃就到了上交试题的时候。交题的头天晚上，我在家里刚把题目弄好，水向东给我打了一个电话。他打的是座机，我夫人先接了电话，然后说水向东找我。我接过电话，水向东说有急事找我，要我赶快下楼一趟。我还没来得及问什么事，水向东就把电话挂了。没有办法，我只好迅速下楼。

水向东站在小区的花坛边等我。这晚没有月亮，水向东在昏黄的路灯下半明半暗，看上去人不像人鬼不像鬼。我问他有什么急事，他说马上就要考博了，希望我给他辅导一下，最好透露几个题目。我一口拒绝了他的要求，说这是违纪的，到时候会吃不了兜着走。水向东听我这么说显得很失望，扭头就走了。

水向东刚走出小区，我口袋里的手机突然响了。我一接听，竟是蓝天打给我的。她说她为了复习考博特地在学校西门外的樱花酒店包了一间房，希望我去坐坐，还说复习了一整天浑身酸痛，非常想请我给她按摩按摩。我开始没打算去的，一听说请我按摩，我就动心了，马上在小区门口拦一辆出租车去了樱花酒店。

蓝天那晚是穿着睡衣给我开的门，我一进去她就随手把门关上了。她包的是一个单间，一张双人床醒目地支在靠窗的地方。我刚进去就提出给蓝天按摩，显得迫不及待。蓝天马上趴到了床上，四肢尽情地张开，像一只放大的青蛙。我一步跨到床边，人没站稳就把两只手飞快地朝她伸了过去，好像慢一点儿那只青蛙就会跑掉。

开始一阵子，我尽力控制住自己，一边按一边告诉蓝天那五个题目都在试卷上。后来我就控制不住自己了，心跳得怦怦响，一只手不知不觉伸进了蓝天的睡衣。我撒开五指在她光滑的背部游走，不一会儿就触摸到了她文胸的后扣。我正要解扣，蓝天突然说，别慌！我吓了一跳问，怎么啦？蓝天这时从枕头下抽出一张写过字的白纸递给我，用这套题好吗？我慌忙扫了一眼，竟是一套完整的考博试题。我奇怪地问，谁命的题？蓝天说，我命的，你要答应用这一套，我就让你解文胸。我有点不解地问，为什么要用这一套？我不是把要考的五个题都告诉你了吗？蓝天说，你说的那几个题目不好答。

当时我真是矛盾极了，那只伸进睡衣的手不知道是抽出来好还是继续放在里面好。大约犹豫了两分钟，我一咬牙说，那好吧！话音未落，我就把她文胸的后扣解开了。接下来我的那只手就流星似的滑到了她的胸前，一把捏住了一只像香柚般饱满的乳房。

就在这个节骨眼儿上，有人在门外喊了蓝天一声。声音听起来很耳熟，但我一时想不起是谁的。蓝天突然从床上坐起来，有点儿惊恐地问，有事吗？外面的人说，我找你借一本书翻翻。我这时猛地听出来了，外面说话的是水向东。我低声问，怎么会是他？蓝天一边忙着系文胸一边说，他也在这里租房复习。我感到非常扫兴，浑身一下子凉了。蓝天看出了我情绪的巨变，伸手摸摸我的脸说，别难过，等考试完了我加倍补偿你！她说着就猝不及防地在我脸上吻了一下。

6

我写的这两个研究生，一个考上了我的博士，还有一个也考上了我的博士。我在这里又一次使用鲁迅先生的这种句式，目的是想使我这篇文章首尾呼应，以此增强它的艺术性。

这次报考我的博士的人数有二十个，最后只招了两个，录取比例为百分之十。水向东的考试成绩在二十个人中排名第一，专业课居然是满分，这是我事先没有预料到的。分数出来的那天，我简直对他有点儿刮目相看了。有了这样好的成绩，他被录取就是毫无疑问的了。

蓝天的专业课也考得不错，只比水向东少五分，遗憾的是她的外语没有及格，这样一来她的总分就比较靠后了。见到蓝天的成绩后，我心里咯噔了一下，因为我知道她要名落孙山了，同时我也感到有点儿庆幸，庆幸与她之间还没有走到上床那一步，如果真要走到了那一步，那我还真不敢不录取她呢。因此我心里还暗暗感谢水向东，多亏他在关键的时候喊了蓝天一声。否则，那后果真不堪设想。

蓝天在分数公布的当天就找到了我，我正准备开口安慰她，她却用不容商量的口气对我说，你必须想尽一切办法破格录取我！我一听就怔住了，说你这么少的分数我怎么破格？蓝天说，这我不管，怎么破格是你的事！她的口气很硬，完全是在对我下命令。我苦笑一下说，要是我办不到呢？蓝天冷笑着说，那就有你的好戏看了！我有些胆怯地问，你想怎么样？蓝天直视着我说，我告你用了学生的命题！我顿时傻了眼，半天说不出话。过了许久，我说，你有证据吗？蓝天这时不慌不忙地拿出一张写了字的白纸说，当然有，这就是那套试题的复印件，上面的字是水向东写的。我大吃一惊问，什么？那套试题是水向东出的？蓝天说，是的，不然他的专业课怎么会考满分呢？听蓝天这么一说，我是真的傻掉了。

后面的事情我就不必细述了，我调动一切可以调动的手段破格录取了蓝天。这些手段要是被有关方面知道的话，那我的后半生就要在监狱里度过了。关于水向东和蓝天这两个研究生后来的情况，我也不想多说，这里只想交代一件事，那就是他们两个接到博士录取通知书后曾经去开过一次房。事情真是不巧，他们开房时被我撞上了！

在即将结束这篇文字时，我突然有一种哭笑不得的感觉，不知道发生在我和两个研究生之间的这个故事是悲剧还是喜剧。这时，我又不由自主地想到了鲁迅先生，他在《再论雷峰塔的倒掉》中曾经对悲剧和喜剧有过精辟的论述，说悲剧是"将人生有价值的东西毁灭给人看"，喜剧则是"将人生无价值的东西撕破给人看"。按照鲁迅先生的定义，我们这个故事似乎更像是一场喜剧。

皮　实

——生活有理

凸　四

　　孔繁仁身板很硬朗。五十多岁的人了，每顿还能吃三张摊坨子。

　　摊坨子是一种农家饭。闹饥荒的年头，玉米面、白薯面、高粱面、黍子面、荞麦面，以至于玉米轴磨成的淀粉，凡是能形成粉状的、可入口的东西，都可以成为摊坨子的原料。这是粗粮细作，是糊弄肚子的把戏。这些原料黏性差，不能抱团，便均要掺上作为黏合剂的榆皮面。所以，在那个时候，乡下的榆树多是裸体的。现在日子好了，温饱已不成问题，但他还是以吃摊坨子为主。现在的摊坨子，面粉和杂合面各占一半，心情好时，和面时还要打上一个鸡蛋。因为自身就有黏性，榆皮面用不上了。按说，免遭剥皮命运的榆树应该茁健起来，却纷纷死掉了。街道、原野、渠岸，原来榆树茂盛的地方，竟很少见到它的影子，成了稀有树种。不知是怎么回事。

　　吃摊坨子对孔繁仁来说，不是口味问题，他对人说，是饿怕了。

　　今天的月色极好。月牙虽然瘦得跟镰刀一样，但天空大晴，它自身没有一丁点皱褶。今天砖厂老板额外给了他两百块奖钱，内心美得饱满。他摸出来一瓶酒，理直气壮地缓喝。老伴要给他颠俩下酒菜，他摆摆手。从偌大的腌菜缸里抄了两只辣椒和一小撮香菜根儿。腌酸菜是乡下人固有的手艺，但大多数家庭都失传了。他的家庭也失传了一截日子。一天，他看到扒下来的白菜帮子，切下来的萝卜缨子，摘下来的香菜根子，就那么平白无故地扔在地上，他心疼了一下，便摔门出去了，再回来的时候，竟扛着一口大缸。缸墩在地上的声音很沉闷，他随之说了一句："腌菜。"

　　他捏一尾香菜根，喝一口酒，渐入佳境。颈项喝成了一只血脖子，在上边抓一抓，又肿又痒，舒服极了。他看了一眼酒瓶子，商标上"门麯"两个字中的"门"字，竟晃悠起来，像一挂被和风吹动的门帘。这种酒就产自本地，是乡办酒厂的产品，原料是当地的柿子。酒的味道有些苦，跟柿子的"涩"有关，仅卖两块五毛钱。现在，这种价位的酒，少见得很，孔繁仁有幸灾乐祸一般的欣喜。卑贱的人喝卑贱的酒，两相适宜，自足而幸福。

"多亏了有门麯啊！"他禁不得叹了一声。

正房里（他和老伴住偏房）传来一阵嗲里嗲气的笑，那么没有节制，他浅微的快乐一下子就显得微不足道了。他皱了皱眉头。

笑的人是他的儿媳妇宋丽娜，她刚才用他的奖钱到街上去买了两份肯德基。或许她吃出了兴味，或许他的儿子孔大成正跟她骚情。骚情，是京西土话，状男女之间，黏糊得旁若无人、不管不顾，甚至恬不知耻的样子。

"屄！"他骂了一声。

他的骂是有根据的。

儿子中专毕业后好几年找不到工作，就到街上闲逛，认识了在歌厅里做小姐的宋丽娜。他总是到那个地方去，弄得孔繁仁很是腻烦。"你怎么不学好？"

"去歌厅就不学好了？你真是老土。"

"你倒有理了？"

"自然有理。"儿子反问道，"你知道去歌厅的都是些什么人？"

"你说都什么人？"

"不是领导就是经理，反正都是有身份的人。"

"你有什么身份？"

"正因为如此，我偏偏就去了。"

"你哪儿来的钱？"

儿子愤怒了，把手中刚点燃的一支香烟扔在地上，踏上一只脚，狠狠地捻了一下："你不要跟我说这种问题！"

孔繁仁哆嗦了一下，嗫嚅着走了。

有一天，他不能不跟这个败家子儿说"这种问题"了，因为他发现他放在米仓底部一个布包里的存钱明显地少了，他感到事态严重。

他先喝了几杯酒。因为没有酒热垫底，他张不开口。

"大成，你是不是拿了爸的钱？"他小心地试探着。

儿子脸一阴："嗯。"

孔繁仁的眼前立刻就黑了一片，手中的酒杯竟自动地朝着儿子飞了过去。

孔大成一歪脖子，酒杯碎在了身后的墙上。他笑了一笑，站起身来，从兜里抄出一把弹簧刀，啪地弹出锋刃。孔繁仁一惊："怎么，你还要凶你老子？"

"不，你不配，我要凶我自己。"孔大成怪怪地笑着，在自己左手的食指上割了一刀。由于孔繁仁见了刀子，本能地生出一种高度的警觉，锋刃割过皮肉的声音虽然弱微，他却捕捉到了清晰的锐利。他的心脏像长出了脚，狠狠地在他的胸腔里踹了一下："你？！"

孔大成把鲜血淋漓的指头放进嘴里有滋有味地吮着，笑吟吟地看着对方。

孔繁仁恐慌地低下头去，满肚子的话一下子空了。

"怎么不说话了？如果你还出气不匀实，我就把手指头给你割下一节来。"

孔繁仁摆摆手："你且留着吧，当小偷的，指头不圆全哪儿成！"

"那好，听你的，这节指头就暂且给你留着。"孔大成在皮鞋底子上蹭了蹭刀刃上的血迹，把刀收进兜里，轻蔑地笑笑，扬长而去。

孔繁仁一下子木在那里。

"手指头明明是你自家的，却要给我留着，真不是个东西！"孔繁仁想骂几声——懦弱的人一般都是在对手不在场的时候，做淋漓之骂的，但他只咽了咽唾沫，在自己的大腿上捶了一下，陷在沉默里。

小时候比现在还穷。连买一支铅笔、一块橡皮的钱都不好弄到。他从邻人的鸡窝里"拿"了一只鸡蛋，既惊且喜地朝村里的小卖部走去。他算计着，一只鸡蛋可卖六分钱，两分钱买铅笔，两分钱买橡皮，剩下两分犒劳自己两粒块糖。这是自然而然的事。但邻人却追了上来。他心里一沉，很宽容地摇摇头："真他妈的小气！"顺势就把鸡蛋捏碎在衣兜里。然后站在那里，目光坦荡地迎向邻人。邻人说，你拿我家鸡蛋了。他装作生气的样子，摊开双手，反问道，你讹诈谁？邻人把目光投向他的衣兜，他把衣兜往平了抻了抻，依旧反问道，像有颗鸡蛋吗？邻人的眼光迷惘了，摇摇头。他立刻就气壮理直了，嘲弄道，你以后要管好自家的鸡婆，别到处乱下蛋。

儿子长大了，在一个亲情氤氲的时刻，他给儿子讲过这个故事，为的是炫耀老子的智慧。今天看来，他犯了一个大错误——因为授人以柄，在最该庄严的时候，也只能承受轻蔑了。

"冤家啊！"他找不到做父亲的感觉。

他开始转移裹钱的布包。先放在墙角的一个老鼠洞里，马上就想到老鼠的啃啮；放到房梁上，马上就想到儿子的个子比他还高；放到腌菜缸底下，马上想到会霉烂——看来只能放到信用社去了。但马上又想到，如果存折丢了怎么办？几次"马上"下来，虽折腾出了一身汗，但还是找不到一处妥帖的地方。他马上觉得，这钱真的是一种祸害，只要多多少少有一点，这人就活得不安生了。

"这日子混的，连个藏钱的地界都找不到！"他颓然地坐在那里。

老伴目睹了整个过程，这时撇了撇嘴："就你那几个大子儿，还值得藏？"

老伴的话，像剥开眼翳的一根针，虽然让他隐隐地疼痛，但眼前究竟是亮了一片。对，哪儿也不藏了，依旧放在老地方吧。

一旦决定了，不仅紧悬着的心放平了，而且还兀地生出一种足可以宽慰自己的理由——这钱还真的不能换地方了，不然那小子会看不起咱，认为咱做人做得"小"。既然老子这么坦荡，你再当小人，咱啥话也不说，你自己就矮了半截。

孔繁仁觉得战胜了自己的儿子，愁苦的脸马上就舒展开了："老子究竟是老子。"

儿子却没有那么自觉，依旧"摸"他的钱。他发现之后，不再像起初那样不能容忍，暴跳发作，而是幽怨地看儿子一眼："你呀。"

儿子嬉皮笑脸地说："爸，没办法，我管不住自己的手。"

孔繁仁摇摇头，什么也不说。他不是真的把心放宽了，而是不愿再看到割手指头的闹剧。他就这么一个儿子，还得指望他养老。怨只能怨自己，当初为什么不多生几个？那样就不怕这个不争气的东西割手指头了。甭说少了几根指头，即便是死球的了，咱也会连眼都不眨一下的。生个屁！转眼之间，他就否定了自己——那个时光，连自家的肚皮都混不囫囵，谁还有底气再添上几张嘴？只有叫花子才敢这样做，横竖是要着吃，不过是添几根打狗棍而已；咱可是正经人家，拉得下脸吗？

心中的不平无处发泄，他狠狠地朝空茫里瞪了几眼。他觉得，自己的难堪与苦恼是空茫里的一个什么东西造成的。

孔大成毫不体恤父亲的感受，一路"摸"下去。

孔繁仁心疼着，隐忍着，家庭便平静。

孔繁仁一直不烟不酒，从这时起，也开始每晚"逗"几口酒喝。自己再节俭，钱也会偷偷地溜走，别太苦了自己。

一天，他实在隐忍不住，便借着酒热对儿子说："你爸不怕你花钱，就是总觉得有些不对劲儿，我琢磨着，你干吗不用这钱拉上个关系，给自己弄份差事干干？"

以为儿子会反驳他，不想儿子想了想，拍了一下大腿，竟说："你到底是说了一句人话。"

儿子果然给自己弄了一份差事，在道班上当了一名护路工人。每月只挣八百块钱，还要扫马路，弄一身灰尘。儿子很是不开心，见到老爸也不说话，好像是老爸把自己陷害了。

孔繁仁觉得应该安慰他一下，便上赶着邀儿子喝酒。"大成，你应该高兴才是。"

"凭什么？"

"因为你有了工作。"

"这算什么工作，每天吃一肚子烟尘，又累又脏。"

"这就对了。"孔繁仁怯了一下，因为他看到儿子恶狠狠地瞪了他一眼，但还是兀自说下去，"什么是工作？工作就是让人感到劳累，把人弄脏，即便是这样，人还是离不开它。"

"简直是歪理邪说。"儿子嘟曬了一句。

孔繁仁刚要卡壳，老伴恰巧踅过来，便得了稻草一般，顺势说下去："你妈每天倒都是干干净净的，但她是闲人，在家里就没有地位——我的脏衣裳往她脚下一扔，她就得乖乖地去洗。"

"你多牛。"老伴笑着接了一下话茬儿。

"不是我牛，因为我是卖力气的，脏得有理。"

孔大成在道班上干到第三个年头，把宋丽娜娶了过来。对这桩婚事，孔繁仁是反对的。他不是从观念出发，忌讳她的小姐出身；而是遵从自己的感觉：宋丽娜是个白性子，身上哪块皮肤都白，既然已经白了，每天还要往上边涂脂抹粉，这样的人不正常。搁在家里凄惶。

他本来想用"不正经"这样的词来形容，但他一辈子敦厚，一碰到这样的字眼儿，自身就很难为情。

"这样的人，你养不活她。"他对儿子说。

"她饭量很小。"

"不是饭量的问题。"

父子俩谈不拢，但父亲最终还是依了儿子。老伴见孔繁仁轻易就妥协了，嘟囔了一句："你这老子当的，一点硬气劲儿都没有。"他甩给她一个脸子："这有什么，在乡下，不都是这样做父母的？"

孔大成想把婚事办得阔气一些，想把老爸藏在布包里的钱都花掉。孔繁仁这次不妥协了："这可不成！这钱是攒给你妈的，她有肋膜炎，一累着就胸闷，我得带她到医院看看。"

"这病死不了人。"

"你这叫怎么说话？"

"人一辈子就结一次婚，办得这么寒碜，不是委屈人家丽娜了吗？"

"她既然愿意跟你，就应该能忍受这份委屈。"

孔大成只好去说服宋丽娜。宋丽娜眼圈红了一下，但很快就职业性地克制住了，凄然一笑："你爸他是嫌弃我。"

语调虽然委婉，孔大成却觉得极其有分量，他心头一热，躲开父亲，直奔仓底的那只布包。

布包坦然地放在那里，但是，旁边多了一把刀子。

他一下子明白了什么，久久地犹豫着。

他终究是农民的后代，没有决绝的狠心，他很伤感，叹了一声："这个家，真他妈的穷！"向那个布包上呸了一口，离开了。

宋丽娜好吃，与这个家庭的口味不合，进门不久小两口就分开过了。孔繁仁这辈人，吃喝只是为了活着，有的吃就成了；在宋丽娜那里，吃本身是享受，是绝不能凑合的。拉下脸来反对她在饭桌上挑挑拣拣，孔繁仁说不出口，觉得这样做有失长辈的身份；什么也不说，他内心又很难忍受——每顿凉凉热热要弄一大桌子，钱都花在吃上了，这哪是过日子的人？他对儿子说："大成，爸求你了，还是分开过吧，整天跟这么精致的一个媳妇在一起吃饭，爸的手脚都不知往哪儿搁。"

分开过之后，孔繁仁有一种农奴翻身把歌唱的感觉，咬菜根、喝门麵，任性地吃自己的摊坨子，很卑贱，很自在。

既然独挑门户了，两个人都出去挣钱才是，但宋丽娜什么也不做，整天"烂"（"烂"是孔繁仁的说法）在家里，涂脂抹粉，睡懒觉，看电视，嗑瓜子，吃肯德基，像个娘娘。

孔繁仁看不过，背后提醒儿子："她年纪轻轻的，你应该让她干点儿什么才好。"

"让她干什么？"

"做个小买卖，倒腾点儿服装什么的。"

"要说你去说吧，我可什么都不敢说。"

"你还是不是老爷们儿？"

"正因为是老爷们儿我才什么都不能说，她说了，像她这种女人，天生就是靠男人养的。"

孔繁仁说："大成，你完了。"

孔大成说："爸，你刚知道，我早就完了。"

孔大成虽然嬉皮笑脸没有正形，但孔繁仁还是发现，儿子的眼神有些不对，皱着一层类似忧伤的东西。

他不再忍心说重话，暗想，抽冷子，我得跟那玩意儿说道说道。

在他心里，对这个女人的称呼，既不是儿媳妇，也不是丽娜，而是那玩意儿。

一天晚上临睡前，他突然出现一个念头：明天自己倒休，正是个机会，一定要跟那个玩意儿说道说道。

第二天早晨，儿子上班去了，只有老伴在屋地上擦拭仓柜。他觉得老伴勤劳得令人厌恶。"横竖几只破仓柜，擦什么擦，你到街上的'燕升堂'去，给我买双布鞋回来，这年头，想穿双布鞋还得买。"他没好气地说。

支走了老伴，一想到可以没有妨碍地跟那玩意儿说道说道了，竟心慌起来。他不停地在地上走溜儿，怎么也迈不出这个门去。

他听到屋外的那扇门，一会儿开，一会儿关，烦人得很。而且还听到院子里的水龙头，一会儿水大，一会儿水小。好像在洗什么东西。这玩意儿今天是怎么了，怎么突然变得勤快了？

水声消失了很久，他还在等待。

慌乱中，他看到仓柜上老伴扔下的抹布，意识到，老伴快回来了，他必须走出这个门去。

跨出门槛，他愣了。

院子的晒条上晾了一片不敢上眼的玩意儿：乳罩，内裤，长筒丝袜，吊带裙。这些玩意儿所带的隐秘色彩，反射过来的光线比阳光还刺眼，他下意识地合上了眼睛。更令他难堪的是，人已经出来了，就不能再蹉回去，便只能硬着头皮往前走。像走进蒺藜窠子，他闭着眼睛，屏住呼吸，东闪西躲（这些玩意儿可碰不得），终于走出院子。虽然长出了一口闷气，但强烈的羞愧，还是让他找不回自己。

当老伴那老旧的身影出现在他的视野中的时候，他才平静下来；且有了一个明确的意识：这种玩意儿还是待在家里的好。

他想，这玩意儿太不懂羞耻了，搁在家里，种种不便，忍受着就是了；放出门去，招猫递狗，伤风败俗，会坏了家风。

嘻，孔繁仁啊孔繁仁！自己上辈子作了什么孽，怎么养了这么不争气的一个儿子。

宋丽娜就这样被"养"在家里。养来养去，愈加任性。虽然一大片闲工夫属于她，可连饭都懒得自己做一顿。她说，自己做的饭怎么都不成，没有馆子里那种令人沉醉的味道。小两口天天下馆子，而且从馆子里勾肩搭背地回来，还大包小包地带回来许多，说是预备着做夜宵。她晚上睡得很晚，直至子夜，把夜宵吃下，才肯睡去。

孔繁仁心里说："都是做小姐做的。"

孔大成就那么点收入，哪里经得起这种做派？他撑不下去了，笑着央求道："我的心肝宝贝，咱能不能改一改过法，你看你都把我吃穷了。"

宋丽娜嫣然一笑，说："穷是穷些，但你不能让我感觉到穷。"

宋丽娜的笑有致命效果，孔大成把余下的话都咽进肚里，他涎着脸子跟他的父亲要钱花。

孔繁仁不情愿地从布包里抻了两张票子："娶得起媳妇，竟养不起，你真让我瞧不起你。"

孔大成嘻嘻一笑："我是给你一份做父亲的权力。"

"屌！"孔繁仁骂道。

儿子耸了耸肩，说："骂得好。"

儿子低微的姿态，让孔繁仁又气又怜，且有一种隐隐的受用，他觉得自己的地位高了起来。

奇怪地，在这种又穷又屈辱的生活面前，孔大成居然能够平静地忍受。起初他还抱怨自己的工作又脏又累，现在他好像很怕失去这份工作，任劳任怨。

孔繁仁感到一点欣慰。这人，只要认命就好。

一天他从电视上看到，乡下打工的人也应该跟雇主订立劳动合同，而自己在砖厂里已经十年了，还是一个不明不白的身份；一旦干不动了，跟谁去要个说法？他有些担忧，想向孔大成讨个主意。待小两口吃饭回来，他推开了儿子的房门。

宋丽娜的裙子很短，坐在沙发上，满眼都是她白花花的大腿。儿子就躺在她的大腿上，眼睛合着，驯顺得像个吃饱了的猫一样。这个情景让他很尴尬，他干咳了两声，想退出去。儿子睁开了眼，身子也不欠一欠，摆摆手："爸，你坐。"

他反而慌乱了，连连说着："我没事，我没事。"像做贼被发觉了一样，羞羞地退了出去。

到了院子里，他喉头热了起来。他明白了，对宋丽娜那玩意儿，儿子是真心稀罕的，稀罕得都没了囊劲儿（腰杆儿），甘心情愿地养她了。

这男女之间，还有这种爱法？他问自己。

真是没道理。他摇摇头。

回到自己的屋里，在十五瓦的昏暗灯光里，老伴正屈着身子擦仓柜。他心里很酸："黑灯瞎火的，你擦它干吗，又没有人来。"

"喊，干干净净的日子是过给自己的，又不是让人瞧。"老伴说。

他的心依旧地酸，酸到心尖儿上了。他觉得这干净真是无用，干净得他们老两口之间很隔膜。

"明天跟我去医院，治一治你的肋膜炎。"他劈头就说。

老伴一愣："你今儿个怎么了？"

"你没看见孔大成那小子整天欺哄咱那两疙瘩钱？赶紧派上用场，省得他惦记。"

"你跟儿子置什么气？"

"他不是我儿子。"

第二天孔繁仁果然硬拽着老伴去了医院。

仓柜里的那个布包，有理由敞开了身子；但依旧待在那里，它待习惯了。

孔大成再跟他要钱的时候，他别有意味地一笑，对儿子说："跟我来。"他掀开仓柜，指指那个敞着身子的布包，"你看，它空了。"

孔大成知道父亲在嘲弄他，但他没有发作，因为他知道，布包里的钱是给母亲看病了。乡下人根性中的一点孝道，给了他一点忌讳，他不能胡说八道。心中的不平无处发泄，他狠狠地朝空茫里瞪了几眼，并且用力地啐了一口，他觉得，自己的难堪与苦恼是空茫里的一个什么东西造成的。

孔繁仁哆嗦了一下。因为他分明感到，在生活的无奈面前，年轻的儿子和年老的自己感受是一样的。这种相同，使他的痛苦深了一些。

孔大成只能婉转地规劝宋丽娜，央求她改一改习惯，把日子弄得简约一些。

简约的日子过了一些时日，宋丽娜再也不能忍受，悄悄地出走了。

孔大成从原来那家歌厅里找到了她，用自残了一根指头的方式，把她"请"了回来。

面对孔繁仁幽怨的眼神，宋丽娜竟一点愧色都没有，反而仰高了脸子直视他，且堆着一种莫名其妙的笑。

这让他明白了一个道理：儿子的矮，原来就是自己的矮。

他恨她，从这天起，他一句话都不跟她说了。

家庭气氛虽然沉闷，宋丽娜职业性的笑声却越来越响亮，像一把刀子，任性地游弋在空气之中，刮碎了孔繁仁的骨头。

他连自己的儿子都不理了。

孔大成进了父亲的房间。父亲正嚼香菜根儿，喝门麯。"爸，能不能给我一杯？"父亲像没听见一样，吱地喝了一口，把杯子重重地墩在桌上。为了打破僵局，孔大成端过父亲的酒杯，喝了一口。父亲抬手就把杯子中的酒泼在地上，重新满上。

"爸，你能不能不这样？你跟个女人置什么气？"

孔繁仁愣了一下，把满满的一杯酒一口倒进肚里。

空酒杯刚被父亲满上，孔大成一把抢过来，全部倒进肚里。

母亲看到这个阵势，抄了酒瓶子："你们爷儿俩是要争着把自己灌醉了，好理直气壮地现眼。"

"把它给我放在那儿！"孔繁仁吼道。

"就知道跟我凶。"酒瓶子又怯怯地回到原处。

孔大成把瓶子抄到手上，把里边的内容全部控诉到自己的肚里，然后娓娓地说道："爸，知道你心里气，可丽娜心里也气，一到半夜她就止不住地哭。"

"屌！我只听见她猫叫春的声音，从来没听见她还能发出人的声音。"

孔繁仁不开口则已，一开口就这么刻薄，孔大成回敬了一句："爸，你是越来越不会说人话了。"

孔繁仁白了儿子一眼，嗫嚅道："那她还这么摆谱儿？"

"你知道她为什么这样？"

"我哪儿知道。"

"她是因为自卑。"

"原来这家人是他妈的矮到一块去了。"孔繁仁心里叹了一下，嘴上却反问道，"这会是真的？"

儿子没有回答，只是冲他笑，笑得怪怪的。

"爸，丽娜在这个家里，不求你对她多么好，只要你能给个笑脸就是了。"儿子撂下这么一句话，扭身就出了房门。

"闹来闹去，还都是我的不是了，嘁。"孔繁仁木在那里。

不过从这天起，儿子像换了一个人似的，再也不跟他伸手要钱了。

接下来的日子好像很平静，仓柜里那个布包，又渐渐地支棱起来。孔繁仁心里踏实了许多。他觉得这才是日子——再穷的家庭，也是应该有几文存款的。

但这段时间里，出现了一个奇怪的现象：孔大成的脸上，总是隔三差五就有几道抓痕。

"大成，你的脸是怎么回事儿？"他终于隐忍不住，问道。

孔大成白了他一眼："你甭管。"

有一天，孔大成的手指又少了一截，也不去医院包扎，只是让宋丽娜用穿破了的丝袜随便缠了一下。问其原因，孔大成很不耐烦："你甭管。"

打听了好几天，孔繁仁到底是弄明白了：道班上也实行承包了，在养路费的收取上，承包人有一定的机动权，孔大成有机会高收低报，克扣了一部分费用。事情"穿帮"了，道班要起诉他。一旦被起诉，就意味着被判刑，被开除公职。孔大成急了，找道班领导求情。道班领导不待见他，因为他平时从不跟领导走动，还满脸阴郁，拒人千里。所以领导说："这我可帮不上忙。"在绝望中，孔大成阴郁地一笑："我表个决心吧。"随后就切掉了自己的一节指头。他的动作很潇洒很轻松，领导却愣在那里："你这是何必呢？"领导是个见不得血的人，心一下就软了，答应内部处理——作公开检查，扣发一年的工资。

孔繁仁对儿子说："孔大成，可真有你的，你怎么就知道你这招就管用？"

"一般都是这样，富的怕穷的，穷的怕横的，横的怕不要命的。"孔大成不无得意地说，"而且，当官的都是胆小怕事的人，他看到你连自己的指头都那么不在乎，他的指头就更不在话下了。"

"你有多少指头？"

"还有八根。"

"都切完了还切什么？"

"还有丽娜的十根指头。"

"你媳妇的切完了，就是你老子的了，对不？"

"嘁，你的不值得我切。"

"你别跟我耍贫嘴，仓柜里的布包里，还有几个钱，你拿就是了。"

"你甭跟我提布包的事，我一见到它心里就犯堵。"

儿子混到了这个地界，孔繁仁倍感凄凉。再见到宋丽娜很讲究地吃东西的时候，他心里很难受，觉得这玩意儿是在吃男人的命。

他把布包里的钱拿给儿子："你先花着。"

"你少寒碜我。"儿子拒绝道。

"单位一年不给你开支，你怎么过日子？"

"丽娜不是做过小姐吗？让她去卖。"孔大成笑嘻嘻地说。

孔繁仁抬手就给了儿子一记耳光："孔家的男人还都在呢！"

笑容在孔大成的脸上凝固了，他疑惑地看着父亲。孔繁仁的脸由于急剧的抽搐，皱纹交错地起伏着，像一堆碎皮子，被拙劣地缝起来一样。他的心疼了一下："爸。"

孔繁仁哆嗦了一下，把捏皱了的钱扔在儿子面前："我横竖还是你爸。"撂下这么一句话，他抽身而走。

从这天起，仓柜里的布包，永远地空了。令他欣慰的是，老伴自从手术之后，身体越来越好，而且越来越没有钱的概念。

每到月底开支的时候，除了留下与老伴最基本的开销，他统统都给儿子送过去。儿子跟他开玩笑说："爸，这可是你主动给的。"他摇摇头："你就省省吧。"

或许是因为感动，宋丽娜不仅很亲热地叫他爸，而且上赶着跟他找话说。他起初一脸的严肃，是一句话茬儿都不接的。后来他觉得这样有点不厚道，好像让人总是记住自己是债主一样。既然让人家剥削了，就应该表现出心甘情愿的样子，不然这人就显得不值钱了。所以，宋丽娜再叫他爸时，他也会"嗯"一声，递过来的话茬儿，只要他能接得上，他会多说两句。

这个家庭的亲情好像浓了许多。

还有一重变化：他虽然被儿子弄得分文不剩，但在一贫如洗之中，他居然获得了一种意外的激情——他很乐于做他的窑工了。以前总觉得自己是给窑主打工，做一天和尚撞一天钟就是了；现在不同了，他是在给自己打工，砖厂的兴衰就是自己的兴衰。所以，即便是刮风下雨、头疼脑热，他也不歇工。

孔繁仁又捏了一尾香菜根，喝了一口酒。今天，幸亏自己定了定神儿，看出来那孔窑还有保住的希望，及时地做了一回柱子，不然窑里的那五万多块红机砖就损失了。"谁说人一老了就不中用了？"他对自己很满意，所以即便已喝成了血脖子，也要多喝几杯。醉就醉吧，也该鸡巴醉一回了。

前几天下了一场雨，烘干窑的窑体有些松软。干着干着活儿，眼见着窑里的那面墙缓缓地坍下来。不知谁喊了一声："快跑！"几个人就兔子一般窜了出去。孔繁仁之所以没有立即跑出来，是因为关键的时候，他打了一个软腿儿。他重新站稳了之后，索性回头瞧了一眼。他发现，窑体虽然往下坍，但那根立柱还没有倒下。如果帮它撑一下，还能站住。他肯定了这种可能，毅然冲了上去，用肩膀死死地顶住了立柱，然后大声喊："快拿横木来！"

这个声音很有震慑作用，跑出的人真的按他说的办了。加固了立柱，捆绑了横木，窑体的坍竟然止住了。

窑主用力拥抱了他："老孔，你他妈的就是我爹！"

现场就赏了他二百块钱。且对那几个窑工训斥道："你们他妈的还有没有点良心！"

这一下子就把孔繁仁给害了，工友们都不把他当英雄看，下边议论道：

"他是见钱眼开。"

"就是，他是穷疯了。"

"他穷，咱们也穷。"

"咱们跟他可不一样。"

"怎么不一样？"

"他家有一个做过小姐的儿媳妇，一天没钱都不成哩。"

"就是就是。"

"嘻嘻，嘻嘻……"

这些议论，孔繁仁自然都听到了，但是他不想去申辩，他想，有些事情是越辩越黑，反倒没意思了。他问心无愧，当时自己的确没有想到钱的事，只是本能地想保住那孔窑。这就足够了，它完全能妥帖自己的心。

他精神饱满地进了家门，院井里正巧站着他的儿媳妇宋丽娜。他情不自禁地冲她笑了笑，主动打了一声招呼："大成还没有回来？"

"哼，回来有什么用。"宋丽娜说。

内心喜悦的孔繁仁，这时的反应出奇的敏感，从儿媳妇的语气中，他判断出，她眼下缺钱花了。

兜里那两百块钱好像动了一下，正搔到他的痒处，他嘿嘿地笑了起来。

"爸，遇到什么好事了，这么高兴？"

"嘿嘿……"

"这么高兴，莫非是捡到了钱？"

"真让你猜对了，得了两百块奖钱。"那两张被揉皱了的百元钞票，竟自己从暗处跑到了手上，明晃晃地展示给女人看。

宋丽娜眼睛亮了一下，又倏地黯淡了，轻轻地摇了摇头。

儿媳妇的表情被孔繁仁捕捉到了，顺口就说了一句："你要是有用处，就拿去。"

儿媳妇的眼睛又被点亮了："那多不好意思。"

"拿去就是了。"他补充道。

钱进了儿媳妇的口袋之后，他的心还是皱了一下，暗暗骂了自己一句：真是眼皮子浅，刚有这么点儿喜事，心里就藏不住，喊！

宋丽娜转眼就从街上买回来两份肯德基，还让了让他，他说："这东西，咱吃不惯。"

他咬他的菜根，喝他的门麴，谦卑地享受他喜悦的余绪。

儿子回来了。

嗲声嗲气的笑，就一波一波地传了过来。

起初没在意，但喝到酒精能替人说话的时候，他饱满的心情憋了下去："屌！"

他既骂的是那对骚情的人，也骂的是黯淡的自己。那不知节制的笑声，让他突然就看清了真正的自己：他的挺身而出，真的不是什么义举，骨子里还是为了钱。包括他的勤劳敬业，也都是一个"钱"字暗暗地支配着。

他感到自己很不名誉，很可怜。

他还发现，对那对玩意儿（这时，宝贝儿子，也成玩意儿了），他虽然毫不保留地奉献着，但一点儿也不爱他们。

厚厚的灰暗完全覆盖了他。空中的明月也成了一把物质的镰刀，锋利地割着他的骨肉。"活着真他妈的没什么意思！"

他想到了死。

他朝空茫里巡视了一番，看到了墙上的一个电门。

他兀自笑了笑，径直走了过去。

一道蓝光闪过，他被重重地摔在地上。虽然瘫软着，但知觉全在，奇怪了，怎么就电不死？

他怀疑自己决心还不够大，毅然站起身来，再次径直走过去。

又是一道蓝光闪过，他重重地倒了下去。知觉渐渐离他远去，他还来得及幸福地叫了一声："痛快！"

"你真是越来越不正经了，竟然直挺挺地躺到了地上，你就不兴少喝点儿？"

他听到了老伴的声音。

他知道自己还活着，只不过是醉过去了一会儿而已。

他羞愧地爬了起来，躺到床上，眼泪铺天盖地而下。自己真是个贱人，连阎王老子都不待见了。

罢了！他想，既然死不成，就干脆没皮没脸地活下去。

他醉酒之后，有个习惯，就是死过去一般酣然入睡。可今天却怎么也睡不着，眼前总有影像晃动——一会儿是窑体缓缓地往下坍，一会儿是宋丽娜猩红的嘴仓鼠一般啃啮肯德基，一会儿又是孔大成躺在媳妇肥白的大腿上安详得不知羞耻……影像晃动得他头很疼，心绪很烦躁，感到温柔的夜色像蓄了过量棉花的大被子，捂得他透不过气来。"屌！"

骂过了也不轻松，索性坐了起来。

他打开了电灯。

素日的灯光如豆，今天霎时就白了一大片，像正午的日头，晃得老伴怨了一声："你抽什么风？"

"嘿嘿，我要学一会儿《老三篇》。"

"你是癔症了。"

他懒得跟老伴辩白，径直从仓柜里取出了那本珍藏的红书。

年轻的时候，他是学讲用的先进分子，很是风光了一阵子。记忆虽已尘封了多年，但一抚摸到那红色的封面，灰暗而多皱的心，立刻就明亮就舒展了。

醉眼也不朦胧，每个字都清楚。

他嘴唇无声地嚅动，老伴知道，那是他在用心读呢。她用被子蒙上了脸，因为是个不想心思的人，很快就睡去了。鼾声很响，孔繁仁不免有些厌恶，摇了摇头。

鸡叫了两遍，他感动了两遍，因为虽然日子跟以往大不相同了，然而还能听到鸡叫。但是感动之后，他生出一种困惑：《老三篇》的内容依旧，怎么感受却有些莫名其妙？白求恩为什么不远万里来到中国？是因为他与老婆的感情不和，想躲她远些；张思德为什么到深山里去烧炭？是因为离伟人太近，手和脚不知怎么放才好；愚公为什么要移山？农村里有句俗话，眼不见为净。眼不见的东西就是没有，是不会让人动心思的。可山偏偏就在他眼前，他堵得慌。

他们其实跟自己没什么两样，都是常人的烦恼闹的。

他被自己的想法吓了一跳，朝自己的脚脖子上狠狠地掐了一下。

竟感觉不到疼。

嗻，这些年，听到的，见到的，经受的，乱些，杂些，能够理解的少。

总以为不理解的，就像耳旁风，刮过去就结了，没想到也会在心里落下一些种子，还偷偷地长出一些怪草来。我孔繁仁到底也不是过去的孔繁仁了，"歪"了不少。

为什么还吃腌菜？是口味。

为什么还吃摊坨子？还是口味。

日子过得这么皱巴，与孔大成和宋丽娜有什么关系？还是该死的口味。

他把自己弄羞愧了，觉得真不该动摸电门的念头。

都是几口猫尿儿闹的。他对自己说："今后，应该活得皮实些。"

麦粒肿

沈　念

"楼道里的安静杀得死一头牛。"王蜇说话时盯着彭越的右眼，那里长了一颗拱在眼皮里的麦粒肿。

彭越似乎没听见王蜇的说话，故意把眼皮翻了翻，问道："看得见吗？医生说什么球菌感染，还要等长大点才能去挖掉。"彭越把"挖"字念得很重，给人一种壮士一去兮不复返的悲壮之感。王蜇看到的是眼球表面的血丝，睑膜内似有似无的不明物。不明物像楔入的暗记，让他心中猛然生出一种被人从背后紧紧抱住的窒息。他摇了摇头。一个人怎么就长了这么个玩意儿。这时，彭越眼神利索地瞟到了窗外，哼哧一声。王蜇循声扭过头，看见窗外一个红风衣女人嗖地小跑过去，是那种丰满的跑动。待收回视线，彭越往火锅里捞了一筷子："你接着说吧。"

几天前的燠热一夜之间逃离了阳城，街巷里零碎的脚步把风带进一个个封闭的各式容器里。风有些干冷。干巴巴，冷嘘嘘。此时，他俩正坐在一家蒸菜馆临窗的地方，窗缝关不严实，风钻进来正好灌进王蜇的衣领子里，他不由得跺了跺脚又立了立衣领。店子的生意显得过于清淡，老板在电话里一个劲地埋怨天气。几个站在一旁的服务员却嬉皮笑脸地争论着一台韩国电视剧。一天没碰面，两个人一下没对上说话的感觉，有几分冷场。王蜇的目光不时地落到了那麦粒肿上，它从何而来？他嘴唇嗫动几下，却不是说话，而是从齿缝间剔下一块小骨头在桌上。

对声音超常敏感的王蜇从来都是喜欢在安静的楼道里独自做事。几乎没人相信，他的耳朵能探听锁孔里的秘密。轻轻一触，咔嗒开了。王蜇喜欢这样，有一种在大庭广众里隐身跳舞的狂欢感。

几个小时前，王蜇面对的是那栋楼里一张再普通不过的门。锈迹斑斑的防盗门轻轻一拨就开了。木门上倒贴的褪色年画早已脱胶，垂下一半，经历夏天后一块块红漆像中年女人脸上劣质的粉底，剥落干坼。

"咔、咔嗒"，短促而清脆的声音从锁孔里发出，整栋楼的门窗和墙壁似乎都发出窸窣的声音。王蜇从锁孔抽出又薄又细的不锈钢片，冷光闪烁如一把利斧劈开灰尘仆仆的幕布。他握着镀铜的扶手，竟然停住，把幕布后的世界关在一只手的力量之外。

"门抖动着张开一道隙缝，我感觉到细微的战栗从身体内往外扩散，这令我感到意外。开这种陌生的门不是一天两天也不是一张两张，说不清楚今天偏偏还想打开这张门。刚拐弯上楼，余光里明明这张门是开的，可回过头却是紧闭的，你不信，"王蜇用一支筷子将溢出杯口的啤酒泡沫拨开，"这是幻觉，每个人都有幻觉。那的确就是一种幻觉。"

彭越的嘴咬着筷子，愣了愣。"我听得到血液和骨头摩擦的声音，喀喀喀喀的。楼道里一切隐藏在安静中的力量都在窃窃私语，像是村里的屠夫密谋怎样杀死一头桀骜不驯的牛。"王蜇兴奋地站起来。

王蜇的兴奋还来自于下午很轻易地进入403，然后从那个被包养的少妇家中"进到手"五千块钱。钱就放在敞开的抽屉里，他好奇地翻了翻其他东西，有少妇跟那台湾半老头子在海边游泳拍的一沓照片，一张过期身份证，散落的几个没开封的避孕套。除了钱，他什么也没拿。

轻轻地吹着口哨拐出楼，王蜇和守点的彭越一前一后从容地朝巷外走。巷口子上一桌玩麻将的老人把注意力集中到一张牌的抢胡上，谁也没看到这两个陌生人的离开。路过小邮局时，王蜇拐进去给县城的母亲寄了这个月的所谓五百元"工资"。等排队办完手续出来就不见了彭越，王蜇的目光越过移动的人群，终于看见彭越在对面的小卖店，整个身体倾倒在玻璃柜台上，抽着烟和小卖店的女孩逗逗笑笑。

王蜇翻上路边的护栏，脚钩住下面的横杠，稳稳地坐着。走过去，一个喂奶的女子，婴儿扭头抽嘴的瞬间，他看见那只肥硕的乳房上流淌着白色汁水的乳头很大，深赭色的一圈乳晕，怎么看也跟性感联系不起来。

哺乳期的女人，是不是都不再关心乳房，只要怀里的嘤嘤声一出，就迫不及待地秀出来？王蜇胡思乱想着，彭越已经甩开膀子过来了。往常两人会叫辆摩的，去观音阁，叫个大鱼头，几个凉碟，两瓶二锅头。喝完酒各自回出租屋。分开住，目标小，不易被人注意。这是彭越说的。彭越还说，今天去吃点新鲜，到土桥菜馆吃土匪鸭。

几杯酒下肚，彭越就天南海北地扯段子，王蜇只是听只是笑，平时也一样不说话。这只土匪鸭有些肥，彭越却吧唧得很有劲。甩出几个段子后，彭越说："王蜇，你也说说嘛，你闷不闷？人活着要开心点，不要总摆一副全世界都欠你的×样子。"

王蜇说："你又不是不知道我不喜欢说话。再说，听你说，我很开心。"

彭越说："随便讲嘛，有什么打紧的。"

王蜇想到今天在那栋楼里的感觉，忍不住地打了两个酒噌。后来他不知为什么要撒谎，说在少妇房间看到的东西，有虚有实，还说顺手拿针把其中一个套子扎了个洞。彭越捧腹大笑说没想到你也这么无聊，那糟老头子有没有产生足够耐力的精子还说不定。要就把那些套子通通扎穿，送佛送上天。

喝了酒的王蜇久久不能入睡。他眼前总是晃动着一张既模糊又清晰的门。

在同一天破例打开第二张门还是第一次。

这间两室一厅的房子，散发着单身女性特有的那种清香。房间里比楼道更静，让他想到老师常在课堂上举例的那句"连针掉下来的声音也听得见"。一张席梦思，一个黑漆发亮的三门衣橱，一台落满灰尘的黑白电视机，一条三人座沙发。这是一个人的租住屋，有一间房空荡荡的，看来是合租的人搬走的缘故。他贴着墙壁走一圈，又回到客厅的沙发，一屁股让身体陷进弹簧失效的沙发里。双脚朝天的他喜欢这样打量一个陌生的环境。墙上有三张港台歌星的挂历画，两张不知是哪个国家足球队的集体合影以及门牙露出条宽缝的罗纳尔多和潇洒射门的巴乔图像，一幅撕扯掉一半的世界地图，看得出前任租住者的痕迹。

现在是个女孩租居的。床头柜上堆着几支口红和几瓶非名牌的面霜，椅子上码着一叠衣服，一只做工粗糙的粉色胸罩瘪瘪地悬在椅背上，想象不出穿戴在身体上的丰满。这些与他进来之前的那种期待基本吻合。年轻女性，单身，生活简朴。意外的是找不到能证实女孩是美是丑的依据，比如照片。那些摄影棚里出来的艺术照天生是为女性准备的，但在这里没有。他钻进白色蚊帐下的席梦思上躺下来，张大鼻孔嗅了嗅，飘散着似乎是柠檬的味道。这是不会掺假的女性的气味。他想，这张床是一个女人的专用还是会有另外的男人睡过？他从柔软的枕头下摸了一圈，什么也没有，可满手心是软乎乎的。

一面墙上竟然有四面石英钟，相同的型号。这是蚊帐后的秘密。王蔦把钟一一取下来，什么也没有，很普通的钟。钟面的时刻是不同的，仅是左边的一只与他手表上显示的一致。他把钟小心翼翼地挂上去，确认看不出被取下的痕迹。

从左往右是：四点半，十二点半，两点，四点。

王蔦很快发现钟面下的几个用铅笔写下的不易发现的地名。

他猜四面钟对应的是这四个城市的时间。

北京。旧金山。孟买。新加坡。

躺在沙发上的王蔦思考着这些钟这些地名与女主人之间引人猜测的关系，又怎能轻易猜准？突然他的视线移到窗外飘过的一角云上，心神恍惚了一下，才发觉这是一个陌生的地方。走到门口，他又趸身到床头柜，面对那些零乱摆放的女性物品，他愣了愣，伸出一只手指，勾起那只银色的发卡塞进了裤兜。

"不能空手出门，"王蔦对自己说，"我不能同一天里再破一次例。"

没睡着的王蔦脑子里蒙太奇似的闪现着钟、胸罩和床。他坐起来打电话，心中憋着的慌从来没有过，彭越好半天才接："闹什么闹，有事明天说吧。"

王蔦说："如果一个人在自己家墙上挂上几面相同的钟，而钟又显示着不同时刻，这是什么原因？"

"什么钟？什么几面钟？"

王蔦重复一遍。

"你去过宾馆吗？大堂里都要挂一些标记着各个国家不同时刻的钟。那叫子母钟。"

"子母钟？"

"一个人在自己家挂四面钟？神经病！"彭越没再说别的就挂了电话。

这是另一个人的秘密。

接下来的几天，王蜇白天无所事事，到了晚上接二连三地做噩梦。梦中场景不同却飘荡着一句类似的台词。

王蜇听到躲在梦后面的一个声音说："你天生就是个坏人胚子。"他声嘶力竭地反驳："不，我不是。"

正是在王蜇同梦中的声音争吵之际，电话不依不饶地响起来。王蜇有气无力，摸索了半天才从床头把手机找到。彭越说："你这么早睡了。你怎么越来越能睡了？"没有听到回答，彭越接着说，"下午我去医院了，一个女护士帮我做的，挤干净眼睑内的脓液，麦粒肿就没了。"

王蜇哦了一声。

"那女护士很正点，不知道将来会好死哪个王八蛋。真的，她做得一点都不疼。"彭越喋喋不休。

"你疼不疼关我卵事。"王蜇果断地掐掉了电话，想再回到起先的梦中，可怎么也回不去了，却有一颗模糊的麦粒肿在眼前晃来晃去，然后是翻开的眼睑，布满血丝的眼球，被一把锋利的小手术刀划开流血的场景。麦粒肿到底是什么玩意儿？

王蜇彻底醒了。

是的，他打过架，他抢他偷，但他内心清楚自己不是一个坏得彻彻底底的人。打架是读书时年轻气盛凑热闹，拿砖头裹在黄布书包里扳人是对方活该，一个流氓痞子平日有恃无恐，过街老鼠岂能手下容情，抢是帮一个被抢的人把东西抢回来。偷，无话可说。现在他靠这吃饭，但不是遇到彭越，会吗？

有一天，彭越问王蜇后悔不，王蜇笑着说："你大学生敢做，再说我们有约定。"两人早就约定只偷那些有钱的和来路不正的人家。彭越沉思片刻说："我想有一天得干点光明正大的。"

王蜇随口说："这样不好吗？反正我们偷的是那些来路不正的人。"

他话没完，没想彭越叫嚷着："我们来路正吗？"

当然这样的争吵很少发生，即使争吵过后就好了。彭越忘了，王蜇也忘了。两人在短时间内建立的信任，没有明确的要求，有些令人难以置信。

有一次，王蜇被另一伙人偷堵住了，问他要学开锁的技术，他拒绝了。人家看他势单力薄又不识好歹就抽了他几耳光，他以为咬牙忍住就没事了。那伙人岂肯善罢甘休，找碴不断，甚至还拿出刀子来恫吓。王蜇就是一个闷不做声的坚决态度，回想起来颇有几分视死如归的气概，最后还是彭越出面花了钱求了情那伙人才罢手。王蜇连谢谢也没有，起先对彭越心存防范，后来感觉这人颇有几分江湖气，慢慢从心理上接受了他。

王蜇有时望着大街上来往的人群发呆，恍惚不知身处何方。几年前的夏天，也是在老家大街上，他救了一个抽风的老头，过往行人看见这个衣衫破旧的老头口吐白沫，四肢抽搐，绕道而行。当时他踩辆三轮车帮人送完货，就把人送到了附近的医院，又送回家。老头是街上摆摊修锁修车的，问他愿不愿意学这门手艺。他开玩笑，修锁不学，要能不用钥匙开锁还不错。老头几天后逮住他，郑重其事地把他带到家中，要他跪在面前发誓，教他开锁，但他不可以再教给任何人。他以为老头神经错乱，暗自发笑，可老头一本正经地说："各种各样的锁，想开就开。"当场演示一番，他当时镇住了，这回算是大开眼界。他的一句戏言，老头较了真。他晚上偷偷跑去老头家，扎扎实实地学了半年。

仅靠一枚小钢片就能打开不属于自己的锁，当时他的兴奋劲儿没法形容，他总怀疑自己在做梦，怕梦醒生活又变回原样。老头临死前对他说："我一个孤寡老头本是想把这手艺带到黄土里去的，害人不浅呢！"他听说过老头"文革"中被几个醉酒的红卫兵逼着打开一把锁，结果第二天传出这屋里的一对母女自杀了。老头为这事责怪自己一辈子不得安宁，从此夹着尾巴老老实实做人。

王蜇问老头为什么教他。

老头说看他骨子里不像一个坏人。

后来王蜇说这些时，彭越没说话而是眼圈红润润的，彭越也不是那种坏人胚子。王蜇有时想着自己似乎是突然间就变成了一个别人眼中的坏蛋，以偷窃为生，这是以前从未设想过的。或者说，王蜇从来没设想过自己的生活。现在的状态很好，他就不愿多想今后那些可能会变化的日子。生活往往不是朝着设想的方向迈进的，那就不去想好了。

王蜇在学坡重新租了房，房间开窗的位置正对着穿城而过的铁路，火车奔过，能感觉到身体和房间一起强烈震动。没事的时候，他就站在窗边，想着两根铁轨所抵达的远方。远方在哪里？他会莫名其妙地发出一声冷笑，然后掏出那只发卡，从陌生的房间里带出来的发卡。咔，嗒。细心的王蜇发现，发卡背面的小薄铁片掰直的话，就变成了天然的开锁工具，但他并不想把这只质地不错、做工精致的发卡用来干一件不光彩的事。王蜇想，女人戴上它，一定会增添些独异的风魅。

右眼皮上贴着个创可贴的彭越带着一个嗲里嗲气的小妹来过两趟，小妹对这里的居住环境充满着不屑，太闹。彭越说，我就喜欢闹。然后就冲小妹动手动脚。王蜇看出两人互推互就，彭越贪着这块热豆腐，小妹却不是那么好上手，拿腔拿调的很做作。王蜇对这种女孩的印象不好，心想奉劝彭越几句，莫毁在这种女孩身上，但看到彭越跟她亲热着，也就没有了讲的心思。

可想而知，小妹不是省油的灯。这段时间，彭越开销大，踩过点后就打来电话，进货渠道找到了。

得手后王蜇会打电话告诉彭越货进手了，再约地方见面。如果是钱很好分配，如果是值钱的金器或别的东西他会交给彭越找人出货。彭越是个踩点的好手，以前干得很节制，还多次叮嘱王蜇过于频繁对安全不利，但近段苦于手头紧，命中率高，所以胆子大些。王蜇留了点心，对踩的点也是打探周细后才动手，货进水的事就很少发生。这种相安无事挨到国庆，报纸上连篇累牍地报道"风雷行动"每天的战果，风声有些吃紧。王蜇把报纸甩到彭越面前，说老实地过段日子吧。他很气愤彭越把钱花在这个浅薄的小妹身上。

这些日子，王蜇第一次感到寂寞难耐。寂寞曾经对他来说，是关乎别人的事。

过去闲得无聊，王蜇就到楼下附近的租碟店坐坐，拿几张碟片也拿几本武侠小说回来。几天后，就和那喜欢说话的小老板混熟了。小老板说在工地干过水泥工，贩过青菜，送过报纸，当过电器推销员，偶尔在报纸上发表一些几百字的杂感和散文，发表后就把它们剪裁下来贴在墙上的玻璃框里。王蜇一去小老板就会指着发表的新作要他读，他也装模作样地读一读，并没什么感觉，但他会顺口表扬几句。小老板说，经历是一个人的财富，用钱也买不来的，他的经历说不定将来可以写个轰动的长篇小说。小老板常常问王蜇看过某某人或者某某作品没有，他总是摇头，小老板说的那些他确实连听说也没有。小老板也就跟着失望地摇头。王蜇不知道他在小老板眼中是怎样的，但小老板常以告诫的口吻说他应该趁着年轻读些书，细心地体验生活，生活时要常悟，明白这点任何事都可以做好了。王蜇琢磨着这些话，与自己现在的生活似乎差得太远，也就懒得争辩。有一次他在地摊摆的杂志上看到篇文章讲一个叫杜拉斯的女作家，有事没事地整理自己的照片时就弄出个叫《情人》的小说，世界轰动。他问小老板看过没有。小老板假装埋头算账，用手指指拐角墙壁上花花绿绿的碟片盒说，到那里去找，有很多情变、凶杀的片子。后来他就真找到一部根据那小说改编的同名电影，看过后就兴奋地告诉小老板这片子拍得很棒，对方瞟了一眼封皮上裸露的男女，满脸不屑，说："这种下三滥的电影我是不看的，不是你们打工的喜欢看，我才不会进这些碟呢。"

王蜇感到很失望。有次他撞见小老板躲在小房间里看得起劲，言词间却躲躲闪闪，觉得这人虚伪，就不再去逛这家碟店了。

彭越跟那小妹是在建湘路的按摩店绊上的。以前王蜇住在那条路上。那是一条挤满按摩店的街，彭越有事没事就来找这里的小妹玩。

王蜇有一个远房亲戚在这街上开过半年店，只要店里有漂亮小妹，就不要担心赚不到钱，这是亲戚说的。有时碰面就会扯着问他有没有兴趣，店里来了个纯情的。亲戚说你们年轻人就喜欢温柔纯情的小姑娘，上了年纪的男人才真正会玩。后来亲戚的店子在一次扫黄行动中关闭，小妹们投靠到后台更硬的店子里。亲戚是很愤怒地离开的。他去了温州，他说有钱能使鬼推磨，在那个经济发达的城市里，钱也比这里来得快百倍。此前，彭越是那店里的常客，能享受到免费按摩，三十块一炮，全市最低价。彭越几次抓着他的手，很痞气地凑到他耳根边，走走，没事做去按按摩吗？找个手法准的，绝对过瘾。

　　王蜇总是拒绝。实在不耐烦了，他就装发飙："他妈都你玩过的，再玩有什么意思。"

　　彭越回答："你有问题。"

　　王蜇发火，"我他妈是有问题，跟你做偷。"

　　彭越自讨没趣，呵呵地笑，嘴里嘟囔着走了。

　　王蜇在老家县城处过一个女友，长得很水灵，年纪比他大四岁，实际上看不出来。她一直没工作，也不想工作。他们好的程度也就是亲过嘴。有天晚上在堤边的河滩上她主动要跟他，他们抚摸成一团，可临到头来了几个巡夜的联防队员，手电筒光扫过来，吓得他卷起裤子就跑了。那时县城里正兴舞厅热，他能搞到手的几个钱只够买门票，根本不敢消费，进去后就是一支接一支地跳，一晚上下来脚都会肿，没钱或者不想跳舞就在县城的大街小巷压马路。那时王蜇父母整天为无所事事的他忧心忡忡，对那个送上门的儿媳妇很不满意。父母打听到她谈过几个不正经的男友，尤其是听左邻右舍议论女子面相狐媚，将来婚姻不会长久，就想尽一切办法送他出去做点什么。父母四处托关系终于找到邻县表亲的朋友，是开照相馆的，除了能学门本领外，生意好还能每月发点生活费。他头脑一热，展望将来学到一技之长开个店子，跟她在一起，就很干脆地答应了。学了两个月，他就待不住了，表亲的朋友是个保守的人不可能传授太多的东西，又听说女友绊上了一个监狱里回来的流氓，那段日子他很是闷闷不乐。王蜇发现自己慢慢陷入一个令人忧愤的泥淖中。

　　有次女友一个人来了，王蜇非常高兴，陪她下馆子吃饭，到烈士陵园去划船，还自作主张地把店里的相机拿出来给女友拍照。晚上没少喝酒，回到小旅馆稀里糊涂地睡到了一起，她很主动也很娴熟，动作还很粗野，他的心情复杂，来不及体味第一次的快乐，遗留着对身体喷涌后的惊恐。

　　第二天女友临走前，说最近有事要钱急用。王蜇二话没说，转身回照相馆找老板先支点钱。等他跑回来，她人已走了，顺手带走了照相机。表亲的朋友大发雷霆，他在照相馆待不下去了，表亲和父母东拼西凑三千多块才抵了相机的账。他发誓要找到女友狠狠地揍她一顿，可哪里还有她的消息。上个月母亲打电话来说那女人在南方染上毒瘾，晚上伙同人外出抢劫时被人砍死在一条小巷里。母亲愤愤不平地骂她是妖精，妖精死了好。他心里说不清是什么滋味，耳朵里像钻进一群纠打在一起的蜜蜂。

彭越嘻嘻哈哈地来找王蜇，说终于甩掉了那个黏糊糊的外地小妹。

王蜇颇感意外，在他眼里那小妹不是吃素的，难缠得要命。

"你知道我，我说到医院检查出下面有了病，很难根治，找她借钱去省城治疗。我说我是爱她才决定告诉她的。"

彭越哈哈大笑："可她灰溜溜地就跑了。"

"她真信？"

"我给她看了。"

"你真坏了？"

"我当然是骗她的，连你也信。"彭越又扑哧扑哧地笑。

"就这么简单。男人要吊死在她这样的一棵树上，太亏了。"彭越接着说，"这种小妹，自作聪明，只想搞老子的钱，真是猪脑子，没一点情趣。"为庆祝这事，彭越执意要请他去按摩，说自己忍了太久，白忍了。

王蜇摆了摆手："要庆祝你自个去吧，我不趟这浑水。"

彭越不依不饶地说："干不干随便，安全方面别操心。"见王蜇坚决地摇头，他狡黠地笑，总会让你乖乖地进去干一次。

半个月后，王蜇的确去过一次按摩店。事情是这样的。国庆长假彭越多年未见的两个同学探亲后回北京，次日的火车要在这里歇一晚。彭越把王蜇叫过来陪同学喝酒。这两同学虽说是研究生，但看上去很通透这个社会，哪像什么知识分子，真正的"烟酒生"，还是两杆铁烟枪两个酒坛子。他们一顿饭从傍晚吃到十二点，酒足饭饱后，彭越说去找个地方"消化消化"。王蜇准备打道回府，可他也喝了不少，和那搞哲学的研究生谈得投机。聊起来他还有个同学也在那所大学读研，矮一级。他兴奋极了，他去过他那个现在也是研究生的同学家，在离县城三十多公里的一个叫剪庄的地方。

在去按摩店的途中，王蜇在酒精的催化作用下记得起那次少年时的外出经历。他坐着中巴车在碎石块冒出地面的所谓乡间公路上颠簸了一个多小时，他小心地听着售票员叫着一个个地名，他怕错过那两片薄嘴唇里啪嗒啪嗒地发出的"剪庄"这个声音。到剪庄下车后他又照同学讲的沿着一条小路走了很远，也不知有多远。路两边是棉花田，大片大片，绽开的白棉花点缀着深褐色的大地。看不见人，他心里怦怦地打鼓，不知找对地方没有，又怕从棉田里突然冒出个打劫者，虽然他身上没有几块钱。那些岔口、小路在眼里是越来越远，看不到头，他昏昏沉沉的像要一头栽倒在地上。直到天摸黑，他终于看到同学站在一个岔路口焦急地等他。后来，他才知道他走过好几个岔路口，阴差阳错地跟同学擦肩而过却又走回到同学守候的岔路口。

王蜇离开时对同学说，你得想法子出去，这不是人待的地方，人烟稀疏，房子隔老远一间，天黑后阴惨惨的。王蜇记得当时同学的表情十分羞涩。他不知道同学这么考出去是否因为他的一番话，是否为了离开家乡，但他十分的怀念那次有所希望又感觉渺茫的"剪庄之行"。暖暖的风吹拍在脸上，空气里透着甜蜜的滋味，以后他真的再也没嗅到过这样的记忆了。

回到那天深夜，建湘路上王蜇、彭越和俩研究生肩搭肩一同前往。彭越一路上挂着那种小人得志的阴笑。走进那间散发着暧昧的粉色光的按摩店里，彭越很熟练地跟人打招呼，小妹们都缠着越哥哥长越哥哥短地叫唤。他不由自主地打了几个尿噤。他和俩研究生先跟三个小妹上楼。上楼后，木板就把他们隔进一个个光线模糊的包间里。王蜇看见俩研究生的手很自然地捏着裹在皮裙下的屁股往里面走，而他不知钻到了一个连长相都没看清的小妹的床上。一切都是酒精的作用，他的忐忑不安很快消失了。

口渴的王蜇醒来时发现自己躺在一间小房的单人床上，他听到隔壁有女人低声呻吟，猛地一下就头脑热了。他爬起来，发现裤裆门是开的，他拉上后掀开门帘要走。一个身材标致的小妹站在过道里，发丛中一枚发亮的边夹，身体散出的一股柠檬香令他恍惚想起什么。低着头的她看他出来马上站直了身体。

王蜇问她他朋友呢，她说已经走了，你睡了四个钟点。

王蜇问他们给钱了吗，她说只给了两个钟的，也不说还要给多少钱。这时从里面更暗的一间房里走出来一个胖胸脯的女人，说："你再给一百走人吧。"

他说："你讹我？"

胖胸脯女人指指站一边垂着头的女孩说："你睡在她床上。"

他故意装凶骂了句："睡她床上就要这么多，妈的。"

那胖胸脯的女人走进包间里，说："你自己来看。"

他说："看什么看？"

她弯腰挪出床底下的塑料桶，抠出一团滑滑的影子，然后两只指头拈着它递到他面前："这是你的吧？"

王蜇看到那小妹头垂得更低了。他不清楚这摆在他面前的物证是不是自己的，小妹始终不再说话。突然间他的心有些软，这小妹，看上去有些顺眼，算了，撕破脸闹没这必要。不就一百块吗？他把钱掏了，下楼时听到那胖胸脯女人对始终不吭一声的女孩说："小亚，以后对这种男人就得硬碰硬，不然他以为我们好欺侮。"

那个叫小亚的小妹回答的声音嘤嘤的，他没听清。

周末，彭越约了王蜇去看场电影，临了却变了卦，说要回去一趟，养母病危。王蜇以前从没听彭越说过有什么养母的事，两人碰了面，彭越顺口说了声，要不你跟我去一趟？王蜇没有拒绝，就跟去了那个偏远的小镇。赶到时养母已经死了。养母其实是彭越的亲姑姑，一个正直善良、拘拘谨谨的小学教师，五十挂零却得肝病死了。镇上来了不少好心的和爱热闹的人，送别这个好口碑的女人。

丧事办得差不多了，王蜇先行回来，半路上决定绕道回县城看看父母。父母身体看上去还行，只是比以前显得又老了许多，两鬓发白的父亲和王蜇依然没什么多话，倒是母亲念念叨叨地讲了不少县城的新事旧事。

王蜇住了两天就走了，他对这县城一直耿耿于怀，有着说不出来的逃避感。母亲念叨中提及前女友的破事，让王蜇想起那个既熟悉又模糊的女人面孔，给闭上眼睛后的一摊血泊盖住了。

彭越回来后，提出搬过来同王蜇一起住。"我很害怕，害怕我被抓了。我像是有不祥的预感。我痛苦得要命。我们不能再这样了。"王蜇盯着那张因劳累而面色灰黄的脸，彭越揉了揉眼睛，说："你看，该死的麦粒肿又冒出来了。"稍顿片刻，彭越接着说："你一点都不害怕吗？你说话呀？"

王蜇知道，彭越是受了养母离世的刺激。想到那个常常面容憔悴，一生为抛弃她的男人奔波，为抚养彭越及残疾女儿长大成人而劳心劳力，年复一年为听课或不听课的学生呕心沥血的女人，她的死对彭越的打击可想而知。王蜇还记起那天晚上彭越和俩研究生同学在酒精里回忆往事，彭越就表现得很失态，以前比他们各方面要优秀的彭越现在却羞于启齿告诉别人自己是干什么的，高考时的一次失败，就把一个人的道路划到了另一个方向。那天晚上，彭越总在不停地说要混出个名堂来给人瞧瞧。

他本想安慰彭越说你姑姑去了另一个世界会比活着更幸福的，却变成了："不能再怎样？"

彭越突然大声吼起来："你他妈难道一辈子要这样吗？像只生活在阴沟里的老鼠。"

王蜇感觉到耳膜都快震破了，以前他们偶尔也讨论过这样的话题，最后又都是互相安慰，先这样吧，现在能干什么呢？都湿了脚，又何不干脆洗个干净的澡呢？

这些并不是王蜇内心想说的，可他不敢肯定彭越这次发难是一本正经的还是冲动，更不能保证彭越日积月累的那些陋习一夜之间能改过来，比如说不去按摩店就真不去玩吗？王蜇保持了沉默。

"我想好了，你来不来？"

"你说说看吧。"

"我们先借点钱打个店面，开个饭馆，"彭越的声音低下来，"开饭馆是辛苦，但我们可以慢慢做。"

王蜇透过窗户看见从远处交叉的屋檐深处飞出来的几只鸽子，说："只要你想好就行。我跟你。"

两人下楼找了个小排档喝酒，王蜇脑子里乱七八糟地浮现出别的东西，彭越絮絮叨叨地说着丧事中的龌龊。王蜇记不住都听进了些什么，好像彭越后来说了句不要选择这种生活，不能像墙上钟，挂上去就下不来了。

王蜇第二天睡到中午才醒，彭越买了快餐回来，兴致勃勃地说："你说我刚才看到谁呢？那个被包的少妇，腆着个肚子，像是怀孕了。你上次做的好事。"

王蜇不置可否，他对这个养在笼子里的女人毫无印象，想起的却是她楼下那间墙上挂四面钟的房子，他的手从口袋里去摸那枚银色的发卡时，发现没了。找了几圈，该放的地方都没有，他想，发卡会落到哪里去呢？

下午，王蜇找借口出来一个人去了那栋楼。楼下已经有个老太婆，右臂箍着个红袖章，她狐疑地盯着他看，他冲她点头微笑问了个好，她并没有热情地回应，把头扭到了一边。

王蜇不敢确定304有没有人，身体贴到门上，墙上钟的声音清晰有力，穿门而过钻进耳朵里。他轻轻地敲门，装作找人的样子，等到楼上那个母亲牵着活蹦乱跳的女儿走下楼，他快捷地打开门闪身进去。

房间里摆设没什么变化，好像女主人今天临走时匆忙来不及收拾，沙发上丢了几件不同季节的外套，床上的被褥散乱地掀在一边。他一眼就看见了墙上的钟，嘀嗒嘀嗒，跟这房间的散乱一起演奏着一支走调的曲子。

钟多了一面，王蜇意外地微笑了一下。这面新钟的外壳颜色变了黑色，钟面中央是片荡来荡去的树叶。下面没有字。空白。为什么没有写字呢？王蜇心生疑惑。

他的手有些发抖，试探了好几次才打开床头柜抽屉的暗锁，在里面看到夹在一个灰皮空日记本里的一张合影，男的穿件米色夹克很阳光地抱着女孩的肩，女的二十岁出头的样子，双手插在牛仔裤兜里，微昂着头，风把她头发吹得飘起来，很幸福地笑着。可惜的是相片发了潮，边缘掉了不少色彩，大概能猜到背景是水边的一片小树林。这女孩有点像谁？在哪里见过？王蜇在脑海里刮了一遍，始终没想起来。

这两天，王蜇和彭越像上了发条的四条腿在大街小巷里转悠，却很难相中特别中意的门面，主要还是钱的问题。

有钱，一切都好说。彭越跟他商量到最后是决定再进一次货就"洗手"。"玩票大的，就当我们的'原始积累'。"彭越说。王蜇没反对。

他们一起去踩点，路过建湘路的那些红红绿绿的按摩店时，彭越捅了捅他的腰，说："忘记跟你说件事了，那晚在按摩店，小亚多让了你一百元。"他隐隐约约地想起那个喜欢垂着头的长发女孩。彭越说："钱她还了，你小子是不是喜欢她，没干就给钱。要是那些女的成天碰到像你这样的还不都发财。"

他嘿嘿地笑："那晚喝多了，摸方向不清了。你们抛下我，还说。"

彭越说，小亚是那店里他唯一没动过的。

王蜇鼻子里轻哼一声，不说什么。

"你不信拉倒。她太害羞，不像按摩店的小姐。一个女人要是阴冷，上了有什么意思。"

"看不出你也有心慈手软的时候。"

"不过以后要能找到像小亚这样的女孩做老婆，也值得。她跟她男朋友出来，借钱送男友去了新加坡，后来又说到了泰国，还听说到了哪里。快两年了，连音讯也没有。以为外面的钱到处有捡的，鬼知道死没死在国外。"

王蜇突然一阵难过。他想起在一座更繁华之城的夜晚死在乱刀之下的前女友，母亲说她为了钱也做过按摩妹，他还想到第一次自己完全处于被动的性经历，还有被骗走的相机。他懊恼不已。他被欺骗的情感再也找不到美好的开端了。

差不多隔了一个月，王蜇去建湘路的按摩店找小亚，他不知道她能不能认出他。彭越说你去找找小亚，看她愿意来餐馆干不？那种店子不是她久待的地方。王蜇问为什么要他去，彭越说你哪来这么多臭屁问题。当时彭越正在往餐馆白刷刷的墙上钉一幅画，一个抱只流水的坛罐的半裸女人，王蜇看到那清澈的眼神，心咯噔咯噔地蹦了几下。

王蜇推开玻璃门，一眼就看到沙发上坐着四个百无聊赖的小妹，粉色光打在她们没有表情的脸上，冰凌凌的。那个胖胸脯的女人迎上来，她大概已经不记得她曾讹过他了。

王蜇问她："小亚呢？"

胖胸脯女人看着王蜇，挽起他的手，指着沙发上的小妹说，这里每个都比小亚强。

王蜇再问她："小亚呢？"

胖胸脯女人犹豫一下，说已经走了。

王蜇说："多久了？"

胖胸脯女人想了想，说上上星期吧。她看到他有些失望的神情，又贴上身体很做作地让他在沙发上挑一个上楼。王蜇甩开她一身软绵绵的肉，走出了那粉腻腻的令人窒息的空气。

没见到小亚有些失望，王蜇走了几步又踅回去。他担心胖胸脯女人存心骗他，她可能认出他怕他找小亚的碴，或者是小亚去别的按摩店干活去了。这条街上有多少家按摩店，难道还容不下一个年轻的小亚吗？

胖胸脯女人见王蜇打道回来，摆出很高兴的样子，扯着一个沙发上神情懒散的小妹往他怀里送，他推开小妹，问道："你知道小亚上哪了？"

胖胸脯女人有些生气了，爱理不理的样子。

坐沙发上，有个照镜子浓眉毛的小妹忍不住插嘴说："回老家了，她老公回来了。"

胖胸脯女人对这个不懂事的小妹狠狠地骂道："你知道个屁？哪是她老公，未婚夫，顶多算她男朋友，在巴基斯坦死了，大地震，楼坍下来，住地下室的劳工全压死了。"

"她什么时候回来？"

"说不清，她说不回来了。她租的房都没退，房东把东西搬过来了。"

王蜇朝右边看了看，大包小包挤成一堆窝在潮湿的角落里，像群可怜巴巴的乞讨者。

王蜇把小亚的事跟彭越在电话里说了，彭越嗯嗯地应了几声，说回来吧，这儿装修师傅来了，看怎么摆弄来拿个主意吧。

王蜇没有直接回去，而是又去了离得不远的那栋楼，从304的门缝里看到四个青年男子在赌牌，房里烟雾缭绕。他扒着门缝看到墙上，钟全不见了。墙上有五个长方形的暗影，四个很白，一个很模糊。箍袖章的老太婆从楼上迈着小步子走下来，从背后用尖细的声音问他找谁，王蜇慌慌张张地跑下楼走了。

跑出很远，王蜇才停下来，喘着气靠在树下休息，马路边有几个小摊贩正兜售着七零八碎的小商品。一面圆镜折射的光倏忽之间闪过眼睛。王蜇蹲到了地摊前，用很便宜的价格买下一面橙灰色的石英钟。

这面钟后来一直没有挂上墙，王蜇连把它遗落到哪里也不知道了。当他赶回正在装修中的饭馆时，一辆警车停靠在门口，周围挤了许多瞅热闹的人。两个警察推推搡搡地把铐住的彭越往车里塞，彭越在弯身钻进车子时又退回来，抬眼往四周望了望，像在搜寻着什么，嘴角挂着一个无助的苦笑。

警笛鸣了两声，然后闪着红光从人群中开走了。

彭越是被一个销赃的家伙供出来的，在审讯中他对偷窃的事实供认不讳。现在被关在看守所的彭越等待的只是时间上的一个数字。当担心的一切真实地发生时，那么突然，那么无路可退，王蜇让从没有过的恐惧感占领，巨大的晕眩一浪一浪地袭击过来。

彭越所设想的未来在眨眼之间就被敲得支离破碎。把自己困在租居屋的王蜇，连他自己也说不清楚在等待着什么，是警察带着彭越来逮捕他，还是撤离这个中途岛似的城市。在各式各样的困惑中王蜇迷迷糊糊地入睡，又被或有或无的异样之声惊醒。

合上眼睛的王蜇突然心疼得眼泪都要挤出来了。眼睛里的疼痛像狂风一般地刮过来刮过去，这就是麦粒肿带给人的感觉吗？伤痛在眼皮里执拗地拱着，像一群你推我搡的人拼命地挤向一张窄窄的门。他把头深深地埋下去，仿佛是要埋进以前开过的那些门里。那些被他琢磨过的门里边的人和事，他常常想起那挂着五面钟的空房间，没有了钟而显得孤零零的墙壁，那张小树林里的合影，像一团云影飘忽的按摩店女孩小亚，那个传闻中死在异国他乡的男人。当这些模糊的影像交叉奔跑或者奋力飞旋时，王蜇非常清晰地听到，从钟面里发出的嘀嘀嗒嗒的声音从四面八方涌进那个被三岔口和小路分解的小村庄。

这时，他手里不再拨弄那块不锈钢片，而是那枚以为遗失却又神秘出现的发卡，被汗涔涔的手攥住的，银色的发卡。

黑寡妇

刘水清

当我惴惴不安地写下这个题目时，浑身起满了鸡皮疙瘩，打起了冷战。大茔盘在我童年时代，有着深入骨髓的恐惧：一边是墓园，一边是海港，园里种着密密的树，柏树，古柏森森，幽暗深邃，透着神秘。看园的是一位寡妇，人称黑寡妇，因为她常穿一件黑衣，幽亮，玄妙，鬼鬼祟祟，影子一样活动在墓园。黑寡妇养着一只比她还黑的黑猫，据说有一百岁了，猫跟着她，她领着猫，形影不离。

我小的时候，经常在园里看到那些塌陷的坟墓，里面或躺着一个骷髅，或古尸身上盖着一床艳丽的花被。我经常在这些古坟旁捡到铜钱，有时捡到一把古锁或很沉的秤砣。有一次还捡到了一只五十年没用的铜碗。奶奶告诉我园里有很多故事。

我看到蜜蜂飞进园，我看见黑蚂蚁排着长队钻入坟墓，我还看到刺猬像一个绣球一样，在园里滚来滚去，一不留神，一只蜥蜴钻入裂了一个大缝的坟里。

黑寡妇住的房子，断壁残垣，煞是迷离。别的且不说，就说那宽大的朝向墓园的街门，颓朽，腐败，摇摇欲坠，可就是没倒。因此形容某某东西"美丽如画"，描述的是随着时间推移而变美的建筑风光，它的美是其创造者未曾料到的。如画之美来自建筑物矗立数百年之后才会浮现的细节，来自常春藤，四周环绕的青草绿叶，人的呼吸狗的叫声猫的咪咪，来自远处的岩石，天上的云和滔滔的海洋。因此新建筑无所谓如画之处，它要求你观看它本身，唯有在历史赋予它偶然之美、赐予我们意外的新看法时，它才变得美丽如画。就像黑寡妇住的这所老宅，它的凄美在于有黑寡妇住在里面，在于终日阴影蔽日、旷古悠悠对着墓园。尤其晚上，月影姗姗，柏树摇窗，古宅的门响了，吱吱扭扭，黑寡妇把街门推开一条缝，扁着头，就一手把渔夫送上门来的鱼接了，是条雪亮修长的大刀鱼，尾巴扫着地面。黑寡妇又吱吱扭扭关上街门，一会儿又拍响了，是风拍响的，或许是黄鼠狼挤响的，抑或趁月亮上来从船上又下来一渔人，说是要一碗黑寡妇的豆酱蘸葱吃，这是典型山东人的吃法，也是我们胶东人的吃法。船上的渔人吃腻鱼虾，总要到陆上打打牙祭。

　　晴天，黑寡妇颓唐的院墙上，总晒着一缸酱，那酱在毒烈的阳光下，发出一种大豆的甜香，整个羊角畔全吃黑寡妇酿的酱，豆瓣酱。院墙根上是齐刷刷的一溜大葱，正中渔人的下怀，拔一棵葱，蘸一口酱，一瓶二锅头就下去了。醉了，睡在黑寡妇用柏树枝焐热的大炕上，鼾声高过黄海的浪头。进出老宅的还有一个驼背老翁，他总随身背一个柴篓，在墓园拾掇一些枯枝败叶，搂一些芦苇松毛，递给黑寡妇。听奶奶说，以前这老翁背不驼，脚不跛，腰板溜直，口吐清泉，气宇轩昂。似乎在上世纪六十年代，老蒋欲反攻大陆时，这家伙一夜跑海边六趟，打眼罩看海，像是迎接蒋特上岸，后来被民兵擒拿，就打驼了背，打折了腿。人说是黑寡妇指挥的，他是受黑寡妇之意，在等一个漂泊海外的人。可也别说，我们那个地方始终就有一个不成文的习惯，就是对着羊角畔苍茫的海港数船，这习惯一直沿袭到我这代。

　　事实上，我数着往来于羊角畔的船只已有好一阵子了。严寒的冬天早晨，我盖着被子打着哆嗦背课文，凝视着窗外的羊角畔如梦如幻似的在黑暗中闪烁着微光，我看得见两只羊角模模糊糊伸进水里。这时候渔船行驶，大海一片黑暗，任何探照灯和灯光也穿不透。在畔的南岸，我看得见造船厂的老旧起重机和挂着一盏荧荧灯光未造好的船。有时借助微弱的月光或貂场凄迷的灯光，我看得见巨大、生锈、覆满贻贝的驳船，划船的孤独的渔夫，沙洲幽魂般的白色的轮廓。但大多时候，海洋淹没在黑暗中。早在日出前，即使黑寡妇老宅、种满柏树的墓园开始微露曙光，羊角畔却仍黑沉沉的——它似乎将永远如此。

　　我继续在黑暗中背课文，脑袋忙于背诵，同时眼睛凝视着缓缓穿过羊角畔海流的东西——某艘奇形怪状的船只，某艘一大早出发的渔船。虽然我对这东西不在意，而我的眼睛却没有消除平日的习惯，仍要对通过眼前的东西检视一阵了，唯有在确定它是什么东西的时候才予以认定：是的，那是艘运煤船，我对自己说，是的，这是一艘渔船，唯一的一盏灯没点亮。

某个这样的大清早，我和往常一样，打着哆嗦偎在被窝里，眼睛偶然看见一幅令人惊奇的景象，是我从没看到过的。我清清楚楚记得我就呆坐在那里，忘了手中的书。一个庞然大物从黑黝黝的海里浮现，越来越大，露出水面，朝最后的山丘逼近——我正从这座山丘眺望（我家的地势高）。那是个巨无霸，一头巨兽，形状大小有如噩梦中的妖魔鬼怪——一艘大客轮！从黑夜和雾里显身而出，仿佛神话里一座浮动的大碉堡！它的引擎低声运转，悄悄地、缓缓地通过，却是如此有力，使窗玻璃、碗柜和家具都抖动起来。我奶奶和弟弟卧室的窗户也都在抖动，通往大海的鹅卵石巷亦然，就连小巷两边兀立的柏树也乒乒乓乓直响，让人认为这平静的街道正发生小规模的地震。在夜幕的掩护下客轮在子夜时分通过羊角畔，驶往青岛。据说，就在那夜，黑寡妇的第十八个儿子悄然失踪了，有人看见他是扒客轮走的。都是数船惹的祸。

黑寡妇的第十八个儿子逃走后，羊角畔发生了一件异乎寻常的事，至今道来都毛骨悚然。这则骇人听闻的故事，加深了我对夜晚、渔船及羊角畔海域的黑白幻想，至今仍是噩梦。黑寡妇起劲向我们描述的这名歹徒，是个贫困的年轻渔夫，但日子一长，大家便把他塑造成民间的凶神恶煞。他答应用他的舢板带一个妇女跟她的孩子到对面的竹岛赶海。后来决定强奸她，于是把她的孩子扔进海中，把妇人扒得精赤溜光。你想灿烂的晴空下，杳无人烟的大海上，一个白皙丰硕的渔妇，面对一个强盗般凶悍粗犷的渔夫，就像羊羔对着豺狼。他十拿九稳地下手了。而我奶奶因为害怕在我们羊角畔撒网捕鱼的渔夫当中，可能躲着另一个杀人犯，于是禁止我和弟在外面玩，即便在我们家的胡同里。我在噩梦中看见渔夫把孩子扔进海里，孩子的指尖死命抓住船身。我听见他的母亲在渔夫用桨猛击她头部时发出的惨叫声，两只大乳颤颤乱晃。黑寡妇惟妙惟肖地告诉我们这些后生时，我们刚长出茸茸的胡须，她是我们第一个性启蒙老师。

从此，晚上我们不敢在墓园里走。即便走入我家深巷，也像一头扎进迷宫似的。我越走越觉着孤单，跟在后面咆哮的狗也越来越多，甩都甩不掉。黑寡妇的家幽深、浪漫、有情味，有时在黑黑的晚上，我会零丁听到墓地女人的笑声。白天，我们会在黑寡妇家看到一张经久不用的长椅，一张镶嵌珍珠的桌子，一挂加框字画，一把祖传下来的古剑，还有牌匾、大钟。她偷偷摸摸地给我们展示她收藏的钟表和罗盘，仿若展示秘藏的春宫图，并叮嘱我们小心泄密。她低声告诉我们，过去有的大户人家不听使唤的丫鬟口无遮拦，嘴被封住后，在夜幕的掩护下，偷偷运到院墙外，抛入黄海。黑寡妇家有一个秘密隧道，从墓园的一端直通进海里，我总认为那些美丽的丫鬟是沿着这条隧道抛出去的。那天，我们鼓足勇气点燃胶皮，胶皮发出呛人的味道。趁黑寡妇赶集时，我们偷偷下了隧道，里面有一种宜人的凉爽，刚下到黑暗里面，就被一东西绊住，仔细一看却是一铁锚，锈迹斑斑，老态龙钟。再往里走有渔网、缆绳、梭镖、橹和舵，闪光的玻璃球，一些玲珑的珠子。好不容易从隧道钻出，看到一抹亮光，羊角畔像丝巾一样闪着迷人的眼睛。我们几个热得一头汗，纷纷钻进海里。这才想起黑寡妇让我们帮她去磨房驮面的事。黑寡妇烙的油饼真好吃，我们垂涎三尺半。我们随便从她家的院子或墙上搜点东西，比如绳头、网漂、网线、碎玻璃，送到供销社卖了，就买来笔墨纸张。我们搬不动她家隧道里的铁锚，如果搬动了，我们一定偷去卖掉。我们饿得快要啃墙上土的时候，黑寡妇家却差不多隔天一顿葱油饼。后来才知道，黑寡妇每次赶集，都带出一些古玩，到集上卖了，再买来粮食。黑寡妇带出的东西比较小，圆的金，白的银，亮的玉，至于是否有犀牛头上角大象口中牙，不得而知。

有一天晚上，羊角畔的煤场起火了，火光映着墓园闪闪烁烁，我看到一黑影，臃肿，肥胖，像球一样滚进坟墓，半天不见，后来又球一样滚了出来。那家伙圆而肥，饱满而壮硕，东张西望地钻进对着墓园的那扇破败的街门。第二天一早，有雾，上学时，我路过墓园，就见有一堆新土，昨天那还是一个完整的坟，现在却打开了一角，我清楚地看到里面有一死人头。埋在地下的人，忽然见到外面的世界，那样子实在不忍卒睹，太丑陋了。我头顶上的柏树在刷刷响，叶子哗哗啦啦，就见驼背老翁在急急扫着地，转眼一大堆叶子堆成一个坟。黑寡妇家的门又吱吱扭扭地响了，她扪着一篮子出来，又要赶集了。中午放学时，她家又发出葱油饼的香味。当街贴着一张大字报，惊人的消息：昨夜墓园又一坟被盗了。歹徒从死人身上掳走大量首饰和大量陪葬瓷器。这些瓷器据村史记载，有的是宋时南人的船从杭州载来的，稀世珍品，价值连城。看坟的黑寡妇报告这一消息时，声泪俱下，顿足捶胸。假如昨晚，我不在家里隔窗数船，也到畔上看煤场起火，就不会有这一幕。我真想把这些事情告诉大人们，但又一想我们这地方有些东西太蹊跷了，一时半会儿难以弄清，就黑寡妇家那条隧道，就足够我们研究一辈子了。据说有一年，莽撞的红卫兵小将要到她家瞧个究竟。黑寡妇当即脱了裤子，红卫兵们大饱眼福，却越趄不前。大人说，那条隧道是无底的阴沟，不能常去，去多了就被狐狸迷住了，但是那条隧道对我们整个童年却是一个谜，一个比数船着迷的谜。我们哥们几个，随便从隧道里弄点东西卖卖，都可打打我们的牙祭，比如一年只能吃一次的地瓜油糖（我们自封的名字），差不多两年才能见到一个苹果，哪怕打一瓶五分钱的醋，我们哥们几个一口一口轮换喝，就像渔人在喝小酒，太惬意了。世上还没有一个人像黑寡妇对我们这样好，她不是就让我们跑点腿干点重活吗？那算什么，我们天天帮着大人干活，可分文得不到。黑寡妇家取之不尽，用之不竭，是我们的一片乐土。

看墓园，就像在看一场黑白警匪片。特别是自从那夜滚球一样的东西，从墓地钻出，我对墓园的关注，已远远超出数船的兴趣。墓园深沉，古柏幽幽，它养成了一种我从小就形成的怀旧情愫。我喜欢由秋入冬的傍晚时分，光秃秃的树在北风中颤抖，身穿黑棉袄的人们穿过天色渐暗的墓园赶回家去。我喜欢那排山倒海的忧伤，当我看着墓园里斑驳失修的老墙——我只在大茔盘见过这种质地，这种阴影——当我看着黑白人群匆匆走在渐暗的冬日街道时，我内心深处便有一种甘苦与共之感，仿佛夜将我们的生活、我们的街道、属于我们的每一件东西罩在一大片黑暗中。大茔盘，除了街上流浪儿、鬼魂和古物收藏者之外，没人会去。这种黑白的淡淡的忧愁、凄凄的忧伤，始终笼罩在我幼小的心灵上。

就在我发现那个古老的大秤砣之后，和我一起钻隧道的一个伙伴突然失踪。那个大秤砣被我卖掉后，钱存起来，准备过年割肉。当时，我看到那伙伴古怪、愤怒乃至嫉妒的眼神，那个大秤砣发现时，他说是他先看到的。那伙伴突然失踪后，大人们发疯找了好多天，未果，就下了一场雪。我的童年回忆少不了这一片覆盖墓园的雪。有些孩子等不及开始放假，我可等不及开始下雪——不是因为我能去玩雪，而是因为雪让羊角畔看起来焕然一新，不仅把泥巴、污秽、墓园、神秘的失踪掩盖起来，也为所有小巷、泊船、船上的桅、海里的锚提供某种惊喜，某种迫近凶险的甜美气息。每年平均下雪三至五天，积雪在地面停留一周至十天左右，但羊角畔总是措手不及，每次下雪都像第一次迎接。下雪天的羊角畔像个边远的村落。有一年，异常的西伯利亚气温使羊角畔附近的黄海区域全面结冰，这对于一向生长在黄海边的渔人和孩子来说是件非常震惊的事，许多年后，除了那个失踪的孩子外，大家依然像孩子似的兴高采烈地谈论它。

　　凶险迫近的气息终露出端倪，黑寡妇发现雪后的猫有些异常，总是往外跑。黑猫跑在白白的雪地上，留下蝴蝶一样美丽的爪印，雪泥鸿爪，黑寡妇一路跟踪，那只充满灵性神出鬼没的黑猫，钻进一堆古坟里，引起黑寡妇空前的警觉。黑猫又钻了出来，"喵喵"地叫着，声音凄楚哀伤，充满愁思。那天有雾，雾很大，古柏阴郁，气氛庄重肃穆。黑寡妇像一只肥大的乌鸦一样扭着黑亮的臀过来了，她看到那坟有个洞，伸头看时，那个失踪的孩子躺在里面，但已经死了。村人马上联想到那个在黄海强奸渔妇的渔人，仿佛凶手正是他，但孩子确凿地死了，身上完好无损。孩子嘴唇鲜艳，气色绚烂，就像化了妆后躺在那堆坟里。

　　孩子死后，墓园寂寂，除了那位驼背的老翁在拼命地拾草外，人迹罕至。连续几天的大雾，使我们愁思倍增，抑郁异常。我们终于第一次亲密地接触扫园的那位驼背老翁，他住在一棵古柏的下面，屋子矮矮，像一座又聋又哑又孤独的坟。多年里，我们是墓园的常客，看出他和黑寡妇有些过从甚密，甚至有点我们说不出的那个。也许是环境过于清寥，也许是那时刚耸起的小坟分外触目，也许是雪化了，就像封了一冬的大地需解冻了，老翁紧闭的心扉第一次向我们敞开了。他告诉我们这些坟是我们羊角畔先祖的化石，里面躺着的有海盗强盗江洋大盗，有桅墙林立、家产万贯跑南洋的商贾巨旅，有千金小姐，有三妻四妾，有儿子也有老子，有衣冠冢，有无头尸，甚至还有饿狼般在海里整整漂泊几个月见不了个母的上了岸就专门作践妓女的渔夫，当然也有贸然冲进羊角畔莫名渔夫的尸体。从此，我们知道，黑寡妇是陪伴这些亡灵的最后一位名妓，可她原本也有老公。最难能可贵的是老翁不加掩饰地告诉我们一档他和黑寡妇死去活来的风流韵事。其实，我辈真正的性启蒙始于这位长着海盗一样黑眉毛的古怪老翁。

渔人叫她"黑寡妇"，是因为她有着巧克力色的皮肤和无穷无尽的黑色欲望。她在床上非常愉悦，总是贪婪地抖动着自己的身体，而且她对爱情有着魔鬼般的淫荡。老人抖了抖眉毛，神秘兮兮地说，他们的第一次约会让他们都非常疯狂。她的丈夫是一个有着小女孩般嗓音的高大男子，曾是羊角畔管渔船的保安。他的名声非常不好，因为仅仅为了练习枪法就屠杀了一名妓女。他和黑寡妇住在一个房间里，一张纸制的屏风将房间一分为二。房间有两扇门，一扇朝着羊角畔，另一扇朝着墓园。邻居们总是抱怨黑寡妇母狗般的叫声打扰了墓地的亡灵，但她叫得越欢，亡灵们就越是应该高兴被她打扰。

老翁用三十年没洗过的茶杯喝了一口水，接着说，由于搞错了日子，第一周的时候我必须凌晨四点就离开房间，因为保安随时可能回来。我从朝着墓地的那扇门出去，然后在鬼火间奔跑，身后还有食尸狗的狂吠，包括那只总是叫个不止的黑猫，那时正是它壮年发情期。在畔的第二座桥上，我看见一个高大的人走过来。当我们碰上的时候，我才认出这正是保安本人。如果晚离开五分钟，我就会被捉奸在床了。他很热情地跟我打招呼："你好，小海盗。"我勉强回答说："你好，保安。"他停下来跟我借火，我划燃一根火柴，然后靠近他以免火苗被晨风吹熄。烟点燃后，他重新直起身子，用一种很欢快的语气对我说："你身上有股婊子的下流味道。"

我的恐惧消失得比我想象的快。第二周的星期三，从熟睡中醒来的我发现这位被侮辱的对手正站在床头静静地注视着我，我吓得无法呼吸了。和我一样赤裸着身体的黑寡妇想要插话，被她的丈夫用枪管隔开了，他说："你不要掺和，床上的事要用子弹来解决。"他把左轮手枪放到桌上，拿出一瓶二锅头，然后我们面对面一声不响地开始喝酒。不一会，围着一条毛巾的黑寡妇也准备过来喝，但他丈夫用枪指着她，对她说："这是男人之间的事。"于是，她马上躲到屏风后面去了。我们把第一瓶酒喝完的时候，外面下起大雨。他打开第二瓶酒，用冰冷的眼睛望着我，然后把手枪对准了自己的太阳穴。他扣动扳机，但手枪只发出一声干响，他很费力地止住了手的抖动，然后把枪递给我，说："该你了。"那是我第一次拿起武器，我感到它是如此的重，如此的热，一时不知如何是好。我的背上开始冒冷汗，内心焦虑不安，我甚至都没有向他开枪的念头。最后，我把枪还给了他，而且没有意识到自己已经放弃了唯一的机会。他叫了起来，语气中带着嘲讽和不屑："怎么？吓出屎来了？来这里以前就应该想到会有今天。"随后，保安打开转轮，把里面唯一的子弹取出来扔到桌上：这颗子弹没有弹头。那一刻，我感到自己被羞辱了。

四点钟的时候，大雨停了，但紧张的情绪已经让我们感到精疲力竭，我都记不清他什么时候命令我穿上衣服的。我像决斗后的输家那样庄重地执行了他的命令。当我重新坐下来的时候，我发现他哭了。过了一会儿，他用手指揩了揩鼻涕，然后抬起头，问我："你知道你为什么能从这里活着出去吗？"他接着又说，"因为你父亲是唯一治好我淋病的医生。没有任何医生能用三年时间治愈这种脏病。"

屋外柏树晃得紧，老人继续说，那晚我们有了孩子，最让我感动的是他还让黑寡妇十月怀胎生了，就是后来扒船逃走的名不正言不顺的十八子。解放大军来前，黑寡妇在隧道里把保安从海上送走了，他知道留下来必死无疑，他手上有好几条人命。他带走了我父亲治淋病的祖传秘方，听说在那边开始行医为生。后来，我父亲死了，就埋在那里，老人指给我们看。他顿了顿又说，秘方也从此失传了。

后来，要不是扒墙，在茅坑上看见黑寡妇悍然裸露着两瓣保存完好的东西半球，我和伙伴们数船的兴致一直不会改变，因为它就像墓园、羊角畔、大雪、雾天、隧道一样，深深植根于我们苍白的灵魂里，这种忧郁是一种顽固的传染病，一时半会儿改不了。

看到绝版绝代的两半球，我把一些性幻想剪辑起来，我不再数船了，我把自己关在房间里。而后被内疚感淹没时，我想起和从前两个中学同学（一个很胖，另一个有口吃）的谈话。口吃者结结巴巴地问我："你做过吗？"

是的，中学我就已经做了，但因为极其羞愧，我只能喃喃说出一个可能肯定也可能否定的答复。"噢，你不应该，绝不该！"口吃者叫道。想到像我这样聪明、沉默、用功的人如此堕落，使他脸红。"自慰是可怕的习惯，一旦开始做，就没完没了。"这时，我想起我的胖子伙伴带着痛心悲哀的眼光注视我——虽然他也悄声劝告我不要自慰，因为他发现了这剂成瘾药物。现在他相信自己注定下地狱，就像知道自己注定肥胖，因此他面露服从上帝旨意的表情。后来，他拼命地数着南来北往的船，想象它们该相撞，该起火，起大火；想着扒船的十八子，玩弄左轮手枪的保安，黑寡妇两瓣迷人的圆球，躺在坟里的伙伴，捡到的一把永世打不开的锈锁，跛脚驼背的老翁，与古柏一样阴森黝黑的黑猫；特别是想起那位仿佛还在海里逍遥法外的强奸犯，胖子出了一身的冷汗，他自缢了。他母亲给他入殓穿衣时，发现裤衩上有一大摊味道鲜美的精液。

　　一位至今住在畔上的儿时伙伴告诉我，黑猫还在坟堆和柏树间不停地游动，成了一只无家可归的野猫，但黑寡妇去了，驼背老翁也像落叶一样被风扫走了。随着气候的持续恶化，羊角畔整夜不再平静，从黄海狂刮而来的北风使海面掀起波纹，在仓皇急促的浪头上有细小、愤怒、急躁的泡沫。是的，夜晚时分，墓园的柏树正退到那种黑暗中，而唯有像我和伙伴们在此地至少住上十几年的人，才知道这是怎样一种由内而发的黑暗。黑暗下面，睡着我童年的两个伙伴及大批次第入伍的先祖，静静的，无人打扰。我几乎嗅到墓地那种黑暗昏庸的气息——就像老练的羊角畔渔人可从秋日傍晚海藻和海洋的柔和气味得知南风将带来一场暴风雨一样，我深知墓地那种深入骨子的恐惧、荒寒、死寂与遗世独立与世无争的况味。

飞鸟图

但　及

1

争吵声，还有摔东西的声音，从招待所里传来。

我就把耳朵耸起，今天不知是哪两个没事干的人在响着喉咙争吵。太阳已经挂在街边的屋角上，天气还是很热，汗珠正从我的额头上一颗颗地冒出来，它们闪闪发光，散发着莫名的气味。后背上的书包压得我有些难受。我感到书包、汗衫和皮肤都黏到了一起。

越往里走，争吵声就更大了。刚走出弄堂，就听到咣当一声，一个什么东西在前面炸开了。抬起头来，我看见招待所的门口正围着一群人，许多人把头颈伸长了。人们的脸上有些紧绷，也有些兴奋，他们喜欢看别人无端地吵架。我想今天会是谁与谁在争吵呢？招待所里吵架的事情经常发生，前一阵子我就目睹过两个女人吵骂打架的经过。她们说着说着就扭打到了一块，我只听到哗的一声，看到其中一个女人的衬衫被撕开了，里面那两个摇摇晃晃的奶子就展露到了阳光里。我的眼睛顿时一亮，我绝对没有想到会出现这样的情况。事实上后来那两个女人是怎样被人劝开，我都已经淡忘了，我只记得那两堆白乎乎晃动的东西，它们晃来晃去，让我想入非非。后来这几天，我的脑子里一直存放着这两团东西。

现在，我站在弄堂的尽头，想今天会不会又是那两个女人故伎重演呢。这样想时我的心紧缩了起来，脚步也显得忙乱了。我希望看到她们吵架，她们吵架会让我感到一种隐隐的冲动，一种潜在的满足。仿佛胸口给什么东西给堵住了，让我气喘加剧。然而不幸的是，在这个时候，我却看到了父亲。我的父亲正像青蛙那样．跳．跳的，随着他的跳动，面前不时有东西在炸飞。

"你给我滚出去，你再也不要回到这里来。"我看到招待所的王阿姨正在我们住的那间房间里，她在窗口向父亲站着的院子里扔着瓶子。那是父亲以前喝过的啤酒瓶啊。

啤酒瓶炸飞着。我看到父亲一步步地向外退，他缩着身子，像只受惊吓的兔子。我从来没有看到父亲这样狼狈过，我想冲过去帮父亲，但我的脚仿佛被什么东西给黏住了，怎么也跨不开步子。父亲肯定没有看到我，因为边上的人太多了，大家就这么站着看着，谁也没有去制止王阿姨的行为。

"你再过几天嘛，你再过几天嘛。"父亲脸色苍白，一脸的苦相。

"放你的狗屁！"王阿姨不久就发现酒瓶扔光了，她停了一下，接着开始从我们的房间里扔另外的东西。我看到我们的被子、香烟缸和一沓《今古传奇》杂志被扔了出来。她这样扔的时候，我的心里酸得直发抖。这个时候，我没有产生想制止她行为的举动，我倒反而产生了另一种想法：我想逃。

父亲已经退到弄堂口了，他有点精疲力竭的样子。"喂，你疯了，你怎么可以扔这些东西。"父亲高叫起来。就在这时，我看到王阿姨突然举起了一样小东西，她用足力气向外扔去。我看到那个褐色的东西在空中翻滚着，它长长地划出了一道弧线，然后一头栽下去，与坚硬的水泥地面相撞。当那东西四分五裂的时候，站在边上围观的人开始轰地笑了起来。

原来王阿姨把父亲常不离手的宜兴茶壶给扔了。

"叫你不付房钱！"王阿姨两手叉在腰里，威风凛凛地站在我们那个房间的窗口。

父亲这时开始有点泄气了，我站在弄堂的口上不停地眨着眼睛。父亲看到了我，但他跟没有看到一个样。我看到父亲用手搔了搔头皮以后，就低着头开始向外走。边上的人开始嘀咕起来，也有人推我的肩，问我些莫名其妙的问题。王阿姨肯定看到我了，因为她的眼睛正直视过来。原先这个和蔼的王阿姨不见了，我看见一个完全陌生的她。

"拉住他，不要让他走。"我听见王阿姨正对别人这样说。然后她从里面出来，气鼓得足足的。这时，我产生一种念头，她会不会抓住我呢？

就在这时，我挤开人群，夺路而逃。里面乱哄哄的，我知道大家都在兴奋地看热闹。我的书包就压在我的后背上，在跑的时候，我感受到它正一阵阵地拍打着我。

从弄堂口窜出的时候，我看到了父亲。他正迷茫地站在弄堂口的大马路上，神态忧郁，一副不知所措的样子。当他看到我时，他朝我招了招手。

"这个臭女人。"父亲走到我身边时，这样抛出一句话来。

2

天黑下来了。霓虹灯开始在远处闪烁。天很热，我的后背上黏满了汗。

我们已经走了很长的路了，父亲和我。于是我们就在环湖绿化带边的一张椅子上坐下来。我把脚从球鞋里解放出来，一股浓烈的臭味扑鼻而来。父亲朝我瞥了一眼，然后从口袋里掏出烟来。或许是他的打火机不好，他点了几次都没有点着。

"这个臭娘们，就是认钱。"父亲说道。

我知道他在说王阿姨。事实上，王阿姨向来对我们不错，今天也不知怎么会变成这个样子。我们欠招待所房租已经有一段时间了，因此父亲每次见到王阿姨总是装聋作哑，甚至会夹起屁股逃跑。王阿姨跟我说："你告诉你老爸，让他来交房钱，再不交我就不客气了。"王阿姨好像已经跟我说过三四次了，我也把她的话复述给父亲听。父亲每次都是哼哼鼻子。我想，王阿姨肯定是吓唬吓唬我们，是的，她这样的一个女人能把我们怎么样呢？我想父亲也是这样想的。

事实真是出乎我的意料。当我看到王阿姨在死命地砸啤酒瓶，并粗着喉咙高声叫骂时，我知道完了，那时候天仿佛就要塌下来似的。我很想冲上前去，对着她肥嘟嘟的肉使劲地咬上一口。但我不敢，我吓得腿直哆嗦，那时我就想变成蚂蚁，钻进墙缝或地里。

"你身边还有钱吗？"父亲突然停止吸烟这样问我。

　　我把手伸进口袋里，手指重新接触到了那三个硬币。我想告诉他我只有两块钱了，但话到嘴边还是改了口，我如实告诉父亲我还有三块钱。"那正好吃一碗咸菜肉丝面。"父亲这样说以后就站了起来，"走吧，我们吃面去，我们两人分一碗面。"父亲说完以后就笑了起来，他把烟屁股高高地弹了出去，那个零星的亮点翻滚了几下以后就坠落到了河里。

　　我没有想到父亲真的会这样穷。我想问父亲，但又不敢。父亲好像什么事也没有，他走路的时候还吹起了口哨，那哨声就在树丛里穿来穿去。我走在父亲的身边，他就用手拍我的脑门："儿子，等老爸有了钱，就好好地请你吃一顿，你最喜欢吃什么？"我低着头，不知怎么回答。

　　"你说好了，我肯定办到。"父亲搓着自己的手掌这样说。

　　"算了，你有钱还是去还给王阿姨房钱吧。"我冷不丁冒出这么一句来。

　　"那算什么钱，几百块，我眼睛里眨也不眨的。记住，儿子，你老爸一定会挣大钱的。"

　　我们走在环湖路上，路灯把我们的影子拉长。

　　"我请你吃一顿西餐吧，烤牛排，德国啤酒，还有上百元的意大利冰淇淋。"我听到父亲在说的时候，不时舔动着嘴唇，两片嘴唇相遇的时候还会发出吱吱的响声。"做人啊，不应该这样，今天我没钱，明天我就可能挣大钱，这样的招待所谁来住，我们住星级宾馆。以后我有了钱，就会让王阿姨这样的人尝尝苦头。有什么好神气呢？"父亲这样说的时候又拍了拍我的头颅，我感到父亲的手掌很粗糙。那是他以前在工厂干钳工时留下的烙印。

　　我们来到一家破旧的面店，面店里空空荡荡的，桌子上堆着刚才用过的碗筷，那些碗里还有剩汤和烟灰。我看了这些碗食欲就没了。父亲拿了我的三块钱去跟服务员说话了。"就一碗？"服务员问。"一碗，我们吃不下。"父亲很大声地说。父亲说完就去店里取出一个空碗来，他把碗里的水倒掉，然后放到了我的面前。"我吃不下。"我也撒谎道。父亲朝我瞪了一眼："怎么会呢？总要吃一点的。"他从筒里取出方便筷，然后用筷子不停地敲打着桌面。

　　面热腾腾地来了。父亲用筷子把面一分为二，另一半放到了空碗里。我没有吱声，缩在一边。我看到父亲分面的时候，把肉丝和咸菜都分到了我的碗里。"我吃不下，你吃好了。"我坚持这样说。

"不行的，你现在长身体，怎么能随便饿肚子呢？"说完他就把碗往我的面前推，眼睛里流露出关爱。我知道我很难再拒绝父亲了，于是就拿起筷子吃了起来。我听到我和父亲此起彼落的吃面条声。

其实那面条很没有味道，再加上刚才看到的那些脏碗，我的食欲一直也提不起来。我只是象征性地把面条往嘴里送，父亲似乎没有注意我，他还是专注地吃着，并不时发出回味和响声。面店里进出的人不多，地上也黏糊糊的，里面的排气扇在呜呜地叫。父亲没有几口就把面条吃完了，他用手擦了擦嘴唇，然后把目光集中到我的身上。我夹着面条的手有些犹豫不决，父亲问不好吃吗，我说吃不下。父亲用牙签剔着牙齿，然后我把我的碗移了过去。父亲用他的筷子快速地把面条吃了，还把碗捧在手里，咕噜咕噜把面汤也给消灭了。

"你睡到你妈那里去吧，再到她那里吃点东西。"父亲放下碗时这样对我说。

我和父亲从面店里走了出来。

就在这个时候，我感到有毛毛雨从天空中飘落下来。父亲显然对这个天气感到愤怒，他仰起脖子对着天骂娘。但天空没有理睬父亲的咒骂，依然我行我素地下着，而且似乎是越来越密了。这样，我和父亲就只能在街上跑步了。

路灯下，我们仓皇地跑着。潮湿的地面抹去了我们倒映下来的影子。

雨越来越大了，我们只能在一个店门口躲雨。这肯定是一家经营海货的店，因为阵阵腥味不时从里面飘出来。"雨一停，你就到你妈那里。"父亲站在我身边说。"那你呢？你晚上睡哪里呢？"我这样问道。

父亲没有回答，他站在那里一动也不动。"你不要管我，你到她那里就成。"稍后他突然冒出这么一句。

雨哗哗地下着，从屋檐处飞下来的水珠已经沾到了我们的身上，我感到脸上被水淋湿了。

我们就这样站着。我能闻到父亲身上传过来的气味。不知怎么的，我突然感到悲伤起来，这阵子情绪来得很快，说来就来了。我感到鼻子一酸，眼泪就默默地淌了下来。想到我的同学马上可以安然入睡，而我却没有一个睡觉的地方，我的心就像是放到了火上烤着。我不知道我们哪里出了问题。自从父母离婚以后，我的生活就没有安定过，我总是生活在一种胆战心惊之中，而今天却把这种胆战心惊推向了高潮。我一直试图逃离我的父亲，或我的母亲。这样的想法已经持续很久很久了，我甚至在梦里也逃亡过，但事实上我跨不出这一步，只有真的面对现实时，我一下子变得非常软弱。我一步也跨不出去。

这样想着，我内心就越发悲伤了。

父亲没有觉察我在默默地流泪，他还是东张西望着。不久他从口袋里掏香烟，当他把烟盒拿到手上时，才发现里面已经空了，于是他愤怒地把烟盒捏扁，然后远远地抛到了雨地里。

3

事实上，这雨就一直没有停下来。后来我和父亲就转移到了附近的一个桥洞里。

桥洞比刚才的屋檐好多了，那里宽大、通敞，而最大的好处便是能躺下来。我没有到母亲那里。其实我想去也去不成，我没有雨具，更没有钱去拦出租车。当我和父亲双双在桥洞里躺下来时，我感到有些疲乏。"你想睡你就睡一会儿吧，明天还要上学。"父亲这样说道。

雨声就在耳畔响着。那些雨落到河水里发出很好听的沙沙声。

我把书包放在一边，然后找了个地方躺下来。当我闭上了眼睛，两眼一抹黑的时候，我的脑海里就出现了我的那批同学，他们的欢笑声和吵闹声开始萦绕在我的耳边。我越想让这些声音消失，这些声音就越显得特别顽固，它们拼命削尖脑袋往我的耳朵边钻。这时，我的眼泪又下来了，我控制不住自己的情绪。

父亲在自言自语。我不知道他在说什么。或许他是与魔鬼在对话吧，我心里这样想道。

大概是父亲听到了我的抽泣声，他突然从黑暗里支起了身子。"你怎么啦？是不是生病了？"他问。我拼命说没有，说的时候急忙用衣服擦眼泪。父亲没有发现我的秘密，他又躺了下去。

"儿子，你不会责怪你老爸吧？其实人有时候经历些东西也是有好处的。"父亲说。

我不吱声。我把耳朵耸得很高，我能听清楚父亲每一声喘息。

"儿子，你放心，你老爸总有出人头地的一天，到那时你想要什么就有什么。"

事实上，父亲这样的话已经说了好多年了。父亲这样说以后，我们的生活非但没有好起来，反而一天天坏起来。我们以前住在工厂分的两室一厅的宿舍里，再后来就住进了街道简易的招待所，现在则睡在了桥洞。我不知道明天怎么去见我的同学，如果让他们知道的话，肯定会成为全校的笑柄。我的心里乱成一团，想理也理不清。这样想的时候，我的眼泪又开始往外涌了，这回我没有擦，我任那泪水爬满我的面颊。

雨，时大时小，幸好桥洞宽大，雨水没有飘进来。河里的水好像有些臭，桥下面还不时有机动船驶过，那些船都会发出很响的声音。我刚躺下那会儿有些不适应，但时间一久也就适应了。父亲在与我说话的时候，我的脑子里想着其他，往事就像云片一样掠过。我感到脑子里乱极了。再过几天学校就要期末考了，但我的脑子里空荡荡的，我不知能否对付得了这场考试。

迷迷糊糊之中，我的眼前出现了一群鸟。这些天来，我的眼前经常出现这群鸟。这是一群可爱的鸟儿。前些时候我去电影院遇到了大万叔叔。以前父亲有好多朋友，像大万、大庄等等。大万叔叔在收票，看到我时向我招招手，然后问我想不想看这个电影。免费看电影我当然愿意，就这样大万叔叔把我偷偷地拉进电影院。我没有想到我看到了一部从来没有看到过的好片《迁徙的鸟》。现在我的眼前就是这群鸟，它们在我的眼前飞来飞去。这是我看到过的最美的电影，那个美真是无与伦比。现在躺在桥洞里的时候，想想这些鸟就觉得好受了，于是我就不想学校和同学，去想这些可爱的鸟了。

就在想鸟的过程中我的睡意渐渐加深了。我开始做梦，我感到我走到一座大山里面，那里崇山峻岭，四周都是茂密的树林。我一个人在里面走着，走了很长一段路也见不到一个人影子。这时，我开始心慌起来。随着我心跳加速，我还听到了野兽的叫声……这个梦很长，也很曲折，后来我感到浑身是汗，精疲力竭，我已经走不动了，只能像虫子一样艰难地爬，身后还拖出了一串长长的血印子。就在这个时候，我感到自己的身子像钟摆一样晃动起来，我吃力地睁开眼睛，看到父亲那双在黑夜里的眼睛。

到这时我才明白，我刚才进入梦境了，是父亲把我摇醒的。此时，我觉得浑身乏力，唇干口燥。

我拍了拍自己的脑袋，脑袋沉得像要掉下来似的。

"喂，醒一醒，睡着要感冒的。"我睁开眼睛，努力让自己恢复到状态中。

父亲坐在那里，一动不动，像一个木头人。"雨好像停了，我们去走走吧。"

父亲把我拉了起来，事实上我不想起来，但父亲硬是把我拉了起来。风从河面上吹过来，吹在身上凉飕飕的。于是我们从桥洞里走了出来。外面的空气很清新，黑色也很宁静。我们来到了桥上，桥上的灯疲惫地亮着。

河面上很安静，没有一条船。我们的旁边冷不丁会有人骑车经过，有骑自行车的，也有骑摩托车的。过了一会儿，父亲突然对着远处骑自行车过来的人说："儿子，我们……我们……"

父亲有些支吾。我把头转向他，我看到他那张瘦削的脸，他的颧骨高高地突出着，像是刀刻出来似的。"你过去抱住他，我去……"他还是没有把话说完。

"你去干吗？"

"我们去要他的皮夹。"父亲没有对着我说，他的脸对着河面。

他的话让我一下子感到寒冷，我没有想到父亲会这样说。我听到自己的心在怦怦地跳。迷迷糊糊之中，我感到还是在做梦。

"怎么样？"父亲又推了推我。

父亲这样一推，让我觉得像是被火烫了一下似的。我突然把身子缩了回来，然后惊恐地注视起父亲来了。父亲陌生极了。我的眼睛与父亲的眼睛相撞到一起。

"算了算了，跟你开玩笑的。怎么可能呢？"他突然对我这样说道。

那辆车从我们的身边骑过，我看着那个背影，心里有说不出的滋味。

"还是下去睡吧，在上面不行。"父亲说着就先下桥洞了，我犹豫了一阵以后，还是跟了下去。

举目望出去，河边上灯火点点。这时，雨又在断断续续地飘着，空气里突然有了股怪味，估计是附近工厂里排放的异味。我重新下桥，当躺下以后，父亲的背影沉重地压迫着我。我突然产生一种想要逃离的想法，我想离开父亲，离开这个不伦不类的家庭。这个愿望非常急迫。我想象自己从桥洞下站起，然后拂袖而去。父亲就在后面喊我，喊累了他还拼命地追我。我没有回头，开始奔跑。大街、草地还有街灯都在向后退去。雨还在下，它们落在我的脸上，我用手抹去滴挂下来的水珠，然后继续奔跑。

当然，这仅仅是我的想象。此时的我缩成了一团，连翻个身也感到困难。我怕父亲像刀子一样的目光。

父亲在一边叹气。他还不时把口里的痰往河里吐。

我把身子缩得像根木棒。"你不要睡着，睡着要感冒的。"父亲把手伸过来，摸了摸我的额头。父亲的手热乎乎的，这真的是父亲的手吗？

4

睁开眼的时候，我看到了河面上粼粼波光。太阳正从东方的河面上升起来。

我猛地跳了起来。桥面上已经有车子在热闹地来往，桥洞边上则有个收垃圾的工人。我想到了昨天晚上，想到了父亲，于是急忙抬眼找父亲，但哪里有父亲的影子呢？我匆匆地从桥洞里冲出来。

难道父亲走了吗？难道他就这样莫名其妙地走了吗？我心里充满了疑问。

我从桥洞下跑了出来，我在桥边上大声地喊爸爸。那个收垃圾的工人抬起了那双发呆的眼睛，他就这样一动不动地看着我，他这样瞪着就让我感到浑身不舒服，于是嗓音也渐渐轻了下去。

难道父亲真的去抢东西了？这样想以后我浑身的鸡皮疙瘩都泛了起来。我就在桥边上来回地走着，身子却像是在飘。我不知道父亲是说着玩的，还是真会这样去做，但想到昨天晚上他连一碗面钱也没有，我倒情愿相信他的话是真的。这样胡思乱想一通以后，我就觉得很心痛，甚至责怪自己怎么睡着了。天已经彻底放晴了，地面的水也正在逐渐变干，路人都是上班的行人和车子。我再次感到了蒸腾起来的热气。

不久，我想到了我的书包，于是又赶紧向桥洞里跑。那个收垃圾的工人已经在翻我的书包了，我大吼一声，他才把书包放下，并怔怔地看着我。我奔过去，拎着书包就走，那个人没有吱声，目光里却有一种怨气。当我把书包重新压到肩上以后，我就想到了上学。"几点了？"我大声地问那人。那人把手臂抬起来，然后缓慢地把眼睛盯了上去。"七点一刻。"那人报上声来。

书包很沉，我百无聊赖地向学校方向走去。过几天就要考试了，但我什么书也没有看。我再次为自己拥有这样一个家庭感到失落。我告诉自己，好好考吧，今后考上一所名牌大学，这样就可以远离父母了，远离这些生活的困扰了。

走在路上的时候，我连续打了七八个喷嚏。这些喷嚏打得我头昏眼花、四肢无力，我想会不会是睡桥洞受了凉呢？我从小到大，这样沦落街头也是第一回碰到。这让我感到有些难以置信，也让我感到了无可奈何。我想，我们被王阿姨赶走以后住在哪里呢，总不至于每天睡桥洞吧。这样想的时候，我甚至产生了要去和王阿姨好好谈谈的想法。我想我只要态度诚恳，王阿姨总应该会帮忙的。

但我现在牵挂的是父亲，我不知道他究竟发生了什么。我想得最多的一件事是：父亲去抢劫了，父亲被公安人员抓了起来。这样想着时，我的心就在颤抖。我不敢再往下想了，再往下想，我的心仿佛要跳出来了。

从我睡觉过的那座桥到我们学校大概需要走二十分钟，这中间必须路过新嘉派出所。当我在派出所门口路过时，我的脚步突然停了下来。望着派出所那扇有点灰暗的铁门，我不禁自问：父亲会不会正在里面呢？这个念头从一开始出现就变得越来越严重。我好像还看到父亲低着头蹲在公安人员面前的那副落魄相，父亲被雨淋湿了衣服，此时正在发抖。公安人员喉咙一响，他就紧张得把尿水淌了出来，流得面前是臭烘烘的一团水……

有了这样的想象以后，我的心便按捺不住了，我开始鼓足勇气往派出所的门口走去。门口停着一辆警车，车门敞开着，但里面什么人也没有。我抬头朝车里张望了一下，看到车里还有一片水迹，我想这会不会是父亲淌出来的尿水呢？于是我就沿着派出所的墙边走，企图寻找父亲的一点蛛丝马迹。走到一个窗口的时候，我停了下来，我开始往里面张望，还把耳朵高高地耸了起来。我听到了里面的吵闹声，那声音很响很嘈杂，但我什么也没有看见，于是我就用力地踮起了我的脚尖。

就在这时，门口出现了一个警察，他正在往车里钻。看到我时，他把跨到车里的脚又放了下来。"干什么，小鬼？"警察这样一说，我那颗心就吓得乱跳起来，急忙低下头就走。原本想要问的话也被吓跑了，我快速地窜到了马路上。

5

放学的时候，我决定到母亲那里。我想，不到母亲那里，我该到哪里呢？父亲不见了，我只有去母亲那里。母亲在"茉莉花"娱乐中心做服务员。我已经有一段时间没有去她那里了。

在去的路上，我一直在想母亲的工作。自从永和丝厂倒闭以后，她已经换过好多工作了，她做过超市的营业员，做过增高鞋垫推销员，做过电影院门口自行车管理员……我给她算了算，差不多有六七种工作了。母亲是上个月去娱乐中心的，在那里端水送茶，她说那里收入高，还可以吃很多东西，什么话梅水果牛肉干之类的。有时她还悄悄地从那里带一些回来，她都把这些藏在衣服口袋里，特别是牛肉干，总有十多颗。她自己舍不得吃，她都留给我吃，她说我现在需要营养，要补充些高能量的东西。走在路上的时候，我想今天会不会吃到牛肉干呢？

一靠近"茉莉花"娱乐中心，我看到那里停了好多车，有汽车摩托车也有自行车。我朝那排车子张望了一下，看到了母亲那辆破烂的自行车，车把上还裹了一圈塑料绳，一个脚踏板也已经没有了。车子证明了母亲的存在，于是我朝那幢楼里走。这时，已经快五点了，我看到太阳西斜着。当我刚跨进门口时，电梯口坐着的一个中年男人瞪着眼睛说："小孩不能到这里。"他这么一说，我就退开了。

退到外面以后，我仍然不死心。我还是想进去。我就在门口周围走来走去。

等那个电梯消失以后，我又溜了进去。我没有再走电梯，我走楼梯。当我走到五楼的时候，我看到了"茉莉花"三个大字。我慢慢靠近，看到了里面幽暗的灯光，也听到里面传来一阵阵的音乐。

一个穿短裙的女人走到我面前，我闻到了她身上的香味。"你来唱歌还是跳舞？"她盯着我问。她长得比我高，我看到了她耸起的胸部一鼓一鼓的，脸上的浓妆把她的脸覆盖了。"我找鲁小花。"我对着她这样说。鲁小花是我妈的名字。那个女人翻了翻眼皮，"这里没有鲁小花。"女人气呼呼地说。

说完，女人就走开了。我朝里面张望，粉红色的灯光一闪一闪的，我从来没有到过这种地方，因此感觉新鲜，我把眼睛睁得很大。里面的人进进出出，但谁也没有理我。我有些迷茫。

朝里面走时，我看到了一排排的包厢。那些门都关着，我试图朝里张望，但那些门很结实，我什么也看不到。我听到边上胡乱的唱歌声，那些歌都唱得很难听，像是鬼哭狼嚎似的。

我继续往里面走。我看到一个门的缝露着，于是赶紧跑了过去。我把脸贴在门缝上，看到里面都是烟雾，有一个男胖子正在使劲地唱，边上是一堆在沙发上扭动的人。我看到有男人，也有女人，他们胡乱地叠在一起，有一个女人坐在男人的腿上，正在抹他的脸。还有一个女人躺在男人怀里……这让我十分好奇，眼睛都睁大了。我没有见过这样刺激的场面，身体也一下子绷紧了。

屋子里烟雾腾腾。

有一个男人正用手在摸一个女人的胸部。女人躲开，但男人的手却一直不肯躲开。

就在这时，这个门吱地打开了，里面的人看到了我。"走开，小鬼。"一个人这样叫道。

我的心一下子拎了起来，我拔腿就跑。但我没有跑几步就在走廊上碰到了一个人，她一把拉住了我。我顿时紧张起来，抬头一看，居然是母亲。"你来干什么？"母亲严厉地问。

我不知道怎么说，就站着，一脸的懊恼。

自从父母离婚以后，我一直跟父亲住，难得有星期天我去母亲那里转转，我遇见母亲的机会并不多。母亲显然看出了我的心事。她惊觉地问："是不是出了什么事？你说，是不是？"我不知道怎么说好，刚才我在路上的时候也已经想了半天了，但面对母亲还是语塞了。母亲用手摇着我的手臂，我闻到她身上的香水味了。"我们被招待所赶出来了。"我终于把这句话说出来了。

母亲紧闭着嘴唇，她的脸有些紧绷。

"这个狗娘养的……"母亲这句话没有说完，我有些愕然，不知她是在骂父亲还是在骂王阿姨。

我站在那里，用右脚不停地踢左脚。母亲脸上也化了妆，她比平常还要好看些。她跟我说话时眼睫毛一闪一闪的。母亲的手伸过来，摸了摸我的头发。母亲的手很软，她一摸我就想哭，但我没有哭出来。

母亲骂完就把手伸向腰间，在一阵沙沙的响声以后，我看到她取出了一串钥匙。"你先回去，我这里下了班就回来。"母亲这样关照说。

接还是不接？我犹豫着。

母亲看着我，她就用笔直的眼光看着我，我不敢对着她看。

我犹豫一阵以后，还是接过了母亲的那串钥匙。她的钥匙上还带着她的体温。我用牙齿咬了一会儿嘴唇。母亲向我挥了挥手，示意我先回去。

我就站在那里，眼睛盯着那串钥匙。我的脑子里还是刚才那一幕，这一幕让我感觉很不舒服。母亲的钥匙串上有一个小电珠，我按了一下，小电珠就亮了。

"你刚才看到什么？"母亲问我。

我摇摇头。

"你真的没有乱闯地方？"母亲的语气里带着一种急迫。

我使劲地点点头。

"以后，你不要到这里来，听见了吗？"她的话里似乎带着一种命令的口气。

就这样，母亲把我送下了楼。她关照我先回去。我走的时候，没有回头看母亲，但我觉得母亲就在背后看我。我能感受到她的目光。

6

母亲住在西马桥的老房子里。那是我外公家祖传下来的房子，但由于长年没有维修已经有些破烂了。房子的边角上都长满了青苔和叫不出名的绿色植物，走在长长的过道里我还闻到了腐败的气息。一只灰暗的马桶首先在阳光下欢迎我，其次是一个呆乎乎的老人坐着听收音机。我低着头，径直朝母亲的屋子走。

天热起来了，等我打开母亲屋子那把长满铁锈的大锁时，我的额上背上都已经是汗了。

我用冷水洗完脸以后，就在母亲的床上躺了下来。

屋子很小，加起来也只有十几个平方。我猜不出以前我的外公外婆他们是怎么生活的。事实上，小时候我很怕到这个屋子来，因为我看到外婆死了以后就架在这个屋子里。外婆躺在一扇木门上，她的嘴唇上还贴了张红纸头，所以在我的印象里外婆是伸着鲜红的舌头离开世界的。现在我十五岁了，但我还是有些惧怕。我朝屋子张望一下，告诉自己镇定。

事实上，我躺下去以后想得最多的还是父亲。我不知道父亲去了哪里。

在我的印象里，父亲应该是一个很聪明的人，他为家里做过电风扇，还装过一个很大的收录机。邻里的小电器有什么毛病，父亲都会修理。父亲后来是玩牌以后不愿做这种活了，再后来单位效益不好，父亲拍拍屁股就走了，从此他爱上了打牌炒股票，有时还会不停地去摸奖。当然，父亲还是以前那个父亲，他每天喜欢睡到中午，然后再喝些小酒。自从父母离婚以后，他的生活也就变得没有规律了，于是我们常常饱一顿饥一顿，更多的时候他让我一个人吃招待所的食堂。招待所是街道办的三产，所以这里面方方面面的人父亲都认识。但想不到的是，现在我们居然被招待所赶了出来。

现在我们的生活是越来越没有头绪了。前些时候母亲让人骗去了三万块钱，这是母亲亲口告诉我的。母亲说是一位熟悉的人骗走了钱，那人说要集资办奶牛场，今年放进去一百，明年就会变成二百。母亲让他说动了心，就把身边仅存的两万元钱给了他，而且还跟别人借了一万元。结果那三万元就像被风刮跑了似的，一点影子也见不到了。那人骗了许多人的钱，现在已经住进了牢房，可是母亲的钱却永远也回不来了。为此母亲不吃不喝了三天，她什么也没有做，就是躺在床上，还不停地打自己耳光。从那以后，我觉得母亲好像一下子变了。

天开始黑下来的时候，母亲回来了。母亲回来以后屋子里便有了声音，她围上围裙，开始烧饭做菜。我看到她从菜场里买来了破了壳的鸡蛋，她把这些都装在了一个塑料袋里，那里鸡蛋和蛋壳混杂在一起，当然还夹着一两根鸡毛和几粒黑糊糊的鸡屎。母亲把这些都倒进一个碗里，然后用手去拣出里面的蛋壳、鸡毛和鸡屎。"你现在是长身体的时候，应该多一些营养。"母亲用筷子搅动鸡蛋的时候这样跟我说。

我正坐在饭桌旁复习。马上就要考试了，但我脑袋混浊得像糨糊。

我听到油锅开炸的声音，那些声音正吱吱地塞入我的耳朵。"你有你这个爸真是前辈子作的孽，我也是狗眼无珠，会嫁给这样的人。"我不想听母亲的唠叨，但母亲说得起劲，她一边炒着蛋，一边与我说话。

"你知道吗，他跟理发店里的小妖精搞上了，这是个什么货色啊！她是个公共厕所，什么样的男人都愿意，你老爸就搭上了她。他以为我不知道，这种事情你说能隐瞒吗？有一回还真让我抓住了，就在我们以前住的那个房子里……"关于这个女理发师的故事，母亲已经跟我讲了一百遍了。母亲说着说着就哭了起来。母亲一哭，我也就乱了方寸，面前的书变成了白花花的一片。

母亲开始挤鼻涕，她哭得太伤心了，好像人也要倒下来似的。

"我嫁给他做牛做马，哪想到他会这样没良心！"

屋子里空气有些沉重起来。我低着头。"他还不止这些，他还跟以前我们隔壁的女麻子有一腿，就是那个整天把短裤晾在弄堂门口的骚货。他以为我都不知道，但有人看到了，还来告诉了我……"

就在这个时候，我闻到了焦味。"好像焦掉了。"我大声地说。

母亲这时才清醒过来，急忙关煤气，把鸡蛋从锅里抢救出来。母亲停止了哭泣，她用手把煎鸡蛋上的焦物拎掉。"还好，还好，还能吃。"母亲说着就把做好的鸡蛋放到了我们的饭桌上。

天完全黑了，我能感受到屋子里热空气的涌动。蚊子也在一旁嗡嗡地示威，它们不时降落到我的小腿上，并伺机狠狠地咬上一口。母亲把屋子里的台式电风扇打开，这是我父亲十多年前的杰作，但现在已显得陈旧与凄凉。电风扇发出怪音，还不时伴有机械的摩擦声。尽管母亲的煎蛋有些焦味，但我的食欲依然强劲，我想好好地吃上几碗饭。

"这样也好，你索性就过来了，你跟着他肯定没有出息。"母亲说。

"你晚上一个人学习，我还要上班。"母亲又这样补充说。

我大口大口地把饭咽下肚去。屋子里只有那把电风扇在呜呜地叫着。或许是我们进了食物的缘故，蚊子似乎比刚才更凶猛了，它们上蹿下跳，弄得我不时用手去拍打它们。

吃完饭以后，母亲就开始梳头。她对着一面已经缺了一个角的镜子，一梳子一梳子地梳着。我不忍心去看母亲，我总觉得母亲这几年老了些，眼角那里还有了皱纹。母亲临走的时候，我趴在桌上做作业，她伸出手来，摸了摸我的头发。母亲的手热乎乎的。"如果我回来晚，你自己刷牙洗脸，早点睡。"她关照道。说完，她就走了。她的自行车声消失在了弄堂里。

母亲走了以后，我却看不进书。我甚至涌出了不想读书的念头。我的眼睛看着书本，却是什么也看不进去。我的眼前白乎乎一片。

后来，我就看电视。是一部电视连续剧，我也不知道在看什么。就是眼睛直瞪瞪地盯着。后来，我就累了，累了就睡了。我牙也没有刷，脸也没有洗，倒头就睡。

醒来的时候，我听到炒菜的声音。一看，天已经亮了。母亲在炒咸菜。她让我起来，吃粥。屋子里弥漫着咸菜的香味。真香，我长长地吸了一口气。

　　当我要去读书，我发现母亲睡着了。她弄完早点以后，又上床了。她昨天什么时候回来的，我不知道，我太好睡了。但现在我却听到了母亲的呼噜声。呼噜声一长一短地奏响着。以前，我从来没有听到母亲有呼噜声，现在听到感觉有些异样。我关门的时候，又朝母亲的床上张望了一眼，母亲蜷成一团。

　　太阳挂在街头，弄堂里有人在做油条，边上有人在自来水边洗碗。

　　当我向学校走去时，我突然想到了一事：考试。马上要考试。想到这点，我的心情一点也没有。这几天我根本没有复习，我怎么考试呢？就在这时，我涌出了一个念头。这个念头紧紧地抓住了我。这样的念头从来没有过，但今天却产生了。它来得突然，来得特别。

　　狗屁的考试，我不想去了。

　　就这样，我擅作主张，我不去学校了。我不想读书了。

　　我胡乱地在街上走。我也不知道要到哪里去。现在我对读书一丁点的劲也提不起。我想象自己变成了鸟，是《迁徙的鸟》里那般的鸟，满世界地飞。我一会儿到马德里，一会儿到曼谷，一会儿到哈瓦那。我读过地理，我了解这些地方。我不想待在这里，这里快要把我憋死了。街头是灰蒙蒙的，人也是灰蒙蒙的。我甚至觉得呼吸也有点不畅了。

　　走了没有多少路，我突然看到路上一辆警车呼啸而过。当警车闪过时，我突然又担心起父亲来了。会不会是父亲出事了呢？

　　父亲已经失踪了，他一丁点的消息也没有。父亲可能已经遇害了，我的脑子里会不时冒出这样的想法来，这想法随着时间的推移逐渐加强。我觉得这样的想法并不是空穴来风，凭父亲的为人处世还有种种三教九流的朋友，父亲遇害的可能性是越来越大了。我知道有许多人恨父亲，父亲过河拆桥翻脸不认人。我想父亲被别人杀的可能性是存在的。我曾经看到过父亲与别人打架，父亲打人的时候很凶，他一拳头打在别人的鼻梁上，当时我就看到那人鲜血直流。打完架后，父亲用衣服袖子擦了擦手上的血迹，然后微笑着拍了拍我的脑袋。因此，留在我脑子里的不是父亲打过去的那一拳，而是父亲的微笑。父亲打完架以后轻松地笑了。

　　这些年杀人案子是越来越多了，我们常常可以从报纸上从电视里看到这些血淋淋的场面。现在我的脑子里强烈地感觉到父亲被人杀了，那个杀完他的人随后就把他推进了河里，几天以后父亲的尸体半沉半浮地飘到了水面上。阳光一照，臭味从他的躯体里渗了出来，还有无数的苍蝇在他的头顶嗡嗡地打转……想到这时，我的心顿时凉了起来，身子便一阵阵地发起抖来。

我决定问一问公安局，我的父亲到底是不是出事了。我想到了110报警电话，这是一个免费电话，我可以尽管放心地打。路过一个路边电话亭的时候，我停了下来。当我把手伸出去的时候，我有些犹豫，手也不自在地抖动起来。我告诉自己算了，别费这个心了。尽管心里这样想，但我的手还触到了电话的按钮。不久就传来了电话那头的声音。

"您好，这里是110，请讲。"

我的手抖得越来越厉害，内心的恐惧也提了起来，我觉得我的嘴唇无论如何也张不开。

"这里是110报警中心，如有急事，请快讲。"对方是个女声，轻柔的声音传入了我的耳膜。

我就是在这一瞬间挂断电话的。我不知道如何开口，我能告诉公安人员我的预测吗？我能说你们帮我查查死人吗？……就在挂上电话的那一刻，我的眼泪淌了下来。我哭了，我蹲下身子，用手抚着那个电话亭子。我的脚下是草地，只有那块草地在静静地倾听我的哭诉。

7

就这样，我在街上逛了很久。街上杂乱无章，人的汗味和街旁垃圾筒的气味混合在一起。我夹在人群里。我发现，没有一个人认识我。

在人群里，我最喜欢欣赏女人。我坐在街边的人行道旁，然后看街上的女人。我喜欢年轻漂亮的。每当有光鲜的少女走过，我的眼睛总是睁得很大。我的目光有一种要求，我想要用目光去亲吻她们。这不知道是怎么回事，反正有一种吸引力在作怪……

后来，这个鬼天开始下雨，先是毛毛雨，后来就一点点大了起来。雨落在头顶上。我想，怎么办呢？于是我想到了回家。母亲应该上班了。我可以回去睡觉。

我脱下外套，顶在头上。然后飞奔着朝家奔。

弄堂里一片死寂。我发现，家里的门也是锁着的。我轻轻地取出钥匙。当我再把钥匙插进去以后，我发现我打不开门。一团疑惑在脑中升腾起来。我第一个感觉是家里来了小偷。小偷一般进门以后，会把门反锁。我不敢敲门。我的心有些发颤，连脚步也变得紧张起来。我想，到底怎么啦？

我脑子里一团糊。我想到了报案。从来没有碰到过这种情况，我竟然有些手足无措。

我在门前转着圈，我一会儿想砸开这门，看看里面到底发生了什么，一会儿又想到外面去打公用电话报警。我真是拿不定主意啊。

但后来，我脑子里突然转出了另一个主意。我想到了后门。在另一条小弄里，我们还有一个后门。于是我急着朝那里奔去。这时，雨已经停了。小弄堂里空荡荡的，没有一个人。

后门紧闭着。门的边上是一个窗，窗帘低垂着。我迟疑了一下，把眼睛贴到了窗子那里。我看到窗帘角边有一条缝。里面一片模糊，我什么也看不见。但我的眼睛继续睁着，过了一会儿，我看到人影子了。

人影晃动。

再继续看。我看到了白乎乎的肉。赤裸着的肉。

我看不清楚，拼命睁大眼睛。这会儿，我看清楚了。是母亲，母亲赤裸着身子。两个奶子在胸前晃动着。这让我大为惊讶。我想，难道母亲是在洗澡吗？

母亲显然不在洗澡。当我再继续观察时，我差点叫了起来。我看到一条粗大的绳子，这条粗绳把母亲五花大绑在了一条凳子上。愤怒一下子涌上了心头，我想，母亲肯定惨遭毒手了。果然，我看到了另外一个人影子。是一个男人，一个干瘦的男人，一个上了年纪的干瘦的男人。男人穿了一条花短裤，在母亲的面前走来走去。他手里还握着一根东西。是什么东西呢？是一根皮带。他拿着皮带在晃来晃去。

我想，完了，母亲遇到流氓了。

这样想的时候，我的心似乎快要飞出来了。我把拳头握紧。我要冲进屋去，我要把这流氓逮住，然后狠命地揍他。揍死他为止。

这时，我看到了那个干瘦的男人走到了母亲的面前。他伸出手来，是那双魔鬼般的手。他的手轻轻地在母亲的皮肤上走。然后，他就举起了手里的皮带。当他高高举起的那一刻，我的眼睛闭上了。我不忍心看下去。

这个流氓，这条恶狗。

我要把他撕碎，砸烂。

但当我再度睁开眼睛的时候，我看到了令我难以置信的一幕。我看到母亲在笑。是的，母亲笑了。当皮带落在她身上的时候，她竟然用微笑去面对。她笑得很灿烂。我已经好久没有看到母亲这样的笑容了。

我面前漆黑一团。我想怎么会有这样的事呢？我会不会是在做梦呢？我把眼睛从窗帘那里移开。我看到这时候的鬼天也出现了奇怪的现象。太阳从乌云堆里钻了出来。阳光就落在我的脸上。我想，这肯定不是真的，刚才还下着大雨呢。我的头上衣服上淋着的雨还没有干透呢。但太阳明晃晃地存在着。确实是真的呀。

当我再所眼睛贴在窗角边时，我看到母亲与那个人拥抱在了一起。他们就坐在凳子上，他们像两条蛇一样起伏着。这时，一股怒火就从我的心头升腾起来。这怒火来得猛，也来得凶。我退后几步，朝四周张望。我看到了几块红砖。

于是，我没有犹豫。我捡起了两块红砖。

现在红砖就握在我的手里。我想，我自己已经燃烧起来了。我的怒火就像这砖头的颜色。我退后几步，然后把砖块狠命地朝我们家的窗子砸去。砖块在空中翻转着。它们像两颗炮弹，呼啸着朝着那个阴暗的窗子飞去。我听到了窗子爆炸的声音。这声音巨响无比。我想，整条小弄堂就会听到这两声爆炸声。

扔完砖块以后，我就开始奔跑。

我的背上还有我的书包。书包压迫着我，让我跑不起来。

我不敢想象窗子后面母亲会怎样。我不敢想。我觉得恶心。我替母亲恶心。我没有想到母亲会是这样。关于母亲的风言风语有很多，但我从来不相信他们说母亲是那种什么什么的人。但，今天，我却半信半疑了。半信半疑以后，就不知道该怎么办。我想我今天还是不回来好，现在遇到了，心里真是难受。

我第一次有了想离开母亲的想法。

我不应该再待在这里了，尽管我心里有点留恋。

我爱母亲吗？爱，有点。恨，也有点。我不知道。

阳光照耀在我的头顶。我头皮发麻。光线刺眼得很，我觉得光就像一把刀子，正在一点点地切割我。

8

公交车呼啸着从身边过。我低下头来，我看到了我的脚。我的脚很重，而且也越来越痛。

街头有人在乞讨，也有人在打公用电话。每个人都匆匆忙忙，好像在赶丧事一般。我看着那些陌生的脸，这些脸上都茫然无表情。不远处的面包房里正溢出着香味，那香味刺激着我的食欲。现在我身无分文，也不知道自己要去哪里。我的脑海里总是出现母亲微笑那一幕。这是什么样的一幕啊。她赤身裸体，身上被绑了绳子。她居然还有心情微笑。我想，是不是自己看错了看花了眼呢？是不是一种幻象呢？我自己也不知道。

我想到离家出走。但到哪里去呢？我哪里来的钱呢？这些问题困扰着我。

我一会儿胆大包天，一会儿又胆小如鼠。

我重新上路，继续漫无目的地走。身边不时有汽车从身边驶过，那些扬起的灰尘好几次都吹进了我的眼睛。我用力地拭擦自己的眼睛，我觉得我的眼睛有些疼痛。到天黑下来的时候，我才知道自己连饭也没有吃。

天一点点暗下来了。

我想，今天晚上我在哪里度过呢？我总不至于一个晚上像幽灵似的在大街上乱逛吧。于是，我就朝父亲住的那个街道招待所走去。

在招待所的外面，远远地，我就看到了王阿姨，她在里面走来走去。就这样，我不敢再往前走了。我怕碰到她。我心里已经想好了，想求求她，让她放我进去，让我在原来的床上睡一晚。但我怕她，我看到她肥硕的样子，就心存恐惧，那天的情景就仿佛在眼前，晃来又晃去。就在我犹豫不决的时候，我看到了以前的邻居杨海。杨海是跑运输的，也住招待所，就住在我们隔壁，以前还常常跑到我们那间，和父亲一起喝啤酒。杨海看到我怔了一下，他说："你爸呢？你们的东西扔在走廊上，快去收拾，不然让收垃圾的人偷光啦。"杨海肯定刚喝过酒，嘴里充满了酒味，一阵阵地飘过来。

听杨海这样说，我的心就怦怦乱跳。我朝着杨海看，杨海在打酒嗝。

杨海说完就哼着歌走出了招待所。

我想不好，进，还是不进？但刚才杨海告诉我的事，让我愤怒。我觉得这王阿姨不是人。她怎么能把我们的东西堆到走廊上呢？她真是个不要脸的女人。回想到了那天，她对待父亲的态度，我一下子产生了一种愤慨来。我想象自己长得人高马大的时候，再去找到她，然后好好地给她颜色看。

就这样，我一步步地靠近招待所。王阿姨没有在门房里，她在招待所的走廊里与人聊天。肥胖的身影像一团面粉。

我悄悄走进门房，我的脚步很轻。我看到桌子上放着一个水杯和她刚吃剩下来的一碗青菜，头顶上的电风扇在呼呼地转。屋子里有一股怪味，像是猫拉下的屎味。电视正在放，是《新闻联播》，主持人在读中央文件。就在这时，我突然产生了一个恶毒的念头，这个念头产生得十分迅速。它无比猛烈，让我止也止不住。

我闯进门房。我迅速地拿起了那个水杯，然后把那杯水倒进了电视机。电视机发出嗞嗞的声音，然后它腾起了一股青烟，然后是机器发出噼噼啪啪的声音……我拔腿就跑。冲到门口的时候，还与一个窗台撞了一下，发出很大的声音。这时，王阿姨肯定是看到我了，她在远处哇哇地叫。我顾不上那么多了。我跑得越来越快了……

我气喘得厉害。

我干了一件惊天动地的事。

我感到得意、痛快、舒服。我想象王阿姨痛哭流涕的样子。

但同时，我又有些后悔。但世上是没有后悔药的，现在后悔也来不及了。

天很黑的时候，我又想到了与父亲一起住过的那个桥洞，我想还是睡在那个桥洞吧。这样想以后，我就朝桥洞的方向走去。

由于刚才的作为，我心里很痛快。我想，这个电视机肯定报废了，弄得不好，可能还会爆炸。想到这样，我就来劲，于是脚步也变得轻快起来。

事实上，当我来到桥洞的时候，我发现情况与以往有了不同。桥洞下面不知怎么搞的，都是水迹，鞋踩在上面会发出嘎吱嘎吱的声音。桥上面没有灯光，只有从桥对面的屋子里零星地透出几丝灯光。我把头抬起，向桥洞那里张望了一下。我发现桥洞下面黑漆漆的，真的像是某个大洞。我踮着脚轻声地走到了里面。水迹到了里面就没有了，因为我听不到鞋子底部发出这种不和谐的声音了。我沿着水泥桥墩往里面走。

现在我的眼睛已经适应了桥底下的光线了，借着对岸传过来的几丝余光，我还能辨清桥洞里面的一切。桥下面的水好像比那天更臭了，那些气味一阵阵地窜入我的鼻孔。从内心来讲，我还是有些害怕的，毕竟那天有父亲陪着。但我能到哪里去呢？到哪里还不都是害怕吗？当我在桥洞躺下时，我听到自己的心开始急剧地跳动了起来。别怕，别怕，这个世界上没有鬼，我这样告诉自己。

我听到远处传来的鸣笛声。

就在这个时候，我听到了一个声音。这个声音是从桥洞的角落里发出的，它来得那么突然，那么阴森，吓得我猛地坐了起来。

会不会是父亲呢？这是我听到这个声音的第一个反应。

"你到这里干什么？"这个声音含混不清，还夹杂着外地口音。直到这时，我的意识告诉我桥洞里还睡着另外的人，他就在里面，他在黑暗里向我发话。我的紧张是不言而喻的，从这个陌生的声音里我已经排除了是父亲的可能性，但他会是谁呢？他为什么也会在这个地方呢？

还没有等我完全清醒，那个黑暗里的人"啪"地打亮了手里的打火机。火苗升腾了起来，透过火苗幽暗的光，我看清了那张脸，那是一张结满污垢、头发蓬乱的脸，他的脸在火苗的映衬下显得苍白又凶相。

"滚！"他突然对我这样吼道。

我胆战心惊地往后退缩着，我没有想到今晚还会遇上这样的流浪汉。

"你到底滚不滚？你不滚我就不客气了。"这样说的时候，他手里的火苗熄了，然后我就听到了一阵乒乒乓乓的声音。我知道事情不好，我占有了属于他的领地，于是拔脚就跑。我听到我的鞋踩到了那片水迹的声音，那声音搞得我脚步都乱掉了。

那个人在后面喊着。他还捡起石子扔向我。

当我跑出桥洞几十米路远以后，我才停下来，回头朝桥这边望。我看到桥洞边站着的那个黑影，他在指指点点着。身子像螃蟹一样摇动着。

我当然也不肯罢休。当我站在马路边以后，我也开始回击。我捡来石块，也朝着桥洞里扔。我要让这个鬼好好尝尝味道。

9

我要走，远远地走。离开这里，离开让我蒙羞的父母亲。

我想象自己到一个陌生的地方。那里生机勃勃，充满诱惑和机会。那里黄金遍地，那里美女如云。我的命运转折肯定就在远方的某处，它在召唤着我，它在鼓舞着我，它在动员着我。

我热血一点点沸腾起来，同时，又有点胆怯，毕竟这是第一回。但人生就是从一件件的第一回开始的，我为什么要惧怕这一回呢？我告诉自己，只有走这条路。走，走到海角天涯，寻找我的新起点。

半夜的时候，我就坚定了出走的念头。我的理想，我的目标，只有在远方才能清晰起来。

有了这个念头以后，我开始感到宽慰了些，我把拳头握起，连脚步也迈得大了起来。

我朝火车站方向走去。

我或许能靠一张站台票混入车上。我盘算着我要到哪里去。上海？广州？深圳？……一下子我的脑海里就浮现出一串名单来。我能到外面干什么呢？洗碗、扫地、做工等等，世上没有走不通的路……想着想着，我就热血沸腾起来。

当我走到火车站的时候，我的脚已经发痛了。火车站门前暗淡的灯光闪耀着，有几个骑三轮车的人在说话。有人躺在花坛边，有人在吐痰。我在广场上坐了下来，脱下鞋子。鞋子里的臭气一下子冲了出来。我发现我的袜子已经湿了。我用手抹了抹袜子。

　　就在这时，我看到一个人朝我走来。他就这样专注地朝着我，好像是冲着我走来的。我有些好奇，睁大眼睛，等那人靠近，我惊叫起来。原来是大庄叔叔，我爸爸的好朋友。

　　大庄的出现真是意外。深更半夜，在火车站的广场，竟然会遇到他。

　　"你怎么会在这里呀？"大庄问。

　　他一问，我就十分尴尬，我一时竟然不知怎么回答他了，涨红着脸。好在是灯光下，他肯定看不清我的脸。

　　大庄好像是明白了什么，他马上把话题转移开了。他告诉我，他是来送一个朋友，刚刚送走，没有想到一出站就看到了我。我低垂着头，目光还是盯着自己的臭袜子。

　　"你回家吗？我送你回去。"大庄问。

　　我摇摇头。还是想象着自己乘着火车远去的情形。

　　"是不是跟你爸吵翻了？还是我送你回去吧。"大庄蹲下身子，关心地询问我。我没有理睬他，我也不知道怎样理睬他。我把鞋子穿上，又脱下。

　　这时，大庄突然走开了。他朝前走。不久我看到他到了一辆面包车边，他打开车门，从里面取出东西。大庄取出的是面包，他拿着面包又朝我走来，并递到了我的面前。大庄这样一递，我就被感动了。我没有想到大庄叔叔会这样好。

　　我的肚子在咕咕地叫。看着面包，我的食欲一下子涌了上来，于是我开始啃起面包来。那面包真叫香啊。

　　"走吧，到我家去。"大庄用命令似的口吻对我这样说。

　　火车站的广场上冷冷清清，我看了一下手表，是凌晨一点。我还有什么话好说呢，我二话没有说，就跟着大庄走了。面包车发动了，车灯一直照耀到很远的地方。我缩在面包车后座上，心里却滋生出一阵阵的激动。我想大庄真是一个好人。

　　大庄的家在饮马河。以前，他经常来我家，但现在明显少了。在我父亲的许多朋友中，大庄是来往最多的，他们常常喝酒打牌。

到了大庄的家以后，大庄让我睡在一个小房间里。这里有一条床，床上乱七八糟地堆着东西。大庄拿来一条席子和一把电风扇，然后就关门走了。我的眼睛开始打架了，我刚在席子上躺下，睡意就滚滚而来了。

我睡得很沉很沉。一夜竟然无梦。

当我醒来时，天已经大亮，太阳明晃晃地挂在树梢。

我小便很急，于是就急匆匆地往外赶。可当我试图拉开门时，我发现门被外面反锁了。这是一个铁栅门，我摇上去毫无动静。小便好像就要冲出来了，它就在鸡巴口上，随时要冲刷出来。我憋啊，我几乎要叫唤起来了。于是，我没有办法，我只好敲门。

"大庄叔叔，快开门，大庄叔叔。"我叫着。

这时，我听见大庄的声音了。大庄正坐在客厅里抽烟。他说："是不是要小便？你要小便就直接拉在里面的一个塑料盆里。"大庄说这句话的时候，跷着脚，好像早有准备似的。我一回头，真的看到了一个塑料盆。

我还是继续拍打着铁门，可大庄似乎没有听见。这让我搞不懂，我不知发生了什么。

尿水滚滚，我没有办法，于是只好对着那个塑料盆哗哗地小便。

等我把小便拉完了，回头，我看到门口站着大庄。他隔着铁栅，依然抽着烟。

"告诉你吧，你爸欠了我十万块钱，你现在就打电话给他，否则这事情就不好看了。"大庄恶狠狠地这样说。

我的眼前轰的一下，一片漆黑。这怎么会呢？这怎么会这么巧呢？……我觉得不可思议。

"我找了他好几天了，一直找不到他，正好昨天碰到你，好像是天意啊，现在由你来通知他。"大庄说着，就掏出了手机。他把手机递到我面前。这是一个新的手机，屏幕还闪闪发亮呢。

我站在塑料盆旁，尿味一阵阵压迫过来。我不知道怎么办。

"手机新号码是什么？他的老手机停机了。"大庄晃动着手机。

我摇摇头。我真的不知道。自从那天半夜父亲离开以后，我一直没有见到过他。我不知道他在干什么，他到底是生还是死，我一概不知。

大庄看着我，见我摇头，他就很生气。

他连问了好几次，我都说不知道。于是他就走开了。

"你会后悔的。"他抛出了这样一句话，然后走开了。

10

听见鸟的叫声，我呼地坐了起来。听到鸟的声音，我就激动，《迁徙的鸟》里的镜头又在我面前飞扬起来。这到底是哪里来的鸟声呢？

循着声音寻找，我发现鸟声是从客厅里传来的。我站在铁门后面，远远地看到了那个鸟笼。鸟笼里有一只鸟，我不认识它，是一只白色的鸟。它的声音清脆、尖锐。鸟一叫，我也跟着叫。我模仿鸟的声音。吱，吱，吱。鸟好像也发现了我，它朝着我看。

这时，大庄出现了。他给我一瓶矿泉水和一个面包。他就隔着铁栅给我递进来。我没有接。我为什么要接他的东西？他好像脸色也不好看了。"拿着！"他命令道。我依然没有拿，于是他把东西放在了地板上。然后，他就消失了。鸟依然还在叫，但我没有兴致继续跟着叫。看来，我真的被囚禁了，确切地说是被绑架了。以前，我看过一个电视节目，介绍绑架的，我没有想到自己也会落入这样的境地。

大庄家里没有人进出。只有大庄一个人。他有时候出去，有时候回来。他呢，有时心情很好，有时则情绪低落。屋子里已经很臭了，尤其是我的大便，引来了好多的苍蝇，它们就在屋子里飞来飞去。大庄也没有清理，那塑料盆一直放在小房间里。

"你爸可能死掉了。"有一次，他走过门口的时候这样说。

然后，他停下来。"我托了好多人，就是找不到他，他欠的钱太多了，现在是躲债，但你躲得过初一却躲不过十五啊。"他就这样自言自语着。

我没有多睬他。我不想见他。五年前，大庄还送过我一件玩具，是一辆大的坦克，那坦克很大，装了电池以后可以遥控。我没有想到，父亲的朋友会是这样。父亲到底交了什么朋友啊。

到第三天的时候，大庄把门打开了。他进来，站在我的边上。这时，我萌生出逃走的想法。我一直用眼光瞟着外面的客厅。但大庄似乎有预防，他就站在门口，挡着去路。

"十万块哪，这可不是一个小数目啊，你知道你父亲是什么人吗？他是条狗，他吃喝嫖赌，什么事都做，他简直比狗还不如……"大庄滔滔不绝地数落着父亲。

我很愤怒，但我压抑着我的愤怒。

"你爸呢？你爸到哪里去了？"说完，大庄就走近我，并拉住了我的衣袖。

"我不知道，我什么也不知道。"我淡淡地说

我这句话似乎激怒了大庄，他突然用手卡住了我的脖子。"你爸他想溜掉，休想，做梦，我会杀了他的。"他恶狠狠地说。

我开始挣扎。我必须摆脱大庄对我的控制。但他人比我高大，我无法挣脱。

"你说，你爸到底藏在哪里？"

我感到他在说的时候，已经在用力卡我的脖子了。我有些气闷了。我想，大庄是不是要杀死我呢？大庄可能用杀死我的办法来对付父亲。这样想以后，恐惧就上来了，我感到这个屋子里到处都充满了杀气。

我用足吃奶的力拼命挣扎。我像一条泥蚯，我要从他手里挣脱出来。

这时，我一使劲，竟然挣脱了他的手掌。一挣脱，我的劲就上来了。我张大嘴巴，用我的牙齿咬住了他的手背，咬，咬，咬，狠命地咬。大庄显然没有这方面的准备，他哇地叫了起来。我看到大庄的脸色从红转到了苍白，然后他就举起了手里拳头。他那个拳头呼啸着朝着我的脸孔奔来。

我感到了很沉闷的一记重击，它就击在我的脸部。眼前一黑，我就倒在了地上。

等我从地上爬起来的时候，我看到了从嘴里流出来的血。脸部是麻辣辣的一片，但我感觉不到疼痛。大庄似乎还不肯罢手。他又把我拎了起来。当他再次把拳头举起朝我砸来时，我朝他的脸上吐了一口唾液，这一吐我就看到了他半脸的血。这让他十分恼怒，他对着我的脸部又砸了几拳，然后又用脚猛踢我。我躺在地上翻滚着。等他踢得脚发痛时，他才停了下来。

我抬起头，看到他正在擦脸。我朝地上吐了口水，嘴里流出来的血越来

越多了。

就在这时，我看到地上的唾液里有我半颗牙齿。是的，是半颗，我的半颗门牙正在地上，它混杂在血丝里，静静地躺在了地上。我用舌头舔了舔牙齿，我感到我的门牙那里已经空荡荡了。

"他娘的。"我骂完就坐了起来，然后朝大庄扑去。

大庄怔了一下，然后一把将我的手臂反剪了过来。就这样，他反剪着我，他压迫着我，让我动弹不得。但，不久，他就松开了。我也没有了气力，瘫坐在了一旁。

他很烦躁。我看到他在屋子里走来走去。

他的皮鞋击打着地板。地板已经没有了油漆的光泽。

过了一会儿，他慢慢地蹲下身子，他好像一下子清醒了。他用手抚摸我的头发。"对不起，真的对不起，我太粗鲁了，我也是没有办法啊。"他就这样对我说。

但我什么也没有听进去。我就躺在地板上。屋子的臭味一阵阵地刮进鼻子里。我一声不吭。我想，这大庄是条疯狗。

"你原谅大庄叔叔吧，我刚才太粗暴了，我不是个人啊。"这样说以后，他也在我的身边坐了下来。他一直用手捂着自己的脸。他一声不吭。

不知过了多久，他突然拍了拍我的肩头。

"你走吧，你回去好了。"他喃喃地说。

我有些不相信他的话，一直没有动身子。于是他又来推了推我。"走吧，我再也不想见你了。"他这样说道。

于是我站起身来，他没有动。他一直低头坐着。我小心翼翼，从他的身上跨过，然后从屋子里走了出去。他没有拦我，他真的说话算话。

11

我重新朝饮马河走去。

这时，已临近傍晚，饮马河热闹起来了，街上有些小摊贩，也有一些农民在地上卖青菜萝卜。我就从这些农民身边穿过，我闻到了他们身上的那浓浓的体味。但我没有关心他们，我只关心自己。

大庄这只蠢猪，我心里一遍遍说着这样的话。

我把手伸到胸口，我握到了那把刀子。刀子用一张报纸包了起来。现在捏上去，没有刀子的感觉。这把刀子是我从同学家里借来的。

这一路上，我始终低着头。空气里弥漫着一股怪味，估计是附近的化工厂又在施放毒气了。我屏住呼吸，尽量不让这些气体往我鼻孔里钻。太阳的余晖很耀眼，它就挂在弯弯曲曲的小弄堂口。到了大庄的家时，我就直接上楼。在门前犹豫了一会，我就像昨晚那样敲起门来。敲了一会儿就让我失望了，里面一点声音也没有。

我想，大庄会到哪里去呢？

我不得不从楼上下来，然后在楼下的空地里转悠着。我就在附近找了块草地坐了下来。我现在很平静，我什么也没有想。我决定等。我现在不愁时间，我有的是时间。

我心里从来没有这样过。我心里静悄悄的，什么也没有想。

我就坐在草地上，太阳就落在我的头顶上。我不时地去舔那剩下的半颗牙齿，牙齿那里酸溜溜的，我觉得舌头伸过去时有些异样。我没有照过镜子，想象不出现在是何等的模样。我想，现在钱最要紧，有了钱，我就可以走了，离开这里，离开我的父母。我就这样想着事。我觉得这事离我越来越近了。

大庄是临近黄昏的时候出现的。他骑了一辆摩托车很风光地从远处飞来。我那时已经有些瞌睡了，当听到摩托声时下意识地抬了抬眼睛，于是就看到了一阵风从眼前刮过。大庄从车上下来的时候，没有看到我，他哼着曲戴着头盔准备往楼上去。就在这时，我窜了出来。我像风一样，挡住了他的去路。

"你赔我的牙齿！"我态度坚决地说。

大庄有些莫名其妙，他手里提着一个包，一副惊愕不已的样子。等他弄明白我的想法时，他突然笑了起来。

"赔钱，赔多少？"他好奇地问。

"一万。"我毫不迟疑地说。

"这怎么可能呢？你如果缺零用钱，我可以给你些。"这样说着的时候，他拉开了自己的公文包，并从里面取出了二十元钱。他把钱递到我面前。

我一听，就来气。我冲到他前面，把脚伸开，挡住了他往楼道上去的路。

"你赔我，我的门牙值一万元。"我又道。

我想，只要他赔，我就有钱了，我想干什么就干什么了，我想跑多远就多远。这样想以后，我就激动，心里也更坚定了。我要大庄赔我牙齿。这是天经地义的事。

但大庄推开了我，他不理睬我。楼道很窄，我就死死地撑着。

"要不要？不要拉倒。"他摇着那张钱态度坚决地说。

现在我面对着大庄，我能看到他眼里的血丝。想到我那颗门牙我就来气，于是我一把抓住了他的胸口。

"一万，就是一万。"我坚持道。

大庄低头看着我，然后他光火了，他伸出左手狠狠地推了我一把。他的力气比我大多了，我踉踉跄跄冲了几下，差点从楼梯上跌落下来。

"滚回去吧。"他大声地说。

"九千。你赔九千。"我补充说道。

"一分也没有。"他神气地挥了挥手。

说完他就开始往上走，我听到了他的脚步上楼沉重的脚步声。就在这时，我从胸口拔出了那把刀子，并迅速地撕开了报纸。刀子在我面前闪了闪。我就跟着那个背影。

大庄的家在三楼。当他把门打开的时候，听到了我的脚步声。当他看到我手里的刀时，他再度笑了起来。

"怎么，你想用这个东西来吓我吗？"说完他放好钥匙向我走来。他好像不怕我，更不怕那把刀。他压迫过来，好像要夺下我手里的刀。

"五千，五千是最低了。"我慌张着说。

他朝我逼近，我甚至闻到了他身上的怪味。他的眼睛直逼过来。他的眼睛就像牛眼一样，又黑又大，里面还夹杂着红色。

"你赔不赔？"我开始用两只手去握刀子。

"告诉你了，一分钱的屁眼也不给你。"他大声地说。他好像不怕我的刀子。说完后他竟然笑了起来。

这是我没有想到的，我原先想他看到刀子就会心软，就会乖乖地掏钱。但现在他笔直地站在我面前，没有一丝的胆怯，他甚至用放浪的笑声压迫我。这让我一下子没了主意。我不知道该怎么办才好。

"到底给不给？"我这样说时，手开始发抖。

真是非常不争气。我告诉自己稳住稳住，但那手好像不听使劲，越发抖得厉害。

大庄好像看出了我的心思，他从嘴里吐出了响亮的一个"呸"字。

就在这时，我把刀高高地举了起来，我想朝着他的胸口捅去。但那仅仅是一个虚晃的动作，我根本举不起刀子，沉重无比的刀子让我无法使上劲。

咣当一声。我听到刀子跌落到了地上。

刀跌落在了大庄的家门口。刀子还反射出光芒来，光芒照到了顶部的墙粉上。

我转身就跑，我听到自己仓皇的脚步声。

我听到背后大庄狰狞的笑声，他的笑声里充满了讥讽与蔑视。"我知道你是个胆小鬼，你算是什么东西呢？你和你父亲一样，是个废物。"

我的脑子像一摊烂泥。我不知道该怎么办。

在楼梯口，我还绊了一下，差点摔飞出去。这时，我的脑海里出现了鸟群，那是《迁徙的鸟》里的那群鸟，它们正在蓝天里飞翔。我仿佛也变成这样的鸟儿，但遗憾的是我却一点也飞不起来。

然而，我还是想象自己变成其中的一只飞鸟。

鸟越飞越高，我的身子下面是白皑皑的积雪。世界美极了。我拼命拍动着翅膀，空气在耳边呼呼地过。我听到了很奇妙的音乐，它简直就像是天籁。

跑到楼下时，我感到裤管里热腾腾的，低头一看，只见一缕热水正从我的裤脚里流淌出来。那是我的尿水啊。就这样，黄黄的水在水泥地上一点点地漫延开来……

天边夕阳如火，晚霞正艳。

毛玻璃

卫　鸦

台风来的那天我醒得很晚，醒来后脑子里还是迷迷糊糊，就像刚从一个梦里走出来，转眼间又掉进了另一个梦里。我抽完大半包烟，风还在吹。我说，妈的，没完没了。我把一截烟灰掸到地上。水贝瞪大眼睛，惊讶地盯着我。我是个斯文人，以前我从来不说粗话。她摸摸我的额头，没有发烧。风更大了一些，许多树在马路两边哗哗地抖，一片落叶从窗户的缝隙里挤进来，轻盈地晃两下，旋转着落地。是秋叶，绿色早就颓败了，枯黄的颜色中显示出苍劲的脉络。我把它抓在手里绞出碎裂的声响，碎屑从指缝里撒下来。透过毛玻璃我可以看见窗外有昏黄的光，黑夜正在缓缓沉下来，灯火渐次亮起，城市被光影在毛玻璃上勾勒出朦胧的轮廓。台风一刮就停不下来，从毛玻璃中我看不清夜色中的天空是否有乌云笼罩，我只觉得天黑得比昨天早，再晚一点也许会下场雨。

后来雨果然就来了，淅淅沥沥，在毛玻璃上积聚成明亮的水线。这是台风之夜，我知道雨呆会儿会下得更大，既然开始了，我就没指望它会停下来。水贝拍拍我的左腿，怎么样，还行吧？我站起来，一条腿撑地，另一条腿架在床沿，头俯下去，努力用嘴巴去咬脚尖，却无论如何都够不着。水贝说，低点，再低点。我又使了把劲，听到类似于骨折的声音从骨骼里渗出来，嘴还是够不着脚尖。我也不知道是怎么回事，这场风雨来了之后，我就像陡然老了几十岁，腰腿一下子变硬了，而且这条腿还开始发疼，不干活我也像民工一样满脸冒着汗。我只有使劲压腿，用更钻心的疼来镇压另一种疼。这办法挺管用，反复几次，疼痛的感觉淡了很多。我决定在以后碰上雨天时候也这样折磨自己。

　　水贝说，你老了。她叹口气，你看看你的腰，跟石头一样。那时我们刚做完爱，她脸上的亢奋之情尚未消退。我就像淋了一场雨，浑身都湿透了。她伸手摸我的裤裆，软绵绵地垂在那里，有点扫兴。我不行了。我低头离开床沿，坐进沙发里，顺手抓过一张报纸看夹在版面中间的天气预报。这两天都是台风和雨。他妈的鬼天气，我又说了句粗话。接着去看这天的体育新闻。水贝长叹一声翻个身，把睡衣的吊带从腰间扯到肩上，屁股一挪整个人拱进被窝里。

　　我把烟从嘴巴上撤下来，抖掉一截烟灰又叼在嘴里，伸手摸了摸腰，那地方的确比石头还硬，这让我无端地感到恐慌。水贝嫁给我，就是因为我的腰，她是个情欲旺盛的女人。决定跟我结婚之前她告诉我，她说男人在那方面行不行，关键是看腰。我回忆起当初我们相识时的情景，谈恋爱的时候，我最能吸引她的地方，就是我的腰柔软得就像那些练瑜伽的女人，头一低就能咬到脚尖。柔软得变态啊，她时常感叹着说。那时她最喜欢干的事情就是逼着我像根麻花一样把脚从背后扭到头上。

　　那是以前，那时我的腿能踢足球。现在不行了。到底是从什么时候开始不行的，我记不清楚。我只记得似乎是出了场车祸。我回忆起那天的细节，当时的情况应该是这样的，我跟一位叫马梁的同学去罗湖喝另外一位同学的喜酒。席间熟人很多，多半是故人，不是大学同学就是大学校友。给马梁敬酒的时候，我碰到了大学时的情人。这令我深感意外，几年前她是个千姿百态的美人，以至于跟她分手之后，我常常会不由自主地去追忆她的靓丽容貌。我没料到这次重逢让我相当失望。她发福了，原本清瘦的瓜子脸变成了臃肿的冬瓜形状，曾经的纤纤细腰也没有了，取而代之的是一种让人看上去相当绝望的水桶形状。她来到我面前的时候，高高隆起的小腹让她的步履变得蹒跚，她一脸幸福地对我说，她怀孕了，很可能是对双胞胎。接下来她问我，你还好吧。

　　我说，还行。

　　此后我们握住酒杯陷入沉默，从她脸上，我找不出半点当年的影子，就好像坐在我面前的是个陌生人。在这种陌生感面前，我记忆中那些关于她的印象深刻的往事随之飘散。酒席进行到半途，她执意要走。为了表示我事业有成，我执意开车送她回酒店，因为半年前我买了辆宝马。到了酒店后，一进门她就扑上来搂住我的脖子，动作和眼神都很疯狂。这让我感叹时间的力量真是巨大，几年前她是个含蓄娇羞的淑女，可如今贴在我怀里的，显然是个饥渴的荡妇。我的情绪也被调动起来，多年前我们温存缠绵的画面洪水般涌现在我面前。她说这些年来她从来都没有忘记过我。接下来她问我，你呢？你也想我吗？

　　我说，当然想。

　　我脑子里一片空白，我将她一把推到床上，俯下身去，像个迷茫的孩子一般低头寻找她的嘴唇。再往下的时候，被她拒绝了。她突然站起来，一把将我推开。她说，我老公是个好男人。我全身的欲火瞬间平息，我整理好衣服，摸摸她的头，转身离开房间。其实我没想过与她发生什么，该发生的事情早就发生过了。大三那年的中秋节，我带她去赏月，月亮还没升起来的时候我将她拖进一块玉米地里。那个中秋节，我整个晚上都没看到月亮，我只看到她半裸的身体在我身下夸张地扭曲。后来她告诉我，那个中秋之夜，她眼中的月亮像喝醉了酒那样摇摇晃晃。

　　然而我还是有些懊恼，从酒店出来后，我再次返回到马梁的婚宴上，一想到不久前发生的事情，酒兴就上来了，只要见到认识的人就把酒杯举起来。来深圳后，我好几年都没见到这么多的熟人了。我一杯接一杯地喝，一直喝到酒席散场。回去的时候，马梁问我，还行不行？我说，只要警察不查酒精就行。他不相信我，把我扶上车，自己坐在驾驶位上。我挪过去挤开他，抢过方向盘，踩着油门上了路。我说，酒后开车我又不是第一次，速度放慢点就没事。车祸就是那样发生的，上了北环，我小心谨慎地把车开得像蜗牛，可是车子才走出半里路，我的眼睛就花了。我把车停在路边，低下头，把手指捅进喉咙里清理胃里的食物和酒精。吐了一会儿，我回头看到一辆泥头车从后面飞快撞过来，小车飞了起来，在空中划个弧线又掉到地面。我算命大，把灾难丢给了马梁。我只是被一扇脱离车体的车门弹中了小腿，当场骨折。而马梁整个身子都被泥头车带走一半，连哼都来不及哼一声就去了另一个世界，肠子花花绿绿地挂在外面。我就是那样晕过去的。这场面让我觉得，世上最残忍的死亡方式莫过于车祸。

　　昏迷之后我被扛到了手术台上，对手术的过程我一无所知，本来就喝醉了，再加上麻醉药的效力，被肢解了也不知道。醒来后我甚至不相信自己刚做了一场手术，我捏捏小腿，一点疼痛的感觉都没有。他们在我脚踝处镶进了十几枚钢钉。我感叹着医学上的进步实在是神速，再这么发展下去，这些医生没准能通过手术把我变成一个机器人。医生告诉我，运气不错，腿算是保住了，只是以后尽量少做激烈运动。我问他，什么是激烈运动？医生说，比如说，跑步；再比如说，做爱。他笑眯眯地看着水贝，眼睛里荡满艳羡的表情。最后他叹息着对我说，你老婆长得不错啊。他说得很暧昧。我握住医生的手表示感激，我说，能活着就不错了，能否做那些运动我倒不在乎。从医院出来后我看着水贝，我说，以后，就没那么方便了。她说，没关系，以后改换姿势，我上你下。

我对水贝的愤怒就是从这里开始激发的。以前我们是对恩爱夫妻。水贝长得漂亮，举止大方得体，同时又善于辅佐我的事业，她的精明让除我之外的所有男人都羡慕。我的一位画家朋友曾经对我发表感叹，他说我艳福不错，水贝的身材真是无懈可击，像她这样的女人，即使死后也将会是一具美丽的骷髅。对此我表示赞同。男人都是视觉动物，与其说我迷恋于水贝这个女人，不如说是出于男人好色的本能。婚后的这些年里，我和水贝的夫妻生活像鱼和水的关系一样默契而又和谐。车祸之后我的状态才开始下滑，换了姿势也不行，腿脚硬了，腰也慢慢跟着变硬，器官似乎也在节节颓败。我和水贝都到了三十岁，她往如狼似虎的年岁里长，而我在往老里长。现在，我更是越来越感觉到了她的旺盛精力对我所构成的压力。我对水贝说，我老了。

水贝把头偏到一边打呼噜。外面的风还在吹，似乎更大了些，门和窗吱吱呀呀地晃，满城的灯火在风雨中乱抖。我突然为自己悲哀起来。我和水贝结婚六年了，六年啊，他妈的能做出多少事情。这六年来，我像条忠诚的老狗一样处处顺着她的意思行事，她要我向东我不敢向西。结婚的那天，她把窗户上的平板玻璃卸掉，全换成了毛玻璃。她有裸露癖，一到夏天，喜欢光着身子像条泥鳅似的在屋子里钻来钻去，她说毛玻璃让她觉得安全，又不会遮挡光线。但我受不了，房子本来就不大，再加上视线突然受到阻碍，我觉得自己活像被关在一个封闭的笼子里，常常有透不过气来的感觉。第二天一早，我便把毛玻璃卸掉，再装上平板玻璃。可是等我下班回到家里之后，窗户上又被换上了毛玻璃。是水贝干的。她说，结婚后一切都得听她的。我没答应，等她出门之后，我又将平板玻璃换上去了。于是我们谁也不服谁，将两种玻璃换来换去。这种情况拉锯似的坚持了半个多月，最终我疲惫不堪地放弃了自己的坚持。我妥协了，此后这种妥协便惯性地保留下来。这意味着我在水贝面前放弃了作为一个男人的主权，一直到今天，什么事情都是她说了就算。结婚以后，水贝一个月只给我五百块零花钱，后来我开公司了，生意越做越大，收入成几何级数增长，可是我能够自由支配的资金还是这个数，五百块，铁打不动，超出一块钱，都得让她批准。我一点也不像个老板，我越来越觉得自己像个窝囊废。在我面前，水贝太强势了，就连做爱，也是她想来的时候就翻身爬上来，摇摇晃晃地把我当成一头种猪。尤其是当我出差的时候，临走之前，她非得把我掏得筋疲力尽不可，说是怕我在外面鬼混。

我并不是一个随便的男人，婚后我从未有过什么越轨的行为，倒是水贝自己有点不太安分。前段时间她告诉我，她生活中还有过另外一个男人。她说那男人约过她两次，牵过她的手，抱过她，也亲过嘴，然而对方提出做爱的时候被她拒绝了，此后再无往来。她这样说的目的是想告诉我，她是个有魅力的女人，爱她的男人不止我一个。对我来说这是个不幸的消息，这无异于给我当头一棒。当时我唯一想着的事情就是狠狠地把拳头砸到她的脸上。然而我没有这样做，我不敢，我只是把目光望向窗外，看着对面一位女孩坐在一扇敞开的窗子前弹钢琴，长发慵懒地披散在肩上，背梁挺得笔直，那是我认为最优美的女性坐姿，这让我甜蜜地回想起自己的初恋情人。每次我想对水贝发火的时候，我就将思维转移到那些美好的东西上去，这样才可以平息我心中的怒火。

可是今天我不能再忍了。那场车祸之后，我有如醍醐灌顶，突然间就看透了一切。连死亡的边缘我都去过了，对我来说，没什么事情是大不了的。人活着不容易，像马梁一样，说没就没了。就算没有天灾人祸，这短暂的一辈子也是流星般一瞬间就晃了过去。我回想起婚后这些年的生活，在水贝家规森严的笼罩下，我觉得自己就是条纸船，顺着她给我划出的生活轨迹往下漂流，我从来都不知道自己会在哪个地方停下来或者是沉没。我算是个活得糊涂的男人，今天我才算清醒过来。我不能一味迁就水贝而委屈自己。

我瞄了水贝一眼，她还在睡，这场台风似乎对她没造成什么影响，外面天昏地暗，她把头埋在丝绒枕头里，呼吸均匀，一副很安详的样子。我走到床前，捅捅她的胳膊肘，我说，起来，我有话跟你说。

她揉揉眼睛坐起来，歪着脑袋看外面的风雨。雨开始疯狂起来，大把大把地往下掉，四处是滂沱的水声，被雨水洗过的毛玻璃清洁明亮，把窗外那个曾经被遮蔽的世界一下子清晰地拉到眼前，整座城市都看不到行人和车辆，马路上空空荡荡。雨还没停啊，水贝说。她伸着懒腰，张开嘴巴打了两个哈欠，又问我，你想说什么？

我想了想，一时找不到话题。这些年我很少主动跟她说话。在她面前，我从来都只有服从的份，她说什么，我就听什么，习惯了。现在突然想跟她说点什么的时候，却绞尽脑汁也想不出来。

后来我说，我饿了，给我下碗面条吧。婚前她是个很勤快的女孩，她第一次去我家里时向我们全家展示了她的手艺，半个小时就把一顿丰盛的饭菜端上了餐桌。她烧的那几道菜让我和我妈回味无穷，并一举奠定了她在我老妈心目中的地位。以至于在我们此后的交往当中，我们之间发生任何矛盾，我妈都会认为是我单方面的错。我就是那样跟水贝结婚的。我可以等，我妈等不及了，她说这年头像水贝这样好的女人不多，人长得漂亮又会烧菜，她要我先下手为强。没想到结婚之后我彻底失去口福，几年间水贝从没下过厨房。今天她也没有进厨房的意思，哪怕只是碗面条，她也不肯为我动手。她伸手在我裤裆里摸了一下，她说，就算吃虎鞭也没用。说完倒头又睡。

于是我的火气就上来了。我抓住床单的一角，使劲一拽，她从床上掉到地下，然后像个皮球似的在地上又滚了两圈。她爬起来，满脸惊愕地望着我。这么多年来，我连她一个手指头都没碰过。你到底想干什么？她指着我的脸咆哮起来。

我说，我不想干什么。我只想攥住她的头发，将她的脑袋扳到跟前。然后我对准她的脸就是一个耳光。响声很大，把我自己都吓住了。我一点都没吝啬自己的力气，打完之后，我右手的五个指头有点发麻。水贝惊呆了，脸上肌肉怪异地扭了起来，那张脸看起来就像打满了结。她说，你竟然敢打我？

有什么不敢的，我说，我打的就是你。我对准她另外半边脸又是一个耳光。又是一声更大的脆响，她的脸丰满起来，像两块肿胀的猪肝。真他妈痛快，我对她说。我揪住她的头发用力一甩，她摇晃一下栽在地上。她发怒了，从地上跳起来，张牙舞爪地往我脸上扑。要是以前，我脸上片刻间就会血迹斑斑。可是这次没有，她的手指还没碰上我的脸，我头一偏就闪开了。我再次准确地揪住她的头发，一脚踹在她肚子上，她又是一晃，捂着肚子蹲了下去。以前我之所以饱受她的拳头，那只是我让着她，真动起手来她显然不是我的对手。此后她没再向我发起回击，爬起来后她跟我说，离婚。

因为激动的缘故，她的声音哆哆嗦嗦。后来她哭了起来。我还是第一次看到她流泪，这些年来，她始终以一副强硬的面孔出现在我生活里，这让我觉得她越来越不像个女人，很多时候我怀疑她天生就没眼泪。今天她终于哭了，她痛哭流涕的样子让我得到了极大的满足，就仿佛婚后这些年我在她面前所受到的压迫，随着她的痛哭而顷刻之间烟消云散。我说，离婚就离婚，谁不离谁是王八蛋。

第二天我们就离了。离婚协议书是我起草的，不到半个小时就完成了。签下名字之后，我反复端详着我的杰作，我难以相信，这些文采飞扬的句子竟然是出自我的手下，这让我怀疑那份离婚协议其实在我心里已经摆放了很多年。从民政所回来，水贝草草收拾了行李，然后拖着箱子走进雨中，没有回头。我知道她不会回来了。令我感到诧异的是，离婚之后我并没有得到我一直所期望的那种解脱的感觉。水贝一走，我就像是全身上下被套了根绳子，轻松不起来。我坐在窗前看着窗外，当年的毛玻璃已经有些陈旧，雨水蒙上去之后，外面的景物变得异常清晰。我透过玻璃看见水贝弯腰钻进了一辆的士，最后消失在茫茫雨中。我们几年来的相处最后交织成这幕分离的画面。

我不禁有些伤感。我与水贝共同生活了好几年，积累起来的点点滴滴足以写成一部生动的长篇小说，然而感情这东西说没就没了，我们的离婚就像这场风雨一样，来得那么突然。我坐在窗前抽了两支烟。五分钟后，我起身把毛玻璃卸了下来，那是水贝留下来的遗物，我得彻底将它从我生活中抹去。从结婚的那大开始，这些毛玻璃就将我和水贝在家庭中的地位定格了，它们害得我忍辱负重地生活了那么多年。我花了大半天时间，将所有的窗户都换上了平板玻璃。干完这一切之后，我看到光线从外面涌进来，屋子里一下子明亮了不少。可是外面的世界却并没有因为玻璃的更换而变得清澈，我看到窗外仍然是灰蒙蒙的天，铅云低垂，雨水像瀑布般从天上垂挂下来，偶尔有闪电陡然亮起，在城市的顶端把天空撕裂。我不禁有点失望。我原盼望着离婚之后，我的生活能得到改变，可事实上一切照旧，什么都没有改变。

水贝一走，我就无事可做了。我只有倒头睡觉，打算醒来之后再去看看马梁。他是受我所害，现在他已经死了。我想，无论如何我都得到他坟前去上炷香。车祸发生之后，我没去看过他，也没得到他家人的邀请而去参加他的葬礼，这些天我甚至记不起我身边曾经有过这么个人。他曾经是我最亲密的朋友，如果没有那场车祸，这个身强体壮的男人每到周末都会陪我去钓鱼，他是我在这座城市里唯一值得信任的男人。是我害了他，我没料到我当初的莽撞行为会终止他的一生，我不禁为自己酒后驾车的行为而感到无限悔恨。

这么想着的时候我就醒了。眼睛一睁就看到了马梁，还是那副吊儿郎当的模样，嘴巴里叼着烟，趴在电脑屏幕前正在敲打着什么。他是个小有名气的作家，三年前他搞证券赚了笔钱，日子过得人模人样，后来他开始潜心创作一部长篇小说，不出两年就把自己折腾成了一个十足的穷光蛋，可他依然坚持认为作家是个有前途的职业。他拍拍我的额头说，你醒了？不能喝就少喝点啊，逞什么强？今天睡了一整天，你老婆打了十多个电话来问你的情况，把我耳朵都听出趼了。

马梁不是已经死了吗？我从床上跳下来，我说，大白天碰到鬼了。我穿上鞋子掉头就跑。跑出门的时候又折回来，我发现这是马梁的房子，而我记得我明明是在水贝走了之后倒在家里睡着的。我不禁仔细回忆起那场车祸当中的一些细节，越回忆脑子里就越是模糊。我疑虑着问他，你没发生过车祸？

什么车祸？马梁说，昨天晚上你喝得像死猪，是我开车把你拖回来的。

他把车钥匙扔给我，让我早点回家去安慰老婆。他说我一宿未归，水贝都快急疯了。这时我才知道刚才的一切只是个梦。

我马上回到家里，打开门，看到水贝神情疲惫地蜷在沙发上，两个乌黑的眼袋证明她昨晚一宿没睡。我叫她，她不说话，跳起来就扇了我两巴掌。我捂住脸庞想发作，想起梦中的一切，又忍下来了。她发火也是情有可原，婚后的这些年里，我从来都没有过夜不归宿的记录。在她面前，我向来都是个循规蹈矩的男人。她警告我，这是第一次，也是最后一次，以后晚上再敢不回家，就离婚。

我抖了一下，摸着火辣辣的脸孔走到窗边。我把窗户捅开，外面没有台风，也没有下过雨的迹象，出现在我视线里的仍然是这座面目模糊的城市，就跟被那座被毛玻璃遮掩住的城市一模一样。我旋即将窗户关上，摸了摸自己的腿，一点疼痛的感觉都没有。我把脚跷起来架在床沿，低下头去，我发现自己的腰腿还是那样柔软，很轻松地就咬到了脚尖。我从两腿间的缝隙里偷看水贝，出现在我眼前的景象就像个梦一样——我看到水贝将窗户上的那些毛玻璃一块块卸了下来。后来她卷起窗帘，两手叉腰站在窗边。过了一会她拍拍手说，平板玻璃其实也不错。她说话的当儿，我看到明亮的阳光从窗口一下子奔涌进来。

小 艾

马 拉

他进来时，小艾正在给一个客人化妆，她是在镜子里看到那张脸的。等小艾回过头来，他身边多了一个女孩。这是正常的，一个男人没必要来这里。还没等小艾回过神，小梅走过来说，小艾，你帮刘小姐化一下妆。小艾愣了一下说，好的。

小艾站起来，伸出手说，你好，我是小艾。男人笑了笑，露出洁白的牙齿，你帮她化妆就好了，我不用的。小艾认真地看了看男人，那张脸有她熟悉的轮廓，只是眼睛和下巴的线条有些出入。小艾说，还是要稍微打点粉，拍出来效果会好一些。给女孩化妆时，男人静静地坐在边上翻杂志，偶尔抬头看看女孩。女孩很漂亮，属于干净的那种，五官精致，略微显得内敛。小艾注意到，女孩即使在化妆的时候，眼光也通过镜子落到男人的身上，那种眼光是小艾熟悉的，小艾也曾有过。那是满足的，愉悦的，同时也是幸福的。小艾看得出来，他们在热恋中，也许快结婚了。他们来拍婚纱照就是一个证明。

等化完妆，男人和女孩就要出外景了。摄影师已经准备好了，背着摄影包等在那里，还有他的助理。助理是一个新来的女孩，看样子不够十八岁，眼睛很大。大家都叫她小米，具体什么名字，没人说，小艾也没问。那是一个文静的女孩，经常跑到小艾边上看小艾化妆，不太爱说话，小艾空闲下来会给小米画一下眉，打点淡妆。本来，出外景补补妆、拉拉婚纱不是小艾的事情。小艾望着男人说，我跟你们一起出外景吧。男人有些诧异，包括摄影师。小艾笑了起来说，反正我也没什么事情的，出去走动一下也好。说完，又对小米说，你帮我跟梅姐说一声，你就别去了。

　　拍婚纱照的动作是千篇一律的。男人很配合，小艾的眼睛一直留在男人的身上，似乎努力想找点什么出来。三月，略微有点冷，小艾看了看女孩，她似乎一点都不冷。中途，女孩上了一次洗手间。小艾快速地对男人说，你电话多少？男人愣了一下。小艾说，方便联系的，以后你有什么事情可以找我。男人报出一串数字，小艾迅速地记在手机上，然后问，名字？男人说，你叫我一鸣就可以了。小艾给男人打了过去说，我叫小艾。男人说，好，我记下了。摄影师在旁边看了看小艾，意味深长地笑了笑。小艾明白他的意思，在影楼，化妆师和客人是没有什么直接联系的，除开化妆那会儿。化完妆，就没化妆师什么事了。她说有事可以找她，基本可以说是在撒谎。

　　回到家，小艾翻开很久没翻的影集。由于长久没有翻动，影集上有了淡淡的灰尘，用手摸上去，有粗糙的颗粒。小艾觉得自己身上都沾满灰尘了，怎么擦都擦不掉的。小艾住的是租来的房子，有一个独立的小院子，当然这个院子并不是她的，她只住在这个院子的某一层楼的某一个房间。和别人不一样，小艾没有合租，虽然那样会节约一些。她想，女孩子应该有一间自己的房子，不管这个房子是不是自己的，她应该有这样一个空间。放下影集，小艾对着镜子看了看，她依然年轻、漂亮，她才二十五岁，还没有达到自怨自怜的年龄。她看到她的脸，光润，结实，几乎没有瑕疵。她的头发也是直的，像水银一样泻下来。

　　他们确实很像的，小艾想。晚上出去散步时，小艾走到第十三棵芒果树边上，用小刀轻轻地刻了一条横线。

　　大约过了半个月，男人和女孩来选照片。他们来的那会，正是小艾下班的时间，小艾在大厅里看到了他们。女孩由于没有化妆，看上去更单纯一些，她戴着很大的耳环。小艾注意到女孩的指甲，涂了黑色的指甲油，上面点着鲜红的梅花和绿色的兰草。那双手，洁白，细腻，有柔和的光泽，皮肤像是透明的。真是年轻啊，小艾想，她应该不会超过二十岁。男人还是漫不经心的样子，坐在女孩边上，女孩选好照片，他就点点头说，好的，挺好，真的挺好的。这是一个和善的男人。小艾想，他和他是完全不同的。男人看见小艾，微笑着点了点头，算是打过了招呼。小艾的心跳得有点快，匆忙地挤出一点微笑来，逃也似的跑了出去。

这算什么呢？小艾有些纳闷，她应该说不上爱他，连喜欢大概都不算，他都是一个快要结婚的人了，她却连认识他都算不上。小艾觉得她的心慌显得有些荒谬，毫无逻辑性可言。洗澡的时候，小艾看了看自己的手腕，有一条淡淡的线，这是一根多么伤感的线啊，血从里面流出来，把浴缸都染红了。即便如此，那个男人还是说消失就消失了，再也没有回来。她是不会再为任何男人做这样的事情了，太傻了，傻得一塌糊涂，傻得连自己都有些瞧不起了。小艾把手放在那根线上，她能感觉到脉搏的跳动，一下，又一下，非常有力。是的，她充满活力，她是小艾。小艾闭上眼睛，想了想影楼里的男人，他们确实太像了。真的很像，大概是这个把她的心弄乱了。

小艾在房间里翻箱倒柜地找，把衣服扔得一床都是，她像个特务一样，搜索着这个房间的每一个角落，她一定要找到它。寻找的过程中，小艾显得很急躁，因此也失去了从容。这种体会是谁都有过的，你想要找一个东西的时候，往往怎么找都找不到。沮丧、失望，甚至绝望，种种情绪会在寻找的过程中不断蔓延开来。小艾觉得她已经把房间的每一个角落都找过了，连一寸都没有放过，她不可能找不到它。她在这里住了四年了，作为一个讨厌搬家，并且恋旧的人，她几乎不会抛弃任何东西，就连刚到这个城市来时的车票她都保留着。这些在别人看来多余而且无用的爱好，在小艾看来意义非同寻常，这些痕迹，至少能够证明她是有过去的。小艾几乎绝望地躺在床上，身下压着各个季节的衣服。她想找到那个东西，拿给男人看。

再一次看到男人是在一个礼拜后，这次小艾是刻意的。男人来看处理过的图片，小艾走过去，对男人说，一鸣，来看照片啊？话一出口，她就觉得有些多余了，到这里不看照片，还能干什么呢？男人说，是啊，看看。小艾朝电脑上望了一眼说，挺好的，蛮漂亮的。男人皱了一下眉头含糊地说，是吧！小艾看了看四周，弯下腰对男人说，我有东西要给你看。男人抬头看了小艾一眼，什么呢？小艾说，我现在还没找到，我会找到的。男人说，好的，你找到打电话给我。男人笑吟吟的，大概觉得小艾在和他开玩笑。小艾转过身就走了，双手抱在胸前，她想她走的样子一定很优雅，他的眼光肯定在追随着她。

那天晚上，小艾在芒果树下刻下第二根横线，这次要深一些。刻完，小艾亲了横线一口，有淡淡的苦味。

小艾是在半年后给男人打电话的，她本来以为她已经忘记那个男人了。从抽屉里发现那张卡片时，小艾一下子想起了她说过的话。她说过要拿给他看的。那时候，天再次凉了，大概算是初秋。南方的树木还是青绿的，由于刚刚打过台风，地面是零散地躺着还没来得及打扫的残枝败叶。台风一过，温度陡然降了下来，小艾走在路上，两边是芒果树。地面和天空是两极，天空依然是那么高远、清洁，显示不出季节的变化，就连空中的树木，也苍翠得让人怀疑。只有地面的枝叶提醒着小艾秋天已经来了。小艾是喜欢这个季节的，能让人安静下来，或者生出一些感慨。她刚刚给男人打过电话，她说，我找到了我说的东西，我要给你看。男人愣了愣，他似乎已经忘了她了。小艾提醒他说，我是小艾，我说过有东西要给你看的，我找到了。男人说，你是影楼那个小艾吧？小艾咬了一下嘴唇说，是的。电话那头，男人可能看了一下表，他停顿了一下对小艾说，六点半吧，我请你吃饭。小艾说好。挂掉电话，小艾伸手进口袋摸了摸，它还在。时间还早，小艾想继续走一会，这种安静是难得的。

晚餐是在荷坊吃的，东南亚风格的菜馆。小艾去过几次，她喜欢那里的环境，有怀旧的意味，连餐桌都是用黑褐色的木材做成。旁边还有一排类似古代花轿的小餐台，一间一间的，外面的框架有雕刻的古典的花纹。小艾想那些位置应该是属于情侣的。小艾跟在男人后面，男人回过头，指着一张小餐台用商量的语气说，我们坐里面吧，我喜欢那里。小艾点了点头。放下包，坐下来，小艾望了望四周，都是些年轻的面孔。她还年轻，还有人比她更年轻，还有一些不再年轻的女人，用化妆品包裹着脸，表达对生活的勇气。其实没有人看小艾，小艾却在想，在别人的眼里，他们大概也是情侣吧。这种感觉有些奇怪，让小艾想起那个年轻的女孩，她现在在干吗呢？她知不知道她的男人在和别的女人约会？

男人坐在小艾对面，有些拘谨，半年没见了，他们本来就不熟，这样的约会，多少有点尴尬的味道。小艾从口袋里掏出一张卡，递到男人面前说，我找到了，我说要给你看的。男人有些迟疑地伸出手问，什么东西，这么神秘？小艾笑了笑说，你看看就知道了。男人拿起卡，慢慢地打开。小艾看见他的眼睛睁得很大，然后露出笑容来。那是一张掌心大小的卡，红色的。里面的内容小艾是知道的，贴着一张照片，照片上有两个人，一个是小艾，一个是很像眼前这个男人的男人。照片上方有三个胖乎乎的字——结婚证。字是手写的。照片下面是两个人的名字和日期。照片不是红底的那种，而是一张大头贴。名字上还有手印。这是"结婚证"，尽管是没有法律效力的。男人把"结婚证"递回给小艾说，真像。小艾说，是的，真像。男人问，你很爱他吧？小艾点了点头。男人又小心翼翼地问，他大概已经没和你在一起了吧？小艾又点了点头。男人拿起杯子喝了口水说，你真可爱。小艾收起"结婚证"说，我感觉我真的已经结婚了，不管他现在在不在。

　　吃饭的时候，小艾问男人，你结婚了吧？让小艾没想到的是，男人说，没有，她不是我女朋友。小艾愣了一下，男人说，她还小，她想拍一下婚纱照，我就陪她来了。小艾睁大眼睛说，婚纱照都可以拍着玩的？男人说，她喜欢就陪她了。小艾心里隐隐有点疼。这个男人大概是个粗糙的男人。小艾是女人，她知道女人是不会随便找个男人拍婚纱照的，她敢肯定，那女孩一定喜欢这个男人。小艾问道，那你喜欢她吗？男人皱了一下眉头——他皱眉头的样子和他真像——说她还小呢。

　　小艾和男人一起回家的。一路上，他们很少说话，只听到脚步的声音。进了房间，小艾拿出本影集给男人看。男人看了几张猛地合上影集说，我不想看了。房间里有短暂的沉默。小艾对男人说，你闭上眼睛。等男人睁开眼睛，小艾已经把身上的衣服都脱光了，她光着身子站在男人面前。小艾相信她的身体，她的乳房不大，但小而挺拔，圆润，她的腰有一条富有弹性的曲线。她的身体比例协调，皮肤光洁。男人看着小艾，嘴巴微张，这太出乎意料了。小艾慢慢朝男人走过去，她的心跳得很快，她不知道男人会不会突然打开门跑出去，把她一个人扔在房间里。她没有把握。男人看着小艾走过来，他双手撑着身体，往后倾。小艾已经能感觉到男人急促的呼吸了，她拿起男人的手，放在她的乳房上，嘴唇凑到男人耳边，几乎是吹气一样地说，一鸣，我要和你做爱。

　　开始，是小艾躺在下面，男人进入得很小心，像是在欣赏一件瓷器。小艾还是感觉到了疼，非常疼，她咬住了男人的嘴唇。接着，她爬到了男人身上。完事后，男人看着床单上的一抹红色发呆。小艾亲了亲男人的脸说，真好。男人说，小艾，你——小艾用乳房堵住了男人的嘴巴。

小艾没有留男人过夜，她坚决要男人回去。送男人回来的路上，小艾在芒果树上刻了一道更深的横线。小艾随身带着刀子，很少使用，她不太爱吃水果。那把刀子锋利，有冷静的白光，小艾手腕的细线也是这把刀子留下的。刀子是两年前的男人送给她的，普通的水果刀，有木质的柄。当时，男人一边帮她削苹果，一边说，小艾，如果哪天我变心了，你就用它杀了我。小艾记得当时她还笑了起来说，这么小的刀，杀不死人的。男人拿刀指了指心口说，这里，可以的。男人后来走了，小艾找不到他，她自己使用了一次，效果并不好。芒果树上已经有三根横线，一根比一根深。如果你往前走一点，会发现在前面也有一棵芒果树，上面也有横着的刻痕。

再次躺在床上，小艾把自己埋在被子里，大声哭了起来，她的声音那么大，以至她的门都被人敲响了。隔壁邻居大嫂用力地敲着门，一边大声叫着："小艾，小艾，你怎么了？小艾，小艾！"大概过了两三分钟吧，小艾从床上爬起来，打开门。邻居大嫂说，小艾，你怎么了？你别吓唬我！小艾擦了擦眼泪说，我没事，真的没事。

早上醒后，小艾拿起手机看了看，有五个未接电话，都是男人打来的。上班经过前台时，服务生叫住小艾说，小艾，等等，有人给你送花。说完，从前台边上拿起一束花，九朵，玫瑰。小艾不用想就知道是谁送的。小艾没有伸手接花，她对服务生说，对不起，我对花粉过敏，见不得花。服务生说，那怎么办？小艾说，就当送给你了。走进化妆间，刚坐下没几分钟，小梅走过来，脸色有些严肃。她说，小艾，你怎么了？小艾看了看镜子，有一对黑眼圈，别的还好。没怎么呀，挺好的。小梅说，刚才张一鸣给我打过电话了。小艾"哦"了一声。小梅说，小艾，这样不好，你知道的，张一鸣是我们客人。小艾说，我知道，我没干什么。小梅说，你还说没什么？人家都给你送花来了。小艾转过脸说，他自己喜欢，我有什么办法。小梅说，小艾，我觉得不合适。小艾看了小梅一眼说，随便吧。

等小梅走开，小艾给张一鸣发了个短信，你想干吗？短信刚发过去，小艾的手机就响了。张一鸣在电话里焦急地说，小艾，你听我说。小艾说，你想说什么呀？张一鸣说，小艾，我觉得挺不好的，一下子说不清楚，我下班来接你。小艾说，不用了。张一鸣说，小艾，你别这样。小艾说，你有没有别的事？没别的事我要上班了。张一鸣说，我等你下班。没等张一鸣把话说完，小艾把电话挂了，然后，关机。

下午下班时，小艾被张一鸣堵在了影楼门口。张一鸣几乎是把小艾挟持上了车。张一鸣眼里充满了血丝，他几乎是低吼着对小艾说，小艾，你想干吗？小艾看着那张因为愤怒而涨红的脸说，我没干吗。张一鸣说，那你是什么意思？小艾没说话。张一鸣突然一把抓住小艾的手说，小艾，你知不知道，我第一次看到你，我就喜欢你了。张一鸣严肃的表情让小艾笑了起来，她的声音那么大，像是听到了一个最夸张的笑话。笑完了，摇了摇头说，你别编故事了，我又不是十八九岁的小姑娘。张一鸣说，那要怎样你才相信？小艾甩开张一鸣的手说，你怎么说我都不相信，你好好开车，我怕死！

过程都是相似的，几乎没什么意思。小艾很快投降了，面对这样一个男人，她能做点什么呢？似乎什么都不能。她喜欢他，从一开始就是，至少一点都不讨厌，不然她就不会向他要电话号码。其实从要电话号码那一瞬间，如果提前一点，从决定跟他一起出外景那一刻起，小艾心里是期待着有点什么可以发生的。现在，该发生的都发生了，而且来得比她想象的更加猛烈。她没想到这个男人真的会爱上她。和他上床，是小艾自己都没有想到的，她本来以为她只是想和他一起吃个饭，告诉他有那样一个故事，故事的主角像他，就已经足够了。就像一个怨妇，真正想要的并不是出轨，只是需要一个人倾听，遗憾的是人总是不受理智控制，倾听几乎成了上床的前戏。

和张一鸣之前，小艾是空白的。作为一个二十五岁的女人，她干净得连自己都不敢相信。即使和张一鸣在一起，一开始，她也没想到要上床。那个想法是一瞬间的，完全没有来由，她非常想把自己身体打开，想知道在一个男人面前裸露该如何开始。脱衣服那会，她没有一点羞涩。伴随着疼痛，小艾感觉自己被充满了，她像飞了起来。

张一鸣的表现是出乎她意料的。小艾以为和别的男人一样，他会把这样的事情当一次值得炫耀的艳遇，至于责任，去他妈的，大概和精子一样直接扔进垃圾桶了。所以，当张一鸣反复向她解释，反复告诉她他会负责时，小艾感觉自己像回到了原始社会。虽然她缺少性经历，故事却是听得不少的，这种事情，还有谁会当真呢。小艾本能地想抗拒张一鸣，她不想自己成为一个拙劣故事的女主角。那太没意思了。当张一鸣再次趴在她身上，小艾脑子里是空的，她能想到的是两棵芒果树，以及树上一刀一刀的刻痕。

小艾把"结婚证"剪碎了，一刀一刀，非常细，那红色的封面像一根根的血丝，最后凝结成一团。小艾想，过去的，就让它过去了吧，现在她是新的了，是一个真正的女人，没有承受过、接纳过男人的，永远只能是女孩，哪怕她已经一百岁了。小艾以前在一本书上看到过一句话，大意是说一个女人，如果没有和男人赤裸相对，那么他们永远是有距离的。现在，她和张一鸣已经没有距离。她可以说，这个男人是她的了。

一连很多天，小艾精神有些恍惚，这样的结果不是她想要的。她其实并不了解这个男人，她对他的占有没有任何理由。喜欢和爱情还是不同的，小艾不打算将喜欢培育成爱情，没有必要。她对自己都没有把握，就像两年以前，她为了一个简单得不能再简单的承诺来到这个城市，结果依然是空的。这个城市是让小艾喜欢的，它的缓慢节奏消解了生活的压力，但她的爱情不在这里。张一鸣应该有他的生活，和她无关。他不应该是替代品，她也不能那么做。

小艾找到了女孩的电话。打电话时，小艾的心情很平静，就像一个保险公司的推销员。电话通了，小艾对女孩说，你喜欢张一鸣吧？女孩警觉地问，你是谁？小艾笑了笑，我是谁不重要的，我想问你，你喜欢他吗？女孩对着电话大声说，关你什么事？神经病，我又不认识你！小艾按断了电话，她还是太年轻了，年轻得有些霸道。她并不讨厌这样的女孩子，她们其实还不懂事。过了一会，小艾又拨通电话说，你要是喜欢他的话，我可以把他还给你。听小艾说完，女孩一下叫了出来，你就是那个狐狸精？你不要脸！小艾没有生气，语气平静，也许还算得上温柔地说，你喜欢他吗？女孩的声音低了下来，吐出两个字"喜欢"。小艾说，那就好。说完，把电话挂了，小艾紧紧地握住手机，像是抓住一个宝贝，半天都没有松开。这次通话，像是一次较量，小艾一直占主动的位置，但她没有一点获胜的感觉。

张一鸣对小艾可以说是非常好。在小艾的房间里，他俨然有些主人的姿态了。小艾看着张一鸣帮她收拾东西，给她买零食。仅仅因为小艾一句话，他就给小艾买了一个很大的维尼熊，那熊那么大，几乎占据了床上一半的位置。张一鸣对小艾说，你抱着它，就当是抱着我吧。小艾笑了笑，她望着眼前的这个男人，高大，挺拔，眉宇间有点紧，总是一副有心事的样子。他可真是个认真的男人。小艾看着他脸上的每一根线条，那线条都是小艾喜欢的。她总是容易把张一鸣和以前的那个男人混杂起来，这感觉让小艾觉得恐惧。她坐在床上，摸着张一鸣的脸说，一鸣，你让我紧张。张一鸣拍了拍小艾的背说，小艾，你想得太多了，其实没什么的，一切都会好。一切都会好，说说总是简单的。小艾亲了亲张一鸣的嘴唇说，一鸣，我知道你会离开我。张一鸣有些生气地说，你说什么呢？小艾说，你不知道的，你还是太年轻了。

做爱都是伤感的，小艾偏过头，望着窗外，有鸟儿排着队从屋顶上飞过去。她抱住张一鸣，把他的头压在她的胸前，张一鸣像个孩子一样吮吸着她的乳房。男人在女人的怀里，其实都是孩子，一个大孩子。天色暗了下来，连身体都消失在黑暗中。

一连半个月，小艾拒绝见张一鸣。她说，时候还不到。半个月后，是星期六，阳光大好。小艾新洗的床单和被子温暖细腻，散发出阳光清新的味道。小艾和一个男人躺在床上，他们的身体是赤裸的。张一鸣还没有来。这是一个俗套的安排，在电影和电视剧里经常见到。小艾想，最简单的、最俗套的，可能也是最有杀伤力的，人和人之间也就那么回事。小艾不想这样，小艾不明白，为什么最严重的伤害总是来自身体？比如，她不明白为什么张一鸣拥有了她的身体后，就要和她在一起？比如说，她不明白，为什么男人不愿意接受身体出轨的女人？所谓爱情，在身体面前，简直脆弱得不堪一击。她能想象到张一鸣开门进来时的表情，那是一张愤怒的脸，被羞辱的脸。小艾想，他会不会杀了她？听到脚步声时，小艾对身边的男人说，你抱住我。能听得到门锁转动的声音，接着门就开了。小艾看了一眼，没错，是张一鸣。她把脸转了过去。接着，她听到门发出巨大的"哐当"一声。小艾用力想推开身上的男人，男人抱着小艾说，我不收你的钱，我给你。小艾从枕头下面摸出八百块钱砸到男人脸上，愤怒地说，滚，你给我滚！

　　从房间出来，小艾走到第十三棵芒果树下，轻轻地刻下一条横线。她的身子缩成一团，靠着树干哭了起来。她哭得那么压抑，身体剧烈地抖动，几乎听不到声音。

　　一连几天，小艾都没接到张一鸣的电话，这有些出乎小艾的意料，她以为张一鸣会打电话过来，会骂她，但是没有。这平静让小艾觉得暴风雨还在后面。大概在一个礼拜以后的一天晚上。小艾听见有人在楼下喊"小艾，小艾"。他的声音很大，整栋楼的人都听到了。小艾打开窗，看见一个男人站在下面，他一遍又一遍地喊"小艾，小艾——"那声音凄凉，绝望，像在切割金属，尖锐，刺耳。草原上那些绝望的狼嚎就是这样的吧。小艾把窗子关上，捂住耳朵，那声音仍然长一声、短一声地传进小艾的耳朵："小艾，小艾——"

　　小艾不得不跑到院子里，将张一鸣拉进房间。灯光亮起来后，小艾吓了一跳，她从来没见过一个男人脸上有那么多的眼泪。张一鸣明显地瘦了，头发凌乱，眼光呆滞。小艾拿了块毛巾帮张一鸣擦了擦脸说，一鸣，你别这样。张一鸣没吭声。小艾用手给张一鸣理了理头发说，一鸣，我本来就不是一个好女人。张一鸣突然笑了起来，咬牙切齿地对小艾说，我跟她上床了，我要和她结婚了，你满意了？小艾帮张一鸣擦干净手说，一鸣，你喝多了，早点回去睡。张一鸣一把抓住小艾手里的毛巾，用力砸在地上说，你满意了，你现在满意了？你是个疯子。小艾把毛巾捡起来说，你要结婚了，祝贺你，结婚总是好的。张一鸣一把抱住小艾，把头靠在小艾的脖子上，小艾感觉眼泪从她的脖子上滑下来，流向她的乳房，小腹，她觉得她湿润了。

告别演出

陈集益

　　我仿佛又回到了那样的一种生活状态之中，没有工作，没有朋友，没有前途。我整天都在睡觉，一天过去了，又一天过去了，浑浑噩噩，做一天和尚撞一天钟。那时候，我以为自己是这座生产火腿的城市里最孤独、最绝望的人。那时候，我对这座小城厌恶至极。

　　为了便于叙述，我给小城命个名吧，尽管它历史悠久，有一个动听的名字，但我们还是管它叫"两头乌"吧。一来这里生产的火腿是用两头乌的后腿腌制而成的；二来两头乌皮薄骨细，性情温驯，适宜圈养，很符合本城居民的特色。事实上，早在十多年前，刺客就已经这样叫它了。

　　他说："这是一座适宜猪生存的城市……"

　　刺客说话总是这样愤世嫉俗。

　　可是，不得不承认，这的确是一座庸俗、丑陋、无个性的城市。这里人讲的方言柔软而甜腻，相貌也是细嫩、圆乎乎的。我尤其看不惯这里的男性，一个个衣着讲究，头发光亮，走起路来像交了鸿运的小公鸡。他们平时最大的爱好就是穿衣打扮，追逐女人。这里的女人一个个风骚多情，但一点都不浪漫。她们对钱看得很重，假如你没有钱，是不会让你得逞的。她们的两腿只对舍得花钱的暴发户开放。当然，那会儿小城的暴发户繁殖速度惊人，他们开着小轿车或骑着摩托车，在拥挤的街道上横行。小城的裤腰几乎被暴发户撑破了。

　　我走在两头乌拥挤、肮脏的街道上，感到窒息。

　　刺客说："我总有一天让他们感到羞愧。他们就像一群疯狂、肥硕的老鼠……"

　　那时候，刺客的每一句话都让我感到震撼。我崇拜他，因为他比我更痛恨两头乌。我们沿着穿城而过的两头乌江散步，看见江水上漂浮着破鞋子、烂木头和各色垃圾，从下水道的出口冒出热烈的气泡和浑浊的水。

　　刺客说："这是一个正在腐朽的城市，我闻到了铜臭，还看到了腐烂的伤口……他们的灵魂上爬满了蛆虫……"

　　我感到与刺客相见恨晚。

　　我与刺客是一位诗人介绍认识的。诗人名叫雨尘，在两头乌，他同样从事着"不可告人"的事业（写诗），知道我热爱摇滚，他说认识本城一个很有才华的打击乐手，以前在北京的乐队里混过的。他说你应该记得数年前在两头乌开的大型摇滚演唱会吧？我说那年我在外地打工，但我听说了。他说你真应该回来看现场的，在现场，每一个人每一块肉都在颤动，那个演唱会就是刺客筹划组织的。我说，你为什么不介绍我认识他呢？雨尘说，他这人有点儿怪，自从我进入体制当作家，也有几年没见了。雨尘最后给了我刺客的手机号。

　　那时候我只佩得起数字传呼机，联系刺客时，我猜测他一定靠组织摇滚演出赚了大钱。

　　刺客说："你来吧，都是自己人。"

　　刺客给我的第一印象是个头很高，头发很长，肌肉很结实。他穿着花格衬衫，看人的目光就像一把刀子。我喊他刺客老师，他很严肃地说咱都是兄弟，请直呼其名。

　　刺客那时候还居住在闹市区一栋旧楼房的最顶层。房间里摆满了音箱与乐器，剩余的空间堆满了书籍。在一面墙上，站满了留长发、戴墨镜的摇滚歌手，我熟知其中的多名摇滚歌手，我在磁带的封皮上见过他们。同时，我也认出了那个坐在架子鼓后面的他，他打鼓的样子酷极了。

　　他说："在北京，那是我一生中最有价值的生活……"

　　我们谈得很投机。他说去北京之前他做过生意，赚过一些钱，但总觉得这不是他要的那种生活，总觉得有一件事没有去做。于是有一天，他拿了一部分钱，悄悄地跑了。因为迷恋摇滚，妻子最终离他而去。回来后，他一直想在两头乌搞一些大型音乐活动，比如音乐节什么的，但再也弄不起来了。

我说："几年前你搞的摇滚演唱会不是很成功吗？"

他说："像这样的演唱会现在很难批下来了，就算批下来也赔钱。"

后来雨尘证实，那次演唱会的门票最多卖出去五成，刺客亏掉了最后的积蓄，从此一蹶不振。

然后，就谈到了我的生活：一直四处打工，流浪，街头卖唱，居无定所，在南方的一些城市转了一圈，又回到了两头乌。

刺客说："你这样生活也不错。其实，我也有过街头卖唱的经历，当然我不是以此谋生，而是为了发出我的声音。"

我说："我其实一直想去北京，梦想做一个贝司手。"

刺客说："摇滚的盛世已经过去了。商业操作使得摇滚歌手加速丧失个性。不过你要搞乐队我这里倒有一些器材。我已经不玩了。"

我说："好的音乐是永存的。刺客兄，你可以说是我的前辈，我们何不成立一个乐队，在两头乌的酒吧歌厅俱乐部演出？"

刺客扭头看了看我。

我说："难道不是吗？摇滚于我们而言是一个活着的态度。我刚进屋看见这些音响落满灰尘，就产生了这样的念头。对于这座阴性的城市，我们的存在会像一枚尖利的锥子。锥死他们！"

我看见刺客两眼眺望着窗外灰色的屋顶，接着，有一滴眼泪从眼角流了下来。

他说："其实，我也这么想过……"

"锥子乐队"有四个成员：鼓手刺客，贝司手我，主唱兼吉他老刀，电子琴雨尘。老刀是刺客的旧友，他的嗓子尖利刺耳，比著名的唐朝乐队主唱丁武更甚，很符合乐队的风格。他以前的职业是在一个叫罗埠的小镇上杀猪，他每天要杀很多猪，然后骑摩托车到附近乡镇叫卖猪肉。至于诗人雨尘是最后进来的。刺客不希望他来，后来我们需要一个填词的人，他就来了。

我们在一间刺客租用的旧仓库里练习技术，谱曲配乐。那仓库在郊区，一个叫白龙桥的地方，仓库毗邻农民的奶牛场养鸡场，里面堆满了过时的服装鞋帽，那是刺客当年的工厂破产后搬送到这里来的。刺客说，多少年前服装制造业竞争激烈，所得利润完全来自对工人的剥削，这些衣物上沾满了服装工人的鲜血。很显然，刺客就是从那时起对经商失去了兴趣。

组建乐队的设备和钱几乎由刺客一人提供。不消说，锥子乐队让刺客倾注了全部的精力和财力，也燃起了他对新生活的希望。那段时间，刺客的热情感染着我们。

这样，我们白天在仓库编排歌曲，晚上则扛起仓库里的旧衣物去夜市上叫卖，以此筹集乐队的活动经费。我们的风格主要模仿重金属、工业金属、另类金属的音乐风格，创作出来的歌曲充满了男子气概和极端的焦虑情感。我发现这些歌就是拿到今天来唱也是有现实意义的。

这是其中的一首：

> 这是怎么样的世界，噢，这是怎么样的空间，我流浪在心与心之间，出没于丑陋邪恶的黑街，在这条心灵碰撞的黑街，有多少生锈的眼期盼重现蓝蓝的天。左边是寻欢作乐的场面，右边是弱肉强食的硝烟，让我逃离罪孽这黑街，我不要看见你虚伪的脸。让我回到爱的人世间，回到爱的人世间。

可是就在我们的演练如火如荼地进行时，麻烦也不断地找到我们。先是养鸡场场主来了，是一个粗而壮的矮个子，手里拿着一只软壳的鸡蛋，气势汹汹地问我们："你们还有完没完？刚开始我以为你们喝多了，现在知道你们是故意的！你们为什么要跟我过不去？"

我们解释说，我们这是摇滚乐队，搞的是音乐。他说："我不管你们搞的是什么，搞母猪我都不管，可你们的鬼哭狼嚎吵闹得鸡下不出蛋，下出来的蛋壳也是软的！你们这些神经病发出来的声音我的鸡听不得！"

养鸡场场主刚走，奶牛场场主又来了，又跟我们吵了一通，几乎天天如此。后来，他们就把派出所民警请来了。我们不得不把窗户封死，并且装了隔声板。可是，锥子乐队注定命运多舛，三个月后，所有音响设备还是被没收了。

那是一个刮风的夜晚，我们第一次公开演出，演出地点选择在人民广场东侧的一处空地上。我们下午就去搭了一个台，天黑下来的时候，我们开始热身。那时的人民广场晚上有夜市，热闹程度不亚于农村的物质交流会，舞台下面很快就聚集了很多人。

老刀喝了一口水，扯起嗓子唱了起来：

> 暴露——暴露暴露——庸俗，我怕，我想哭，我怕我的庸俗就要暴露——哦，一切都是假象，我怕——我怕——你的优雅掩饰不住你的残酷——无比残酷——

老刀的嗓音接近于猪垂死前的尖嚎，或许被他拖到案板上挨刀的猪是他的音乐启蒙吧。他那张扬不羁的开场太棒了！像一把可以随时燃烧的火！可是，当我们演到第三首歌的时候，几个人走到了台上，要我们停下来——

刺客说："你们想干什么？别打断我们的演出！"

那几个人说："你们这是哗众喧闹，扰乱社会秩序，快收拾东西停止制造噪音！"

刺客和老刀脾气躁，跟他们吵了起来。那几个人走下台，就把电源掐了。于是，争吵迅速演变为打架，几乎把整个广场上的人都吸引来了。

关于这场纠纷的结果是可想而知的：刚刚成立并演出的锥子乐队不得不面临着解散，原因很多，但最重要的一条是，我们的音响设备被有关部门没收了。

那个冬天很冷，两头乌的气温降到了历史最低点-6℃，乐队解散后，我们又要回到各自的生活当中，去面对世俗的生活。我们感到了午夜的火把被雨水浇灭的迷茫和失落。

我原本住在两头乌东郊一个叫东关的地方，当我又回到那地方，患白内障的房东对我说，他已经把我的那间屋租给了别人。我不得不到一个平时很少交往的老乡那里住了几夜。

他是一个本分的人，除了上班从不出去游逛，他省吃俭用，把省下来的钱悉数寄给留守家园的妻儿。有一天，他不知出于同情还是不满，说陈铁你如果肯吃苦，我可以去问问老板。这样，我就跟他去一个洗车房洗车。第三天，我的高压水枪没有拿稳，有一点水溅到了一位披金戴银的顾客身上，那人就跟疯了一样与我纠缠不休，我走过去给了他两拳，打得他跟条狗一样夹起了尾巴。

我丢掉了工作，晚上不再到老乡那里去住，在街上走来走去，最后在一录像室呆到天亮。刺客给我打传呼，知道我的情况后，他说："你如果不想冻死，就先上我这儿暂住吧。"

我觉得当初要在两头乌搞乐队是我怂恿起来的，事情搞成这样，内心里多少有些怕见他，不过他一叫我马上就去了。

他裹着一条毛毯坐在沙发上，整个人显得又瘦又黑，不过他精神亢奋。他说这段时间他一直想办法把音响设备要回来，昨天又跟他们吵了一架。我担心他被抓进去，我说这些人比老虎更甚，要不要找关系疏通一下人情？他说这是非法占有，不用找，没必要。

晚上，我们煮了一锅面条，切了五六根香肠，他吃得很香，当然我也吃了不少。屋里有了油烟味，似乎暖和多了。饭后，他突然说："陈铁，你明天跟我一块去吧，老刀和雨尘也来，都说好了。"

刺客指的还是明天去有关部门要回音响设备的事，对他而言，这些设备不仅仅是他的物质财富，更是他的精神财富、活着的尊严，这些设备还是他从北京运回来的……

刺客说："在北京，它们见证了中国摇滚乐最风光、最绚烂的时刻，它们的存在证明了我的一段光辉岁月……不要回它们，我对不起自己……"

不知道为什么，他说到这儿，有一种伤感和无奈在他心中油然而生，他忍不住号啕大哭起来……我那时想，他的内心其实一直疼痛着的。

第二天，我还睡着，刺客叫醒了我。

我俩咬着油条来到通济桥，桥上已挤满上班的人流。我看见两头乌河结着冰，太阳照在冰面上很刺眼，我知道河流没有被冻死，暗流在冰面下涌动。过了一会儿，老刀来了，多么像逆着人流走来的一匹孤狼，他的身上沾满了血腥气。他说，他重新杀猪去了。他一天要杀死三头猪。不过雨尘没有来，那个所谓的诗人最早当了逃兵。

接下来，我们就去了那个没收我们东西的有关部门，在一间办公室，有人很客气地接待了我们，但是，没有任何效果。刺客情绪很激动，把他们的桌子掀了。于是大楼里立刻响起了踢踢踏踏的声音。我想，这些赶来的声音一定拿着警棍，那一刻，我害怕极了。他们果然一上来就把我们摁在了地上，就像摁住三只试图跳栏的羊，他们命令我们两手抱住头，蹲在地上。这样的一种蹲着并不难受，只是感到很丢脸。

刺客说："抓吧抓吧，你们把我抓起来吧。刚才掀桌子的是我，跟他俩无关。"

可是那些拿警棍的人没有理会他的意思，还是把我们三个关在了一个三面是墙、一面是铁栅栏的小屋里。那是拘留所。

半个月，我们在拘留所度过。

刺客的狂躁、莽撞、桀骜不驯，终于让我对这个人感到越来越害怕，不知道为什么，我预感到他总有一天会闯下牢狱之祸并且殃及我，我想在他干出更极端的事情来之前还是离开他为好。于是出来以后，我离开他找工作去了。

我在前面说过，两头乌是一座阴性的城市，我从内心厌恶它，可是我并没有再次离开它。此时，我除了在一些歌舞厅唱过歌，还在酒店当过保安，但是都干不长。舞厅老板说，你唱歌太咬牙切齿了，什么样的歌到了你嘴里都变成了嚼不烂的筋，你走吧。

我说："我他妈的真想把你嚼烂了，你这头猪！"

他用眼睛白了白我。

其后的日子，我又在一家电子企业呆过。有必要说明的是，我当初决定在这个企业留下来，是因为我看到这里有许许多多个女人。我当时想，我的生活如此动荡，大概跟我缺少女人有关。没想到的是这里女人虽多，但绝大部分是"内旦"。"内旦"是两头乌方言，指那些结过婚产过崽的少妇。这些女人在上班时嘴馋、偷懒和风骚的程度让我目瞪口呆，与其说我是工作太累逃跑的，不如说是被这些女人搔首弄姿的样子吓跑的。

这段经历让我在很长时间对工作和女人失去了兴趣，我再次有了离开两头鸟到别处去谋生的打算。可是就在我准备在街头卖唱攒路费的时候，老刀遇见了我。他把我拉到路边的一家饭馆里喝酒，我才得知老刀是进城来看刺客的。

老刀告诉我，刺客近段时间又去找没收我们东西的部门评理、闹事，这一次比较惨，出来的时候头上都是伤，回到家有半个月没下楼。我问老刀，刺客是土生土长的两头乌人，总认识一些有权有势的人吧？老刀说，刺客这人你大概还不了解，他是不会低头的，他最看不惯那些人，所以这些年他想筹划组织大型演出，总有人在暗中压制他……

老刀说："刺客是块硬骨头……"

老刀的眼睛红了。老刀曾经是一个屠夫，现在更像一个诗人。

我跟老刀分手天色已晚，回到暂住的地下室我睡不着觉。第二天，我从手头仅有的钱中拿出来一半，买了两盒滋补品，去看望我的朋友加兄长。穿越两头乌市区，应该说，跟平常没什么两样，街上都是人。一切都显得那么美好。可是，我再次感觉到刺客生活在这里的痛苦，我想只有我才知道他的痛苦。

我拎着两盒滋补品爬上顶楼，可是敲门没有人开，喊了几声也没人应。我坐在楼梯上，担心刺客已经死了，这么想的时候，感到背上凉飕飕的。我想象着变成了鬼的刺客，同样披头散发，脾气暴躁，他将两头乌人一个个掐死，两头乌成了恐怖之城。我最后在门缝里塞了一张纸条，下楼后才想起给他打了电话。原来，他在楼上。

只见他头上包着染血的纱布，脸上红肿一片，结了痂的地方黑黑的。刺客说："刚才我睡熟了。我这几天特别嗜睡，吃了睡，睡了吃，感觉有些没劲。"

看到他这副样子，我的眼泪差一点掉出来。我说："刺客……当初如果不是因为我提出来搞乐队，就不会惹出这许多事端，这段日子我一直在后悔。"

刺客说："成立锥子乐队是多么有意义的事！为什么要后悔？我去要回设备就是要让他们知道，这世上还有一个人不服他们那一套……"

我再次感受到刺客刀一样的目光。或许他是对的。

那次见面之后，我又陆续听说了刺客的一些事，说他曾经有一个漂亮的妻子，是一名越剧演员，刺客离家出走后，妻子跟人姘居并且生下小孩……当刺客回到两头乌，他只说了一句话，我累了，只求你们把房子还给我……如今，这个自以为是的家伙穷得还不上贷款，银行要把他从屋里赶出来……

以上消息，我是听一本地人讲的，我有些半信半疑，因为房子应该是刺客自己的。我打传呼向老刀证实，老刀说，房子的确是刺客自己的，但是房子的产权早在刺客办摇滚演唱会那会儿就抵押给银行了。老刀说，这一回大概是有人暗中算计他，否则事情不会来得这样突然。

我想说，我们要不要凑点钱让他渡过难关？可是想想口袋里空空如也，就住了嘴。好在刺客在郊区还有一间库房，腾出来住人挺好的。后来我听说，刺客真的从城里搬到郊区白龙桥去住了。

此时，我本人也穷得开始在两头乌街头卖唱了。

现在想想，如果不是我昏了头，就是真的走投无路了。我以前从来不在有熟人的城市卖唱的，可是那一回破了例。于是当我在两头乌街头卖唱，莫名其妙地遇到了一个追随我数天的女歌迷，我很快就跟她住在了一起。我不敢说她比两头乌的其他女孩更出众，但的确被她黝黑的皮肤和微微上翘的臀部吸引了。她尽着最大的宽容接纳我，晚上睡觉我再没有冻着。

她没完没了地跟我说："陈铁，你幸好遇到了我，不然谁会对你这样好？不过，你必须要向我保证忠心不二，明白意思了吗？"

我说："我明白。"

不过，我随后就对所谓的爱情产生了怀疑，只是我已经离不开她，被她"管"起来了。她不许我抽烟喝酒，不许我到街头卖唱，不许我穿着邋遢，不许我好吃懒做。不知道她到底想把我怎么样，但是我的确变化了。这是一种平庸刻板、碌碌无为的日子，痛苦和欢乐都不敢大声叫喊的日子，我憎恨它，厌恶它，然而当我钻进舒舒服服的被窝，一天又过去了。

自那以后，我感觉自己就像迷路了。我只有偶尔听一听老崔的《新长征路上的摇滚》，才能隐约感觉到我内心还有沸腾的火焰。在我与女友同居的第二个月上，我就拉着三轮车，成了一个蹲在街头卖水果的小贩。我尝到了被人禁锢的苦果。我卖了几天不想卖了，女友就批评我：你现在是有家庭的人了，总不能天天东游西逛不挣钱吧？我除了深深的悲哀，没有话说。

　　一天夜里，我在外吹了一天风回到"家"里，我的女友已经帮我烧好了洗澡水，这时传呼机响了。我要出去回电话，女友不许我出去。我推开她来到小卖部，传呼是老刀打来的。

　　"陈铁，大事不好，刺客栽了！"

　　"什么栽了？！"

　　"刺客……被抓了！"

　　"你说清楚！"

　　"刺客把狗东西杀了，我也不太清楚，正在往城里赶……"

　　根据老刀三言两语的解释，原来，狗东西是刺客前妻的后夫，那个与我们作对的有关部门的领导。我们的乐队夭折得如此彻底，与他的存在有着千丝万缕的联系，或许正是他暗中阻挠着刺客在两头鸟的事业发展，想拔掉这颗眼中钉……

　　老刀说："陈铁，你听着我的电话，我们在西关碰头好不好？一起想想办法。"

　　我说："好的。"

　　这时，我那男人一样的女友已经从屋里赶出来了，就怕我上前线似的不许我走。她说，我知道你的那个狗屁朋友，留着长头发就跟一个鬼似的！这样的人迟早会被抓走枪毙的，我不许你跟这些流氓混在一起！我狠狠地给了她一拳，她歇斯底里地哭叫着。当我于半夜从家里逃出来再跟老刀联系时，老刀说：

　　"你不用过来了，我现在派出所，刺客已经交给看守所关押了。"

　　"真死人了吗？"

　　"差一点，幸好刺客还没有动手，那软蛋就自己晕过去了，没受一点伤。"

　　过了一些天，我知道刺客被判有期徒刑三年。我想起以前的预感，久久无语。

此后的日子，刺客暂时从我们的生活当中消失了。而我呢，在两头乌继续半死不活地活着，犹如溺死于温吞水中的青蛙，我不但结了婚，还生下了一对双胞胎儿女。我和雪尔（即我的妻子）在菜市场卖肉为生。

刚开始，我们卖的是老刀从罗埠镇、汤溪镇运过来的两头乌的肉（卖肉这营生是老刀建议我去做的）。两头乌的肉，猪皮薄，骨头细，肉质鲜美，后腿是腌制火腿的最佳原料，可是由于猪肉批发价高，赚头小，后来雪尔要改卖外地运来的杂种猪的肉，我与老刀的联系随之减少了。

此时的雪尔，比以前更黑里透红了，自从产下孩子做了"内旦"，她更加丑陋、粗鄙起来。她对我更加苛刻，仿佛是上天特地派来约束我的。不过她对两个孩子很好，把他们喂得饱饱的。她干活也很利索，对一只死猪的肢解准确而迅速，简直难以相信她能一刀砍断猪腿，三刀剁开一只猪头，猪脑浆完好无损。我不知道这是一种怎样的天赋，看到她磨刀霍霍我毛骨悚然。

在菜市场，我终于学会了与小市民斤斤计较，学会了在秤上做手脚，还学会了往猪肉里注水，跟市场里的女贩打情骂俏……如果我自己不说，没有人相信我曾经是一个热爱自由的人。我曾经身背吉他，在许多城市游走。此时，什么摇滚，什么锥子乐队，似乎离我很遥远。可是有一天，我正认真地剁一根猪骨头，斧头冒出了火星，骨头没有砍断。我捡起那块骨头，骨头沉甸甸的，我竟然想到了刺客——

刺客进去后，我只去监狱探过一次监，跟老刀一块去的。刺客看到我俩很感动，拿起话筒还跟我们说起重组乐队的事。他说等他出来，他一定要请个律师跟没收我们东西的部门打官司。他说世道自有公理。说到激动处，他竟然伸出一只拳头，一下一下地捶打在墙壁上，他用这样的方式表达着他的愤怒。我听了浑身战栗，不知道被他感动，还是感到悲哀，我低下了头。

此后我再没有去过……

又一年过去了。那是春夏时节，我那双胞胎中的一个大概吃肥肉吃多了，小小年纪得了严重哮喘病。为了治病，我和雪尔积攒的一点辛苦钱很快花出去了。这时，我看见报纸上登了一则"挑战吉尼斯"比赛的消息，我立刻去报了名。

难以想象，我是在这次比赛中与刑满释放的刺客巧遇的。

这一天，婆洲公园内人山人海，比赛的桌子已经摆开，每张桌子上摆放着剥了皮的热狗，就像一堆码得整整齐齐的男人生殖器。比赛的规则很简单，谁在规定时间内吃的热狗最多谁就是赢者。我轮到第二批上场。我在人群中钻来钻去，这时我看到了刺客，看到他时我简直吃了一惊，他穿着一身过时的运动衫（就是堆在仓库里的那种），坐在一块人造岩石上叼着一根烟，他的头发还没有留起来。他也看见我了。

"陈铁，嘿，嘿！"他向我招了招手。

我很窘迫，不敢直视他的眼睛。从本质上说，我是跟雨尘一样怯懦的人。

"啊，是刺客，是你！……真是巧，你什么时候回来的？"

"回来有一阵子了，听说你结婚了，过得很好，没好意思去找你。"

"我现在也就混日子，老刀杀猪，我卖肉呢。"

"呵，卖肉也不错。"

接着，我们就觉得没有距离了。

刺客告诉我，他为了来得这一万块钱奖金，已经饿了三天。饿到第二天，胃疼得不得了，他就拼命地抽烟，抽了几支，感觉自己晕晕乎乎的，一点力气也没有。不过，他自信能吃卜38个热狗。

刺客是第一批上场。比赛开始以后，我看到所有参赛选手半弯着腰，拼命地往嘴里塞热狗，他们的动作很神速，他们的腮帮子鼓了起来。于是我看见了五花八门的吃相，听见了五花八门的喘息，就像有一群伸直脖子的鹅在嘶嘶叫唤。

"第15根了……第20根了，有选手吃到第20根了……"

刺客在吃着，没命地吃着，他的嘴里塞满了未嚼烂的热狗，肩膀一耸一耸的，难受得几次要呕吐又忍住。我看到他那副痛苦的样子，心情沉重起来。几分钟后，他们这一组的比赛结束了，吃得最多的是一个瘦弱不堪的妇女，她吞下了29个热狗，而刺客只吃了24个，并且吐了出来。整个比赛现场到处都有人在呕吐，空气中充斥着一股热气腾腾的只有屠宰场里才有的怪味。

等轮到我上场的时候，来看比赛和参赛的人更多了。刺客说："陈铁，接下来就看你的了。我本来还想赢点钱把乐队重新弄起来的，没想到提供的热狗这么难吃，难吃死了。"

尽管我不想再搞什么乐队，但，心中照样升腾起一股悲壮的意味。上场后我一撸袖子吃了起来，怀着无比的努力吞咽着，没想到我的肚子比刺客更拒绝，剧烈的反胃叫我窒息。我蹲在了地上。这时，我隐约听见"晕倒了，有人晕倒了"的叫喊，我以为是我们这一组有人晕倒了，等到比赛结束，我才知道是刺客晕倒在地上。

等我赶过去看，刺客已经醒了，被一群好事者包围着。看见我，他不好意思地说："他娘的，不知怎么搞的，大概饿过了头，我在家里吃过38个的。"

随后，他打了一个冷嗝，凄然地笑了。

至今，我不清楚这样的比赛是谁发明的。不论坐在电视机前看比赛的观众，还是参与比赛的选手，都被它的高额奖金刺激着。吃热狗比赛之后，我又去参加了一次"蹦台阶"比赛。

在两头鸟，有一个比较著名的风景区，风景区内有一条陡而长的天梯从山脚通到山顶，石阶笔直而缜密。比赛有个规定，即参赛者必须双手别在身后，蹦的时候两膝并拢，这无疑增加了蹦的难度与观赏性。在这次比赛中，刺客再一次有备而来。

因为这次来的人太多，主办方进行了预赛。我在预赛中就被淘汰了，刺客则进入了决赛。但是在决赛时，刺客没蹦到天梯的五分之一路程，就流起了鼻血。鼻血染红了他的衣服，他的样子像极了一个杀人犯。我朝他喊，要不要停下来歇歇？他说他没事，只叫我往他的鼻孔里塞了一个纸团，这样，他就继续上路了。

这时，由于鼻子里塞着纸团影响了呼吸，或者别的原因，刺客比先前跳得慢多了，后面的人不停地超越他。我看了又心急又心酸，就拿了一瓶水，从侧道向他追去。然而就在这时，他的双脚没有落在台阶上，他猛地向前栽了去，跌了个嘴啃泥，接着像只球一样从石阶上滚了下来。站在天梯两旁的围观群众发出了尖叫。顷刻间，刺客张着嘴痛苦地呻吟，两颗门牙已经磕掉了，满嘴是血。我搀扶他坐在石头上，小心地问他要不要先回去，他好一阵子喘不过气来。

当比赛结束，风景区领导将1万块钱奖金颁发给获胜者时，刺客的痛苦呈现在脸上。下山的路上，他一言未发。

随后，两头乌电视台又举办了挑重物行走、水上漂浮、手抛12公斤金属桶等竞技比赛。刺客无一例外都去参加了。有几次，他还打我传呼，通知我下一个比赛的内容，督促我提早训练。那段时间我和他一样对这样的比赛走火入魔了。

可是，由于前两次比赛我都没有拿到奖金，使得雪尔对我失去了信心。所以当我第三次向她"请假"时，她说陈铁你给我在摊上老老实实卖肉，你那点小心眼逃不过我，你是不是想趁机出去偷女人？我很想说母夜叉，你是不是想找死？不过一想到她会跟我没完没了地吵，只好忍了。

此后每次临到比赛那天，我都心神不宁，想到渴望赢回奖金组建乐队或者改善生活的刺客，内心的悲凉无以言表。我为他担心。

不过，刺客虽然没有赢过一次，据说，现在倒是变得家喻户晓了。有一阵，就在我所在的菜市场，小贩们都知道刺客，知道那个每次都输得很惨的人。他们谈论他的时候，嘻嘻哈哈笑个不停。刺客自己呢，似乎一点也不在乎别人怎么看他。有一次，他在赛前接受记者采访，他甚至说奖金是次要的，挑战极限本身才是有意义的，他乐在其中。本地媒体似乎要把他打造成一个平民英雄似的。但我知道，他们都在等着看他的笑话，因为他摔得越重观众越是开心。

过了一些天，我又在电视上看到了刺客。他还穿着那身过时的运动衫，唯一的区别是头发长了。

这一次比赛在一个摄影棚里进行。这一次比赛是吹气球。谁在规定时间内吹破的气球越多谁就是赢者。我从几个特写镜头中看到，在剧团吹过小号的刺客很出色，他用两手捏住气球的嘴，凭着十足的底气将它吹胀直到破裂，他在规定时间内吹破了37个气球。这中间，他的脸憋红了，脖子粗了一倍还多，脖子上、额头上的血管、经脉就像树根一样隆了起来。终于，他的力气用完了，趴在了桌子上。根据主持人的解说，刺客的成绩遥遥领先。

的确，前三轮没有一个人能超过他。可是轮到第五轮时，意想不到的事情发生了：有一个青年在同样的时间内吹破了48个气球。但是很明显，这个人在吹的过程中使用了下作的手段，因为他的气球吹到2/3甚至1/2就破裂了。这一现象最早是由观众发现的，但评委证明所有选手使用的气球是统一的，并且证明该青年不存在用异物捅破气球的嫌疑，成绩是有效的。

于是现场突然有些乱了，我隐隐约约听见了刺客的声音，但是屏幕上没有他的身影。我为他感到不平，同时担心他因此情绪失控，跑上去揍人。好在比赛结束了，现场秩序没有大乱。可是等到赛后颁奖时，冲突还是发生了：一直没有出现在镜头里的刺客突然出现了，冲上了台，手中举着破裂的气球碎片，似乎要揭露他的对手是用牙齿磕破气球根部才使其提前破裂的。最后我看见两个保安把他拉下去了。

"你们等着，我要投诉，我要告你们！你们不能这么对我！……"刺客的叫喊像刀在玻璃上划过。

之后很长时间，电视节目里再没有刺客出现。据说发生冲突后，他又去报名参赛，人家不让他参加，他在那里撒了一通野，结果被人围攻打个半死。又据说他被打之后有好多天神志恍惚，在电视台门口拉着大条幅，上面写着抗议的字……这样的"据说"，难以让人相信是真的，但是我想象得到刺客的痛苦。我想他之所以迷恋上挑战极限的运动，除了奖金，更是为了忘却忧愁、打发时间。因为他的生活找不到目标了。

不过，也很难说他是一个难以理喻的人。

有一天，我在猪肉批发市场遇到了老刀。老刀问我可知道前段时间刺客疯了一样参加比赛。

我说怎么不知道，我也参加了两次。

老刀告诉我，刺客近来可能有一些消沉，等到一个天气好的日子我们去看他吧。

我说一定去。

奇怪的是雨天持续了半个多月，酱色的水到处横流，等到雨过天晴见到刺客，刺客虽然明显消瘦，却不像我们想的那副样子。他还像以前那样很有精神地活着。石阶上磕掉的门牙也补上了。

刺客说："这几天我也正想找你们商量事情呢，我突然有了一个很大胆的想法，我要做一个很牛的项目。"

"什么项目？"

"我准备组织一次全国性的大型比赛，规模超过他娘的'挑战吉尼斯'。"

"全国性的比赛？怎么组织？"

"这个容易，在《参考消息》这样的报纸上登广告……"

"登广告？"

"对，我们在一些报纸上登广告，各国各地的人就会聚集到两头乌来……"

我突然发现，刺客变得有些爱幻想了。或者说，他原本就是这样一个不切实际的人，只是到了这一天我才意识到。总之，我和老刀都觉得这样的事并非凭个人就能够完成的。可是，刺客却很坚持。

刺客说："那我们就退其次吧，我们在两头乌举办一届马拉松比赛，你们看怎么样？"

我和老刀接受了这个提议。

离开白龙桥，老刀说："如果这次活动能挣到钱，我们把钱都存起来，交给刺客用来生活，他也该有个家庭了。乐队嘛，咱不弄了。"

我说："我也是这样想的。"

就这样，我们三个开始积极地投入到这个马拉松比赛的筹备中，因为有了奋斗目标，似乎，生命之中又有什么东西被唤醒了。

我们拟了一则启事写在红纸上，到处张贴。

我们游说一些单位和学校，希望他们参与比赛。

我们还游说不愿跟我们交往的雨尘在《两头乌晚报》上刊登一则本市即将举办马拉松比赛的消息。此时，雨尘已经从作协调到报社做副刊编辑，他不但胖了，腰杆直了，身边还围满了文学女青年。

雨尘说："你们几个还是好自为之、好好过日子吧，这样的比赛死掉一个两个够你们受的。"

我说："闭上你的乌鸦嘴，别放屁。"

雨尘说："你还不知道吗？任何一届马拉松赛事没有政府的支持是没有办法举办的。你们这样做等于非法聚众，闹出事情来可别牵扯到我。"

雨尘已经完全不是原来的雨尘了……

事实上，我们也是想走正常渠道来办这个比赛的，无奈这样的比赛要牵扯到太多的手续、批示，我们是跑不下来的。尽管刺客信誓旦旦，认为我们的赛事不用去请示任何部门，既不会影响交通，也不会造成事故，但是我和老刀还是为之担忧。更何况，我俩平时还要杀猪卖肉，渐渐感到力不从心了。

这时，刺客说："你们只管回去忙你们的，我现在又产生了一个更大胆的想法，妈的……执行起来虽然有些风险，但是很值！到时候，你们自然会知道结果的！等到那一天，那将会是我们一生中最难忘、最得意的日子，我期待这个日子已经期待了很久……"

刺客说话越来越含混，有时候简直让人怀疑他是否真的疯了。我和老刀经历了短暂的兴奋后终于冷静下来，觉得先回去忙完生活再说。于是，我们连夜撕掉了那些贴出去的启事，回家了。

可是，几天之后，据反馈的信息，好像知道这件事的人越来越多了。经过多方打听，才知道原因出在刺客身上。刺客竟然花了一笔钱，不但把广告做到了报纸上，连广播里也播了。而且，他不但承诺不收参赛者报名费，还承诺前五千名参赛者可以得到一套运动衫……

难道刺客真的疯了吗？我跟老刀打电话，他也很纳闷。

"就算去卖血也挣不到这笔打广告的钱。"

"现在就算卖血都没有地方卖，现在提倡'无偿献血'。"

"那刺客哪来的钱？"

"我不是在问你吗？"

总之，我和老刀都有一些担忧了，不希望因为参与这个比赛再把我们都抓起来。毕竟，我们是有家室的人了。可是，我们既然答应了刺客一起搞这个比赛，就要负责到底。我们跟刺客联系，问他要不要过去帮忙。他说不用帮忙，等到比赛那一天，我们提早一个小时到达两头乌飞机场集合就行。

刺客说的两头乌飞机场，是一个废弃不用的军用飞机场，大概还是日本鬼子侵略中国时留下的，就在两头乌江的上游。在那里开始马拉松比赛的起跑倒是合适的，可是，我们将跑往哪里？它的大部分被江水包围着。

老刀说："我和刺客是许多年的兄弟，这一次大概是我最后一次帮他了。他这人不错，就是爱做一些超出自身能力、大而无当的事，希望他以后改掉这个毛病才好。"

我说："刺客搞这个马拉松比赛，的确是毫无意义、无法理解的，就算规模超过'挑战吉尼斯'又如何呢？人家花的是公家的钱。"

老刀叹一口气，说："他就是这样的牛脾气，不然早发达了。"

可是，以后发生的事完全出乎意料。

那一天，天还没有亮，我就起床了。我从抽屉里偷偷拿了三千块钱，妻子及时醒了，她说你鬼鬼祟祟的想干什么，我说你不要多管闲事。妻子穿衣起床朝我破口大骂的时候，我已经来到街上。

清晨的风吹得我很冷，我骑车到达江边，天已经大亮。当我快要到达废弃的军用飞机场，令我没想到的是，那里已经聚集了许多人，他们都在等待比赛的负责人出现——我不禁害怕了，万一这些人闹起事来，场面将是无法收拾的。我除了担心，似乎想不出别的办法。

好在过了没一会儿，刺客和老刀都来了。一辆前后两节的大卡车上装满了刺客仓库里的那些过了时的运动衫，就跟一座小山似的。人群有一些骚动了，都朝大卡车奔了过去。

我紧张地问老刀今天怎么个搞法，他神秘地笑笑。很显然，老刀已经知道刺客的葫芦里卖的是什么药。他看我一副发急的样子，将我拉到一边。

老刀说："陈铁，待会儿你就知道刺客是怎样一个让你敬佩的英雄！这么多年，我没有看错他。在两头乌，他是唯一一头幸存的雄狮，是真正有精神追求的人！"

我说："好了好了，我知道刺客是怎样的人！快告诉我刺客今天的打算，分完衣服后我们将往哪里跑？真不收报名费吗？"

老刀说："放心吧！刺客说他募捐到了一笔赞助，而且今天，你我都将派上大用场……我告诉你，刺客策划了一件很有意义的事情……"

这时候，聚拢来的人越来越多，我们被挤开了。我看见刺客已经爬到了大卡车的顶上，他扯着嗓子喊：

"朋友们，兄弟姐妹们，你们好！衣服式样虽然过时，但我保证都是新的，我想——今天能从市区大老远跑到这里来的，除了一部分真正热爱体育的朋友，更多的，是被贫穷所困、需要衣服御寒的朋友——如果你不嫌这些衣服过时，每个人可以分到一套……"

这时，已经有许多人认出了站在大卡车上说话的人，他不就是那个"挑战吉尼斯"屡战屡败的家伙吗？人们饶有兴趣又半信半疑地议论着。同时，队伍自觉地排起来了。正如刺客预料的那样，这些人大多面色蜡黄、衣衫褴褛，他们之中有乞丐、流浪汉、外地民工，还有郊区农民和城市贫民。我无从知道这些人是从哪条渠道得知这一天将有衣服发放的消息的，到这时，我的心仿佛被什么东西触动了，融化了，热热的。

我终于明白，刺客为什么要举办这样一届名义上的"马拉松比赛"。然而，刺客的用意并非这样简单……

那一天，我和老刀还有卡车司机，协助刺客分发这批衣服。第一节车皮上的衣服用了三个多小时才分完了，起码有一万人分到了衣服。这时候，队伍依然很长，而且很明显，队伍中的民工、乞丐、流浪汉有增无减，他们都渴望着能分到一套衣服。鬼才知道这些人都从哪儿冒出来的，黑压压一片。

然而，当卡车上的刺客将第二节车皮上的帆布掀开时，包括我在内的人都愣着了。第二节车皮上没有堆着衣服，而是一个简陋的舞台，上面除了堆着几箱旧鞋帽，其余空间摆放着成套的音响设备，还弄了一个简单的背景，上面喷着颜色、装着射灯。

在人们的议论声中，几箱旧鞋帽很快分光了，而等着分东西的人并未见少。剩在舞台上的音箱、乐器、麦克风、架子鼓、调音台等等，是既不能穿也不能吃的。我的心揪了起来。

"老刀，这、这成套的音响你们从哪儿弄来的？！"

"哎！都是我们自己的呀！"

"不是没收了吗？！"

"哎！你还不知道吗？刺客终于把它们要回来了！"

"是吗？那真是太好了！"

"今天，我们来这儿真正的目的，是来开演唱会的！呵呵，你还不知道吗？我也是昨天才知道的，激动了一晚上！"

"那比赛……还怎么进行呢？闹起来怎么办？"

"这个，你就放心吧，他们不会的！——你赶紧准备演出吧！"

"我、我只是担心……"

果真，人群骚动起来了。

有一个高大魁梧、破帽遮颜的男人站了出来，挥动着一双大手，喊道："这是怎么回事？既然没有衣服，为什么不早说？！我排了一个上午，你想耍弄我们是不是？！"

听他这么一喊，不少人纷纷昂头张望，口里发出骂骂咧咧的声音。沸腾的人声越骂越难听了。我害怕场面失控，紧张得有点喘不上气来。这时，我忽然听到了一声声巨响：

咚——咚——咚——

人就像被电击了一样，浑身一抖。

那是刺客坐在了架子鼓后面——架子鼓猛然发出单一的亢奋的响声，就像一声霹雳之后传来隆隆的雷声——人群如同被一声喝令或一声枪响吓住，怔在了那里，几乎鸦雀无声——我和老刀趁机爬上了大卡车上的舞台。

锥子乐队复活了……

当强劲的、振聋发聩的乐器敲打声响起来的时候，当老刀高亢、尖利的嘶吼在废弃飞机场上空回荡，舞台之下，弯弯曲曲的队伍涣散了。不论那些分到衣服的，还是没有分到衣服的，前挤后拥着往前移动，几乎所有人因此振奋了，恼怒了，理解了，或者愤怒了。我不知道。我只看见他们就像波涛一样动了起来。

我们呐喊着，在音乐中放肆自己，就像久久压抑的岩浆突然爆发……我们终于挣脱了。人群中，终于响起了第一个喝彩的叫喊：

"好！好！——"

一刹那，我们泪流满面。百感交集。我们尽情地吼唱着……

等到黄昏，在这片夕阳照耀的郊野，已经聚集了有史以来最多的人，整个废弃飞机场已经人山人海了，就连附近的树上都站着人。这些人挥舞着握紧拳头的手臂，不时爆发出雷雨般的欷歔声、鼓掌声……还有许多年轻人跟着我们大声吼唱着……

我想，他们听懂了。他们是真正听懂了我们的一群人。

然后，警察出现了。警察的出现吓坏了大家。

警察再次把刺客带走了。

原来，我们的音响设备是刺客不知通过何种手段，从那个没收我们东西的部门偷出来的。

刺客再没有回到我们的生活当中。他就像我们嘶哑的歌声一样永远消失了。

追　尾

裘山山

接到丁晓民电话的时候，曹苣正忙着，环境和心境都不具有叙旧的条件。丁晓民上来就说，你是曹苣吗？这让她有些意外，现在叫她曹苣的人已屈指可数，爹妈、老公和同学。其他人叫她曹总、曹老板、曹女士、曹老师等等。曹苣说，你哪位？对方说，我是你高中同学，叫丁晓民，不知你还记不记得？

曹苣迅速搜索了一下大脑，无果，就说，好像有点儿印象。丁晓民说，我来你们这儿开会，不知你有没有时间，我们见一下？曹苣迟疑了一下说，你怎么找到我的？丁晓民说，我从班长那里要到的你电话。曹苣说，哦，你住哪儿？待几天？丁晓民说，我住金钟酒店，就今明两天。曹苣说，今天肯定不行了，安排得满满的，看明天吧。丁晓民说，行，等你空了联系我吧。曹苣顿了一下说，主要是我的车不在，你住的地方离我还挺远。丁晓民说，那等你方便了再说。我就是想和老同学聊聊天，咱们有二十多年没见了吧。

曹苣放了电话，心里寻思，他还真不见外啊，我都说了过去不方便，他也不知道说一句"要不我来看你"。曹苣丢下电话，接着忙她的事，很快将高中同学丢在了脑后。

晚上回到家，曹苣累得靠在沙发上不想动，先生跟她说话她也不吭声。这是她的常态，先生并不在意，给她拿了罐苏打水，就看他的球赛去了。曹苣一边喝一边想，这样的日子什么时候到头啊，每天累得什么心情都没有。

忽然就想起了那个同学的电话。

曹苣之所以在大脑里没有搜索出结果却依然认下了这个同学，盖因为她在这个中学只读了一学期就转走了，父亲调动，全家搬离。所以这个班上的大部分同学她都没印象，只能记住很少几个，比如班长。

想到班长，她马上拿出手机给班长发了条短信：丁晓民是我们班的吗？他来这儿找我了。

曹苎的班长基本上是她的百度，但凡有同学来找她，她总是求助于班长。班长会告诉她是还是不是，若是，还会附上联系方式。班长不仅仅是她的班长，还是好朋友。她在那个学校的半学期里就交了班长那么一个朋友。可一个顶五十个。

班长很快回复说，是我们班的，而且就坐在你后面。

曹苎很惊讶，看来还真是同学，而且就坐在我后面。也就是说，我的后脑勺被他看了一个学期？

曹苎又发问，他现在做什么？

班长回复说，在出版社工作，好像还是个主任。

曹苎心里动了一下，哦，文化人。

曹苎想了一下第二天的日程安排，上下午都走不开，晚上还有饭局，只能午休时间去看他了。

片刻后班长又发来一条短信：前次五一节我们几个同学聚会，他就向我打听你，还夸你是个美女。

班长后来的这个补充，让曹苎确定了去看他的打算。在很少有人叫她名字的今天，也很少有人夸她是美女了。心里多少有些温润。她把丁晓民的号码存到手机里，算是再联系的第一步。

曹苎走到卫生间，照了下镜子，感觉头发很乱。她走过去跟先生说，我下楼去洗个头哈。先生有些奇怪地说，现在？你不是说很累吗？曹苎说，所以才去洗个头嘛，让他们给我按摩按摩，可以放松一下。

先生没再说什么。曹苎想，奇怪，自己并没有什么不健康的想法，怎么就心虚了呢？

第二天上午开会的时候，曹苎又犹豫了，因为这个会虽然不重要，务虚的，但来开会的人都很重要，都是需要她搞好关系加强团结的主。曹苎本打算利用午饭时间和几个人沟通交流一下的。可别小看吃饭时在一起的闲聊，有些几年都走不近的人，也许一顿饭就走近了。

　　她想了想，给丁晓民发了条短信：我一个上午都开会，下午还要开，中午过来看你行吗？

　　她希望丁晓民说，你太忙就算了。但丁晓民回复说，我下午2点到5点开会，要不你晚上过来？曹苙有些生硬地回复说，晚上我已有安排。丁晓民回复说，那我中午等你过来吧。

　　曹苙想，这同学好歹还是个主任，怎么这么不会说话啊，应该说那咱们一起吃个午饭吧。

　　会议接近12点才结束，曹苙匆忙离开会议室，跑进卫生间补了一下妆，从镜子里看了下自己的状态，还行。于是下楼开车。路上碰到去餐厅的人，都问她为何不去吃饭，她一路解释来了个同学，得去宾馆看看他。大家都可以理解地笑。曹苙想，还好中国话听不出男"他"女"她"，不然又要拿她开玩笑了，和她一起开会的人都是平起平坐的各厅局领导，而她的年龄又还是可以开玩笑的年龄。

　　曹苙开上车，从城北往城南走，正赶上下班，很堵。曹苙被塞住的时候，给丁晓民发了条短信：我现在过来，有饭吃吗？

　　没办法，他不表态，只好直说。这个钟点，吃饭是很正常的。丁晓民半天不回话。也许去安排了？堵啊堵，慢慢移动，差不多快1点了，肚子都饿了，才移动到金钟大酒店。门口没见有什么人张望，怎么他也不出来接一下？

　　曹苙只好停车发信：我到了，你在哪儿？

　　丁晓民回复说，我在金钟大酒店的附楼。

　　曹苙不明白什么意思，附楼是吃饭的地方吗？她下车问保安，保安回答说，附楼在另外一个地方，马路对面的十字路口的另一条道上。

　　曹苙这回真有点儿不快了，这人怎么这样？也不说清楚。那么远，那么堵，还害我跑冤枉路。可是已经到这儿，总不能白来吧？她只好重新开车往另一条街的附楼去。

　　路上接到丁晓民的电话，问走到哪里了，曹苙不耐烦地说，你怎么不早说附楼在另外一个地方啊？害我白跑。态度很是不好。丁晓民不好意思地解释他也才搞明白。曹苙懒得听，扔下电话。

曹苙忽然想，自己这么抱怨他，口气简直像恋人或者夫妻了，好像不妥，看来我也没把他当外人。到附楼，停好车，总算看见一个中年男人在那里张望了。这个时间站在这个地方张望，非他莫属。

曹苙走上前主动说，你是丁晓民吧？

对方说，你是曹苙？

两人便握手。

丁晓民比她想的要年轻些，中等个子，但实在算不上帅哥，班长的审美有问题。丁晓民看了曹苙一眼，又看了一眼，说你和我想的不一样。曹苙讪讪地说，老了呗。丁晓民连连说，不是不是。但是什么，他也没再说。曹苙将带来的一盒茶叶递给他说，这是我们这里今年的新茶，给你尝尝。丁晓民说，啊哟，不好意思，我什么也没给你带。

曹苙笑笑，问，咱们上哪儿吃饭？丁晓民说，我刚才问了，前面桥底下有个吃饭的地方。

两人就往前走。走了半天也没见饭店，全是卖建材的小店。曹苙琢磨，这里是城郊结合部，又挨着立交桥，哪里会有像样的饭店呢？显然他没搞清楚状况。

走了一会儿，感觉不对，曹苙说，我看还是回你住的饭店想办法吧？丁晓民说，饭店只有会议伙食。曹苙寻思，他可真够木讷的，会议伙食也可以带同学混一顿啊。他到底是不是主任啊？这么纯朴？但她不好直说，只能听他安排了。一条街走到尽头了，也没看见饭店的影子，只好往回走。

往回走的时候，终于看到了所谓的饭店，就是在桥墩底下，摆了几张桌子，写着"××快餐"。曹苙想，看来今天只有屈尊了，跟民工一起吃顿饭了。今天可真是太奇怪了。等走过去他们才发现，想屈尊都不行，一个空位也没有。正在那里吃饭的工人有好几个都没位置，站着吃呢，他们边往嘴里刨饭菜边拿眼看他俩，很是好奇的样子。

曹苙说，算了算了，还是回你饭店去吧。实在不行就别吃了。

曹苙已经没有耐心了，恨不能马上走掉，反正见过了，啥感觉也没有，还耽误了金贵的午觉。

丁晓民不甘心似的，又回头去问自己酒店的保安，你们这附近有饭店吗？保安很奇怪地说，我们这不就是饭店吗？曹苳连忙说，你们饭店有零餐吗？保安说，有啊，在二楼。曹苳看丁晓民一眼，丁晓民讪讪地说，刚才我问他们他们说只有会议伙食。

曹苳想，够笨的，也不知当时他在班上的成绩如何。

两人回到饭店，到二楼，果然看见在大厅边上，有一些零星的客人在吃饭，大厅中间是会议伙食。曹苳自作主张，在一张桌子边坐下，她已经走累了，也饿了。丁晓民还站那儿张望，一个男人过来跟他打招呼，丁主任还没吃饭啊？丁晓民指指曹苳说，我同学来了。男人说，坐我们那桌一起吃吧，有空位。丁晓民回头征询地看着曹苳，曹苳只好说，行啊，再不吃没时间了。

曹苳坐下来，看看举座陌生的面孔，感觉怪怪的。自己怎么会突然进入这样一个境地，在一个陌生的地方，和陌生人一起吃饭。连身边这个所谓的同学，也是陌生的。那些陌生的面孔也看她，目光对接时，便礼貌地笑笑。

曹苳忽然想，他们不会认为自己是来和这位同学幽会的吧？

丁晓民埋头吃饭，也不说话。

不过，曹苳想，丁晓民不在乎，她在乎什么？反正她和他们都是一辈子也不会打交道的人。

总算填饱了肚子。瞧这顿午饭吃的，那叫个难。

离开餐厅，丁晓民说去我房间坐会儿吧。曹苳看看手机，1点20了，说你不是2点开会吗，咱们就在大厅坐坐得了。丁晓民坚持说，还是去我房间吧。曹苳寻思，难道要说私房话？

进了门，丁晓民马上提起放在衣帽间的一个纸袋递给她：我啥也没给你带，怪不好意思的，这是我们会上发的礼品，送给你吧。

曹苳瞄了一眼纸袋，是本市的旅游纪念品，就说，别给我，你带回去作纪念。这本来就是送外地游客的。

丁晓民说，不不，还是给你吧。你摆家里，艺术品。

曹苳只好接过来，死沉，不知是什么怪物。她顺手放到地上，说，你不是说只待今明两天吗？丁晓民说，明天是会议上安排的旅游项目，我后天走。曹苳心想，搞了半天是舍不得放弃玩才让我中午来的。班长还说他惦记我，什么情报啊，那么不准。

丁晓民递了一瓶宾馆里的矿泉水给她，在沙发上坐下来，感慨万千地说，我们有二十多年没见了吧。

开始叙旧了。

曹苙一点儿情绪都没有，不置可否地点头，她真没算过，他们分开多久了。丁晓民很认真地扳指头说，你看，你是高一离开的，二十七年了。曹苙想，这样的两个人，二十年没见跟一年没见有什么区别？反正都陌生，而且，毫无感觉。

丁晓民又说，我记得你那个时候梳两根辫子。是语文课代表。有一次老师让你在班上读一篇报纸上的社论，你读得很顺溜，连一些生僻字也念出来了，我们都很惊讶。

曹苙心里稍稍热了一点儿，说，是吗？我不太记得了。语文课代表我倒是记得。我也就语文好。

丁晓民说，那么，你一点儿都不记得我了吗？我就坐你斜后座。

曹苙说，不好意思，我对男生都没什么印象，只记得几个，一个叫秦秃子，剃个光头，爱和人打架，对吧？还有一个叫于泽敏，文绉绉的，酸不拉叽的，喜欢写作文，年龄好像比我们要大些。还有个王建华，他爹是官儿，总有帮男生围着他。

丁晓民有些遗憾似的点头，说他们几个在班上是挺出风头的。看来我太老实了。

曹苙抱歉说，我连我旁边坐着哪个男生都忘了。

丁晓民说，你旁边……好像是瞿明。小个子，不爱说话。

曹苙说，是吗？没印象了。

丁晓民问，你为什么那么快就转学了？

曹苙说，唉，跟班主任闹矛盾呗，他放学老把我留下。我妈知道了不放心，就给我转学了。

丁晓民说，我怎么不知道？闹什么矛盾？

曹苙说，那个时候不懂事嘛，自以为是，上课老找老师的碴。

曹苙突然有了讲话的兴趣，说，咱们班主任不是教语文吗，有一回学荀子的《劝学》，其中有两句："青，取之于蓝，而青于蓝；冰，水为之，而寒于水"，对不对？

丁晓民说，好像是，我不太记得了。

曹苙只好接着自我回忆：那老师讲解说，"冰，水为之，而寒于水"的意思是说，冰是水构成的，但比水更寒冷。我就举手说他讲的不对，我说应该说冰是水冻成的，因为"构成"不包括条件，"冻成"才包含条件，没有气温这个外在条件，水无论如何也构不成冰。

丁晓民道，是吗？我不记得了。

曹苙觉得有些扫兴，这么好玩的事，他应该大笑才对。曹苙不想讲了，本来还有一件她找老师碴的事迹呢，可没有预期的反响讲了也是白费口舌。听众对于演讲者是多么重要。尤其是，他还是个主动找上门来的听众，他怎么就不记得了呢？怎么感觉他心不在焉呢？

曹苙看了眼手机，忽然说，哟，快2点了，你该去开会了。

丁晓民也抬腕看了下表，颇为意外：可不是，时间过得太快了，还什么都没聊呢。曹苙哼哈地点头，心里已没了什么念想，站起来就往门外走，丁晓民连忙提上那包东西跟上。

在电梯里，丁晓民又说，哎呀，还什么都没来得及聊呢。

曹苙敷衍说，反正联系上了，以后再聊。

走出宾馆时曹苙又一次产生了那个奇怪的感觉，她怎么会跑到这里来，和一个几乎是陌生的人一起蹭饭，并且无话可说，并且为此耽误了会议，并且牺牲了午休，并且还自作多情地去整头发？

丁晓民将东西放到车上，跟曹苙握手，曹苙说，再见老同学，回去代我问班长好。

丁晓民扭捏了一下，终于说，其实我还有件事想跟你说。

曹苙说，什么事？心想，不会突然发情吧？

丁晓民顿了一下，说，算了，以后再说吧。

曹苙说，那就下次再说。确实有点儿晚了，你快去开会吧，我也得走了，不然一会儿上班高峰，堵死我。

丁晓民下决心似的摆摆手说，好，以后再联系。

曹苨说，有事打电话。

等车驶出宾馆融入车流后，曹苨终于如释重负地关上了车窗，心想，总算把这件不尴不尬的事了掉了。不过，他吞吞吐吐半天，到底想说什么？

果然开始堵车了。车子动弹不得，曹苨就给班长发短信：我怎么觉得我们这同学有点儿傻乎乎的？班长没有回复。哦，大概在睡午觉，若不是来见这个同学，自己这会儿也会睡个午觉。哼哼。其实她是想跟班长说，他们的会面完全不是她预期的样子。

可她预期的是什么样子呢？难不成还指望他含情脉脉地望着她？这么一想曹苨觉得自己太滑稽了，忍不住想乐。

忽然"叮咚"一声，短信来了。曹苨瞥了一眼，不是班长，是丁晓民。刚分手，发什么短信啊。前面的车子开始慢慢动了，曹苨一边看，一边跟着往前动：

曹苨，刚才有句话我实在不好意思说出口，其实我这次见你……

曹苨心里咯噔一下，脚下意识地就踩在了刹车上，只听车屁股"砰"的一声闷响，她整个人和车子朝前一蹿，显然，追尾了。

这、这、这，算什么事儿啊。

曹苨气恼地下车查看。后面车上也跳下来一个女人，气哼哼地冲她嚷，你有病啊，突然刹车干吗？曹苨一声不吭，用手机拨打了112，然后靠着车门，把短信看完：

曹苨，刚才有句话我实在不好意思说出口，其实我这次见你，主要是为了儿子。我听班长说，你先生在师大当院长。咱们是老同学，我就不绕圈子了，我儿子今年高考，看他的成绩肯定上不了一本，二本也悬乎，所以想拜托你先生，到时候关照一下。我想把他的第一志愿填报上师大中文系……

曹苨关了手机，以任罚任训的表情，等着交警走过来。

酒精依赖

杨少衡

1

柳志明柳大主任于凌晨猝死于家中。

消息传来，我们深感悲痛，倍觉震惊。彼此打电话报信之际，每一个初听消息者都感到难以置信。

"怎么会？前两天还打过电话啊！"

"他说些啥了，临终遗言？"

"你不是搞笑吧？"

"这种事能开玩笑吗！"

这种事真是不能开玩笑。问题是柳志明一个大活人前几天眼见得还好好的，年纪不算大，身体没啥大毛病，也没碰上空难、车祸，怎么一眨眼间，说牺牲就牺牲了？真是突然得让人不敢相信。初听消息，我们都感觉不像是真的，基本没有例外。另外还有一个反应几乎也完全一样，有如条件反射：几乎每一个人都在第一时间下意识地发问："这是在哪里喝的？"

这不尽是玩笑。

据我们事后了解，柳志明死于凌晨五点来钟，黎明之际，不是一个特别适合牺牲的时间。该同志死亡之前并无特别征兆，当晚他睡得很好，一如既往地鼾声如雷，没有任何气短。柳志明是个瘦子，个头细长，这种身材的人通常不太打鼾，他却例外，其深度睡眠状态下的噪音指数绝不逊于任何胖子。柳志明的妻子伴夫而眠，早就习惯了他制造的夜间音响，当晚她丝毫没有从他的鼾声里听出异样，该同志没有暴露任何准备牺牲的蛛丝马迹。凌晨时分，柳志明的鼾声突然停止，其妻虽然还在睡眠之中，却意识到了，只是没有引起足够的警惕。

那时候柳志明依然活着，并未停止呼吸。鼾声骤止，只是因为他醒过来了。柳志明与我们差不多，虽然年纪还不算大，也早过了尿床的时代。到了我们这个时候，无论是否领导、级别高低、正职还是副职，通常都需要在夜间暂时中止睡觉，起床上一上卫生间。具体情况彼此有别，根据各个人膀胱容量和前列腺的状况，有的人夜间需要解决一两次个人问题，有的则要求更多一些。出事那天凌晨，柳志明从沉睡中苏醒，不打鼾了，翻身从床上爬起来，显然是要上卫生间解手。这是正常情况，属于生命及新陈代谢的需要。

当时天还没亮，因为是初冬季节，夜长昼短，凌晨时分，天边蒙蒙有点亮意，屋里还黑洞洞的。柳志明没有开灯，摸黑起床，穿过卧室走向卫生间。自家地盘轻车熟路，闭着眼睛也能走，实不必计较有无灯光。柳家住市区东北的兴隆小区，三室两厅，有两个卫生间，厅边一个公卫，主卧里还有一个，他自然不会舍近求远跑到厅里去应急，起床后就近进了卧室里的这个卫生间，算来只有三五米距离。

那卫生间里忽然传出异常声响："砰！"然后又是一下："嗵！"

他老婆给惊醒了。

"志明？"她叫了一声。

柳志明没有回答。

柳妻当时睡意未消，她在床上愣了好一会儿，不知道自己听到的声音是个啥，具有什么特别意义。当时下意识里，她还有些埋怨，丈夫怎么可以搞出这么大的声响？不知道儿子在另外房间里睡着吗？儿子今年初三，再一个学期就要中考了，不让他晚上睡好，叫他拿什么精神读书考试？几分钟后，卫生间那边一直静悄悄的，柳妻才意识到情况不大对头，她掀被下床，慌慌张张，跑过去查看情况。一看地板上黑糊糊倒着一团，当时就吓坏了，赶紧把电灯打开。灯火通明，她整个儿呆了：柳志明蜷成一团，脸面朝下，趴在卫生间的瓷砖地板上抽搐不止。

"啊啊啊啊！"

　　柳妻惊叫，赶紧俯身去翻，想把其丈夫弄起来，扶出卫生间，搬回床上。柳志明人虽瘦长，脂肪不多，毕竟是个男子，骨头偏重，不显山露水，也有六七十公斤重量，比得上一蛇皮袋地瓜；加上事出突然，当时整个人动弹不得，无法配合行动，其妻娇小，实在对付不了。搬了几下，连柳志明的身子都翻不过来，其妻不知所措，一时不知如何是好，这时她才注意到柳志明老老实实倒在地上，没有一点声响，其实人还清醒。他说不出话，但是嘴角在动，眼睛紧紧盯着她，似乎竭力要表达一个什么意思。

　　"你说什么，啊？"其妻开始抽泣。

　　她发现柳志明在眨巴眼睛，就像打电报，SOS。

　　"啥呀？啥？"

　　她发觉其夫不简单，当时说不出话，却有肢体语言。除了眨巴眼睛，他还另有动作：他右手掌在晃动，不是下意识，是有意识地摆动，竭力表达。

　　柳妻个头不大，人却聪明，这人在市教育局幼教办工作，属教育界人士，并不具有卫生界背景；但是毕竟同属知识界，知道一些急救常识。柳志明右手掌一晃再晃，她明白了，这是在告诉她：别动，别动。

　　"不能动，是吗？"她喊。

　　柳志明眨眼皮，予以认定。

　　他很明白，如他这样突然倒地不起者，随便搬动可能更加危险。

　　"那那，怎么办？"其妻讨计。

　　柳志明吃力地握起右手拳头，他的手掌晃个不停。

　　"要什么？要什么？"

　　他还握拳，再握。其妻终于明白了。

　　"打电话？电话？"

　　他眨巴眼皮，表示肯定。

　　其妻当即冲出卫生间，打了120急救电话。

　　后来有人发表看法，说柳志明这个老婆也太迟钝了，发现老公倒在地上，喊什么叫什么动什么？应当在第一时间报警急救，这是常识，谁都知道，为什么她不懂？我们不赞成这种意见，认为怪不得柳妻。女人嘛，凌晨时分，正当好睡，卫生间里扑通一响，丈夫黑糊糊一团倒在地上，她没有当场昏倒已经很了不起，不能要求人家有个突发事件应急预案，事情一出立刻一声令下，领导干部似的。应对这种事情实在需要一点经验，缺乏经验难免一时慌张抓瞎，有过这么一次，今后再碰上就不怕，知道怎么办了。只可惜柳志明没机会等到下一次。

当时为凌晨，大家都还在睡梦中，这时候突然牺牲确实比较麻烦。还好本市120急救中心值班人员尚能坚守岗位，接柳妻告急电话后，及时派出了急救车。凌晨时分交通状况良好，救护车没有受到任何阻滞，以最快速度赶到了兴隆小区，急救人员扛着担架冲进电梯间，直上柳宅。

已经迟了。柳志明死于自家主卧卫生间的地板上。

2

我们跟柳志明遗体告别，彼此同僚，物伤其类，很震惊很悲痛。我们对柳志明的遗孀、儿子两个泪人儿表示慰问，希望其遗属节哀顺变。

"柳主任英年早逝，太可惜了。"我们一再表示，应当说是发自内心。

柳志明任职于本市口岸办，为该单位第一把手，主任。口岸办是政府的一个办事机构，我们各自部门单位有时会有公务与该办业务相关，我们与柳志明本人也都有各自的个人交往，彼此相处愉快，节假日免不了要互相发条短信，共同祝贺快乐，同时传播若干幽默段子。因此一朝获知该同志突然牺牲，从此从我们的短信群发名录里完全删除，感情上真是难以接受。

当时有一则幽默见解在我们间流传，说的是柳志明出事当时，凌晨之际，其妻坐地于柳宅主卧卫生间，泪流满面，大呼小叫，不知如何是好，惶惶不安等待救护车飞驰救命之际，柳志明虽然不能言说，头脑却非常清醒，能够用其肢体语言清晰地表达意思，就其本人的急救事项对其妻加强指导，可惜柳妻缺乏经验，惊慌之中，只知道"不能动"、"打电话"，未能更深入一些，充分领会其夫的肢体语言。如果她的认识水平更高一点，也许柳志明还有救，能够挺过这一关，让其妻积累一次宝贵经验，可以应对下一次惊险。

根据该幽默之见解，柳志明嘴角一再抖动，手掌始终半握，那其实是在强烈传递一个意思，该意思用一个字可以表达，那就是"酒"。

这个提法有所调侃，却也相当传神。

柳志明能酒，好酒，在我们中被戏称"酒仙"，足与唐时李白比美，差的只是人家写诗，柳主任从不读诗；但是他跟传说中的李白一样，有着许多与酒共同创造的典型事迹，颇让我们津津乐道。

柳志明生前为柳主任，是其所在单位的一把手。柳主任当然不是生于口岸办，落地就当主任，人都有一个成长过程，领导也不例外，无论起点如何，谁都得一步步起来。柳志明还没当主任之前曾经在县里工作，从基层起家，经历相当丰富，当年他在县里当副县长时，有一个著名的故事，涉及到十几个"深水炸弹"。

什么叫"深水炸弹"？那是一种海军作战武器，通常用于猎潜，也就是攻击潜水艇。深水炸弹不是什么新式武器，其问世历史恐怕接近百年，在第二次世界大战中于太平洋和大西洋各海域发挥过巨大作用，让战争双方许多潜艇带着无数水兵冤魂沉入海底。柳志明虽贵为领导，却不在军人之列，他当副县长时，所在的县四边有山，境内有若干河流湖泊和小水库，其中没有任何一处水面可供潜水艇通行利用，他怎么可能与深水炸弹发生关系？原来这里所谓的"深水炸弹"不是装满炸药去炸潜水艇的钢铁容器，而是一大一小两个玻璃杯子，大的为啤酒酒杯，小的为白酒酒杯，号称"啤加白"。在两个杯子里各自倒满酒，把白酒连酒带杯沉入大杯啤酒中，大杯套小杯，啤酒加白酒，从喉咙一口气灌下，让它们联袂去轰炸胃部，这就是深水炸弹。

我们不知道这种深水炸弹是谁发明的，有段时间它挺流行，各类酒桌不时传来其爆炸声响。挨这种深水炸弹需要啤酒肚，还要白酒量，如玩笑说法，很考验干部。柳志明迎难而上，英勇战斗，堪称投弹高手。那一回在县里，为了热情待客，他上了深水炸弹，而且不炸则已，一炸就是十几个，居然还有创新，除了通行的啤加白式深水炸弹，还搞洋加白，拿洋酒加白酒做新式深水炸弹，中西合璧，土洋结合，一起爆炸。事后大家笑话，说他这种炸法，别说什么潜艇核潜艇，只怕是航空母舰也给炸个粉碎。

我们说柳志明迎难而上，英勇战斗，有调侃之意，却无恭维之嫌。柳志明是个瘦子，缺乏大肚子优势，对付深水炸弹，压力确实不小。特别是那一回，他碰上的客人比较牛，双方拿深水炸弹干杯，柳志明把自己这杯炸进肚子里，居然还得把对方那杯接过来，接着往自己的胃里炸。这种喝法谁受得了？可惜他表现如此之好，人家客人还不满意，不想轻易放他过关。席间柳志明起身，要上洗手间方便，客人一把将他揪住，当场宣布一条纪律：当晚酒间，不允许个人行动，凡上洗手间，外出接手机电话，一律需要由对方人员陪同，提供友好协助。这条纪律很严重，比那十几个深水炸弹还要厉害，柳志明让它给弄个半死。

原来柳志明驰骋沙场，上了酒桌，敢喝能喝，其中一个重要原因，是他拥有独门秘方，有如秘密武器。该秘密武器不是电视广告里天花乱坠什么解酒药化酒片，只是他自己的几个手指头。柳志明有一大本事，俗称"勾掉"，他在酒席间离席上洗手间，就是去干这种事：佯称是去洗手，进去后把门一关，趴到马桶前，把手指头伸进自己的喉管里去勾去抠，刺激喉部神经，使之恶心，反胃，呕吐。把肚子里的食物连同酒精呕吐一空，直到把胆汁都吐出来，以此减轻负担和压力，这才有可能继续战斗。

柳志明的秘密武器不是什么核试验核心机密，大家都清楚，只不过说起来容易，做起来很难。我们都知道有这种"勾掉"之术，却很少有谁能够熟练应用，让它真正成为战斗武器。把自己的手指头伸进喉咙里去抠，直到把肚子里的东西呕吐出来，试一试就知道，很刺激，很痛苦，很难做到。如柳志明那样，能够下决心去"勾掉"，不惜把胆汁都吐出来，然后继续战斗，无疑要有足够勇气。

那天很不幸，客人知道柳志明有这一招，决定制止其秘密武器发挥作用，宣布禁止个人行动，派员盯紧，这就把柳志明制住了。类似"勾掉"这种勾当，通常只能个人实施，有如个人隐私，无法公之于众。当天客人不让柳志明暗中施展绝活，着意让他当众举手投降，柳志明率几位部下艰苦奋斗，深水炸弹一颗又一颗下去，偏又始终无法"勾掉"，终于到达极限，柳志明能力不支，于酒桌上"现场直播"，即当场呕吐。主人吐个满桌满地满身，客人们尽兴而起，酒席终于宣告圆满结束。

柳副县长给送到县医院挂瓶，打点滴，住院两天，这才佝偻着一个瘦长之身，一脸苍白，返回领导工作岗位。他声称很值得，十几个深水炸弹，给该县某一项目争得了四百万的经费，性价比很高。原来那一天几位客人非常了得，来自上级权力部门，为首的是位处长，到柳志明那里了解审核某一项目情况。要害部门这些处长们可不得了，手中掌握几万几十万的权限，更大额度的钱不能直接处理，却也能通过提出看法和意见，直接影响上级首长及机关的决策。所以柳志明需要把他们奉为上宾，千方百计做好服务，让客人尽兴，包括自己给自己深水炸弹，再接过人家的炸弹轰炸自己。

时下文化很多，例如饮食文化、洗脚文化之类。有一种文化被称为"酒文化"，堪称丰富多彩。以酒论之，柳志明这人显然很文化。该同志在我们面前经常拿酒说人，表扬自己。他有那么几句酒话，什么"酒品见人品，酒性见人性，酒德见人德，酒格见人格，酒力见人力，酒气见人气"之类。他还有一句"酒风见人风"，或称"酒风见作风"，以自己酒风纯正，勉励我们认真学习。我们承认，柳志明深水炸弹的战绩确实表现出该同志的若干特点，其良好酒风确实从某个侧面反映其秉性为人比较实在，其在酒精问题上的一流表现，足以让我们送他一个"柳大主任"雅号。但是柳志明与酒之间的关联，已经不是十几颗深水炸弹与四百万款项可以全部解释。

我们觉得他已经显示出某种酒精依赖症状。

柳志明有无数的酒要喝，上级来了要接待，下级来了要关怀，同僚请了要去表示友好，然后必须另找时间回示情意。办事要请客，事成要感谢，考核前要联络感情，提拔了要共同祝贺，节假日要一起快乐，非节假日也不能相忘。名目如此繁多，供柳志明大量接触酒精，如他自己所嘲，叫做"酒精环境浓厚"。类似情况，我们大同小异，也属感同身受。有一句名言叫"科技是第一生产力"，时下有人照虎画猫，号称"关系也是第一生产力"，因为关系好了，处理到位了，要项目有项目，要钱有钱，要位子有位子。处理关系免不了都需要若干酒精，因而酒精环境确实浓厚，酒精依赖症适应范围很广，不止柳志明一个人需要依赖。问题是柳志明柳大主任性情有特点，酒风太好，比我们都强。他那种喝法，很容易把持不住，不知不觉之间，会从需要喝、敢于喝开始，发展到想要喝、喜欢喝，再到有酒必喝、每喝必醉、没有酒不行，而后就是嗜酒、酗酒，沉溺其中，进入病态，陷于酒精依赖症。

柳志明早有症状，所以听说猝死，我们不约而同，都问他是在哪里喝的。

3

据医院死亡诊断书，柳志明死于大面积心肌梗塞。

医生的诊断非常重要，柳志明突然死了，大家需要一个说法。他死于心肌梗塞，这就是说，不属于非正常死亡，不是他杀或自杀，不需要警方立案追查，没有牵涉腐败窝案，也不会让人联想到情色、财产等当下热门事项。柳志明不是一般人，为政府官员、主任、市口岸办一把手，这种人突然死亡，免不了总会让好事者浮想联翩。

我们知道大面积心肌梗塞能够在短时间内致人死亡。据我们了解，柳志明以往并无心脏病史，因此柳宅主卧的抽屉里，可能没有心脏病的急救药物，例如硝酸甘油、救心丹、救心片之类。没有心脏病史的人突发心脏病并不奇怪，逻辑上完全成立，任何人都是在第一次心脏病发作之后，才拥有了相应病史。柳志明不幸发作得比他人要猛烈，所以一次就够了，没容他像他人一样活下来，从此享有心脏病史的资格。我们理解医生的死亡诊断只涉及柳志明的直接死因，至于其间接因素，例如是什么导致柳的心脏变得如此脆弱，以至大面积心肌梗塞突发，那不太需要医生给出专业说法。

我们不免有些非专业非正式的探讨。根据我们的见解，柳志明的直接死因是心肌梗塞，间接原因应当就是酒。显然酒精依赖足以以慢性方式摧毁人的心脏，以及健康。

但是情况令我们非常惊讶：居然没有谁知道柳志明最后是在哪里喝的。

有一位朋友提供了一个令我们极其意外的发现。

前些时候，这位朋友与柳志明相聚于酒桌，该朋友与柳志明曾于省政府行政管理学院同期培训，当晚相聚，是因为来了他们共同的一位同学，该同学是省直单位人员，不久前刚获提升，前途耀眼，此刻率队来本市调研。无论只以过去的名义，还是兼顾未来，同学们都应一聚。聚会由柳志明安排，当晚共有十来个人，开席之前，柳志明吩咐开箱取酒，拿出了十几支茅台，每人面前立一支，作为当晚任务。柳志明宣布说，他的茅台绝对可靠，是通过内线直接从贵州茅台镇进货的，为了大家的友谊，为了祝贺老同学荣升，今晚要特别讲真情，一人一瓶，各自包干，喝完了还有，保证满足。

于是真就那么喝，大家举杯，各管各的。

我们那位朋友与柳志明座位相邻，他发觉柳志明有些奇怪，特别在乎别人喝酒。柳志明与他干杯，非得看着他把一杯酒喝个干净，自己才喝。有几回朋友只喝半杯，没有一饮而尽，柳志明不允许，一定要他杯子里倒不出一滴，这才算数。

朋友不服。已经说好总量包干，一人一瓶，何必再一杯杯计较？柳志明笑，解释说是他看不下去，这么好的酒，不喝光真是不好受。

酒到后场，大家都有几分醉意，几个酒劲差的已经快不行了，下酒进度明显放慢。闲聊请劝间，朋友意外发觉柳志明有个奇怪动作，情不自禁之际，总是斜着眼瞟别人的酒杯，瞟时还有喉头动作，像是在吞咽。这分明是在馋酒。朋友非常不解，注意看了看柳志明手边那瓶茅台，已经下去了四分之三，毕竟还有小半瓶。柳志明自家有酒，何必还要看着别人？

朋友多了个心眼，趁柳志明暂时离开之际，偷偷品尝一下柳志明酒杯里的酒，这一喝明白了，假的，不是假茅台，是百分之百假酒，柳志明给大家上茅台，给自己上的却是矿泉水。他不知怎么做的手脚，他手上的酒瓶货真价实，出自贵州茅台镇，里边装的东西却不对，连一丝酒精都没有。

朋友没有声张，不动声色把自己与柳志明的酒瓶对调了。柳志明再入席后端杯，第一口就察觉出来，与朋友对视一眼，明白怎么回事了。彼此一声不吭，心照不宣。尔后朋友目瞪口呆，看着柳志明情不自禁，连杯子都不用，直接把酒瓶口对着喉咙，非常热烈地把换给他的小半瓶烈酒喝个干净。

原来他真在发馋。喝着自己的矿泉水，看着别人杯里的酒，情不自禁做喉头吞咽动作，那个馋啊，真是无以形容。

既然是这么馋，为什么还要暗中作假，逼自己喝矿泉水呢？

几天之后，朋友与柳志明在一个会议上相逢。朋友开了句玩笑，说大家都知道柳大主任作风优良，看起来好像有些变了，这是暗刺柳志明酒桌作假，作风不再优良，不说狡诈嫌小，起码不显大气。柳志明心里有数，他打哈哈，称自己还是柳大主任，作风依然优良，只是不幸身体情况有些变化，很不得已。朋友不免紧张，问柳志明身上哪个地方有问题了。柳志明提到了胃和肝，还指着自己的喉头说，这地方很不行了，比较迟钝，以前一下子可以"勾掉"，现在不太容易，有时把血都勾了出来。

"哎呀，少喝点吧。"朋友不禁动容，赶紧劝告。

柳志明表示不是少喝点，是不能再喝了。这么依赖酒精怎么得了？不说个人身体受不了，国家也受不了。但是已经依赖上了，怎么办呢？国外有一种"酒精依赖互助组织"，同病相怜者自愿参与，大家介绍自己情况，真诚坦白，深刻检查，开展批评与自我批评，互相支持，共同努力，戒除依赖，据说效果不错。可惜咱们这里还没推广，至少在局长主任们中尚未推广。想克服依赖，只好自己对付，做手脚，拿矿泉水充茅台。问题是喝着自己的白水，馋着别人的白酒，实在很难受。天天这么忍受，真是很痛苦。他盼望能够宣布禁止各种酒席，至少禁止酒席摆酒，这肯定有助于戒除依赖，免除他馋酒之苦。当然，纯属瞎琢磨，根本就不现实。要是把酒席上使用酒水的款项一律从个人工资里扣除，这也能行，谁还敢那么喝？但是估计也不容易做到。所以还得依赖，否则馋吧。

如此看来，柳志明已经不是酒精依赖，是"后酒精依赖"了。他已经承受不了，千方百计想要摆脱，努力试图于酒精依赖中自拔，这个过程一定痛苦，不在于缺乏"酒精依赖互相组织"，而在于他身边的酒精实在太多，没完没了。酒桌上一坐，酒香扑鼻而来，那个馋啊，情不自禁，难以把持，无力自拔。

据我们了解，柳志明发病死亡之前，接连数日，天天都有酒席伺候，有时一个晚上有两三摊相请，其中有单位公务，也有私人交谊。有意思的是，这些酒席柳志明居然无一出场，或谎称出差在外，或谎称另有接待任务，或谎称家里有事，以各种理由，非常抱歉，全部谢绝，予以逃避。出事前三天傍晚，有一位朋友请检察院一位副检察长吃饭，饭前该朋友两次给柳志明打电话，请求柳志明无论如何要于当晚赞助。该朋友是个局长、部门领导，其亲属涉嫌某案，需要检察院领导关心关心。柳志明与该朋友是老交情，接到电话后当即表态，当晚一定出场，别的任务承担不了，喝酒没问题，肯定要帮助创造良好氛围，配合做好工作。当晚柳志明果然如约按时到场，不料一杯未饮即仓促撤退，为什么呢？来了一个电话，分管领导找他，有紧急事项，要他立刻到政府大楼去汇报研究工作。

这个电话是假的。当晚该分管领导刚好离开本市，动身前往省里跑项目。

显然柳志明是在以其全部智慧和勇气抵抗酒精依赖，防备馋酒之痛。以他死前数日逃避酒精的纪录看，该努力尚属卓有成效。

可惜出事当晚他没能坚持住，终于打破纪录，因为无法坚持。

市里有一个重要项目正在推进，事涉口岸事务，请了省里相关部门领导前来视察、会商，当晚市里宴请，主要领导隆重出场。项目很重要，关系本地发展，柳志明作为地方部门领导，需要做好各种配合，包括宴会上的配合，这种场合他是逃不脱的。

我们的问题终于有了答案。"他在哪里喝的？"就在这里。

但是很意外，这是个伪答案，真实答案依然不知所在。

根据我们的细致了解，当晚宴会上，柳志明居然也做了手脚。柳大主任手脚伸得很长，居然于事前买通了大酒店的相关服务小姐，该小姐用两个酒壶给客人们倒酒，所有客人喝的都是真酒，包括酒宴主人、本市市长以及省上来的领导。唯有柳志明例外，假的，矿泉水。当晚他一如既往地关注旁人喝酒，热切地看着人家把杯里的每一滴白酒喝光，自己馋得眼光发直，喉头发紧，却始终坚持，自始至终，都来假的，滴酒不沾。当晚酒宴气氛很好，持续了两个多小时，酒精度极高。毫无疑问，越是气氛良好，越是酒精度高，柳志明当越是馋得难受，越是难以自拔，越是需要格外努力于自拔。那两个多小时对他有如酷刑。

几小时后，他于凌晨时段死在家中。

如此看来，他不是喝死，是馋死的。

4

柳志明死后，有人调侃，称其妻没有深刻领会他的意思，不知道他是在要酒。这调侃是不是有些道理？假如当时其妻不是去搬他，去打电话喊救命，而是当机立断给他灌酒，情况是不是会好一点？据说酒精有助于扩张血管。让柳志明血液里含有足够的酒精，也许他的血管就给扩张了，心肌的大面积梗塞就会缓解?

　　这肯定是无稽之谈。但是柳志明死后，确实有人发表怪论，认为如果他不是那么英勇，那么馋着忍着，努力自拔，而是继续依赖酒精，可能他至今依然健在。

　　谁知道呢。

近猪者，吃

曹　寇

武林中人刘刚

我是发育很迟的那种人，就是在同龄人全面发育的时候，我还顽固地用童声说话。

我说，唐老师，刘刚老说话一个。

正在讲台上专心看《参考消息》的唐老师被我一声嗓子吓着了，但他和平时一样，只是缓缓抬起头，把眼珠子从镜框上方鼓出来，很不高兴地说，我没听到有人说话，就你在叫！给给给，给老子坐下！

委屈。直到现在我才明白过来，刘刚和别人都已经发育，他们说话，声线很粗，以致词句太重，浮不起来，乃是坠落在课桌下面的嗡嗡之声。嗡声总是让人平静和困倦，唐老师不会在意这个。而我，没发育，嗓门儿尖，在嗡嗡之中陡然一亮，跟黑夜里陡然亮起的大灯泡似的，吓人，讨厌。

上面这个例子也说明，我那会儿成绩很好，做起作业来，非常专心。刘刚转身和后面女生说话，膝盖无意识地捣到了我，我就会感到不高兴。后来有一次，刘刚问我，你为什么成绩这么好？我先谦虚一下，引用父母告诫我的话说人外有人天外有天什么的，然后我又说自己不迟到不早退上课专心听讲回家做完作业才吃饭……刘刚听后在我脑袋上摸一摸，笑着摇摇头，说，你真是个好孩子。

因此，没人会和我计较，我打不过他们，无需和他们去打架，他们也不会打我，因为你还没发育。这是事实。有次，一个高年级的男同学问我借两毛钱买个肉包子，我没给，他就竖起手掌从我后脑打了一个操头，这正巧被刘刚看到了，刘刚冲上去说，我就看不惯你这种以大欺小欺软怕硬的屌人！然后和那个高年级的打了一架。那个人虽然高我们一年级，但打不过刘刚。按我们那会儿的说法，刘刚是混过的，是江湖人士，是武林高手。

强中自有强中手

其实终其刘刚一生，他也谈不上混过的，他的江湖几乎没有离开过红光镇，所谓武林高手更是扯淡。他被唐存厚一击即溃，心服口服，所以他承认自己一辈子都打不过唐老师。唐存厚就是上述的唐老师，他是我们的语文老师，也是班主任。此人满脸横肉，声音洪亮，虽然不高大威猛，但在夏天，我们可以看到他结实无比的小腿肚，那上面也没什么毛，这还包括我们没看过唐存厚长过胡子。讲课之时，他不轻易走动，小腿肚跟桩似的定在那里。刘刚以为所有老师都被他搞怕了，所以想跟唐存厚玩玩，结果后者迈动小腿肚走了过来，心平气和地问：刘刚，你在搞什么？

刘刚不自觉地站了起来，这是习惯，他在这第一步上就错了。为了弥补这一过错，他不禁一条腿故意抖了起来。唐存厚以迅雷不及掩耳之势用一根手指顶在刘刚的脑门上，刘刚只得向后一仰，后排同学课桌上的书本和铅笔盒顺势掉下，但他们不敢惊叫。几乎所有的人都被唐存厚的那根手指顶过。这让我们一直对那会儿流传甚广的海灯法师的一指禅深信不疑。然后，在刘刚打算站稳甚至还手之前，唐存厚的巴掌已呼啸而至，不偏不倚，直接扇在刘刚的脸颊、耳朵和太阳穴一带。一般情况下，指印和眼花耳鸣会一直维持到放学，到了家才差不多消肿恢复。那年头家长和学生还没有这会儿这么矫情，不仅如此，大多数家长都因为忙活，希望老师多负点教育责任。打，狠狠打，往死里打，只要不打残废就行。有的家长还咬牙切齿地告诉唐存厚，打残了也是活该。刘刚的爸爸似乎就这么说过。也就是说，刘刚想挑衅唐存厚，结果后者只使用了毫无新意的日常招数就将他打倒在地。

他躺在地上好一会儿都爬不起来。

你给我站起来！唐存厚命令道。

刘刚挣了几挣，未必是为了接受这个命令，因为他理应站起来，但没有成功。

赖地上有什么出息，唐存厚冷嘲热讽起来，然后亮起大嗓门咆哮道，起来！

这一声吼有多么响亮，我很难形容。据说，唐存厚上课，在校外就能听到，只是我从未迟到早退，无缘聆听。他的嗓门本已如此惊人，何况一吼。

然后我们听到刘刚坐在地上哭了，他哭得很伤心，一边哭一边哀告：唐老师，我爬不起来了。很显然，这一哭，宣告挑衅的彻底失败，其错误将不可挽回。自此，他再也没敢和唐存厚顶撞和犯武。可谓谨遵教导，绝不忤逆。多年以后，提及唐存厚，仍敬畏不已。

唐存厚最后冷笑道，也行，不罚你站，你就这么趴地上，下课了再起来。

因为我和刘刚是同桌，所以我知道他趴地上的细节。那季节已是深秋，水泥地面冰凉。刘刚一边哭一边流鼻涕，他不像多数人那样用手背擦眼泪鼻涕，而是使用靠近手腕的掌心部位。然后就是用这样的手掌抓一下我们的桌腿，将眼泪鼻涕涂在了上面。所以，地面是干净的。唐存厚的班级卫生总是如此优秀，三角形的流动红旗总是在靠近门的墙壁上迎风不动。

一代高人唐存厚

必须承认，唐存厚这个人是个人物。他当过兵，退伍后国家分配他来学校教书。他热爱文学，多年来一直笔耕不辍，退稿信源源不断地从全国各地集中到传达室，然后再被他拆阅保存。这是红光镇妇孺皆知的事情。后来，退稿信越来越少，人们以为他放弃了文学创作，多年以后我才明白，投稿仍在继续，而退稿制度已经没有了。"限于人力财力，来稿不退，请自留底稿。"这是所有文学杂志都有的话。

有一年冬天，我公差前往贵阳，闲来无事，在街上转。也没什么好转的，然后就矬进一家不足五平米的书店。和全国所有同类书店一样，书架上以武侠、言情和教辅读物居多；然后，在一本畅销书和另一本畅销书之间，我发现了一本著者与唐存厚完全重名的书。翻开一看，乃是一本谈论荷花史话的文化随笔集，每篇文章后都注明该文何时发表在何处，多为各地晚报副刊之类。作者简介说明，作者并非我的中学语文老师唐存厚先生。遥想当年，遥想远在千里之外的红光镇，我难免伤感不已。我觉得自己应该买下这本书，结果我只是将它插回书架。

这是他的个人爱好，其实也没什么。我记得我小时候喜欢唱歌，到哪儿都哼哼唧唧。而事实呢，我根本不会唱歌，这已经被最近一些年无数个KTV包间及其小姐所一再证明。我高音上不去，低音下不来，嗓音也难听得要命。这么说，是说我最终还是发育了，变声了，变成了现在这个鬼样子。这是没有办法的事儿。我也想借此说明，唐存厚热爱文学本质上或许与我发育之前热爱唱歌，是一回事。

当然，唐存厚作为人物，还有另外一些事迹。比如他教我们那会儿，一家人都住在公厕里。事情是这样的，那会儿正式的教师还有分房福利，但竞争相当激烈。一个同职称但教龄没有唐存厚长的老师拿到了房子，而后者因为没有大学文凭没拿到房子，所以他非常愤怒，觉得这是不公平的。正巧学校的一间公厕因为年久失修一夜之间倒塌了，学校重新盖了一个。那是上世纪90年代刚刚开始，那年头许多东西也还刚刚开始。校方领导认为应该盖一个红光镇模范厕所，所以花了重金，以金色琉璃瓦做顶，内外墙壁都贴上了白色的瓷砖，更重要的是里面有了间歇性咆哮的自动水箱，再也不用同学们在大扫除之日用脸盆端水去冲厕所啦。盖好之日，尚未交付使用，第二天，人们发现因为分房未成的唐存厚已率领全家入住了公厕。他是怎么完成这个计划的，没人知道，那么多家具、衣物，怎么一夜之间就堆满了厕所了呢？还有，他又是如何说服家人和他一起搬进来的呢？唐存厚的女儿唐晓玲可真漂亮，她比我们低两届，这么漂亮的姑娘住在厕所里（即便还没交付使用），怎么说都让人感到别扭。刘刚因此给唐晓玲起了个绰号，叫厕所西施。时至今日，厕所西施当然已不住在厕所里了，唐存厚那个举动最终给他争取来一套房子。在这个房子里，厕所西施长大了，考上了省城的大学，在那里交上了男朋友，然后工作结婚，只逢年过节才回到红光镇看望自己的父母。在这个过程中，我们的唐存厚老了，退休了，然后胃里不失时机地长了瘤子，紧接着就死了。

刘刚说，不知道为什么，他总觉得唐存厚一家还住在我们母校那个现已斑驳丑陋、臭气熏天的公厕里。那么，在这种情况下，唐存厚患癌症死去，留下孤儿寡母，厕所西施的哭声在厕所瓷砖墙壁上来回撞击，真是凄凉无比，让人难受极了。也就是说，刘刚多么想进入那个厕所，担负起照顾这对孤儿寡母的重担啊。

公厕前的美好饭餐

在那会儿，也就是刘刚被唐存厚打过之后，前者确实经常进入厕所帮助师母干点家务活。刘刚精力充沛，一会儿一手两只热水瓶跑到食堂那儿打开水，一会儿蹲在厕所外面帮助师母从板车上卸蜂窝煤。为了将蜂窝煤码整齐，刘刚就像个古代的木匠那样闭上一只眼左瞄右瞄。有时上课上得好好的，师母会突然出现在教室门口。刚开始，她还会跟正在上课的老师嘀咕几句，然后由后者将刘刚叫出去。后来，她觉得这已经没必要了，直接喊：刘刚，帮我把这罐汤送到医院给你们唐老师。话音未落，刘刚已跑了出去。

唐存厚最终死于胃癌，多年以前就有了征兆。他胃不好，据说这是喝酒喝坏的。当兵的时候，为了抵御寒冷，"玩得跟兄弟一样"的连长经常叫他手下的弟兄喝点酒。溃疡，然后穿孔，最后癌变，这和宝贝女儿唐晓玲一样，也是个成长过程，虽则让人惊叹，但也委实没什么了不起的。

作为一个所谓的双差生，刘刚的优点是擅长下象棋，除了唐存厚，班级之内，他找不到对手。可巧唐晓玲也会下棋。这在唐存厚看来，属于智力开发，总比像别的女孩子那样看言情小说搞早恋强。放学之后，如果没什么架要打，闲来无事，刘刚就会滞留在女厕外面，和唐晓玲下棋。唐晓玲是个爱干净的姑娘，一般都会趁下午还有阳光，用刘刚从食堂打来的热水洗头。她总是头发湿漉漉地和刘刚下棋。等到日落西沉，头发也干了，她才把棋盘上的棋子打乱，说不下了。师母曾多次邀请刘刚和他们一家共进晚餐，这都遭到了后者的害羞拒绝。直到我们快毕业的时候，唐存厚也开口了。

就别回去吃了吧，他说。

没什么特别好吃的东西，一碗鱼头豆腐，一碟雪菜肉丝，还有就是韭菜炒辣椒，都很辣，连汤都是。唐存厚一家是湖南人，他们爱吃辣。刘刚是土生土长的红光镇少年，红光镇食物只讲咸淡，秋冬腌点大白菜和猪肉，其余就是吃时蔬，仅此而已。他没吃过那么辣的东西。但他见唐存厚一家三口吃得如此平常，既不咳嗽，也不吸气，连"辣"这个字都不说，只听见筷子在碗沿触碰的脆声，刘刚也只好埋头吃饭。他说，辣和紧张使每一坨饭菜都像小老鼠一样在他的胃里蹦来蹦去，他直吃得脸红耳热、满头大汗。

饭间，只有师母说过几句话。她说，刘刚你马上就毕业了，以后我们家里一些事情想找你也找不到了，想想还真有点舍不得你呢。唐晓玲用筷子压着小嘴唇先笑了，然后唐存厚也皮笑肉不笑地笑了笑。总而言之，饭桌上是沉默的，在多年以后的刘刚看来，确实像一家四口在黄昏光线下吃晚饭。

战斗和复仇

毕业后刘刚并没有立即离开校园。他和许多像他一样的坏孩子在学校大门附近又逗留了两年。这是一个传统问题，而并非刘刚舍不得唐存厚一家。传统就是，刘刚这样的孩子毕业了后年龄还太小，做工大概还不行，当学徒呢，他们又懒，所以，既然没书可读，没老师负责教育，家长也没什么办法，随他去吧。所以，他们毕业了只能在学校一带混。三两个聚在校门外的小铺子里打打牌，见谁不顺眼就上去揍他一下，谁在学校被人欺负了也可以找他们帮忙。不过，很快他们就觉得这也没什么意思，主要是没好处。所以他们开始问学生要钱，要不到才动手。如果有哪位兄弟消失了，几天之后，他肯定也会从什么地方搞来一辆摩托车骑到校门口来显摆。刘刚他们就争相骑一下过过瘾。

这中间他们学会了抽烟喝酒，有的也在风骚女生的身上学会了性交。刘刚说他就是那会儿知道女人的阴部不是长在肚皮上的。之前课堂上他在书本上涂鸦，总是把那玩意儿画在女人肚皮上，与肚脐眼相距不远。而这点常识，我本人是直到多年以后才知道的。

这两年里，最大的障碍是刘刚怕叫唐存厚一家人看到。一旦发现他们经过，他总要找个地方躲起来。这被跟他一起的兄弟发现了，后来，他们见唐存厚迎面走来，就指着墙角喊：唐存厚，刘刚在那儿呢刘刚在那儿呢，快叫他给你老婆打水快叫他给你老婆打水。

　　一般的教师听到曾经的学生如此侮辱自己，大多脸一红下巴一扬不予搭理，然后很潇洒地扬长而去。唐存厚不，他走过来，问，你是跟我说话吗你是跟我说话吗，然后不由分说就是用老招数跟这些半大小子干了起来。前文已述，唐存厚的老招数总是屡试不爽，这会儿仍然经常奏效，但也有不奏效的时候，被对方躲过，然后反被攻击。唐存厚不愧深得刘刚敬畏，面对几个小子围攻的时候，他的招数也有所改进，那就是盯住其中之一打，别的人打到他，他不管。这反而比多面迎击要有效得多。其他孩子见某个孩子被唐存厚打得哭爹喊娘，也便吓坏了，然后逃走，回头骂，你有种等着你有种等着。这也是成年壮汉和半大小子的区别吧，前者给后者踢几脚捶几拳，没什么大碍，但后者叫前者打了就招架不住了。

　　刘刚见此场面总是难过地别过脸去，然后一个人沿着校园围墙的外围逶迤而去。一个是他敬畏的唐老师，另一方是他天天在一起鬼混的兄弟，他只能保持中立。他跟兄弟们解释自己之所以保持中立的原因，对于兄弟们被打，他感到痛惜；对于唐老师占了上风，他也不敢说自己很欣慰。大家觉得他说的有他的道理，也不怪他。但大家还是背着刘刚聚在一起吸取了教训，商量了对策，总之要报复唐存厚。而所谓对策，无非是用武器，铁棍和砍刀。

　　不过这次报复流产了。当他们手执武器冲进校园后，一个公安就制服了他们。公安是这个学校的名誉上的法制副校长，以前开校会才会在操场上的台子上训话。他突然出现，确实事出意外，让人害怕。法制副校长制服他们的办法也很简单，他就那么穿着公安制服，站在水泥台阶上喊一声站住，大家就都站住了。然后他说，把家伙都放下，抱着脑袋蹲地上，大家也照办了。在派出所，大家被铐在窗户上站了一夜，落了一头的霜，第二天一五一十地老实交代了大伙儿的计划。然后家长们纷纷赶到，敬烟不已，和自己的孩子一起发誓：如果再找唐老师报复就随便拉去枪毙。

公判大会

两年后，刘刚不得不离开校门。他爸爸请客送礼，给他在镇上铸铁加工厂找了份差事。他在收购部负责给废铜烂铁称重量，开个单子，根据单子上所说的重量，卖废铜烂铁的人才能到会计室去拿钱。后来厂里的人发现，买来买去，那些废铜烂铁都长得一模一样。原来是刘刚伙同自己那些兄弟，让他们来偷这些废铜烂铁，第二天再来卖。刘刚他们于是就因为盗窃团伙的罪名被判了三年刑。

是公判。而在红光镇，能容纳看客最多的地方就是我们学校。其实当天来看公判大会的人并不多。不过，作为一场生动的法制教育课，红光中学的师生还是全部参加了。宣判完，校长还被邀请上台说话。他特意强调了刘刚他们就是这所中学的毕业生，是这个学校的耻辱，是在座数百名同学的前车之鉴。这些话被悬挂在校园树杈上的几个乳蓝色的铁皮大喇叭公布于众，自此刘刚臭名昭著。他不好意思抬头，但他还是看到了唐存厚，他又作为一个班级的班主任站在了黑压压的人群之后。看上去就好像他并没有意识到台上那个罪犯是他的学生那样，而正和另一个教师热火朝天地抽烟聊天。越过人头攒动的操场，在那排教室一侧的公厕也能看到。这时候，那个公厕已经实至名归，为屎尿所占据，唐存厚一家已经搬走。也就是说，唐存厚的老婆，那个喜欢喊刘刚干活的师母也许没有看到这一切。当然，这也未必，师母或许正在人群中嗑着瓜子，只是无法辨别而已。那么，剩下的就是唐晓玲没看到自己了。这是唯一值得欣慰的地方。

唐晓玲此时已经考入省城，她离开红光镇的时候，唐存厚曾上门来找过刘刚。他说自己当日有事，不能送女儿去学校报到，而他老婆又晕车晕得厉害。在红光镇，他们一家是外地人，没有熟人，只有刘刚曾多次帮过他们家，所以他希望刘刚能代替自己将女儿送到省城。也就是说，那些被褥和包裹，由刘刚扛着是再合适不过的了。

刘刚其实有点犹豫，因为他也没去过省城。但唐老师说到他信任刘刚，觉得刘刚起码能在路上保护好他的女儿后，刘刚答应了。

此时的唐晓玲已是一个大姑娘，美貌依旧，只是性格大变。她已经跟刘刚无话可说，而刘刚也没什么话觉得值得向她汇报的。他们乘坐长途汽车一路无话地来到省城，然后在长途汽车站打了一个车，报上校名，他们就到了目的地。路途并没有他们预料的那样繁复和惊险。

在新生宿舍里，其他同学大多由家长送到。那些永远对别人家的事充满好奇心的中年家长不禁问唐晓玲，刘刚是她什么人，刘刚注意到她脸红了一红，没有回答。回来的路上，刘刚感慨万千。半路上司机撵他们下车到路边玉米地里撒尿的时候，刘刚记得自己看到一颗老玉米从包衣中露出玉米芯，上面仅有寥寥几颗玉米，与此同时，一些蠕动的虫子爬了出来。

公判大会上，刘刚不禁想到了这一切。他说，当时他就意识到，世界发生了变化，意思就是，一个时代至此落下了帷幕。

我们的大学

有一种说法，发育迟的话，这人个子将来会长很高。但这话在我身上落空了。所以当我成人，我觉得自己被骗了，起码被自己骗了。想当年，我作为一个儿童生活在刘刚他们中间的时候，我还挺骄傲，我爱唱歌，我成绩好，我告诉自己，过些年，我将成为一个大高个，成为一个巨人伟人。我记得唐存厚生前总是在红光镇如此赞美我。好在他没有活着看到一切，他的死对我来说是一件值得庆幸的事。

度过四年的大学，我和所有人一样又涌出了校门，托了关系，才好不容易被我父亲安插在红光镇土地所当一名干事。老实说，这份工作不错，属于国家公务人员，工作稳定，待遇优厚，享受各种保障。在红光镇，我可以算作有身份有地位的人。随着大开发时代的到来，我的职位更是炙手可热。具体而言，我的职责就是去每一条街道每一个村子丈量土地，丈量他们已有的建筑面积，防止拆迁之日他们漫天要价。如此一来，我的工作就牵涉到许多人的利益，就难免有点腐败的地方。如果有人找到我，请客吃饭，送上钱物，提出给他批一块地建造房子，或者要求将他搭建的违规建筑也算作私房建筑面积，我均可以帮他完成。当然，这需要我们的领导同意才行。他一再警告我们不要干这种事儿，但他本人的大量亲友已经让他这么干了。所以我们不得不告知那些找我们办事的人，好处光给我们还不行，不能忘了我们的领导，而且好处还要向领导倾斜。总而言之，这样的事在我的有生之年司空见惯，一点想象力都不需要就可以知道它的真相。对于这种台面上并不光彩的事，我是这么想的，那就是，这一切只是我们日常生活，这才是我们有效的生活方式，此外无他。

但夜晚到来，当我从各式各样的酒桌上返回家中，看着窗外的万家灯火，我还是感到失落。回家路上，经过唐存厚家的时候，因为他已死，师母也已随女儿迁居省城，他家的窗户黑洞洞的，在万家灯火之中就像被打落的一颗门牙。想当年他把刘刚安排和我在第一排同座，一方面是便于控制前者在课堂上难免的不轨言行，另一方面是希望我这样一位好孩子能够以"一帮一"的方式将刘刚带到正轨上来。他曾不止一次地提到那些古代的先贤，他们之所以成为有出息的人，与"树挪死，人挪活"、"好男儿志在四方"、"埋骨何须桑梓地，人生无处不青山"这些名人名言是息息相关的。而这些名人名言不应该仅仅是我们写议论文时必须引用的论据，也应该付诸实践。就当时唐存厚的观点看来，考上大学是我们有出息的第一步。

老实说，我不承认自己在大学学到了多少有用的东西，我也不承认学到有用的东西就真的管用。我对大学并无深刻的记忆。如果有，也仅仅集中在一些男女关系上。我记得某个研究生将导师的老婆搞大了肚子，孩子生下后，导师居然视为己出，这是喜剧。还有一出悲剧曾让我们久久不能忘怀，说是某个家伙女朋友被自己的好友抢去了，他先将那个女的砍死，分尸丢在校园各个角落，然后他又不动声色地将情敌约到饭馆，他们在推杯换盏之间进行了一番推心置腹的交谈，此人向朋友表明，他尊重女友的选择，认为他们二位才更为般配，而所谓般配就必须在一起。话音刚落，即掏出匕首将朋友捅死，从而成全这对般配的男女。之后，他还割下了对方的头颅，置于酒桌之上，像对方刚才还活着那样，与之对饮了一杯。在警察到来之前，他爬到了楼顶，但也迟迟未曾跳楼。人们很不耐烦地在等待。而上课铃已经响起，某些从不翘课的同学就此错失了看到他纵身一跃继而摔得支离破碎的壮观场面。

上述均非我的亲眼所见，因为我那会儿正和一个女孩在校外同居，长期不到校上课。第二，上述故事所涉及的人员均非我的老师和同学，可谓素昧平生。也就是说，离奇之事总是与我毫无关系，这不能不说是一个遗憾。

老毕的书单

与我的大学生活相对应的，正是刘刚的牢狱生涯。在红光镇，作为地痞无赖，没有坐过牢，相当于没有大学文凭的青年，很难找到一份体面的工作，有时维持生计都困难。所以，刘刚坐牢对于像他这样的人来说并不羞耻。问题只在于，刘刚是因盗窃而坐牢，这与那些因砍人而坐牢的凶猛之士不可同日而语。换言之，他们虽然同坐一个牢，同念一所大学，但刘刚的文凭不硬，就像拿的是肄业而非正规的毕业文凭，起码也像一位英语没过四级而未获得学士学位的毕业生。他们的身份和待遇也将不同。因此，出狱之后，刘刚仅仅是个小角色，是一个叫老毕的恶棍的手下，负责干点杂活，有时充当打手。

就是这样，老毕当年因为砍人，出狱后获得了红光镇大小流氓的热烈欢迎和忠诚爱戴，他组织了工程队，给急需基础建设的红光镇架桥铺路，成了我们这个小地方的明星企业家和纳税大户。此人早年也是唐存厚的学生，只是比我和刘刚高几届。就我所知，他是唯一一位继承了恩师旨趣的人。也就是说，他也爱好文学。区别在于，他不搞创作，无需投稿，而专事阅读。为了提高阅读质量，他不住镇上，而是在镇外的一块农田里盖了一座深宅大院，其中就有一间四面墙壁都是书的书房。这间书房并不像知识分子那样铺设地板或地毯，也没有那种做工考究的摇摆藤椅，至于字画、花草、古玩和笔墨纸砚更是无从谈起。有一台电脑，但只是为了打游戏而用，诸如拖拉机、斗地主、锄大地、拱猪之类。老毕曾经问我，为什么这些游戏都跟农业生产有关？我只得如实回答，我也不知道。书房中间的地面上有一个坑池，冬天，他在其中烧炭取暖。只在夏天，他才使用空调。为什么我们这里冬天不供暖？这也是他问我的问题，我还是照自己的真实想法回答了他，我说我还是不知道。总而言之，只要有空，他就会躺在地上那种和学校上体育课才用的一样的大垫子上看书，看《罪与罚》、《卡拉马佐夫兄弟》、《三个火枪手》、《悲惨世界》、《约翰·克利斯朵夫》、《复活》、《安娜·卡列尼娜》、《简·爱》、《傲慢与偏见》、《呼啸山庄》、《汤姆叔叔的小屋》、《飘》等等。

这些书名耳熟能详，但真正读过的人并不多。在红光镇的郊外，有一个庄户人家，绰号为老毕的主人正孜孜不倦地阅读着这些书籍。夜幕降临之后，所有的外人都离开了，院里只有老毕的母亲和妻儿，此外还有一条藏獒，吠声洪亮，明月高远。

再论厕所西施

我是因为工作关系和老毕成了朋友，然后与刘刚重逢。此时此刻，我才发现，刘刚身材中等，相貌庸常，神情委琐。他总是跟我说"那时候"，而所谓"那时候"就是上述的那些人物，而所有人物都集中在唐存厚一家即红光镇中学那间公厕周围。有时，我因工作原因要去红光中学，一度光顾过这间公厕。因年深日久，瓷砖纷纷剥落，原先金碧辉煌的屋顶也有枯草飘摇。除了分割男女的墙壁还有个曾经被打通后又被堵上的门洞的痕迹之外，内部已丝毫看不出曾经住过人。自动水箱已经坏掉，粪便到处都是，臭气熏天。而在当年，被唐存厚一家占据之时究竟是什么样子？是很难想象的。那时候，我们都没有进来过，刘刚也没有。他只是站在门口接受师母布置的任务，只是在女厕门前和美丽的唐晓玲下两盘象棋。按照刘刚的理解，当年唐存厚夫妇住在男厕，他们的女儿唐晓玲住女厕，中间有一道门，便于父母和女儿进行沟通。也就是说，无论是作为居家，还是作为厕所，刘刚和大多数人一样，充其量只了解一半的构造，唐晓玲的房间或女厕，究竟是什么样，我们一无所知。是的，那时候的刘刚已经发育，正在发育，女厕对他有天然的吸引力。话到最后，我觉得他应该死在当年的女厕内。

老实说，我对刘刚这种陈旧腐朽的话题充满厌恶。刚开始，我只能敷衍，以微笑和点头表示他所说的一切都是存在的，"有那么回事"。后来，我只得王顾左右而言他，或沉默不语。最后，当他再次提到我当年是唐存厚最器重的学生的时候，我已忍无可忍，不得不告诉他，唐存厚在我看来，就一个曾经教过我的老师而已，我不认为他是我的恩师，也不认为他有多了不起，他写的玩意儿恶俗低级，他说过的大道理空洞无物，他对一拨少年儿童使用的一指禅非常可笑，他的女儿也并不漂亮，如果说她有吸引力，也仅仅是因为她是教师的女儿，比我们红光镇这些工农子弟看起来干净一些，说好听点，也仅是一个长期穿白色连衣裙却住在女厕里的少女罢了。

为了强调这一点，我虚构了我和唐晓玲在省城曾经相遇。我说，我虽然跟她不是一所大学，但那会儿我经常去她所在学校踢球，此时的她已不再纤细苗条，而只因为发育停止而成了个腿又粗又短的大屁股姑娘，因为跟男同学恋爱和性交，腿缝无法愈合，大屁股还下垂得厉害，至于她的脸蛋，也继承了其父，只是因是女孩，谈不上横肉，但线条粗犷，泛着油光。因为认识，我们曾打过招呼，也无非是她冲我笑笑，暴露牙龈和几条皱纹罢了。当然，我从未遇见过唐晓玲，之所以这么虚构，是因为我觉得这是必然规律，一个人，无论是谁，不可能逃脱这一点，所以它又不是虚构，而就是真实情况。

刘刚说，那你是认错人了！

性生活

当然，对唐晓玲无穷无尽的美化和想象并非刘刚始终未婚的原因。他找不到老婆的原因也很简单，就是穷。如果他像其他人那样，毕业了学门手艺，好好上班，攒点钱，最终也能娶上媳妇。如果他能够像老毕那样通过行凶和坐牢获得江湖地位，找老婆也没问题。他的问题是，他仅是个没干过什么大坏事儿坐牢、出来后叫人歧视的不起眼的小混混。我和老毕等人打麻将，后来烟抽完了，老毕抽出几张大钞，招呼坐在一侧观看的刘刚说，刘刚，去给我们买条烟，他就去买烟。就这样。

刚开始那会儿，我也没娶媳妇。这让刘刚认为他和我是同病相怜。基于此，他经常跟我神情下流地谈论马路上的女人，也曾问我借过AV光盘，希望我给他提供成人网站的地址。他的这些要求在我看来是很容易解决，也许他觉得我对他不薄，然后提议我跟他一起嫖娼。

我并不反对嫖娼，我觉得这个世界如果真的没有明娼暗妓是不对的，没有女人的男人们的性欲总得解决。所以那段时间，我们经常出入于红光镇的一些洗头房、桑拿洗浴中心和KTV包间。然后我就发现了一个问题，刘刚总是和那些小姐推心置腹、谈天说地。他问她们家住哪儿年纪多大为什么不念书以后有什么打算……这样一来，那些姑娘也会反过来问他一些问题，然后他如实回答。他告诉她们自己就是红光镇人，坐过牢，目前帮大名鼎鼎的老毕做事。顺带着，他也告诉她们，隔壁的那个戴眼镜和他同来的家伙，是他的同学，而他这位同学很了不起，打小就学习好，还考上了大学，现在是红光镇的机关干部。

如你所知，这让我觉得危险。我看着眼前昏暗的粉红灯光，内心涌起了一股无以言表的悲愤。一方面我为刘刚这个老同学感到无可奈何，另一方面我为自己沦落至此感到虚无。我再次想到了唐存厚的名人名言，想到了他的女儿、他的厕所以及他后来的家的黑暗的窗户。如果这就是人生的话，那么人活在这个世上究竟所为何来？我还想到我在大学时代的女友，除了那个和我长期同居的女同学之外，还有一个是房东的女儿，我是被她在夏天洗澡的肥皂气味所吸引。那是一种廉价的香皂，洗澡水从管道里流淌而出，一只黑乎乎的老鼠自下水道攀爬而出。即便如此，她的洗澡水却是那么的香，诱使我接近她，讨好她，然后和她上床。她比我大，明确地告诉我，只愿意和我保持这种关系，而这种关系不可能公开。她希望自己将来嫁给一个列车员，她觉得列车员都很性感很可爱很安全。据说火车是最安全的交通工具，也是最古老浪漫的承载了艳遇和奇遇的交通工具。火车将人类运输到未曾涉足的异域，却将我们的粪便一路播撒在铁轨上。

这位房东女儿的梦想让我躺在红光镇的一张肮脏的专事于性交的床上感到羞愧。然后我决定要改变这种生活，虽然我不知道如何改变，也不知道人是不是真的能改变生活，但我知道，不能再这样玩了，要和刘刚这种人保持距离。

小　红

我们不是伟人！

老毕总是跟我们强调他阅读中外名著所得出的结论。伟人所考虑的不是自己，他们只考虑别人，要么造福他人，要么凌驾人群。所以，从某种意义上来说，伟人都是白痴。而我们，必须考虑自己而罔顾他人，不如此，我们难以活下去。而人为什么要活下去，或者说为什么殚精竭虑地想活下去？老毕的理解是，这并非爱惜，并非自私，而来源于某种神秘力量，说成上帝也行。上帝要求我们见证一切。

这些话我并不理解，刘刚也不理解。我们只能负责活，而不负责考虑活。我们在红光镇开疆辟土，架桥铺路，红光镇日新月异。此外，就是还未及开发的郊外，那是田亩、荒野和坟地。唐存厚就埋在那里。唐晓玲带着我们的师母抛弃了红光镇迁往了省城，此前有述。刘刚曾不止一次地邀请我和他一起去唐存厚的坟头看看，这让我觉得极其恶心，就像他跟某位洗头房的小姐日久生情一样。在我看来，那位小姐只是想找一个稳定的客源，然后有一份稳定的收入，若干年后，她怀揣这些积攒下来的收入衣锦返乡，然后嫁人，继续过某种数千年来沿袭未变的男耕女织的美好生活，留下被掏空的刘刚继续浪荡在这个因为永无休止的开发而千疮百孔的小镇上。也就是说，那个叫小红的小姐势必和唐晓玲母女一样，她也将抛弃红光镇，抛弃刘刚。

后来刘刚死了，所以我们无从知道这位小红会不会打破我们的定见，既然刘刚死了，她当然要遵从我们的定见，最终返回家园结婚生子去了。刘刚怎么死的？暂且按下不表，单说刘刚和小红。小红后来确实不再卖淫，搬过去和刘刚住在一起，俨然一对夫妻。刘刚家人对此极力反对，镇上人也无不津津乐道。老毕告诉刘刚，他的问题不在于找了个卖淫女小红一起过活，而只在于这个小红是红光镇的卖淫女，也就是说，如果这位小红是来自于其他地方的卖淫女没有被这个镇上的其他男人买过就行。换言之，刘刚弄了小红这么个姑娘，是连老毕这种见多识广的人都不看好的事情。

有必要承认，早在小红卖淫的日子里，我曾经买过。当然，这也不是你承认不承认的事，它就是事实。事实还包括，小红确实很漂亮很温顺，床上功夫一般般。但正因如此，嫖过之后，确实有多年夫妻的感觉。她不像别的卖淫女那样言语粗俗，也没有蓄意弄成风尘无比的模样。她保持了一个外乡姑娘进城打工的本色，这和老毕工地上那些泥瓦工差不多，他们仍然还穿着自己在家乡的衣服，一个山东的工人仍然还叼着大烟袋。这其实也只是生活习惯，与美德无关（据老毕说，香港至今还部分保留着清朝人的生活方式），只是这一顽固的生活习惯又总是让我们产生好感。

刘刚还曾邀请过我去他和小红的小家做过客，小红姑娘将家里收拾得干干净净，烧的饭菜虽非美味，但也很正常。即便他们的恩爱是能看到的景象，但我一直不太愿意相信它是事实。刘刚死后，尸体被其父母拖回家中，拒绝小红进门。小红哀哭不已，表示想看最后一眼也没得到应允。然后她回到她和刘刚生前居住的小家，收拾了行李，锁上房门默默地走了。

陈　香

在刘刚和小红过日子那会儿，我和陈香也搞起了对象。但这事刘刚到死也不知道。

说起陈香，又得回到唐存厚的公厕年代。陈香也是我们的同班同学，她那会儿是个驼背女生，扎了一条又粗又黑的大辫，辫子上布满了头皮屑，因为个高，坐在最后一排。她还近视，怕被人笑话，从来不戴藏在书包里的眼镜，因此，她的成绩也很坏。此外，不知道是不是驼背的关系，她在体育课上奇丑无比，跑起路来像一只鹅，那么长的腿，像一种叫鹭鸶的大鸟，可跳高跳远都不行。总之，至今我也没想出她有什么优点。这么说也不准确，她的优点就是一言不发，默默无闻，没人注意过她，所以我早就把她忘了。当我被人介绍和她相亲的时候，可谓大吃一惊。也就是说，这么多年过去，我从来没有想到过自己在这个世界上还有一个叫陈香的女同学，至于上面提到的那些印象，也是被唤起的。这也说明，我们的记忆还有很大的潜力，我有时甚至会想，总有一天，我还会记起自己曾受到唐晓玲的邀请去她那间女厕闺房一起趴在粪坑上写数学作业的事——这到底有没有发生过呢？

陈香同学毕业后读了技校，技校里有个主任是她二姑爷，所以她又被保送去念了职业大学。大学毕业后，她爸爸将她弄到镇上计生委工作，至今。也就是说，陈香最终和我喜结良缘与这条成长道路关系巨大。我的父母反复告诫我，必须要找个有正式工作的女朋友，即所谓双职工，刚开始我还挺反感，后来老毕开导我，说，贫贱夫妻百事哀，我觉得不无道理。既然我不再想和刘刚去嫖娼，那么我又有什么理由拒绝相亲呢？然后我就遇到了陈香。

此时的陈香仍然驼背，但得到了她较为成功的包装和克服，驼峰看起来不那么显眼。政府机关的工作经历和审美情趣已使她出脱为一名青年妇女干部的标准形象。我们谈不上一见如故，但我们确实是故人。我认为她性格随和，人品还行，长相有进步，她认为我是当年的好学生，而自己只是个命好的差学生而已，还挺自卑挺崇拜的。那么，为什么不试试看呢？我妈还告诫我，像我这种发育迟个子矮的小伙儿，娶个陈香这样因为发育早个子高的闺女，有利于改进家族基因。

只是我不愿意把这件事告诉刘刚，因为我想到在公厕年代的音乐课上，刘刚曾经将一块从食堂找来的煤块放在陈香的驼峰上而后者一无所知，直到下课，那块煤才掉了下来。

陈香恼羞成怒的样子回头看着我和刘刚，谁干的？

刘刚说，你猜。

陈香说，就是你！

刘刚说，答对了，真聪明。

陈香就哭了。

酒桌风云

老毕在一张饭桌上陪一拨人吃饭，大都熟人，所以老毕不禁应他们的要求谈起了自己的阅读。这是经常发生的事，老毕无论是武力还是学识，均已在红光镇获得了广泛的尊重，虽然他中学没毕业，虽然他已多年不砍人。他说自己最近在看《包法利夫人》，这不仅是说那个叫爱玛的女人的悲剧命运的书，而是一本谈人生的书。不仅女人，几乎所有的人都希望过上更好更体面的生活，希望自己的日子有戏而不是没戏，希望尝试新鲜刺激的东西。总而言之，没人甘于平庸，而不平庸，除了奋斗这种积极的理解，还有就是折腾、搞事、作孽这种不太好听的说法。安于本分或所谓的安贫乐道都是有悖于不平庸的。而平庸终归是个贬义词，这并非词性的问题，而是事实，就是说，平庸不是好东西。所以说，人类存在着一个悖论，一个无法改变的悲剧：一方面唯有平庸才能和平，另一方面，唯有不平庸才能进步。落实到《包法利夫人》来说，如果爱玛甘于平庸，爱玛不会美丽，仅是一个村姑；正是爱玛的不甘平庸，才导致了这么个家破人亡的悲剧。这也正是我们为什么总要盛赞只有猪才是幸福的。老毕进而提到，这不代表他的观点，他承认自己是平庸的，并且希望能平庸下去。以猪为例，自己半生所为，无非就是"近猪者，吃"而已。而吃，也就饭量大小，就是人的欲望不同罢了。欲望大，占据的名利大，与欲望小，占据的名利小，本质上都是猪，没什么可羡慕和看不起的。相比之下，老毕说，我的一个兄弟倒并非平庸之辈。然后他说到了刘刚，盛赞此人重情重义，对旧人念念不忘，对新人情意绵绵，活得挺像一个人，而不是猪。别的不说，请问在座，这年头，众目睽睽之下，谁有勇气跟一个婊子过日子呢？

可惜当天刘刚不在，不知他听了这番高论有什么反应，只知他事后听人转述，一副感激的样子。

不过当天在座一年轻人跳了起来，声称自己早就听说老毕的大名，但还是没想到尽叨咕这些不着边际的屁话。老毕虽然不快，但也没发作，劝这位小兄弟不要跳，大家只是扯淡，说得在理，就听听，不在理，确实可以当放屁。

大概也是喝多了，那小年轻站起来喊道，我是来喝酒的，不想听这些，你也没权力要求我们听你放屁，说完举杯冲老毕拱了拱，兀自一饮而尽。然后将空杯倒悬给老毕看。

老毕说，你这是叫我也干？

小年轻仍将空杯子倒悬在那儿，说，随便。

老毕说，那我就怠你个面子，不喝了。

小年轻一听，气呼呼地掼掉杯子，拂袖而去。

此后，在座当然忽略了这么个小插曲，继续客套喝完了酒才散。但这事有蹊跷的地方，这小年轻谁带来的？如此放肆或者没头脑，为何带他来的人不阻止？为何在座其他人也不阻止？是不是表明，在座各位，老早就有这个意思，小年轻替他们张目了？或者是大伙儿早就嫌老毕碍事了，有必要让老毕出出丑了？确实，大家只是混子，是来挣钱的，不是来听课的。另外，你老毕算个屁，你就一个拿刀砍人的货色，装什么不好，非要装有学问。

老毕意识到了这一点，也很生气。但他明确地告诉我，他不想针对这事做什么。这不说明自己现在老了，而是觉得不必。

菜场行凶

显然，这事只是个开始。事后第三天，那个在酒桌上发飙的小年轻被刘刚捅成重伤。按照判词，是老毕指使刘刚去做了这件事。但大多数人还是相信传闻，就是老毕并没有这么示意，而只是刘刚主动愿意替老毕出这个头。我因为不想再涉入，所以没有去看守所看望老毕，没有打听这到底是怎么回事。问题是，这用得着打听吗？换言之，我用得着去看望老毕吗？

凶案发生在红光镇菜市场。那个小年轻是在那儿混的，靠收保护费谋生。刘刚伪装成买菜之徒，然后向卖菜的打听那个小年轻，菜贩子告诉了他。刘刚就找个地方蹲下来，后来见那小年轻去菜场旁边的公共厕所，他这才从肉案上拽了把刀跟了进去。据当时厕所里的人说，小年轻刚解开裤带，还没尿完，看到刘刚抓着刀进来，飞起一脚就踢在了刘刚的脸上。刘刚用手捂脸，结果手中的刀戳到了鼻子，血流如注。这时候小年轻已经跑出去了，刘刚管不了鼻子，也跟着跑了出去。然后发现，小年轻已经拿着把靠在厕所外面的大扫帚在那儿等着他。刘刚的脸上被竹条扫帚划了无数条印子，无法靠近对方。后来小年轻嫌扫帚没什么力度，开始掉转过来用扫帚柄打刘刚，打得很实，人们只听到一棍棍闷响。刘刚后来完全没有招架之力，被打得缩在厕所门前的地面上，从厕所内部流淌出来的水或者粪便沾了一身。最后就是小年轻打累了，刘刚也一动不动了。关键之处在于刘刚手中的刀始终没松，所以当小年轻停下来歇会儿的时候，刘刚一个鲤鱼打挺式的动作爬了起来，趁其不备把刀插在了后者的肚子上。

所有人都一致认为，如果日常斗殴，刘刚绝对打不过那个小年轻。身高体魄完全不成比例，再说人家年轻，动作也快，关键刘刚的成名之作也无非是盗窃。第一印象太重要了。所以大家还是认为刘刚先放赖装死，然后就这么冷不丁地把刀捅人家肚子上是一件很不光彩的事。另外，是刘刚先拿刀攻击人，这也是刘刚的不对。虽然自己打不过人家，而人家毕竟是最终的受害者，所以刘刚有罪是没有任何问题的。

不过，从另一个角度来看，如果刘刚没死，而只是再次坐牢的话，这回他从牢里出来要比上次光彩多了。可惜他死了。

唐存厚，你的儿子刘刚已追随你而去

行凶后，刘刚先回了趟他和小红的家，换了身衣服，告诉小红，自己杀了人，要躲几天，希望小红等他回来。小红吓坏了，但还是含着眼泪点了点头。然后刘刚就直奔老毕远在郊区的庄院。这也被后来警察认定为老毕指使刘刚行凶的原因之一。

从红光镇到老毕的庄院，我说过除了田亩和荒野，还有坟地。作为老同学，我愿意这么虚构一下：刘刚在坟地停下了逃亡的脚步，然后在千万坟冢之间找到了唐存厚的坟包。他流泪了，因为唐老师的坟包长年没人照料，水土流失很厉害，变得无比娇小，看起来就像个夭折儿童的坟头。另外，坟头上疯长的荒草也迫使刘刚弯下腰来拔了拔。当然，如果他多上几年学，比如像我这样，就不会这么做，因为我知道只有植物才能相对有效地阻止水土流失。但刘刚不是我，在逃亡路上，他失去了理智，变得顽固起来，就像我们敬爱的唐老师并不存在的孝子一样。

警察紧跟着也到了老毕家的门前。他们只是上前敲门，告诉前来开门的老毕母亲，叫刘刚和老毕一起跟他们"走一趟"。

老毕就对刘刚说，无论那个小年轻死没死，如果你不想再进号子，就赶紧跑。

刘刚说，一人做事一人当。

老毕说，去你妈的。

刘刚就说，那你呢大哥？

老毕说，跟我没关系呀。

刘刚就爬上了老毕家的高墙。所有人都看到他两腿哆嗦地站在墙头上的样子，包括警察也看到了。警察还喊，刘刚，别跑。这时候，意外发生了。

不知道谁干的，老毕那条藏獒被从笼子里放了出来。这还是大白天，一般只在晚上才放出来看家护院。有可能是老毕家人害怕，觉得放出来安全吧，但老毕的母亲和老婆都说不是自己放的。总之，刘刚站在墙头的样子也被藏獒看到了。这条凶猛的畜生见状就扑了过去，大有纵身跃起、一口叼走刘刚的架势。后者见状，吓得啊呀一声掉到了墙外。

大伙儿赶到墙外，刘刚已经脑浆迸裂。他没有跌好，一头栽了下来，正好栽在老毕家高墙外的水泥滴水坡上。老毕见状，没扛住，喊了声"兄弟啊"，一下子就哭了。警察也没有带老毕走，而是打电话叫救护车忙了好一会儿。就是这会儿，老毕返身进了家门，徒手和自家那只藏獒搏斗了起来。这只藏獒认识自己的主人，刚开始，还摇头摆尾想套近乎，看情况不对，与老毕龇牙咧嘴起来，然后见老毕以死相逼，只好兽性大发。

藏獒算不算猛兽？一个人到底能不能斗过一头猛兽？人们听说过武松打虎这样的故事，但这种人兽相争怕是从没有见过。所有在场的人都被眼前的景象震住了：老毕不愧是红光镇智勇双全的一代流氓，他活活掐死了自家的藏獒，而自己被拼死挣扎的利爪撕得条条杠杠、血肉模糊。

毕业照

刘刚已死，再说什么也许多余。

火化当天，我还是去了趟火葬场以示送别。不过，我受不了火葬场里那股说不清道不明的味儿，中途出来抽烟。按理说，我该和刘刚的亲属一道离开才对。但站在火葬场外，看着烟囱浓烟滚滚，我还是一声招呼没打自己先走了。

到家之后，陈香正在和我们家那只小猫争夺毛线球，见我回来，她任小猫带着毛线球滚动，问我干吗去了，我如实以告。她叹了口气，想了想，提醒我说，你以后不能跟这种人玩了。我点点头。然后她看了看地上千头万绪的毛线，说，我都怀孕了，我俩还结不结婚？我说结啊明天就结我说不结了吗？似乎这个答案让她很满意似的，她低下头开始整理毛线，这让我再次目睹了她的驼峰。

然后我就开始翻箱倒柜。陈香问我找什么，我说我想看看我们的毕业照，但找不到了。她说她的还在呢。我说那你下次带来我看看，我都忘了。她说她以前经常看，什么都记得。我说，那你说说刘刚吧。她说他没什么变化啊，还那样。我就说，也是，他发育得早，确实就那样了，然后我补充道，其实我想看看唐存厚。她说，他坐在第一排左边第二个，左边第一个是他女儿唐晓玲。我吓了一跳，我说唐晓玲也是我们班的？她说不是，但也一起拍照了。我说这不可能，我怎么一点儿印象都没有？她说，看来你真是忘了，一共照了两张，所以五十个同学拿的是两个版本，我拿的是与你那张不同的另外一个版本。

她这么一说，我确实想起来了，我说，当时因为前排座位都是学校领导和老师的专座，所以空出的那个位子没有同学愿意坐，对不对？拍照的说空个位子没人坐难看，所以拍第二次的时候唐存厚把正好经过的唐晓玲叫了过来，对不对？我还记得唐晓玲有点儿不乐意，但唐存厚是她爸爸，她也没办法，对不对？

对对对，陈香很高兴地问道，还有呢？

所谓记忆闸门，真是一发不可收拾地打开了。我继续说道，女生是第二排和第三排对不对？最后两排才是男同学对不对？我因为个子最矮，唐存厚叫我和第三排女生站在一起对不对？然后我居然站在你旁边对不对？

说到这里，我浑身颤抖。因为那个拍照的要求所有人挺胸微笑的时候，我看到身边的陈香犹犹豫豫地挺起了胸脯——这是一个慢镜头——我以为她能像我一样挺起胸膛，结果她缓缓地、害羞无比地挺起了一对硕大的乳房。

我终于知道自己是什么时候发育的啦。

万物生

艾　玛

> 四时行焉，百物生焉，天何言哉？
> ——《论语·阳货篇》

下午最后一节课，站在讲台上的胡围突然听到了自己体内坍塌的声响。

这是九月末的下午，阳光甚好，窗外的银杏树叶已经发黄，它们在微风中轻轻摇动，似乎随时会流淌下一树碎金。

胡围正在讲解"环境正义"，诸多舶来品中的一个，不明所以地被学者们热捧。随波逐流，胡围甚至已在中文核心期刊发表过十多篇与此有关的学术论文。然而在这个下午，胡围突然觉得这一切就像是披了件虚幻的金衣，如风中银杏，华丽过后不过是枯叶委地。胡围再也没有兴趣讲下去。

他挥挥手，让学生们都散了。

他的硕士生林小苏踌躇着上前，欲语还休。胡围也冲她摆了摆手。

胡围是H大社会学系的副教授。社会学系最早在文史学院，后来又并入到政法学院。H大是一所理工科为主的大学，人文学科类学院在H大的地位，说得不好听一点，就像个妾养的。而社会学系呢，并过来并过去都是庶出。政法学院法律系强挣了几年，终于弄成了个大系，硕士点博士点都全了，老师们的日子稍稍好过了些，最起码教授副教授的岗位就多出十几个，上升的渠道相对通畅。同一年和胡围到政法学院法律系的文扶同虽说学历上比胡围低了一层，但却比胡围早一年评上硕导。没奈何，胡围只好放弃原来的研究方向，往法学这边靠，识时务者为俊杰嘛。不妥协，哪来和谐？这样他和其他几位社会学系的老师都变成了法律系的硕导，到法律系去分一杯羹。胡围现带的硕士林小苏就是环境法专业的女生，长一张瘦瘦的瓜子脸，说一口湖北腔普通话，脾气倔得很。记得新生见面会上胡围曾问林小苏，对环境法哪个方向感兴趣？林小苏撅着嘴，一只脚尖在地上划了半天，反问胡围道："老师研究什么的？"——这丫头性子快得像把刀，让胡围想起自己的青春年少。于是胡围抿嘴儿一笑，说环境社会学。

林小苏老家在鄂西偏远的山村，本科是在鄂州师范学院读的，能考上H大的硕士研究生，应该是很能吃苦读书的女孩。像林小苏这样的学生法律系的老师们都不爱带，真正的寒门学子，祖祖辈辈谈笑无鸿儒，世世代代往来尽白丁，指望得上什么呢？但胡围知道林小苏这样的学生是吃得苦的，也更耐得住做学问的清寒，尽管基础可能差一些，但一旦走上正轨，往往会有突出的表现。当然要不是这个中午发生的事，胡围自己也没有意识到他对林小苏原来抱着这样大的期望。

这天中午，胡围正在办公室做着上课前的准备，林小苏敲门进来，跟他说要提前毕业。这让胡围很惊诧。林小苏学习非常用功，可是效果并不好，专业基础理论知识的缺乏影响着她的吸收。胡围为她制定的培养计划，第一年基本上都是在恶补理论。胡围希望在接下来的两年，林小苏可以奋起直追。胡围反感只是为了一纸文凭而读研的学生，他们不但在浪费自己宝贵的青春时光，也是在浪费国家的教育资源及老师的时间。胡围不希望林小苏是这样的学生。

胡围对林小苏说："院里关于两年毕业的规定你应该很清楚。"他想提醒小苏，让她知难而退。

林小苏目光躲闪，说："老师，王主任说，只要你同意——"后面的话她没有说完，可是已经足够令胡围震惊了。前一阵她拿了张书单，这书单跟他这个导师开给她的有很大的差异，看着非常眼熟。在一大堆专业书目中，有一本朗格的《十九世纪西方音乐文化史》。估计是博士生导师、法律系主任王苏开的，他年年在给学生的书目里都有一两本艺术方面的书。拿文扶同的话来说，好像不开一两本这类书，学生会以为他不懂艺术。王苏这家伙离异多年，一直不肯正经结个婚，多次跟女学生闹出绯闻，小姑娘要抓住他，比抓条泥鳅还难。关于林小苏，胡围也听到一些，但他并没有当真。这是一个人人都可以成为新闻垃圾的时代，普通人的日常生活也可以生长出无数令人眼花缭乱的消息。真正令胡围震惊的是王荪对林小苏的许诺，院里对提前毕业把关很严，需要经过严格的筛选，可是王荪一句话就将这一切跨了过去。如果制度形同虚设，正义又从何谈起呢？

傍晚胡围回到了位于学校附近的家，一所干净、安静的农家小院。胡围不久前才租下这个小院，和妻子齐粱过起了半隐居的生活。这个小院筑在一个高台上，视野开阔，三间房子方方正正的，一条新铺的青砖小径将院子一分为二。小院一边种着各种蔬菜，一边是一棵高大的柿子树，树上结满了果实。树下放着两把竹椅，乃夫妻俩听风观月之所。

教马哲的齐粱是个素食主义者，素食主义的齐粱正在准备两个人的晚餐。他们十岁的女儿胡小米学钢琴，平时都住在钢琴老师兼姨妈的齐粟家，一般只在周末的时候才回来。小米是胡围和齐粱的女儿，但小米从来就不认识他们，她在她自己的世界里，那是个无人能抵达的世界。齐粱的姐姐齐粟偶然发现小米对钢琴有兴趣，就把她带在身边教她弹钢琴。上帝把小米通向这个世界的门关上了，但上帝给小米留了一扇窗，小米很快就学会了用钢琴对这个世界窃窃低语。

晚餐的菜肴是从院墙上摘下的新鲜扁豆、木耳菜，葱、辣椒和黄瓜也是从院子里现摘的，简简单单烹一下就有浓浓的蔬菜清香。富起来的院子主人高高兴兴地搬到城里的高楼大厦去了，把一院子蔬菜作为对胡围和齐粱的馈赠。齐粱喜出望外，买了一些新的蔬菜种子，见缝插针地种在小院里。现在这个院子看上去草木葳蕤、生机勃勃。

齐粱吃着饭，对胡围说："下面那个人，问你好。"——似乎这件事很可笑，齐粱说着，嘴角一挑，无声地笑了。

下面那个人，指的是租住在高台下的一所小院里的中年男人，待人热络、谦卑，说着一口陌生的方言。每天早出晚归，做着一项讳莫如深的小生意。每次遇到胡围齐粱，都会谦恭地说声"教授好"，身体力行地践行"尊重知识、尊重人才"的基本方针。他的女人寡言少语，两个孩子不幸都是残疾。

坐在齐粱对面，胡围感到自己慢慢恢复了平静。

马哲老师齐粱是H大年龄最大的讲师，她就像个劳动模范，每年都要上三四百节课，且从无抱怨。她吃素食，独行，是少见的行动多过语言的女人。楼房倒塌、火车相撞、飞机失踪，她从不谈论，却胸怀悲悯。

胡围时常能感到齐粱瘦削的身子里近乎宽广的胸怀。他们第一次见面，年轻的胡围脑海里霎时闪现出马克思给燕妮情书中的一句话：埋在她的臂膀里，因她的亲吻而苏醒。这个晚上，胡围无疑也需要这样的亲吻。

齐粱去看小米和齐粟，把数码相机里小院子的照片放给她们看。齐粱的那款尼康D300相机把一个活色生香的小院端在齐粟面前，碧绿的蔬菜、柿子树、老式青砖、齐粱的金地小红花长裙，看上去都很美。

小米看了一会，自顾自走开去，在阳台上慢慢打着转。阳台上摆了几盆指甲花，开得正好。小米转着圈，眼睛一直看着那些花儿，目光就像个正常的孩子一样。

齐粱对齐粟说，姐，我要你和小米都搬过去。齐粟的眼里甚至慢慢有了泪，这是她最亲的两个人。

齐粟轻轻拍了拍齐粱的脸，说你和胡围再商量商量，小米熟悉这里了，换个地方又不知道要怎么样了。

齐粟住的房子是父母留下来的，三十年前市里给专家们修的房子，半山位置，一梯一户，齐家在最僻静的西头一楼。她们的父亲生前睡眠浅，容易惊醒，这房子做过非常好的隔音。

齐粱把头靠在齐粟的肩头，握着齐粟纤细的手。小时候齐粱嫉妒过这双手，十指葱根般，又异常灵巧，一同开始练钢琴的，小汤加拜厄，一年后齐粟六级，齐粱四级。

齐粟十六岁那年，适逢有位本市出生的著名钢琴家回家乡做汇报演出，齐粟被从全市近千名学钢琴的孩子中挑选出来，将与钢琴家一起四手联奏一曲捷克音乐之父斯美塔那的《伏尔塔瓦河》。演奏会在人民会堂开，全家人将盛装出席。齐粟白衣黑裙，齐耳短发衬得面如满月。齐粱是如此嫉妒，以致齐粟约她早点到人民会堂再去练练那台斯坦威时，齐粱拒绝了。这也是后来她一直不能原谅自己的。

晚上齐粟没有在演奏会上出现，她消失不是一台演奏会的时间，而是整整三年。三年后的一个黄昏，上高二的齐粱放学回家，看见齐粟穿着旧时的衣裙，坐在父母中间看电视，父母各自拉着她的一只手，一动也不敢动，生怕一不小心这个女儿又会不见了。齐粱在浴室的地板上发现齐粟换下来的衣服，带着酸臭味的粗布衣服，是只在农村题材的电影里见过的式样，裤脚已被划拉成一缕缕。抱着那堆衣服，齐粱忍不住泪如雨下。

她是怎么不见的，又是怎么回来的，这三年她在哪里，怎么过的，到底发生了什么，齐粟从来不谈，家人也不问她。齐家人就当都没有活过这三年。

父母趁齐粟睡着的时候，细细打量这个失而复得的女儿，他们看见她额头的伤疤、肚子上骇人的蜈蚣状疤痕、脚底上的血泡，两个老人再次悲痛欲绝，相拥而泣。

住到村子里后，胡围两口子早晨都是在鸡叫声中醒来的。

一天天还未亮，齐粱把头抵在胡围的颈窝里，说，围，原来鸡鸣声是这样的，寂寞。

素食主义的马哲老师齐粱很少有这样直指内心的表述，她总是很平静，是风也吹不皱的一池春水，旖旎风光都暗涌在波澜不兴的水面之下。认识齐粱不久，胡围就卸下了所有的铠甲，在她面前还原成真。胡围也常常回想他们一度充满沮丧的新婚旅行，如果换成另外一个女人，他胡围今天又该是什么样子？总之，遇到她，他便好了。

"原来鸡鸣声是这样的，寂寞。"

天色还暗得很，齐粱从鸡鸣声中听到了寂寞，她有没有内心非常寂寞的时候呢，即使是自己陪伴在她身边？还有小米，哦，小米，总是在一个人的世界里的小米……沉思让胡围彻底清醒过来，他没有用语言回应齐粱，他把齐粱搂紧了，想起了童年在湘西北乡村的许多夜晚，总是在鸡鸣声中迎来光明。在黑暗的长夜中，做村庄这个社区里唯一一个守夜人，司晨的鸡该是多么孤独啊，它对公益的忠守不是出于责任，也不是出于义务，而是一种天性，人类只能寄希望于通过教育来获得这种品质。可是胡围也清楚地看到现今的教育更多的时候只是使人愈来愈多地丧失这种品质。

这天的上午政法学院有一场学术讲座，齐梁三四节有课，两人早早起来洗漱，准备上午各自忙完，下午一起去看看齐粟和小米。两人坐到停在屋前路边的汽车上时，发现有几个老人蹲在各自的院门口看着他们——这一幕让他们一下意识到他们真的是住到了村里。那位说一口陌生方言的中年男子一手抱着一个下肢残疾的孩子上了一辆小面包车，他们坐的车经过胡围他们身旁时，中年男子将身子从后座的窗户里探出来，愉快地与他们打了个招呼。

清晨的乡间公路行人稀少，又无红绿灯，车跑起来很通畅。

"……你看到那两个孩子了吗？真可怜。"齐梁沉默了一会，对胡围说。

齐梁默默看着窗外，想到了齐粟。记得刚回来时齐粟不愿意接触他人，没有再去学校。她唯一可做的就是弹钢琴，还有看父亲收藏的一屋子书。齐梁想把自己的朋友介绍给齐粟，一群花朵般的女孩儿，叽叽喳喳挤了一屋子。齐粟局促地坐在桌子边，羡慕地看着她们，一只手在桌面上摸来摸去，看上去是那么可怜。齐梁觉到了自己的残忍，她自己慢慢也跟那帮朋友断绝了来往……后来有了小米，小米就像阳光，照进了齐粟的生活。齐粟接送小米去特校的时候，坤包里总是放着一把手柄上镶有绿松石和珊瑚的弯刀。这把弯刀是她们父亲的一个从事高原湖泊研究的老朋友送的，黑色牛皮的刀鞘，拔出来时刀的寒光能让人眼睛生疼。父亲一直把它藏在箱底。有一回齐粟往包里放刀子时被齐梁看见了，齐粟害羞地一笑，对齐梁说，以防万一——那些她曾遭遇过的万一？齐梁胸口疼得厉害，赶紧将目光挪向窗外。

胡围开着车，没有吭声。他一出门就看到了那两个孩子。其中一个是女孩，四五岁的样子，下肢像草绳一样纤细绵软。中年男子把她夹在腋下出门，她扭过头看胡围和齐梁，脸非常脏，可眼珠子黑亮黑亮。胡围有种不好的感觉，好像她的父亲——可能是她的父亲——那个中年男子，会伤害那个可怜的孩子。总是会有不幸的人，任何时代都无法避免。胡围想起了十二岁那年的春天，那个偶然从村子里路过的疯癫少女……胡围忽然很想小米，再有一个多月小米就放暑假了，小米可以在齐粱的菜地边上种她喜欢的指甲花。

　　早上的空气很清新，胡围看了看坐在副驾驶位置上的齐粱，她默默地看着窗外，一把乌油油的头发松松地绾在脑后，看上去是如此落寞！胡围用左手掌住方向盘，腾出右手握住齐粱安静的左手。他们没有再说话，路在他们面前蜿蜒伸展，似乎永无尽头……

　　来做学术报告的是国内一位非常有名的女性法律学者，这位了不起的女性不仅仅是一所大学的教授，她同时还是一家高级法院的副院长。慕名而来的老师学生挤满了报告厅。文扶同也来了，他坐在一个角落里冲胡围招手。胡围过去在他身边坐下来后，文扶同跟他耳语道："小隐，你看你的高徒林小苏。"自从知道胡围在村子里租了房子，文扶同一直"小隐小隐"地叫他。

　　胡围顺着文扶同的目光看过去，只见林小苏坐在第一排中心的位子上，她两手握在胸前，身子僵硬地绷直着，表情很期待。胡围叹了口气。胡围布置给她的研究课题，她一直有些心不在焉，身在曹营心在汉呐。

　　报告很精彩，女院长用"合唱的法官，独唱的学者"来形容自己当前在司法界和学术界两头奔忙的状况。听完报告出来，走在学校种着樱花树的道路上，文扶同对胡围说，大名鼎鼎的B大法学院也不过是教会了学生儿个法律条文，连一点独立自由的法律精神也没有传承给他们。女院长毕业于B大法学院，胡围知道文扶同指的是"合唱的法官，独唱的学者"这回事。从理想的角度来说，女院长应该是"独唱的法官，合唱的学者"，这样才符合司法独立与学术自由的精神。但以目前司法和学术运行的相关状态来看，胡围认为女院长倒是说了句大实话，不过他也不打算替她辩解。胡围知道一旦把自己的想法说出来，又会招致文扶同的戏谑，啊哈，你们搞社会学的真是厉害，什么都研究。文扶同这句话听着还有另外一种意思，什么都研究就是什么都不研究，或是什么都研究不好嘛。

　　他们是同一年来到H大政法学院的，那是十二年前，都是海归。家境优越的文扶同揣着一张哈佛大学法学院的"玛斯特我夫乐"的学位，英文缩写为"LLM"，这样的学位胡围也有一张，是在牛津拿的。来H大求职的时候，胡围只出示了他的博士学位，一方面是因为在当时海外中国学子中，已有人开始称"LLM"为"老流氓"。那些搭改革开放的便车赚了点钱的中年律师，还有部分官员到海外进修时，游山玩水逛红灯区之余也会拿个"LLM"回国，算是塑个金身，"老流氓"也因此得名。当然胡围不出示这纸文凭最主要的原因，还是他对法律已了无兴趣，法学在他看来俨然已是现今所有文科类学科中最虚伪最贫困的一门。时过境迁，现在"LLM"在国内别说进高校，就是进个律师所都难。不过文扶同的"LLM"出自名门，一说哈佛人人起敬，毕竟在H大，哈佛就像藏在荣宁两府深处的大观园，不是人人有幸得以亲瞻的。"LLM"比起"PHD"（博士学位）来是低人一等，但哈佛的"LLM"不是大观园的钗黛，也是袭鸳平之流，虽说是个丫头，但是有些体面的丫头，平头人家的小姐只怕还比不上呢。文扶同故去的老父亲曾是市法学研究所的所长，桃李遍天下，在学界数得着的得意门生为数不少，因而文扶同拿到手的课题都颇有分量，这几年也出了点成绩，在那些土博士出身或是像胡围这样"走偏门"的同仁面前，他自然也就有两分自傲。

"林小苏昨天去找我了，想到我那儿去，我告诉她，除非是胡老师不想带你了，否则，哈，没门。"文扶同摇着一只手说。

听到文扶同的话，胡围心情沉重，林小苏这丫头看来是不惜背叛师门也要提前毕业啊。

文扶同欲言又止，踌躇半晌，说："学生闹着要提前毕业，不是因为工作有了着落，就是做好了准备考博。小苏她……"他看了看胡围，坊间的各种流言，他终究没有再说下去。

胡围神色凝重，有些话，他早有耳闻。潜规则并不只在娱乐圈。这些年来学界也不时暴露出类似的丑闻，令天下师者蒙羞……他想起了林小苏刚来时的情景，单纯朴素，要强而又有些莽撞。

路两旁的樱花树是初春才栽下的，一人来高。为了更好地成活，栽的时候枝叶都去掉了，光秃秃地立在路旁乍一看像两排伤兵。令人没有想到的是到了五月，风一吹，残肢般的枝干上却突然地开起花来，一朵朵挤挤挨挨、期期艾艾的，而树干上缠绕的草绳和撑着的支架都还没有去掉呢，就这样不要命地全力以赴地开起花来！胡围记得当时看到那些花儿，人一下子就像傻了一样陷入悲伤。

胡围停下脚步，手抚身旁一棵樱花树的树干对文扶同说："扶同，你这一生中有没有，令你不安的事？"他想起清晨遇见的那个小女孩，那双黑亮黑亮的眼眸。

"就是那种，会让你……guilty，对，guilty，你知道……"胡围挥着手，皱着眉，不知该如何准确表达，那种无法忘怀却又难以启齿的感受再次袭来。

他想起了十二岁那年的春天，那个疯癫少女被几个无赖拖进山洞前，她那黑亮黑亮的眼眸惊恐地看向他的情景……多少年来在他的脑海挥之不去。他想跑开的，但他们把他也拖进洞去，嬉笑着把他和那个衣衫褴褛的可怜少女推搡到一起。他抱紧双臂，本能地感到羞耻和罪恶。他们一边污言秽语，一边攒住他纤细的胳膊，拉直了它去触碰女孩的胸乳。他拼命挣脱出来跑掉，不知道为什么，他却没有向人求救。也许当时年少，他不能确定到底会发生什么。这一天阳光可以称得上明媚，鸟儿在黑压压的松树林里歌唱，牛安静地在山坡上吃草……他不顾一切地往山下狂奔，开满花朵的野蔷薇枝条划破了他赤裸的足踝。大人们在山下的稻田里干活，不时有年轻男子直起腰来吼一声当地的"胡呐喊"——哦嗬嗬呀，妹啊，呀嗬！他从他们身边跑过，这没头没脑的一句让他心跳得厉害。他并不是第一次听辛苦劳作的男人吼"胡呐喊"，只是这一天格外令他心惊肉跳。"哦嗬嗬呀——妹啊，呀嗬——"他仿佛受到了驱赶似的一直奔跑，直到跑到筋疲力尽方才停下。过了几天，那个少女却在邻村的水库里不明原因地漂了起来，人们把她捞上来搁在长满盘根草的地上，她脸朝下躺在那，一只手臂别扭地折在肿胀得变了形的身子底下，那姿势看上去仿佛她正在承受着莫名的巨大的痛苦。胡围看了一眼，一个人逃似的离开了那群看热闹的村民。

他自己也没有想到的是，后来他再也无法忘记掉这件事，不管是他打架斗殴的青春期，还是后来在异国他乡埋头苦学的青年时代。当然他也有过几次恋爱，和不同肤色的女孩。活泼健康有爽朗笑声的女孩总能吸引他……开始都千篇一律，他总是循着她们的笑声追寻而去，她们的笑声对他似乎是一种安慰。在周末，他骑着单车，格子衬衫的袖子随意地上卷，似乎不经意露出的肌肉也曾令那些花朵般的女孩发出尖叫……他不是不想做一个护花使者，但无一例外的是每一次恋爱都难以进入到那种亲密无间的状态，无论是缱绻低缠，还是劲风折柳，他实在是都做不来。久而久之，他的女友们开始戏谑地叫他：中国病人。

"Guilty？"文扶同也停下来，饶有兴趣地看胡围。他端详了胡围好一阵，笑着说："美满的婚姻是令人难舍的正餐，但是如果正餐之后依然感到需要下午茶和餐后的甜点，那也是可以理解的。Love isn't guilty."——他以为胡围爱上了妻子之外的某个人。

胡围也笑了，说："真是鸡同鸭讲，就像齐粟说的，你呀，活在另外一个世界。"就有这样的人，他们格外被上天垂爱。胡围却也并不羡慕他们，从法律的角度来说，人人生而平等。但从社会学的角度来看，法律却无法做到让人人平等——就连上帝也不能。

听到齐粟，文扶同的眸子里有一瞬间亮光一闪，但很快这亮光就像粒小火星似的熄灭了。

文扶同的妻子一直在美国，夫妻俩聚少离多，慢慢两人就淡了，最后以离异收场。后来胡围安排他同一直独身的齐粟见过一面。

一见齐粟，文扶同惊为天人。

但齐粟对文扶同却淡然得很。后来，齐粱问齐粟，齐粟望着窗外发了半天的呆，才微微一笑，说："……倒不是个坏人。"齐粱也知道，对齐粟来说，文扶同活得可能太好了些。

"另外一个世界？齐粟她真是这么说么？"文扶同追问胡围。

胡围笑而不答。这个新时代的太平绅士如果知道齐粟的经历，他是否有勇气承受她的过去呢？

胡围听齐粱说过文扶同与齐粟第一次约会的情景。扶同听说齐粟没上过大学，就把他在哈佛的生活跟齐粟说了一遍，说完哈佛说H大，不过对前者是赞，对后者是贬。

齐粱说，文扶同笑话H大的领导养鱼出身，说他们对文科类学科毫无了解，宣传H大时只突出那几个在H大短期逗留过的作家，不重视学者。他说得也对，领导都是搞海洋养殖出身，对文科的历史不熟悉。但文扶同又说闻老只是个诗人，不是学者。呵呵，人家当然不是学者，人家是被学者。齐粱笑着摇头。令齐粱想不到的是，文扶同犯的这个小小的错，让齐粟不只惊讶，而且觉得有趣，当时她笑得开心极了。

——他真的连闻老的《楚辞校补》也不知道么？齐粱曾经问胡围。

齐家的老爷子做过市图书馆馆长，生前是有名的楚辞专家，齐粟齐粱耳濡目染，文史的功底是非常厚实的。胡围知道文扶同犯了爱夸夸其谈的老毛病，平时在其他同事面前，文扶同出言谨慎，绝对不敢有超越专业领域妄加评述的言论，大约是知道齐粟未上过大学，所以有胆子信口开河。殊不知大学这种地方，只能给你想知道的，你需要知道的它未必能给得了你。

隔行如隔山。当时胡围很俗套地回答了齐粱。

胡围决定做一个偷窥者。

他们住的小院地势较高，爬上房顶的一个小平台，可以直接看到坡下小院里的情形。

用作厨房的小屋旁有一张木梯，直达平台。以前的主人在平台上晾晒玉米。

齐粱站在小院当中，看着胡围爬梯子。

梁上君子。齐粱笑着说。

胡围在平台上坐下来后，一言不发地看着齐粱点头。

胡围双手抱膝，唱起了一首英文歌：

> 我看到花儿盛开，
> 为你为我……
> 我听到它们哭泣，
> 在满是泥泞的小径……

夜幕四合，四周满是啾啾的虫鸣。齐粱收住笑容，陷入沉默。齐粱与胡围第一次见面，就发现胡围在说话的时候是轻松幽默的，可是他不能停下来，一停下来就显得很有负担的样子，他的眉宇间有种隐隐的哀愁。那时她就认定他也一定有着某种无法对人诉说的经历，不同于大多数人的，就像她一样。

进入夏天后才种下的蔬菜大部分生长缓慢，齐粱时常给它们松土施肥，悉心对待每一颗蔬菜，很快就得到了回报。她已经收获过一次小萝卜菜，种子洒下去后，每日早晚浇水，不久就是一畦绿苗。在虫子光顾它们之前，齐粱把萝卜苗拔出来洗净，做了一大碗绿的汤。盐和清水煮出来的素淡的汤，稍稍有点清新的苦，单纯的小米格外爱吃。齐粱爱这个小院子的安静，有一回她也爬到屋顶的小平台上，看村子里淡薄的炊烟和墨染似的山林，H大红屋顶的房子在绿树中……齐粱说，世外桃源似的。

大家都感到了生活的美好。总是会有美好。

一个下午，齐粱在给小白菜浇水，胡围坐在柿子树下备课。院门被轻轻叩响，齐粱走过去开门，是林小苏。

林小苏是走了半小时的路过来的，鼻尖上有细细的汗珠。她站在门口，一只脚伸到台阶旁的一丛青蒿上来回擦拭，以便蹭掉鞋底上的新鲜的鸡粪。看到齐粱，林小苏嫣然一笑，说师母好。师母把林小苏让进来，沏了壶茶就退到屋子里去。

齐粱坐在窗边的一张矮椅上，择一把木耳菜。她隐隐听到林小苏的诉说，家人，生活，学业，她自己的未来。

转导师不成，提前毕业胡围又不肯签字，林小苏很激动，忽然提高声音说："老师，没错他四十二了，可我也二十四了，不是十四啊！"

齐粱蓦然发现，出身贫寒的林小苏，原来她什么也没有！胡围该用什么理由让失去耐心的她放弃她奋不顾身争取到的东西呢？

人与人之千差万别，有如万物！

就像文扶同，有一回他陪齐粱去接小米，从齐粱的包里拿出那把镶有宝石的刀子扔到沙发上，罗曼蒂克地对齐粱说，让我做你的刀——他又何尝知道什么是刀？

齐粱不由想起不久前发生的事。胡围一旦确定租住在这个村子里的中年男人，他所谓的小生意，不过是利用那两个孩子乞讨时，胡围马上报了警。经查明得知中年男人从残疾孩子的父母手中租了他们，把他们从僻远的徽西带到这个城市，租金为每人一年两千。

　　村民不解胡围的愤怒，他们笑话教授的大惊小怪，说这个人还经常买肉给孩子吃，并不是坏人。齐粱听到他们说吃肉，一阵恶心，差点吐出来。

　　教授，孩子们不过是个废人，回到家，可能连饭也吃不上呢，村民纷纷说。这让胡围在很长一段时间以后都感到沮丧，而且羞愧。

　　这个下午，齐粱择着木耳菜，隔窗见坐在林小苏对面的胡围一言不发陷入了长久的沉默。

　　木耳菜是从邻居院子里移栽过来的，种在院墙边。它们很快就适应了新的土壤，只需浇水施肥，无需打药捉虫，短短两三周就爬到半个围墙那么高。齐粱从未见过如此轻省的生长。

漏　雨

东　紫

区琦的房顶开始漏雨的时候是去年初夏的一个深夜。

在此之前的每个夜晚，电话都会像叫春的猫一样叫起来。当她对着话筒诉说腻成糖稀的话，话筒里也会流出同样的糖稀。但那天晚上，电话响起之前，她突然有了一种饥渴的感觉，皮肤渴得要死。

区琦说，很奇怪，今晚我的皮肤渴得要死，它们要从我的身上掉下来，它们无依无靠。

等等我，他说，我去冲个澡，一会儿就回来，带着槐花的香气。

电话中断了，和往常一样。

他的工作是酒店管理，他总是要看着所有的人打着饱嗝离去后，才能带着饭菜烟酒的气息回到宿舍。他总要先给她打一个电话，告诉她他在想她，这个电话如果一方只是偶尔地亲一下话筒，电话就会继续下去，直到考虑到话费的时候才不得不挂断。这样的时候，他会带着满身的饭菜酒气睡去，睡到第二天人们到他那里找饭吃、找酒喝为止。另一种情况就是她频率很快地亲吻话筒，或者是他，这时电话就会挂断，他会去冲一个澡，洗净他的皮肤，用槐花香味的香皂。再回来的时候，他的皮肤是滑的、香的，柔软，如同一匹迷人的种马。

以往的这时候，她的眼睛总在想象中随他走到卫生间，走到莲蓬头底下，看水流下来，看槐花香味的泡沫在他的皮肤上开放、繁衍。六个月了。今晚她却无法让自己的眼睛离开自己的皮肤。她看着自己的手、胳膊、腿、胸脯，皮肤正在那些地方向她狂呼，向她诉说渴望。突然间，一个身体走了过来，朝着她在呼唤的皮肤压去，她看见那身体的汗毛孔张开成无数的小嘴巴，亲向她的皮肤，她恐惧地大叫，不！然而，她自己周身的皮肤却也生出了无数的小嘴巴，和那人身上的小嘴巴对接在一起……

不！她在自己的喊叫里清醒过来，原来是打了个梦盹。还好，电话还没有响。这是怎么回事呢？皮肤是怎么了？梦里的那个身体是谁呢？

是谁呢？

这样问着自己的时候，区琦记起了那个身体胸前汗毛的走向，她知道是谁了。那个曾让她泪流成河的男人，曾俘获了她的心又不得不把她放逐的人。她原以为自己会忘记的，原来以为六个月的浓稠的糖稀一样的情话会替代一切。区琦的眼泪滴落在让她恐慌不已的皮肤上，她蒙眬地看着它们在她的肌肤上慢慢地流动。

区琦起身坐到椅子上，远离床和床头的电话。她不知道怎样对那个即将用槐花香皂洗净了皮肤的男人说自己的梦，自己的皮肤。

或许可以不说，或许可以对他移花接木。或许。

电话响了，是她的大姐，大姐说，家里刚开完会，你等着，娘和你说话。

娘说，二丫头，娘的语气缓慢，听得出来，是故意的，因为在斟酌，家里的意思是既然那个人条件不错，你该考虑结婚了，别挑剔了，啊，听一回话吧，啊。娘把啊字拖得绵软悠长而苍老，恳求的意思被巧妙地拖出来。她的皮肤在娘的话语里开始冷却、收缩。

几年来，区琦已经总结出了应对母亲的办法，她和往常一样用轻松调侃的语气说，娘，人家当领导的处理问题都有个轻重缓急，现在，咱家里最重要、最主要、最亟待解决的问题是小妹的婚事，你老人家可不能乱了阵脚，指挥错误。

娘说，别跟我耍花招，你小妹和妹夫说了，他们见那个孩子了，蛮好的，你娘都六十多岁了，说不定哪天眼一闭腿一蹬就过去了，你弟弟家的孩子都四五岁了，妹妹也要结婚了，就你，是娘的难题，这次，由不得你，啊。

娘最终还是没把啊字吐得理直气壮，娘其实知道，由得由不得，都没有什么办法。娘一开始以为她的二丫头不会谈恋爱，曾非常焦急地说，孩子，你怎么就不会谈恋爱呢，可惜你娘也不会，娘要是会，就教教你。她对娘说，遗传。

总是要给母亲理由的。区琦对母亲说，你希望孩子们结婚是为了什么，不就是为了他们过得好一点吗，你总以为，只有结了婚才是过得好，我是不结婚才过得好。我喜欢一个人待着，就一个人，我一想到要有人在我的面前晃来晃去，我高不高兴都要一天三顿饭地做着，想不想的都要把孩子生出来，我就害怕。

娘说，你这都中哪门子邪了，这么自私，不孝。娘的语气严厉而冷酷。

区琦觉得今夜的一切都在变，包括母亲。母亲一贯以通情达理著称，对远在他乡的女儿更是温言细语，今天却给区琦扣上这么大的帽子。母亲也许忘了她的好，从小，她是四个孩子中最听话的一个，心无杂念，一心一意地做着好孩子。

母亲要啥她就做啥，母亲说好孩子不哭，她就把哭压到嗓子眼以下，憋得小脸发紫也不哭。母亲说好孩子都是吃苦在前，享受在后，孔融让梨，她就做姐姐不愿做的活，把大的梨子让给姐姐弟弟和妹妹。家里有好吃的，馋得她直流口水，也不偷吃，她看着姐姐弟弟妹妹偷吃，咽自己的口水，看着母亲的巴掌高起轻落地在姐姐、弟弟和妹妹的屁股上弹跳，她挺直自己瘦骨嶙峋的小身子，倍感自豪。母亲说，看人家东村姓李的孩子多争气，考上大学了，人家学习都学到半夜。她就学习学到比东村的孩子还要晚，学到凌晨。母亲说，看刘家的孩子上高中就谈恋爱，丢人呀。她就心惊胆战地不敢看男孩子一眼，最青春冲动的高中三年，她天天低着头。母亲说，好孩子应该入党，应该听党的话，她上大一时就拼了命地把党入了，站到党的队伍里……因为母亲需要。

区琦说，娘，你的话该听的，不该听的，我都听了，不是吗，你还不满足吗？就结婚这一件事，也不能给我扣这么大的帽子吧？我孝不孝顺你该清楚。

母亲说，小事孝顺，不算孝顺，大事孝顺才算孝顺。你要还是娘的好孩子，你就无论如何在今年把婚结了。

她说，娘，你有一个不结婚的女儿，总比有一个离婚的女儿要强吧？

畜生！母亲突然吼了起来。

区琦伸展着发麻的胳膊，把自己放展成"大"字，"畜生"两个字久久地在耳朵里跳动。她想到如果今夜她的皮肤像以往一样，如果没有皮肤的那个梦，或许她就会在母亲绵软苍老的啊字里给母亲一个满意的答复，然后她会听见母亲粗哑的长长的满足的叹息。

她不知道自己在娘的眼里是哪个种类的畜生。那个胸前长满浓密汗毛、曾耗尽了她结婚热情的男人说她的头发跟京巴的毛一样。那个男人爱狗，爱鸟，甚于爱人。那个男人教会了她怎样欣赏京巴的美貌，脸要方，眼睛要大要圆，越大越好，鼻子要小，而且必须是扁而贴的，黑鼻尖，鼻孔朝天，嘴巴子不能尖，而且要小，尖嘴巴的，是杂种。她的长相正跟京巴相反，她是长长的脸，细细的眼，高高的鼻子，大大的嘴巴。想到变成狗也不能漂亮，她强迫自己远离"畜生"这个词儿。

她对自己说，还是想一想如何对他说分手吧，该结束了。今夜的皮肤让她知道，这只能是一份适可而止的爱，再下去，爱会撒谎，会萎缩，脱水，死亡。再这样下去，母亲会进一步逼迫自己结婚。

她起身为自己倒了杯水，把房间的顶灯、壁灯、落地灯都打开，筹集所有的理智对那个有柔软、光滑、槐花香味皮肤的男人说话。

他说，亲爱的，你的电话一直占线，我都快急死了。他从话筒里送过一阵急切的亲吻，敲门一样，敲着她的耳膜。

她说，这是我们最后一次电话。

他说，别开玩笑，我们不是很好嘛，你是不是觉得我们离得太远？我可以把这里的工作辞了，到你那里重新找工作，我们结婚吧？

她说，我不想骗你，更不想欺骗自己，我原来以为自己能够和你结婚的。

他说，真的没有努力的希望了吗？

她说，没有了。

他哭了。听得出他是用手捂着嘴唇和鼻子，哭从缝隙里钻出来。

她决定陪他哭，她觉得只有这样才对得起他。

她哭了。他们的哭在话筒里交织在一起，比他们的黏成糖稀的情话更加亲密。

电话挂断的时候，一声炸雷突然响起，惊得区琦浑身打了个哆嗦，灯在她的哆嗦里熄灭了。区琦一下子被抛到了黑暗中，闷闷的雷声接着跟进来，敲打着她，像大海里的浪头。

区琦躺在床上，默默地在黑暗里咂着流进嘴里的泪。

灯重新亮起的时候，她先是看见镜子里自己的眼睛肿成了桃子，接下来她发现对面的墙上，天花板和墙的相接处，有两片潮湿的嘴唇，上唇薄一些，下唇厚一些，在雪白的仿瓷间闪着蓝莹莹的光。

潮湿的嘴唇，在逐渐扩大。

房子漏雨了。

就在母亲骂她是畜生的夜晚，在她的梦敲碎了一份无法奠基婚姻的爱情的夜晚，房子漏雨了。

她起身察看所有的墙壁，几乎所有的墙壁上都有着一到三张嘴，有规则的，有不规则的，有正常的，有不正常的。

接下来的日子里，区琦常常看着那些在逐渐剥落的仿瓷涂料，看着逐渐扩大的脏黄舌头舔着白色的墙壁。和母亲的战争如她所想，平息了。母亲开始在电话里叮嘱她，多吃蔬菜和水果，别让脸上长皱纹。

一年过去了。

一天，一个朋友让区琦猜谜，朋友说，一只母壁虎和一只公壁虎在墙上相遇了，母壁虎对公壁虎说了一句话，公壁虎从墙上掉了下来，你猜，母壁虎说了一句什么？她猜不出。朋友说，是亲爱的，抱抱我吧！公壁虎一抬前爪打算拥抱母壁虎时，就掉了下来。朋友还讲了很多笑话，可她只记住了这一个：母壁虎对公壁虎说亲爱的，抱抱我吧。她房间的墙壁上也有壁虎，常常在她盯着墙壁出神的时候，大摇大摆地出现，逍遥踱步，如入无人之境。有时一只，有时两只、三只，有大的有小的。她任由它们占领她的墙壁，反正墙壁对她来说无法在上面活动，行走，没有什么用处。她只是担心，它们的家在哪个角落，会不会在她的衣橱里，床垫里。她知道，壁虎肯定也要做爱的，也要生儿育女，但她从来没想过壁虎会谈恋爱，会说，亲爱的，抱抱我吧。

从此，一回到家，她就静静地躺在床上等待壁虎出现。她没有再想起那个夜晚，一年的时间，已足够忘却了。她只是专心致志地盯着墙壁，等待壁虎的出现。墙角处有小小的蜘蛛网，一个个跟拇指盖大。她搞不清壁虎对蜘蛛是什么关系，是友好相处呢，还是不屑一顾？反正壁虎不吃蜘蛛，蜘蛛也不长大，网永远是小小的。

在睡梦里，区琦看见壁虎在她的墙上像人一样翻天覆地地做爱，她目不转睛地看着，等待母壁虎对公壁虎说亲爱的抱抱我吧，等待着公壁虎吧嗒一声掉在地上。她想，如果公壁虎为爱情摔死了，母壁虎会恐惧，会流泪，会终生不再嫁呢，还是像她一样？终于，她听见女壁虎对男壁虎说，亲爱的，抱抱我吧。声音和她自己的一样，带了点南方口音，她甚觉惊奇，就在这时，她看见公壁虎抬起前爪，伸向母壁虎的脖子，接着，公壁虎以高台跳水的姿势开始坠落，慢慢悠悠，仿佛坠落是一件轻松无比的事情。突然，公壁虎改变了坠落方向，直奔着她的脸而来，吧嗒一声，砸在她的额头上，冰凉，柔软，恶心。她大叫一声坐起来，是梦，有水滴在脸上。她想起母亲的话壁虎的尿是有毒的，赶紧跑到卫生间，用槐花香味的洗面奶洗脸。两遍洗下来，她才听见窗外大雨倾盆。她回到卧室重新察看，墙上和天花板上都没有壁虎，没有母壁虎也没有公壁虎，只是天花板正对着她枕头的地方升起了一块尿片儿，上天的尿液正往她的枕头上滴着。

这一夜，她将枕头换到床尾，在枕头原来的位置放了一个塑料盆，听上天的尿液滴滴答答，患了严重的前列腺肥大一样。等待天亮。

天放亮的时候，她有了一种新的体验，正常分贝内的声音也可以像肥肉一样伤人。肥肉，小的时候吃伤了，每有肥肉进到嘴里，只要搭上牙齿一嚼，她的食道和胃就发生痉挛。

七点，终于来了，雨还在下着，只是小了许多，可以称得上是小雨了。让她感到不解的是屋子内的雨却丝毫不减，仍大颗大颗地滴下来。她往电话的方向探了探身子，将电话拿到枕头上，开始给科长家打电话。电话是科长老婆接的，科长老婆很客气很关心很卖弄人情地代科长回答她，没问题，不就一天假么，咱别的忙帮不上，一天两天的假还是没问题的，再说请什么假呀，我跟他说一声，让他给你调天休，不就得了，有啥需要帮忙的，言语一声啊。

等八点。她知道物业管理那里总比别人晚上班半个小时。物业管理的门口有一块牌子，专门写上班下班时间，用粉笔写，有时用红粉笔，有时用绿粉笔……一直写。粉笔字倒是写得横平竖直，颇有功底。一开始，她以为，物业管理那里经常变更上下班时间，需要写出来告知居民，可天天只是字的颜色变，数字不变。她每走到那里，就想里面的人，那个热衷于写上下班时间的人，写粉笔字的人，曾经可能是因为记不住上下班时间而受了刺激，落下了对时间的恐慌，需要不停地写，来减轻心理压力。她常常想，有机会遇见的话，应该委婉地劝劝他或者她到医院看看病。

七点半，还有半个小时，她翻了个身，看了一眼电话机上显示的时间。怎么等30分钟过去呢，她犹豫着是否下床抹地。因为喜欢地抹干净后光脚踩在上面的感觉，她天天抽时间抹地，抹桌子，抹椅子，抹厨房的墙壁，她从不抹其余房间的墙壁，因为那些房间的墙壁上有小小的蜘蛛，脏黄的渍迹，还有壁虎，公壁虎和母壁虎。塑料袋，在她翻身打算下床的时候响起来，发出喳喳唰唰的声音，另一种油腻的声音，她烦躁不安地停止了身体的动作。

搬进这个小单元房之前，她和另外两个女孩住在一间宿舍里，宿舍也是顶楼。其中一个女孩子总是早睡早起，被她们称为"年轻有为"。每天，"年轻有为"起床后就开始整理她的家产，几本书，一个木箱，两个纸箱。木箱和纸箱里、书本上都有塑料袋，她整理家产，就等于整理塑料袋，天天早晨六点，塑料袋都会发出很大声音，喳喳喳，唰唰唰……把她和另一个女孩从睡梦里揪出来，她们在被窝里捂住耳朵，咬牙切齿。等"年轻有为"整理完家产出去跑步，两个人就会变成一个人，叹出同一口怨气，翻一个身，睡个回笼觉。那时，她们的房顶也漏雨，但她们从不在漏雨的地方躺着，不用将腿和脚放在塑料袋上，不用搂着塑料盆。她们将对着漏雨方位的铺盖卷起来，三个或两个人挤在一张床上，摒弃以往的怨恨，共谋次日找领导算账的策略，仿佛落在她们屋子里的不是雨滴，而是有阴谋的炸弹。后来，她们都顺利结婚了，只剩下用独身解释孤单的区琦。独身和单身是不一样的，领导也明白。在她的年龄老到别人相信她的解释的时候，她分到了房子……旧房，福利房，37平米。

房顶漏雨的早晨，区琦喜欢起科长的老婆来——把权力用得干脆利落，让人痛快。原来，对科长的老婆，一直不讨厌，但也不喜欢。她只是像观察病人的情绪一样饶有兴趣地观察着她。当然，科长老婆不是她的病人，但这并不能说明科长老婆没有病。科长老婆的眼睛就有严重的疾病，硬是把长着高原脸、缝眼、没有几根胡子也没几根头发的科长看成人人垂涎的美男。她和科长是一个两人科室，平时桌对着桌，也就避免不了有眼对着眼的时候。这样的时候，科长总是发出嘿嘿的几声干笑。这样的时候，科长老婆要是恰好进来了，科长就会立马打住干笑，咽一口唾沫，仿佛那口唾沫是早就准备好了的，藏在嘴的某个地方，专等他老婆来的时候，用来淹死在喉咙里跳动的笑声。科长老婆的眼睛在这时就会干笑着瞅科长和她。几秒钟后，谁都不自在的当口，科长老婆就对她说，你和他对眼的时候比我和他对眼的时候还多，你们是八个小时，我呢，等他下班回家，说不上几句话，就吃饭，睡觉。我就和他说，他是有福的人，在家看着我这么个美人，我还上顿下顿地变着花样伺候他，上班呢，又看着你这么个大美女。我就常和他说，要他好好和你相处，一个科室就是一个屋檐底下，跟一家人没什么差别的。对吧，妹子？对吧，孩子他爸？孩子他爸说，同事么，同事么。妹子浑身落满小米。

八点整，区琦站在物业管理办公室的门口。

一个看上去只有十八九岁的大男孩坐在沙发上，手里拿了本足球杂志，平头，额前的一缕发染成了杏黄色。

有事吗？男孩问她。

她说，我家房顶漏雨，漏得厉害，一晚上能接一脸盆呢，漏在床上。

你登个记吧，男孩站起身走到办公桌后，拿出了一个海蓝色文件夹翻开递给她。前面已经签有好几个名字，名字后面是上个月的日期。区琦问，今天几点能修？

几点也修不了，男孩显然觉得她孤陋寡闻，语调里已没了热情。

为什么？

看来你是新住户，房顶漏雨是老问题，很多年了，大家都知道，我们也没办法。

那你干吗要我登记？解决不了登什么记？区琦气恼得将圆珠笔扔到桌上，掉头就走。

走到门口看见那块专门写上下班时间的黑板，今天用的是红粉笔，胭脂红，艳丽而妖媚。她重又折身回来。男孩以为她又要跟他理论，急忙说，没用的，谁也解决不了。

她说，门口的上下班时间是谁写的？

男孩说，干吗问这个？

就问问，字写得不错。

谢谢夸奖，我写的。

你，不可能吧？你干吗要天天写呢？时间又不变。她盯着男孩的面孔，观察着他表情的变化。

男孩很世故地一笑，说，这年头，谁不是领导让干啥就干啥，反正又累不着，不就几行字么。

你们领导干吗总要你写上下班时间？

这你就老土了吧，男孩很得意，领导说了，这叫门面，是形象问题。

男孩的得意逗得她乐起来，她笑着说你们领导可真有一套。其实她想说你们领导有病，但有病的人将自己的病上升到了那么高的高度，她便不好说什么了。

区琦往家走，看见楼顶上邻居家的男人披着雨衣在忙活，趴在楼檐上朝下面的老婆喊，赶紧进屋去，你又上不来，着什么急？区琦看着，不禁想起两个曾经让她差点结了婚的男人：大她十二岁的男人，和大她三岁的男人。

大她三岁的男人很瘦，瘦得可怜，瘦长的脸，瘦长的身材，说出的话却总是肥嘟嘟的，唠唠叨叨，黏黏糊糊。男人说那是他常年守身如玉落下的毛病，没个女人说话，只能自己跟自己说，跟电脑说，跟相机说。男人是搞电脑设计的。在男人肥嘟嘟的话语里，区琦和他谈了四个月。肥嘟嘟的话像肥肉一样，腻人。但大家都认为他是不可多得的。一个很大的原因是那个男人和区琦一样是条婚姻的漏网之鱼。母亲说，这个年龄没结婚的人可是稀有的，像你这个年龄不好找这种条件的，若是找个离婚的，可不行。母亲怕人家说她的女儿做二房，当后妈，那是很没脸面的事。何况，那个男人脾气好得难以想象。母亲说，找个人有疼有热就行了，人一辈子不就是图个心情好么，人脾气好，老实诚实，不拈花惹草，女人才能把饭吃得香甜，否则吃山珍海味，也如同嚼蜡。区琦拿不定主意，就广泛征求亲朋的意见，实际上她清楚自己的心态，她只是找自己日后后悔的理由，找宽解自己的理由，找勉强自己的理由。大家都说，很不错的，对你那么好，真是难得，谁没缺点，要是棍子打都打不出个屁的人才叫悲哀呢。大家都说好，都说可嫁，自己也就不能反对了。

一天，男人对区琦说，我们做爱吧。区琦想了想说，做吧。她知道做爱是必须的，早晚的事。她想，也可能把爱做了，就踏实了，踏实了，也就又多了个嫁的理由。男人要拥吻她，她说，你躺下，别动。男人很乖地躺了下去，脸上带了些羞涩。男人躺在床上弓起身子脱自己的裤子，褪到膝盖时，为了贯彻区琦让他躺着的命令，用脚很麻利地完成了脱裤子的工作。男人已经勃起，冲天而立。男人说，你也脱了吧。区琦看着男人的那东西说，不。她目不转睛地看，她知道自己需要认识它——总不能把自己交给不认识的东西吧？像根手指，肿胀的放大了的手指。她看了看自己的手指，再看看它，看了几分钟，觉得仍然不认识它，而且也不认识自己的手指了。男人试图起身拥抱她，试图进入正规程序。她说，你别动，让我再看一看。男人很好脾气地躺了回去，顺手抓了抓自己的毛丛。她认真地看了看男人抓过的地方，她看见有什么东西在动，很轻微，但在动。她找到了动的东西，用指甲捏下来，进到了指甲里，小心地抠出来，放到手心里，细看。小米粒大小，三个，白白的躯体里有着星点的红，在动，有爪。她对男人说，你看这是什么？男人起身来看，男人也不认识。她说，你不是很讲卫生么，怎么还招虱子？

区琦说的时候，也不能肯定是不是虱子，她没见过这么小的虱子。虱子，在记忆里，小的时候招过一次，夏天小伙伴们在河里洗头，排成队，一个挨一个，站在没膝的水里，弯着腰，头发在水里顺水漂着，很是快乐，惬意。快乐就结束在虱子身上。有一天，她的头皮痒得厉害，挠的时候捉下一个麦粒大小的东西，放在手心里还迅速地爬。母亲把她那经常漂在水里的头发，剪掉了，扔在地上，黄黄的一小把，她哭了。母亲说别睁眼。母亲往剩下的头发茬里撒六六粉，那是用来灭庄稼上虫子的，灭人头上的虱子很灵验。现在想来那麦粒大的虱子应该不会是生来就那么大，也应该有婴儿期，或者是该有多个品种的。话说完的时候，她已经断定了那三个小生物是虱子了，断定了它的种类，根据它们生存的地点也就确定了它们的身份。它们告诉她这个等待着跟她做爱的男人跟妓女守身如玉去了，她在这一刻已经跟妓女画上了等号，他正试图拿那根戳过妓女的大手指来敲打她的自尊，羞辱她的清高。

所有的血液都涌上她的头，头从未有过的大，大得要压折她的脖颈了！血液在里面冲撞，要找个缺口跑出来。

最后，血液找到了喉咙，冲出来，滚，滚，滚。

她吼的时候，觉得嗓子被撑破了，碎成了几片。她用手捂住嘴，担心血液会跟着这个词流出来。没有血，泪从另外的出口里出来了。她不想哭，这没必要，她对自己说不能哭，没什么必要。她的眼睛仍在流着一种水，流到嘴里，让她恶心。她知道必须把这种恶心吐出来，否则她会被憋死的。

她吐，将流进嘴里的眼泪都吐到那个男人赤裸的身上，呸，呸，呸。

区琦最终原谅了那个大她三岁的男人。所谓的原谅是分开，不再提那件事情了。那个男人事后告诉她他很倒霉，他只做了一次，带了套，有防范的，不想却没防住虱子。男人说，在这次前他真的是守身如玉，他一直手淫。三十岁的那天，他向区琦要求做爱，区琦不同意。可是那天是他三十岁的生日，说什么他也需要做一做爱了，要不他还算是个男人么？区琦没问他是否在三十岁的那天，找到了做男人的感觉。这跟她没有任何关系了。男人还说，他去了皮肤病医院，医生用刮光头的那种剃刀剃掉了他私部所有的毛，他遵医嘱天天用肥皂水洗，十天就彻底消灭了虱子。他说，分手后，你能为我保密吗？能，她真心实意地说。她知道，她不会说出去，有三重原因：第一，她明白潜意识里自己一直希望男人犯一个错误，错到使她有充分的理由了断他们之间的感情，终止即将成为事实的婚姻；第二，她知道这关系到他的生存，名誉，爱情，婚姻，都是些大问题；第三，她觉得她没有面子，他将她和妓女放在同一个时间段里对待，是种侮辱。藏起来，只有自己知道。

这个事情出来后，区琦有了一次外出进修学习的机会，三个月，足够她忘记这份屈辱了。她在另一个城市里遇到了唯一令她渴望婚姻的男人。

大毒的太阳下，"年轻有为"骑了辆自行车，自行车架上有一个黄塑料的宝宝椅。这让区琦想起来已经为人母的她也住在另一小区的顶楼。她赶上去，叫住她。"年轻有为"已经成为年轻有为的母亲和妻子，毫无疑问，从那张带着黑眼圈的脸上就知道她仍然每天六点就起床整理家务，甚至更早。她家里的塑料袋肯定越来越多，买菜的，买牛奶的，买肉的，买尿片的，买洗衣粉的，买面的，买米的，买烟的，买盐的，买醋的。

嘿，怎么天天见不着你？忙什么呢，你？

吃的，穿的，孩子，老公，我可没你那么自在，那么潇洒，怎么样了，你？

房顶漏雨怎么办？你家漏雨吗？

漏，漏过，找物业管理是白搭，即使是找到物业管理部门的头，熟人，也白搭，他们修不好，还要请他们喝一气，浪费，你就找那些专门修房顶漏雨的。

哪找去？

满大街都是，我得走了，孩子等着喂奶呢。

满大街都是。她嘟囔着这句话，在大街上找起来。

俏妹美容厅，玉娇女按摩院，美妹足底按摩房，鸿运打字复印社，辣辣辣四川火锅，心心相印情侣保健品店，杨玉环美容厅，天天过年，老干妈烧烤，麦当娜美容院……一家挨一家，花花绿绿的门面，美容的，烧烤的，打字的，卖饭菜的，小百货的，都一样的招摇，艳丽，令人眼花缭乱。就是没有专修房顶漏雨的。在那些美容厅的女孩子看她看腻了的时候，她才意识到，在那些并不精于理发的女人眼里，她可能成为的人物——盯梢的、寻找花心丈夫和狐狸精的女人，撕扯，抓挠，鼻涕眼泪……是的，没错，那些跟着她转的眼睛里写着呢。她的脸突然红起来，她好像就真是那个满腹仇恨的妇人一样。她受不了了，那些穿着几点布片、浓妆艳抹的女人的眼睛！她又想起那个大她三岁的男人，他可能就在其中的一家，粉色布帘的背后，招上了小米粒一样大的虱子，他可能常常去，固定去一家，或不固定。有小虫子在脸上爬，伸手去拂，是水珠。泪，这很荒唐，干吗会有泪出来呢？这很荒唐，她对自己说。泪流进嘴里，怪怪的味儿让她恶心，她重又恶心起来。她用手捂住流泪的眼睛，逃一样地跑起来。

回到家里，躺在床上，她的泪仍在流着。她流着泪想到许多东西是有后遗症的，后遗症的形成不只是在医院里。她原以为他和自己没有任何情感的牵扯了。没那么简单，这是一种无法索赔的事故，无法索赔的，也就无法彻底地结束。

男人常常说，有需要帮忙的一定言语一声。她从没有言语过，房顶漏雨以前，她的生活简单得不需要任何人的帮忙，有煤气管道，饮用水楼下小店的男孩很乐意挣一元钱，她由此及彼地知道，现代社会里，体力活动互助组式的家庭正在减少，由此多了许多像她一样留守孤独的人。

她拨通男人的电话，喂，男人腻嗒嗒的声音丝毫都没有变化。她张开的嘴唇决定不再对油腻的"喂"作出任何回答，她轻轻地放下话筒。还是自己来吧，独立自主，自力更生。

她一直觉得声音对女人来说有着不可估量的影响，尽管声音对男人来说也有作用，但绝不像对女人那么深刻。曾有一个女友喜欢一个男人，就是因为那个男人的声音，她最终嫁了他，其实最终是嫁给了那个男人的声音。女友说，没办法，就是喜欢听他说话，同样的话，就是喜欢听他用他的声音说出来，如果世界上还有一个人有这种声音，我绝不嫁他，除了声音之外，确实没有可嫁的。她知道，刚才那男人的"喂"如果从另一个人的嘴里出来，或者是说从其他人嘴里出来，她都不会把已张开的嘴唇再闭上，她会用客气的或娇媚或命令的语气说，说她想说的或不想说的。

大她十二岁的男人，最初使她产生好感的也是声音。那声音，不肥不腻干净利落，沉稳而厚重，有种天然的掌管他人的力量。一种让人尤其是女人产生信任的声音，那声音厚重到使你觉得它是有形的，固体的，不变更的，可以依靠的。她曾依靠着他的声音，做了一个橘红色的梦，关于婚姻的。

第一次见面，天气很热，太阳很毒，男人像是太阳蒸出的一个发面馍馍，圆圆的，胖胖的，汗津津的。男人边跟大家寒暄，边用手不停地做着从前额向后将头发的动作。做的是动作，其实那里已没有几根头发了。男人说，这天儿，真让人受不了。男人看了区琦一眼，区琦看见了男人头顶上几根珍贵的头发，分三小绺排列在白面馒头一样的头顶上。

　　第二次见面，是一周后的夜晚，男人请区琦吃饭。区琦想了一周的时间，对可能存在的第二次邀约说不，因为她不喜欢胖子，何况是一个离婚的秃顶的胖子。头三天是真心实意地想，后三天只是安慰性地想。她觉得没有第二次了，要有，早出现了。第七天傍晚，男人的电话来了。男人说如果您愿意，我打算今晚请您吃饭。行，她脱口而出。没有任何多余的内容，电话干净利落地挂断了。带区琦的老师是个严厉的老太太，鼻子眼睛嘴巴平日里总是绷得紧紧的，一副时刻打算跟人理论的样子。严厉的老太太用严厉的眼睛严厉地盯着她，用严厉的语气说，赶紧回去打扮一下吧，注意观察他的细微动作、表情，细微的部分才是最真实的，要用最短的时间搞清楚他的真实心理，防止上当受骗，四十岁的离婚男人，是情爱心理最复杂的群体。

　　接下来的两个月，区琦再也没有跟严厉的老师探讨过这个男人，因为她觉得通过她自己的观察，已经掌握了男人的底色——豁达大度，豪爽正直，是人类中一个不多见的优良品种，可以托付终身的。只是有一点让区琦有些费解，那就是男人的前妻，她为什么会放弃这么优秀的人？区琦庆幸他被那个女人放弃，使得她在这个世间能遇见他，守望他，陷入爱情的沼泽里。男人发面馒头样的身体，已经成为她内心遮风挡雨的屏障。

　　尽管严厉的老师一再主动地告诫区琦，找不出缺点的人是最可怕的，不是没有缺点，而是被狡猾地掩藏了起来，一定要瞪大眼睛，仔仔细细地找。找清楚了，找准了，才有接受的心理准备，婚姻中才能够处变不惊。可她不打算再找了，她对自己说完美的人是存在的，比如令世代人民敬仰的周总理。

　　区琦决定嫁给他，或者说决定与这个男人的关系发生实质性的变化。有这个念头是在去了男人的家之后，在男人两室一厅的家里，区琦明白了为什么有那么多的女人心甘情愿地为男人操劳着，心甘情愿地扮演着毫不利己专门利人的贤妻良母的角色。那原因就是被需要着。男人的家里整齐但不整洁，家具上蒙着灰尘，地上散落着男人的头发和拖鞋走过后的脚印。那些头发和脚印规律地集中在通往卧室、洗手间和厨房的方向上，像田间小路。卧室内出人意料的是没有婚床，两张单人小床相对靠墙放着，两个落满了灰尘的床头灯以同样的姿势站立在两边的墙上。区琦突然觉得有股很热的东西涌进眼睛，她看见了这一大一小的两个男人爱的缺憾。她知道这里的灰尘需要她去擦拭，这里的地板需要她去拖洗，这房间里一大一小的两个男人需要她在天黑的时候，在寒冷的冬夜，在橘红的灯光下，在冒着热气的饭桌前等他们回来……

有句古话说踏破铁鞋无觅处，得来全不费工夫。就在区琦苦苦地寻觅了二十天，雨季眼看就要过去的时候，区琦在人民商场对过的树荫里看见了两辆破自行车和两个蹲在地上用纸条卷烟卷的老人，他们的自行车车把上挂着一块牌子，上写着"专修房顶漏雨"，字是用石榴红的油漆写的，工整而刺目。她朝着他们喊，大叔，修房顶吗？抬起来面对她的是两张厚道、吃苦、诚实的脸。区琦认识这样的脸，父亲的、祖父的、叔叔大爷的，每一个在太阳下劳作的脸都是这样的，只能看得出他们的辛苦却看不出世事的变更。这样的脸告诉你他们是可以值得信赖的。

他们用很重的菏泽乡音说，要修楼顶，姑娘你可是找对人了，俺们的技术可是一顶一的，人民商场的楼顶就是俺们刚刚修好的。说这话的时候，他们一起仰脸看着人民商场的楼顶，手指熟练地捻着已经成型的烟卷，那份专注和依恋令人感动。

很快就谈妥了，区琦留下具体的地址门牌号，下午三点他们去她家看楼顶情况，然后根据具体情况再定整修方案。他们告诉她，方案有两种：一种是重修，也就是把她原来的楼顶揭掉，重塑一个；一种是零修，修修补补，像给衣服打补丁。前者按平米计算，每平米12元，后者按用料的斤数计算，每斤5元。

下午两点，区琦正在睡午觉的时候他们就来了，他们说修楼顶用的料适合高温操作，太阳越毒，楼顶越热，效果就越好。区琦明白了他们为什么有着黑红色的皮肤了。他们进门来看了看漏雨的痕迹，并上到楼顶进行察看。她听见他们的布鞋在楼顶上踩着沙粒的声音，一遍一遍，角角落落。她倒了两杯水用扇子扇着，等待他们下来。

门再次被敲开的时候，那两张憨厚的黑红色的脸已换作了三张年轻的挑衅的不耐烦的脸，三张入室抢劫的脸。她试图将三张脸关在门外，他们却面对她的恐惧笑了起来。

你们是什么人？

我们来给你修房顶的，对吧？修房顶，对吧？小眼睛长脸的兴奋地说着，六个眼珠子一起聚拢到她起起伏伏的胸脯上。

那两位年老的人呢？她向三张脸的后面看去，她想可能搞错了，给她修房顶的是两张憨厚朴实的脸，他们刚刚还在她的房间里待过，他们的汗臭味还没有散去，他们的布鞋刚刚还在大毒的日头下碾着她房顶的沙子让她感动不已。

他俩是我们的业务员，只负责联系，施工收款都是我们哥仨的，明白了吗？小眼睛长脸的说，他坚持把干活和收钱说成施工和收款。

她看着六个眼珠子离开她的胸脯，盯向她房间的墙壁、衣柜、书桌、电脑、书架，认真仔细，仿佛它们正在漏着雨，她的胸脯也在漏雨。

没有结婚照，一个牙刷，挺时髦的独身女人，这房子漏得不轻呀。方脸留小胡子的说，说给他的同伴和她听。

区琦说，你们走吧，我不修了。

小眼睛长脸的和他的两个伙计，嘴里发出嘿嘿的声音，走到门口，把两个盛满黑年糕状东西的铁桶提到她面前一晃，说，九十斤，净重，然后提着两个黑色的铁桶上了天窗。

她飞快地转身锁门，扑向电话。她需要个男人来帮助她，在那三个男人从她的房顶上下来敲之前，一个男人，扮演丈夫或者男友的男人，和他们算账，用性别告诉他们不要心存欺诈……

她想起瘦得可怜的男人曾经的许诺——有需要帮忙的，言语一声。

喂，男人肥腻腻地回应她带了颤音的喂。

喂，她说，是我，我修房顶，来的人不太像好人，你能过来帮帮我？

对不起，实在抱歉，我正忙着呢，男人笑了一下，因为男人和她都听见另外一个女人在笑着模仿这句礼貌用语。电话在男人的笑声里断开。她没有被拒绝的思想准备，她一直记得男人曾声泪俱下地告诉她，有需要帮忙的，言语一声。她相信眼泪里的真诚，她以为这句话后面隐含着的只有一个意思——我会帮助你。她拨电话的时候，甚至想到男人会感激她给他一个平衡愧疚的机会。

楼顶上发出老鼠啃木头的声音。区琦恐惧地听着。声音长了蜈蚣的千万条爪子爬行在她的头皮上。她重新拨电话，是谁并不重要，她的耳朵必须听见和蜈蚣的千万条爪子无关的声音。

你还好吗？喂，你还好吗？怎么不说话？两三年了不见了，你还好吗？

是他！

眼泪翻身跃出，更多的眼泪拥挤在她的鼻腔和喉咙里。她想说我很好，你好吗？可她发出的只是一些麦麸皮一样的碎片，大量的，碎片……

眼泪，洪水一样卷起头皮上的蜈蚣流去，千万条的爪子在水面上死亡。她的头像是刚刚洗过一样的轻松，带了洗发水的香气。

哭累了，平静了，轻松了，她说，对不起，刚才我有点心情不好。

跟我有关吗？男人很小心地试探着。

她想说，我以为能够忘记，可是做不到……我以为自己一个人能应付生活，想不到会有需要男人帮忙的困难……她咽咽唾沫说，没什么，哭一哭就好了。

没什么，哭一哭就好了。以前，她也对他这么说过。

以前的那个中午。

她打算和他发生实质变化的中午。

她打算完善爱情的中午。

他们吃着饭，用眼睛热烈地交谈着。他十三岁的孩子在和同伴踢球。他的孩子把这个中午留给他和她。他们的眼睛激动着，他们听见对方的心在跳动。他们放下手里的碗筷，她和他都知道，再吃下去就太矫情了，他们早已不在吃饭，他们只是把白米一粒粒地往嘴里送。他们抓起彼此的手，微笑着，手牵着手向卧室走去，像走在傍晚的林间小路上。他们牵着手路过孩子的床，走到窗前，看了看外面的太阳，笑了笑。他们把太阳阻挡在窗外。把整个世界阻挡在窗外。那个在足球场奔跑的十三岁少年。

男人胸前的汗毛往同一个方向倒伏着，如同一片神秘的丛林，她用手指梳理着它们，闭上眼睛，嗅着它迷人的芬芳……等待着男人带领她穿越，攀登，飞升。

男人的呼吸越来越急促、混乱、恼怒！如同一个优秀的做好一切起飞准备的驾驶员突然遭遇了发动机的失灵，男人懊恼地捶了一下床板。区琦睁开眼睛，看见了男人眼里的绝望。

她知道男人需要安慰，她说，这没什么的，第一次难免的，可能是太紧张了，没什么的。男人说，还是去吃饭吧。男人试图笑起来，笑给自己的眼睛看，他的嘴角使劲地朝眼睛的方向翘了翘。她和他重又回到饭桌边，一粒粒地往嘴里送。

他说，赶紧吃完回去吧。他眼里的绝望被一种很硬的东西替代了。

她看着他的眼睛，她说，不，我不会离开的。

明智一些，这很重要的，你没经历过婚姻，你不懂，你以后会明白的。他放下碗，一粒未被送进嘴里的大米，粘在他的下唇上。他站起来，去帮她收拾东西，他打定主意让她退到他的窗帘以外。这里本就是他和足球场上那个十三岁少年的。两张相对的单人床，两个落满灰尘依墙而立的灯。

男人把她的手指拿到唇边亲了亲，把她的包放到她被亲过的手指里。她想说，我爱你，我不会走的，这真的没什么，我们可以治疗，我可以不要那个事情。她说出的只是一些碎片，麦麸皮一样的碎片。

哭过后，她明白了男人的绝望为什么那么强烈，那么明白。男人是有经验的，从那个离他和少年远去的那个女人那里获取了经验。她明白了这个优秀完美的男人致命的缺陷。这时，她知道男人的绝情不仅仅是为着她了，更为着他自己。没有一个爱他的女人在眼前，在身边，他就仍然是优秀和完美的。

再说什么都是多余的，她用被他亲过的手指拂掉他唇边的米粒，米粒掉在地上，众多的米粒在两只碗里看着。

她知道那三张脸期待着再进入她的房间里看她的恐惧，她起起伏伏的胸脯，她的衣橱，孤独的牙刷，电脑……

她擦擦眼泪，从书架上的陶罐里拿了钱揣在口袋里，又从厨房里拿了红色的塑料桶，接满了水，她要用水来验证他们干活的质量！验证他们的真诚！她爬上天窗，对三个男人说，修完以后，我要倒上水，验证一下，如果想讹诈我的话，我是不会付钱的，我会拨打110……

小颜的婚事

阿　袁

　　小颜在心里其实是有些讨厌吴其的。

　　讨厌上吴其是因为王小青。那天是小颜和吴其第九次约会的日子，两人约在学校的西门口碰头，然后准备去"小四川"吃麻辣烫的。小颜是个嗜辣如命的人，所以那天的约会就早到了五分钟，也就是这五分钟的时间，小颜遇到了王小青。王小青是小颜的大学同学，那天到师大附近办事，事情办好了，正要去找小颜玩，没想到，竟然在校门口就遇上了小颜，这使得王小青有些激动，激动中的王小青兀自唧唧喳喳，完全忽略了小颜的反应。怎么办呢？怎么办呢？小颜急着想把王小青支走，可王小青的语言像一巢快乐的鸟，一只接一只地飞出，小颜甚至没有插嘴的机会，就在小颜呀呀哦哦地支吾的时候，吴其来了。漂亮的王小青让吴其目光闪烁，吴其说，一起吧，一起去吃麻辣烫。

　　两个人的约会变成三个人的约会，小颜十分沮丧，但吴其的兴致却高得很，羊肉串、鱿鱼串、大红虾、紫茄子、金针菇、莲藕片，满满地烫了一桌，在小颜印象中，那一晚的吴其似乎一直在伺候着王小青，一会儿给王小青的玻璃杯里续啤酒，一会儿把他认为好吃的东西往王小青的面前揶，一会儿递餐巾纸让王小青擦她吃得红红的唇。王小青面若桃花，眼睛像两只黑色的蜻蜓，在吴其和小颜之间滑来滑去。但小颜不接王小青的眼神，也不看吴其，只低头玩自己啤酒杯上的凹凸花纹。啤酒杯很大，有藤蔓状的把手，中间是一圈花瓣，很漂亮，小颜用食指一片片地划过去，一副入迷的样子。半醺的吴其愈加殷勤，王小青的姿态也愈加妩媚，但小颜声色不动，一直保持浅笑的表情。二十九岁的小颜早已学会如何掩饰自己的尴尬和愤怒。那一晚的麻辣烫整整吃了四个小时，在那四个小时里，吴其一直在讲网络上的趣事，王小青呢，讲的是和小颜的交往，两人你来我去，都沉醉在彼此的叙述之中。小颜安静地坐着，时而抬头看一会儿系着蓝围裙举着托盘在桌间穿行的女服务生，那位女孩的嘴角一直撒娇似的抿着，腮边有一颗褐色的小痣，俏丽得很。

　　吴其饱满的情绪一直持续到王小青走了以后，都夜里十点了，吴其还想去小花园坐坐。师大的小花园非常有名，谁都知道那是学生谈情说爱的地方，每到夜里，那里满是如胶似漆的恋人。因此，吴其近乎耳语般的邀请有某种暧昧的暗示，但小颜意兴阑珊。小颜说，很晚了，我该回去了。

　　小颜寄住在姐姐家。姐姐和姐夫都是师大的老师，小颜高考落榜后，就来到了师大，先是自费读了三年书，后来呢，姐夫就介绍她在计算机系的资料室打工，工资是不高，一个月才五百块，但工作简单又清闲，无非是些借借还还的事儿，每到学期末的时候，还能帮系里的教务员录录成绩，挣点外快。小颜喜欢这样的工作，再说，姐夫人也好，从不把小颜当做累赘，所以小颜在这个家这个城市呆得住。这个城市是漂亮的，师大也是漂亮的，小颜在这里呆久了，也不舍得回去。回去干什么呢？肮脏的小镇，衰老又絮叨的母亲，不怀好意的邻居，一年又一年的寒暑假。小颜回家的日子是愈来愈短了，头些年还好，弟弟没结婚，小镇上的许多同学也都还没结婚，小颜呢，自己也年轻，还没有婚姻的压力，一帮年轻人，在镇上疯——看电影、去"吴记"吃荷叶糕、在露天的小摊上吃炒田螺，真的很快乐的，可这两年呢，还有谁能陪着小颜玩？女友们都嫁了，再没心思来听小颜讲外面的事情。弟弟是弟媳的了，没姐姐什么事儿。小镇的风气开放得很，两人当了小颜的面也是动手动脚的，脸红的倒是小颜，弟媳是无所谓的，放肆的笑声让小颜觉得自己是个外人。绕着小颜转的现在只剩下母亲了，可母亲让小颜烦，六十岁的母亲不知道如何疼女儿了，她关心的只是小颜的出嫁。挑（读gǎn）什么呢？挑什么呢？千挑万挑，挑个漏油灯盏。母亲也怪姐姐，母亲说，妹妹的事不上心呗，不然，那么大的一个省城，还没有一个合适小颜做丈夫的？

　　这是冤枉了姐姐。从小颜大学一毕业，姐姐就开始物色妹夫了，单位新分来的小伙子，同事的有出息的弟弟，姐夫的研究生，都是姐姐打主意的范围，姐姐的基调定得很高。姐姐说，女人嫁人，那是再投胎呀，嫁好了，前程锦绣，嫁坏了呢，就葬送了半生。对姐姐这种婚姻理论，小颜深信不疑，有什么好怀疑的呢？姐姐的锦绣人生就是从婚姻开始的，若不是嫁给了姐夫，她自己有什么资本过这样的好日子呢？一个师范的大专生，不过在小镇的中学教教英语罢了——低薄的薪酬，没完没了的课，复杂的人事关系，可姐夫把她带到了美国，在美国呆了两年的姐姐回来就摇身一变，成了师大英语系的老师，魔术一般。而刘婵呢？刘婵是小颜家的邻居，是姐姐的好友，也是姐姐婚姻教科书里一个经典的反面案例。书读得好，人长得也是花容月貌，谁不说那是一只画眉鸟呢？二九年华的刘婵，那是三千宠爱集一身哪，可刘婵东不嫁西不嫁，却为了所谓的爱情嫁了个没读几天书的打工仔。画眉鸟终天落到了篱笆上，篱笆缠住了她的爪，她再也飞不高，飞不过姐姐这只麻雀。郎耕田来奴织布的甜蜜到底维持不了多久，贫寒的生活能摧毁一切，容颜、爱情、骄傲，到头来，干干净净，什么也剩不下！《玉观音》里的杨瑞说，他愿意和心爱的女人一起过一贫如洗的生活。说这话的时候，他仍在富贵之中，他想的也是安心如花的容颜，以及和心爱女人在一起生活的美妙，他哪里真的想了后半句的一贫如洗呢？姐姐说，婚姻是什么？有的是断阳丹，有的是还魂草，可没有大智慧，哪里分得清呢？

　　小颜的婚姻多年来一直是姐姐的事业，可姐姐的这项事业多难呀！小颜又没有十分姿色；又没有正经的工作；虽说读了个大学，可那是二姨太的儿子——上不了台面的，凭什么找一个像姐夫那样的好男人呢？连小颜自己都没有信心，可姐姐有。姐姐说，做女人顶要紧的是什么？是别妄自菲薄——看轻了自己，你自己认为自己是金枝玉叶，那别人就不能把你当狗尾巴花。你有什么不好的？肌肤胜雪，性情温柔，好歹也是读过书的，你只管把架子端着，嘿！还愁找不到好老公么？

　　杨教授的儿子、周校医的弟弟、数学系的王侃，一个又一个，真被姐姐说动了心，姐姐是那种口才和智商都不错的女人，姐姐把小颜说得像朵花一样，那又怎样呢？最后还不是一个个又溜走了。如今的世道生活多艰难哪，不管你是如何的风花雪月，可人吃的终归是五谷杂粮，总要生病，也总要生孩子，找个外来的临时工做妻子，将来的日子怎么过呢？

可有一次，事情真差点就成了。

那个小伙子叫陈家良，是姐夫的研究生，姐夫带了好几个研究生，在小颜的眼里，个个似乎都比陈家良强，陈家良多土呀，个头也不高，不是小颜理想恋人的样子，可姐姐单单相中了陈家良。姐姐说，乡下人好，单纯，没有那么多花花肠子，再说，男人要漂亮干什么呀？刘婵的老公多英俊呀，可结果呢，还不是一只油漆马桶。于是姐姐作起了陈家良的文章——周末让姐夫带他回家吃饭，脏被子什么的也让他拿来给小颜洗。师母的关怀超越了以往的界限，师兄师弟们都看出了端倪，纷纷起哄说陈家良要被招为驸马。不知陈家良是真被小颜打动了，还是别有所图，他开始和小颜约会。

两人的关系飞速发展，从眉目传情到耳鬓厮磨，都是陈家良主动的。陈家良似乎很沉湎于这桩恋情，只要没课，就会往计算机系的资料室跑。资料室里总是没人，尤其是快下班的时候，陈家良便把小颜拽到书架后面，两人躲在那里温存。陈家良色胆包天，仿佛是个中老手一样，但小颜猜自己或许是他的初恋，因为每次两人有新的接触时，陈家良都会颤抖不已，再说，也只有初恋的男人才会如此迷恋于亲吻和拥抱，小颜也一样，虽说之前也相处过几个男友，但那都是相亲性质的，有些甚至是看在姐姐姐夫的面上，交往一段作个交代，因此那样的交往是谨慎的，也是有些潦草的，前脚进来后脚准备随时抽离的，根本无法深入，更别谈肌肤相亲。只有陈家良是一头扎进来，不管不顾的，像一尾闭着眼睛的鱼，在姐姐的网里小颜的水里欢快地扑腾。姐姐告诉小颜，姐夫正在做院长的工作，想把陈家良留在师大教学。这意味着什么呢？意味着小颜可以一辈子不离开师大了，意味着小颜可以过姐姐一样的日子了，陈家良总有一天会像姐夫一样当上教授的，那小颜就是教授夫人，就是师母。这样的念头使小颜对陈家良顿生爱意，小颜是真心实意地爱上了陈家良。

但那一段恋情最终还是没有修成正果，它也只是持续了一年多的时间，持续到陈家良毕业。毕业后的陈家良没能留在师大——这不怪姐夫，姐夫在小姨子这件事上是作了努力的，但姐夫是一介书生，不太懂得人事的奥妙，以为院长点头了，陈家良留校就板上钉钉了，没想到，人家只是敷衍，不当真的。没能留在师大的陈家良再没有恋爱的情绪，整天阴沉了张脸，躲在宿舍里喝酒。小颜想劝他，却觉得无从劝起——两人虽说处了一年多了，但似乎都是生理上的接触，抱紧了，也海誓山盟，也形同一人，可一分开，山遥水远的，还是陌生人一样。陈家良的师兄师弟都有了去向——读博的读博，去公司挣钱的挣钱，都是原先打算好了的，只有陈家良是措手不及，一时落了空。姐姐要陈家良先去附中过渡一下，陈家良不置可否，拖了约一个月的时间，突然不声不响地消失了，没有谁知道他去了哪里，他既没有给导师也没有给小颜留下一句话。

这一次对小颜的打击几乎是致命的，一年的时间不算太长，可也不短，怎么说，也恩爱过了，也缠绵过了，他陈家良凭什么就那样不了了之呢？说白了，还不是因为自己在师大只是个打工的，人家在骨子里把自己看轻了。受打击的小颜心灰意懒，差点就要回去了，但姐姐不让。姐姐刻薄地说，回去干什么？嫁给隔壁修摩托车的小毛，还是嫁给厨子阿剑？小毛和阿剑都是小颜的同学，在高中时都追求过小颜的，可小颜能嫁他们吗？别说小颜不想嫁，即便想嫁，也嫁不成——人家的孩子都能到隔壁的杂货铺买酱油了。

回不去的小颜继续住在姐姐家。姐姐其实也是离不开小颜的，小颜买菜，小颜做饭，小颜拖地板，除了姐夫洗洗碗和买买早点外，这么多年来姐姐家里的家务基本上是小颜全包了的。姐夫最初是不安的，老和小颜抢着做，但后来就不了，或许姐姐在暗里做了姐夫的工作。姐姐对小颜说，你姐夫忙。是啊，小颜知道，姐夫忙。可姐姐呢？一周就那么几节口语课！余下的时间，也就是看看闲书，或者睡觉，或者在电话里和同事聊天，哪怕就在小颜的身边站着，姐姐也是袖了手，什么也不干。但小颜不和姐姐计较，自己吃住都在姐姐家，是要多做些家务的；再说，小颜也喜欢做家务，又简单又安静，一边做事一边还可以想自己的心思，而姐姐从小就懒。妈妈让镇上的瞎子给两姊妹算过命，瞎子说，姐姐的命是夫人的命，而小颜的命呢，是丫环的命。原来小颜是不信的，以为是瞎子胡说八道，结果呢，却是真的，自己真是姐姐的丫环。

　　之后就是吴其。吴其是马列部吴书记的儿子，在校图书馆工作，三十好几了，也还是孤家寡人。这一次姐姐是托对门的宫老师去牵线，宫老师也在马列部，和吴书记很熟，平日里也很喜欢小颜的。若在从前，宫老师也是不敢去提的——人家儿子再没有出息，好歹也是有正式工作的，不见得就要找一个临时工做儿媳，再说，吴书记的老婆又是个傲慢的女人，搞不好，得罪人的；但现在情况发生了变化，宫老师知道了吴书记家的秘密。什么秘密呢？吴书记的宝贝公子恋上了一个发廊的小姐。什么发廊的小姐，不就是暗娼吗？广州路那一带有一溜所谓的发廊，白天家家都关门闭户，一到黄昏，这些小姐就出来了，打扮得花枝招展，像一只只艳丽的蝴蝶。这还得了！吴书记搞了一辈子马列了，结果却连儿子都没有教育好，传出去，那简直是自己的丑闻是师大的丑闻。吴书记急火攻心，对老婆破口大骂，挑呀，你不是会挑吗？找个儿媳妇，弄得像选妃一样，你以为你儿子是什么好货呀，这下满意了，给你弄个发廊的小姐回来。闯了祸的女人不敢做声，任了吴书记骂。吴书记说，赶紧给他找个人，管他阿猫阿狗的，干净就好。是呀，儿子都三十三岁了，还没有女人，不出事才怪呢。

　　小颜和吴其的第一次见面是在宫老师的家里。吴书记两口子也来了，不光是为了看小颜——小颜其实之前是看过了的，他们主要是来监视儿子。儿子在家是答应了和那个发廊的小姐断，也答应了和小颜好好见面，但他们怕儿子阳奉阴违，一到宫老师家又出妖娥子。见面之前，小颜的姐姐也知道了发廊小姐这码事，是宫老师说的。尽管吴家夫妇暗示宫老师要对这件事保密，但宫老师觉得那样不好，宫老师说，婚姻大事，不是儿戏，什么也不能瞒的。但姐姐还是把这事瞒了小颜，姐姐自己是去美国见过世面的人，知道红灯区，也认为男人在婚前寻花问柳不是什么大事儿，但她怕小颜在乎。吴书记家的条件那么好，而小颜也二十九了，姐姐不想小颜错过这个机会。那天晚上小颜的打扮完全是学院派的，一件高领的黑羊毛衫，一件洗得发白的牛仔裤，一张脂粉不施的素白的脸，披肩的长发也一丝不乱地绾在了脑后。小颜本想涂点口红的，但姐姐说，还是免了吧，你的嘴唇挺红的，再说，吴书记是个搞马列的，肯定不喜欢小资产阶级那一套。果然，小颜这种清清爽爽的样子，让吴书记很有好感，吴书记把以往的城府和矜持都不要了，像个年轻人那样匆忙地对小颜的姐姐表了态。

但那天晚上的小颜其实是没有打动吴其的，小颜太朴素了，也太老实了，而吴其喜欢的是妖娆的女人——那种眉眼生风的，身上有脂粉暗香的，说话意味深长的，那样的女人才让吴其神魂颠倒。而小颜呢，清汤江水的，像个寡妇。可吴其倒也不讨厌小颜，小颜雪白的肌肤，细细的腰，还有裹在羊毛衫里的饱满的胸，多少也还有几分味道。那就交往试试吧，三十三岁的吴其再不懂事也知道发廊的小姐是断不能娶进一个书记的家门的。

没有谁征求小颜的态度，连姐姐也没有，姐姐一向替小颜做主惯了的，再说，姐姐也知道小颜一定会同意的，一个待嫁的二十九岁的老姑娘，有什么理由拒绝这样的婚姻呢？体面的家庭，体面的工作，体面的吴其，真是打着灯笼也难找哇！二十九岁呀，若在家里是真没人嫁啦，嫁谁呢？小镇向来是穷家无大女，富家无大郎，家境好一点的二十出头就娶妻生子了，剩下的都是不务正业的二流子，或者死了老婆的鳏夫，或者老婆跟人跑了的失意潦倒的男人。也只有在城里，还能遇上像吴其那样的男人，小颜应当受宠若惊，还挑剔什么呢？但小颜还是忍不住伤心，自己难道一开始就是二十九岁吗？自己没有过花样年华吗？当年自己不也嫩得像早市上水灵灵的白萝卜吗？叶子青青的，皮儿雪白的，多诱人哪，许多买菜的人都想买的，可姐姐生生地要把这水萝卜当人参卖！结果呢，别的萝卜都成了人家饭桌上的萝卜排骨汤，或脆生生的凉拌萝卜丝，小颜呢，却蔫了，要贱卖了，可午后的菜市场还剩多少买菜人呢？这样的后果难道不是姐姐造成的？要不是有一个在师大当老师的姐姐，自己早就嫁人了，哪里还会自费读什么大学，哪里还会沦落到今天陈仓旧货一个蔫萝卜的化境？

可这些都是小颜夜里不眠时的想法，白天的小颜也是不怨姐姐的。有什么好怨的呢？女人的红颜就像香水，装在瓶子里也好，涂在别人的身上也好，终归都是要挥发的。好友夏小桑不是早早就嫁了么，又如何呢？当年的大美人如今还不是黄了一张脸和丈夫一起在电影院门前卖夜宵。再说，自己也不是刘婵，也不是夏小桑，几时遇到过一见倾心寻死觅活要嫁的人呢？

不过，是因为自己没有遇到爱情呢，还是从一开始自己压根儿就没有想要过爱情？没事的时候，小颜又会这样想，或许爱情是一只有灵性的鸟，你不想要它，它就感觉到了，所以怎么也不飞到你这株树上来。

　　两人开始约会，一周一次，很规律的。头几回都是在校园转，师大有一条很长很漂亮的路，两边种满了梧桐，每隔几十米，就有一张长木椅，最适合年老的教授们散步——或者像小颜和吴其这样刚认识不久的男女，真正的恋人是不来这里的，这里人多眼杂，不宜有过度亲密的动作。小颜很喜欢坐在长木椅上听吴其神侃，吴其的话题总是网络，从游戏《传奇》到网上成人聊天，五颜六色的，有些轻薄，但很吸引人。吴其说，他在网上是只老虾，网名是"玉人何处教吹箫"，别看网下还是单身，但在网上他却是妻妾成群，美眉们很迷他的。对于这样的话小颜是很少插嘴的，只是听，有时吴其的话说过头了——似乎带有挑逗的意思，小颜就别过脸，看对面的路灯，圆圆的白白的灯嵌在绿绿的树叶之间，像月亮又像花朵，美极了，灯的周围还有密密麻麻的虫蛾飞舞。

　　这样规矩的约会只持续了三周，第四周吴其就把小颜带到了小花园。小花园里其实不小，也没有各种各样的花，里面种的是上百棵桃树。三月桃花盛开的时候，这里美得像恋人们的天堂。一进小花园，吴其就搂住了小颜的腰，小颜吓了一跳，尽管之前是有心理准备的，尽管有小花园这样暧昧的环境作铺垫，可这样的速度还是太快了，男女之间的第一个亲密的动作不是牵手吗？在牵手之前不是还有令人脸红心跳的凝视和沉默吗？两个总共也不过见了几次面的男女，怎么一上来就搂腰呢？这超出了小颜的经验。小颜不知如何是好，把吴其的手拿掉吧，又尴尬又扫兴；可若任他搂，又怕吴其误会，以为自己是个轻浮的女人。小颜的为难吴其似乎没有任何察觉，他依然若无其事地谈他的网络。黑暗中小颜看不清吴其的脸，不知吴其是佯装的，还是真的不在乎。若是真的不在乎，那吴其是个怎样的男人呢？三十三岁的吴其之前到底经历了多少女人呢？尽管小颜不会计较吴其的过去，但好奇是女人的天性，小颜还是想知道这个高高瘦瘦将来可能做自己丈夫的男人和别的女人曾经发生过的故事。可想知道归想知道，却是不好问的，别说两人的关系还没到那个分上，就算到了，又怎能问呢？自己不是还有陈家良吗，若人家都说了，再反问你，那你小颜和陈家良那些不清不白的事儿要不要说呢？就在小颜独自想入非非的时候，他们已经走到了小花园的西头，这是师大最偏僻的地方，因为围墙的外面就不再是师大，而是一大片农田。听说几年前曾经有一个女生深夜就在这里被翻墙过来的几个流氓轮奸了，而且当着她男友的面。小颜的身子不自觉地向吴其靠了靠，吴其说，我们坐坐吧。小颜本想拒绝的，可来不及，因为吴其话没说完就已经在石凳上坐下了，并且一把抱过小颜，把她放在自己的腿上。小颜一时反应不过来，但下意识地试图要站起来，但吴其的双手环住了小颜的腰，小颜站不起来，只能半站半坐地僵持着。小颜一边掰着吴其的手，一边轻声说，别这样，别这样。没想到，小颜的这种反应让吴其很不高兴，吴其把手一放，说，何必呢。

当晚两人不欢而散。吴其的那句"何必"，还有那种可要可不要的无所谓的样子，把小颜简直气坏了，这个人怎么可以这样呢？自己也不是离了婚的女人，也不是广州路上的那些花花草草，只不过是个二十九岁的未婚姑娘，怎么可以受这样的对待呢？二十九岁怎么啦？二十九岁的女人就没有资格害羞了？就没有资格扭捏了？当初和陈家良，哪一次的亲热陈家良没有费尽周折呢？也没见陈家良生过气，或者中途放弃，每次都是不屈不挠地继续努力。这不是过程吗？哪怕是一个三十三岁的男人和一个二十九岁的女人的恋爱，过程也是不能省略的吧，没有了这个欲迎还拒欲就还推的过程，那恋爱还有什么意味？要说小颜并不真的讨厌吴其的搂抱，也不讨厌吴其，经历过陈家良的小颜，在有些夜晚甚至对吴其有过想象。姐姐姐夫的房间就在隔壁，每隔两三个晚上，房间里都会传出那种声音，声音不大，但在夜半让失眠的小颜听来，依然惊心动魄。那种时候，小颜会不可遏制地想起陈家良，也会更加渴望和吴其的婚姻。

想要婚姻的小颜是没有骨气的。接下来的那个周末小颜早早地就做好了赴约的准备——用酸奶和蜂蜜敷了脸，把眉毛修成了又细又长的样子，还在耳朵后抹了香水。因为吴其对小颜说过，他是一个喜欢香水的男人，他还半开玩笑地说他有一个叫"香气袭人"的网络妃子。那个周末像以往的一样，姐姐姐夫又出去吃饭和逛超市了，小颜一个人坐在沙发上等吴其的约会电话，等到天慢慢地黑下来了，等到晚间新闻播完了，《牵手》里的小雪和钟锐都离婚了，等到楼下每晚要哭好久的小女孩的哭声都停了，可电话趴着就像死了一样，从头到尾都无声无息。

小颜无奈。除了放声大哭一场小颜不知道自己还能做什么，但小颜不能哭，姐姐姐夫就要回来了，小颜不能让他们看见自己在这个时候还一个人呆在家里哭。怎么回事？又出问题了？姐姐的问东问西让小颜很烦，还有姐姐的眼神也让小颜受不了——这两年姐姐的眼神是越来越复杂了，有姐姐对妹妹的关心和着急，也有纯粹是一个女人对另一个女人的轻视，甚至在姐姐的言语里也流露出这样的意思。姐姐说，女人是绳子呀，天生是用来拴男人的，怎么你就一个都拴不住呢？难道小颜你这根绳子是纸捻的？这种时候，小颜总是沉了脸不做声，是呀，女人的婚姻就像男人的天下，向来是成者王败者寇，有什么好理论的呢？姐姐像一只好命的小老鼠，一头就撞进了一只大米缸，吃得肥肥胖胖，吃得油光水亮，自然有理由嘲笑小颜这只整日东奔西走地觅食却依然饥肠辘辘饿得眼冒金星的倒霉的小老鼠。

夜里近十一点了，"纸绳子"小颜还呆在外面。主楼教室里的灯光照到外面的草地上，一格明一格暗的，小颜就在黑暗中席地而坐。校园已经安静下来了，十月的夜晚天气已有些凉了，外面几乎没有什么人，在主楼用功读书的学生也开始三三两两地出来，匆匆地朝宿舍赶。离小颜不远的暗格里还有一对恋人，小颜在暗中坐久了，什么都看得清清楚楚，那个长发的女孩像只带须的蜗牛，而男孩就像只蜗牛壳，女孩的脸一直埋在男孩的怀里，两人窝在那里一动不动，若从灯光里猛地走出来，根本看不出那是两个人。这个女孩一定是根结实的绳子，小颜想，可自己为什么是根纸绳子呢？若说不漂亮，也不比姐姐差呀，可姐姐呆在小镇的中学却还能把远在北京读书的姐夫缚得紧紧的，紧到纹丝不动，就是折腾到了美国也没折腾断。还有收发室的小何，不也是个临时工吗？姿色也一般，竟然有本事在卖卖报纸邮票的当儿就拴住了计算机系最帅的小伙子张单。张单多英俊呀，平时他到资料室来，小颜都会红脸，眼睛都不敢碰他的眼睛，像个害羞的小媳妇一样，可小何非但不怕，还敢去系！他们相恋了一年，小颜就整整心疼了一年，甚至暗暗地希望他们分手，可张单哪会分手啊，他爱小何爱得什么似的。小何是一根怎样的绳子呢？难道是根印度的长绳？有邪气，绕来绕去的会绕出解不开的死结？

黑暗中的小颜，像个失魂落魄的女鬼一样。

　　小颜第二天又心神不安地等了一天，之所以又等一天，是因为小颜还怀有希望——或许吴其只是有事，所以把约会推到了星期天，自己何必先沉不住气呢？可吴其还是没有打来电话。小颜有些慌了，两人难道就这样黄了？小颜的架子再也端不住，星期一早上一上班，小颜就给吴其打电话。电话里吴其的态度倒没有什么异常，小颜不问约会的事，吴其也不说，和以往一样，他依然说些不咸不淡的网上八卦。小颜细细地寻味，觉得吴其并没有分手的意思，原来是虚惊一场，电话这头的小颜简直有种失而复得的幸福感。幸福的小颜怀着无限温柔的心情附和着吴其，或许电话那头的吴其也感应到了小颜那一刻的软弱，吴其说，晚上看电影吧，电影院正放《我的野蛮女友》呢。这正是小颜想要的，小颜之所以久久不放下电话，就是想吴其说出下一次约会的时间，这样才踏实——许多时间里，小颜觉得自己的身子都是飘的，像天空飞舞的落叶，是浮的，像逐水而流的碎花瓣，然而吴其的约会让小颜的魂魄附了体，碎花瓣于是又变成了小颜，小颜尽量掩饰住自己载歌载舞今夕何夕的心情，用轻描淡写的口气对吴其说，好吧。

　　这一次的约会小颜瞒了姐姐。小颜对姐姐说，她晚上要和王小青去看电影——王小青的单位离师大不远，两人时不时地会有些活动，小颜之所以这么说，是因为不想让姐姐无端猜疑——一周一次的约会没有了，这不正常，可一周一次的约会变成了一周两次，这也要和姐姐解释半天的，可二十九岁的小颜不再有心情像从前一样，把什么细节什么心思都告诉姐姐，再说，一个大富大贵的人和一个乞丐之间能有什么共同语言呢？《我的野蛮女友》很好看——韩国的爱情就是这样，纯粹得像一朵美艳的花，跋扈也好，冷漠也好，但因为有单纯和深情做底子，所以过程和结局都温暖而美好，自己的呢？却像风尘女人手中的一杯鸡尾酒，混杂了太多其他的东西——算计呀，讨好呀，挑逗呀，什么都有，就是没有爱情。整个电影之间，吴其的手一直捏着小颜的手，小颜的心也扑扑跳着，但那和爱情有什么关系呢？它只是一个二十九岁的女人被男人抚摸的生理反应罢了。

　　因了小颜的妥协，两人的约会开始渐入佳境。要不是那一次去吃麻辣烫遇上王小青，小颜的心情已经开始变得明媚起来，但不是遇上了吗？事情就起了微妙的变化。之前的吴其，在小颜的印象里，也是有些孟浪的，是喜欢渔色的男人，但孟浪也是对小颜的孟浪，渔色也是在网上，这和当了小颜的面和别的女人调笑有根本的不同。男人背了女人的好色都是容易理解和原谅的，但若在眼皮底下发生呢？女人的心就变得像绣花针一样小，哪怕是一个毫无瓜葛的陌生的男人，讨好另一个陌生的女人，都会无端招来其他女人的厌恶和排斥，更别说这个男人和自己多少还有些情分。打情骂俏也好，风流韵事也好，其实都是一男一女之间的事，多出一个男人或者多出一个女人，都不会太平无事。到王小青出现为止，小颜虽然还谈不上爱上了吴其，但因为有婚姻在前面，也因为有了几次在小花园里的搂搂抱抱，所以对这个男人的依赖和好感总是有了几分的，可这种好感就像篱笆架上初开的南瓜花，若赶上天气好呢，也能长蒂也能结瓜，可要是雨大了风大了，那毛刺刺的花都开不满就夭折了。吴其当了小颜的面巴结王小青，是明摆着不把小颜放在眼里，小颜的眼睛再大，哪又揉得进这样的沙子？两个多月建立起来的情意，一下子烟消云散。

但小颜并不生王小青的气。和王小青做朋友这么多年了，她是个怎样的人，小颜清清楚楚——她不是个坏女人，也不是要成心勾引吴其，她只是喜欢和男人说说笑笑而已。大学三年，她这种轻佻的作风总是给男同学一个错觉——以为她是那种容易上手的女人，再说，她那个男朋友，也实在不怎么样，别人都笑她是一朵鲜花戴在了癞痢头上。所以呢，总有男生跃跃欲试，以为自己能够横刀夺爱，结果呢，尽管她来者不拒地和许多男生在酒馆杯盏相碰，尽管她在酒后总被这些男生逗得花枝乱颤，那又怎样呢？没有谁得手过，从大一到大三，她对她的癞痢头从一而终。

现在吴其又成了当年的那些男生，被王小青的漂亮弄得蠢蠢欲动。吴其的话里常常会牵扯出王小青，吴其说，你那个同学蛮有意思的哦。小颜说，是呀。两人都打着哑谜，围着王小青绕。尽管吴其的那点心思，小颜心里明镜似的，但小颜不把那窗户纸捅破。自己吃哪门子干醋呢？和这个男人有了婚姻，或者有了爱情，才可以敲锣打鼓地去打翻醋坛子，而自己呢，还没有到那个分上，再说，若真争吵起来，吴其拂袖而去，那自己怎么办呢？

二十九岁的小颜输不起。什么也不说的小颜或许有些感动了吴其，两人的约会现在渐渐地多了起来，除了周末去小花园，也会一起去逛街，或者去茶馆喝茶，有时，吴其会暗示小颜，要小颜约上王小青。小颜多数时候是装聋作哑的，但隔段日子，小颜也会约一次王小青，三人一起去看电影或到酒馆去消磨。有王小青在的时候，吴其总是慷慨的，不管在怎样高级的酒馆，也不管酒菜有多昂贵，只要王小青流露出一点点想吃的意思，吴其就不惜一掷千金。每次看到吴其在王小青面前眉飞色舞的样子，小颜的心也会酸，也会骂自己贱，犯得着这样委曲求全吗？为了婚姻难道脸都不要了吗？

但小颜这样做不仅是为了笼络吴其，讨吴其的欢喜，小颜其实是还有一层心思的。王小青是个怎样的人，小颜清楚，但吴其不知道，小颜就想看看吴其被玩弄的样子。在吴其和小颜之间，吴其是猫，而小颜是鼠，但在吴其和王小青之间呢？那王小青就是一只漂亮的贪嘴的母猫。小颜现在的心也在慢慢变硬，甚至还有些坏的，所以小颜不告诉吴其王小青早结婚了，而且已经有了个三岁的儿子，小颜看戏似的，袖了手冷眼在边上站着。

每次三个人约会之后，吴其都会对小颜更加地好，有补偿的意思，有安慰的意思，也有企图下一次的意思。吴其的这种好，让小颜觉得屈辱，自己成了什么人啦？和《金瓶梅》里的王婆有什么两样？只不过王婆是为了银子，而自己是为了婚姻，本质上没什么两样。这样一想小颜就更加轻视自己，也更加恨吴其，但恨又如何呢？为了嫁出去她必须学那越王勾践忍辱负重卧薪尝胆——笑嘻嘻地和吴其周旋。

尽管小颜的不愉快是瞒了姐姐的，但姐姐或许还是察觉了。姐姐说，要不，你去见见那个男人？那个男人是姐姐的朋友沈医生的同事，听说是个有些名气的外科医生，前不久才离了婚。姐姐在这个城市有许多朋友，这些朋友都受过姐姐的托付，所以她们都知道她有一个待嫁的大龄妹妹，一旦有合适的男人，她们就会给姐姐打电话，做媒不是女人的天性吗？再说，管他成不成呢，一个顺水人情，又不费自己什么的，不做白不做。沈医生打电话来的时候，小颜就在身边。小颜最初是生气的，一个离了婚的男人，还有一个七岁的女儿，竟然也介绍给她，自己真的就沦落到这个分上了吗？但姐姐说，离了婚的男人有什么关系呢？人家什么都有，有房子，有车子，有让你一辈子过锦衣玉食生活的本事，吴其拿什么和人家比？一个七岁的女孩怕什么呢？不是还跟着她奶奶过吗？姐姐的话总是有力量的，小颜被打动了，可小颜还是怕去见面，这事万一被吴其家里知道了，那怎么办呢？弄不好就会鸡飞蛋打！但姐姐不怕，姐姐说，你悄悄地去见个面，成了，也不怕他们知道；若不成，就一次的事儿，他们哪里又会知道呢？这么大的人了，也不知道给自己留条后路。

那就留条后路吧，想想吴其对王小青那色迷迷的样子，小颜也认为不值得为这样的人放弃机会。

和外科医生的见面是在"天香楼"。"天香楼"是这个城市很有名的酒楼，听说那里不仅有风味菜，而且端盘子的小姐个个倾国倾城。小颜那天盛装而去——怕被小姐比下去，又怕被来来往往的女客人比下去，到那种地方吃饭的女人，有几个不是披金戴银流光溢彩的呢？二十九岁的小颜现在是惊弓之鸟，再也经不起任何枝叶摇摆。但有些伤害哪是鸟儿能逃得了的呢？见面的时间是约在六点，小颜是掐着点去的。和陌生的男人约会多了，小颜也知道约会早到或晚到都是件微妙的事儿——去早了，显得猴急，嫁不出去一样；去晚了呢，也不行，有些小家子气。但外科医生却来晚了，整整来晚了一刻钟，看着摆着八字步慢慢朝自己走来的中年人，小颜失望得要命，这就是自己想嫁的男人吗？这就是自己花了好几个小时为他打扮的男人吗？一只又凸肚子又秃顶的癞蛤蟆罢了！一只有汽车的癞蛤蟆！可外科医生似乎对小颜也是失望的，因为席间他对小颜的态度有些简慢。简慢可以从他有些睥睨的眼神里看出来，可以从他谈话的内容和语气里看出来。他不问小颜自己的情况，只有一句没一句地问师大的大人物，什么组织部的某某某哇，什么人事处的某某某哇，都是小颜不认识的，而且外科医生也不要小颜的答案，问完了就完了，不等下文的。他有些心不在焉，见面的时间不过两个小时，在这期间，他接了三四个电话，又打了一个电话，每个电话他都从从容容地说，一点儿也没有急着放下的意思。这种毫无修养的行为让小颜很生气，但外科医生哪会在乎呢？对一个自己瞧不上的女人，粗鲁也罢，无情也罢，都是直来直去的，犯不着为她遮着掩着。男人的好脾气好修养都是对了年轻漂亮的女人，男人的戏也都是做给年轻漂亮的女人看的，一旦背了她们，男人的妆就卸得干干净净，俊也好，丑也好，男人都不怕露出本来的面目。明白了的小颜如坐针毡，心里后悔得要命——早知如此，何必来呢？

被一个丑男人如此怠慢，小颜像吃了一只绿头苍蝇一样恶心。但小颜不想吃第二只苍蝇，经历了许多事情的小颜现在也学乖了，知道如何保护自己——有些羞辱是避不开的，可有些羞辱却是足球，可以踢回去。所以小颜一回来就对姐姐说，她看不上这个外科医生，姐姐问，为什么呢？因为他又老又丑，小颜咬牙切齿地说！不会吧，沈医生不是说他才三十七吗？小颜板了脸，说，你打电话给沈医生，说抱歉就是了。不说又怎样呢？难道再巴巴地等，等别人打电话来说！小颜相了这么多年亲了，都快相成一只狐狸了，成或不成，第一眼就知道了，哪还会像年轻的时候那样傻等着别人来告诉结果呢？

现在小颜只剩下吴其了，吴其是小颜的底，小颜已被逼到了悬崖绝壁，而吴其呢，是崖边的藤，小颜拼了命也要抓住的。将来的吴其是不是靠得住，小颜是不管的，小颜现在只顾得了眼前。尽管他们中间还隔着王小青，但王小青有什么好怕的呢？她甚至不会背了小颜单独和吴其约一次会，小颜是她的幌子，只要有小颜在，王小青就是没有出格的，就可以一边和男人喝着酒，又一边心安理得地当她的良家妇女，就像当年一样，和她周旋过的男人有多少呢？但她依然是守身如玉的好女孩。因此，从某种程度上来说，王小青和那些网上的女人是一样的，都是只开花不结果的——就是花，也是镜子里的花，看上去姹紫嫣红，千娇百媚，可有什么用呢？折不到的。

吴其一家是在元旦前来小颜姐姐家里的，来和小颜的姐姐姐夫一起商量他们结婚的日子，两边的大人都是急的，都想早一点把这事办了。日子本来定在元旦，可吴其不想在这么冷的天结婚，吴其耷拉着眼皮有些不耐烦地说，明年"五一"不好吗？吴其的父母以为儿子还想着那位广州路的小姐，理也不理他，可小颜的姐姐看见了吴其耷拉着的眼皮，也不高兴地说，那就"五一"吧，春暖花香的，也好。对姐姐来说，不管到了什么境地，女方的面子还是要要的。

吴其的心思小颜是懂的，但小颜不想戳破他。离"五一"还有半年多的时间，半年正好，正是吴其从王小青那里回头的时间，当年男生们对王小青的迷恋不也都是半年左右吗？半年之后，没有不各奔东西的。是啊，就算这王小青再美，有谁愿意陪她捉一辈子迷藏呢？男人对女人的好，说白了，都是有念头的，念头没有了，那还好什么？

既这样，小颜就再等半年。

翁先生的葬礼

祝红蕾

　　电话铃响的时候，阎喜斜靠在一只维尼熊抱枕上，懒洋洋地吃着一桶苏打饼干。她伸头向书房看了看，不用说周正浩还在打他的红警，已经进入了物我两忘的状态，电话铃声仿佛已经进入不了他的世界。阎喜嘴里嚼碎的饼干还没咽下去，低头看了看泛着油光的手指，她熬忍着不去接电话。墙上的钟指向10点24分，这个时间没有人会找她，多半是周正浩的狐朋狗友，找他喝酒吃肉。一帮无聊之徒。她才懒得做他的传声筒呢，他们已经两个星期不说话了，如果不是有人用手榴弹在她鼻梁前逼着她，她不打算在他身上浪费一滴唾沫了。

　　电话铃响了两遍，周正浩那边岿然不动如入无人之境。在焦躁的电话铃声里，阎喜生气地咽下了满嘴的饼干，腹中产生了一种非常不舒服的饱胀感。这是她吃的第五块苏打饼干，她本来要吃掉半桶的，没吃早饭，她的胃一直虚弱地抗议着。她拿周正浩没办法，但是却有本事让自己的胃一直哀号到10点，最后她一副大人不记小人过的姿态，到壁橱里拿出那桶饼干，快意恩仇地吃起来。她想如果没有什么意外的话，她吃完饼干就要睡午觉了。一段时间来，她照镜子总是看到自己脸色阴暗，眼神枯干，像一个中年妇女一样死气沉沉，或许只有睡觉，才能有所补益。当电话铃终于停下来时，阎喜感到胸口提着的一口气沉了下去，她将油花花的手指伸入饼干桶，正准备拿出第六块饼干的时候，电话铃又催命一般地响起来，她不想去喊正浩，又不想让自己食欲全无，只得低声骂一句，拖出一张餐巾纸，捏起电话，没有好声气地说："喂！"

　　电话那头有人急促地说了句什么，阎喜绷直了身子，双手攥紧了电话，凑到耳边，恨不得把整个头都塞进话筒的架势："什么时候的事？！"

那边一副没工夫给她解释的架势，说完就要扣电话，阎喜抱着电话不撒手："先别扣电话，是真的吗？不会是开玩笑吧？！"

电话砰的一声扣了。打电话的人也是乱了方寸。电话在阎喜怀里发出嘟嘟的忙音声，阎喜低头一看，上面粘上了自己的油手指印。她拿纸巾胡乱擦了两下，扣好。她感到胸更闷了。墙上的表指向了10点38分。窗子开着，有些孩子在草坪上踢球，传来啊啊的喊叫声。没有风，看不到云彩。阳光很足，对对面楼上的米色瓷砖墙、长条方块玻璃窗反射着太阳热辣辣的光。相比之下室内是清凉的，她甚至感到有些发冷了，她环视四周有些不知身在何处的感觉。书房里，周正浩还在他的红警世界里厮杀，她突然想抓住一点什么，径直走到书房里。周正浩头也不抬，但是感到了她木头一样杵在他身边。

"翁先生死了。"

正浩嗯了一声，仿佛她原来跟他说要吃饭了一样。但只是一秒钟，正浩突然抬起头来："你，说什么？！谁，谁死了？！"

"翁先生。"

周正浩看阎喜瞪大了眼睛，惊慌失措的表情，知道不是开玩笑。可他还是不确定："哪个翁先生？"

"老翁，翁瑞同。"

"不可能啊，昨天早上我还见过他呢，在百货超市那里等24路车，我还捎了他一段呢。"

"昨天晚上9点死的。明天葬礼。"

"怎么会呢，妈的！"他从电脑桌前站起来，从冷水瓶里倒出一江水，咕咚咕咚喝下去。在屋子里转了几圈。越想越觉得不靠谱，可是死人这件事没人拿来开玩笑的。他从手机里查询认识翁先生的人，然后一一拨过去，拨到第三个的时候，电话还没通，他就摁了停拨键。

他单腿站在墙边，右脚脚丫子挠着左腿肚，他的蓝拖鞋底汪着浅浅污垢，正印出他脚丫的形状。

估计他这双拖鞋除了亲吻他的脚丫子，鲜少有机会到清水里沐浴沐浴。两个星期来，他们一句话都没有说，阎喜懒得碰一切和他相关的东西，他也乐得清静，一下班就跑到书房，打开电脑，打开那个让阎喜诅咒了一千遍的红警游戏。他们一个睡在卧室，一个睡在书房的临时小床上，外人看着两人进了同一个家门，却不知道在关起的门里，是井水不犯河水的两个世界。

阎喜的习惯是每顿饭都要喝汤，大米汤小米汤紫菜汤肉丝汤，如果一顿饭没有喝汤，她就觉得肚子里堵得慌。原来她都是将菜端上桌后，再将那个别出心裁的汤放到饭桌中央，然后两把蓝花瓷汤勺，两只薄胎小瓷碗。她喜欢上汤的那种仪式感，更喜欢汤菜结合饭汤融合的浑实感。自从吵架后，她默默地走进厨房，还是做汤，但也仅仅是刚舀满一碗的汤，有时候做多了，就倒掉。她把菜汤倒进洗碗缸，底下的菜叶子则倒进垃圾筐，一边倒着的时候她有种痛快淋漓的感觉，就像有一次她的甲沟炎犯了，她拿小刀将指甲割开了一道口子，看着鲜血汩汩地流出来。最开始冷战的几天，周正浩到厨房里转一圈，仿佛领导视察下属单位一般，不用说，阎喜闷声不响地在那里切肉或者摘菜，他有本事对她视而不见，然后拿一双筷子，走到客厅里去了。一阵肉火烧或者汉堡包的香味缭绕过来，周正浩吃得兴味盎然，末了还听见嘴唇吧嗒做声。三五分钟他的一顿饭就解决了，然后他跑到卫生间里洗洗油手就到书房里与他的红警厮缠去了。

阎喜是圣德妇科医院的护士，有轻微的洁癖，每次饭前要洗手三次以上才肯拿锅盖，她在厨房里听到周正浩嘴皮吧嗒咂着的声音，越发胸闷气堵，有一次她在手上打了五遍洗手液后望着在胳膊上堆积的泡沫发呆，厚实的泡沫如同奶油塔，在哗哗流淌的水龙头前轻微抖动。她买回来的血红色羊肉躺在白色长条案板上，方便袋里还有没有开封的王致和豆腐乳，豆绿色芥末油，焦黄色的豆瓣酱，齐整的小香菇捆成一束，像突兀冒出的浅黄色泡泡。她想做的是培根香菇汤，黄色香菇，肉红色培根，还有碧绿的香菜，葱白，姜末，香浓欲滴的，勾人食欲的……可是周正浩挑战的大嚼声浇灭了她的厨事激情。她端着两手泡沫，仿佛端着两垛石膏雕塑的木呆模特，后来她就自虐一样洗了十几遍手。她做饭的激情就这样让周正浩给破坏了，后来她买回来的一大堆调料小山一样堆积在厨房案几上，仿佛开了一个酱菜铺子。她重新记起了大学时代的特色小吃和零食。她买回马宋饼、肉夹馍，还有懒老婆饼等，有时候则抱着松子、腰果、苏打饼吃一会子，然后出去逛街，不出去的时候就蜷在沙发上看电视，或者躺在床上听MP3，看《风尚》《上海服饰》。有一次她熬了一点稀饭，在卧室里躺了半天才想起来，跑去厨房的时候，看到煤气灶上蹲着一只崭新的小钢精锅，不用说里面正煮着周正浩的面条，有一股酱香味。锅台旁放着一瓶刚打开的干煸牛肉酱。周正浩做好了拿出一只大碗，连汤带水全倒进去，然后饿狗一样端着颠进书房。第二天早上阎喜经过书房门口，还闻到一股呛倒人的酱香牛肉味。这么无情的男人，这么无味的婚姻，还要它干什么呢？

是什么时候他们开始吵嘴，最后连嘴也懒得吵了？阎喜忘记他们第一次吵架是为什么了，但是她记得自己将围巾摔在沙发上，打开门怒冲冲地往外走。是一个冬天，夜已经深了，苍白的街上偶尔驶过一辆破吉普车。在黑暗处，有穿着臃肿的情侣抱在一起，像着了色的晃悠棉花垛。街灯的光晕也给冻得模糊不清。怒气让她胸口发热，呼出的白汽也火辣辣的。她不知道要走向哪里，在这个城市除了和周正浩的家，她没有第二个安身之处。在一个废弃的污旧电话亭边，她停下来，摸到了一手铁锈，这才发现手被冻得火辣生疼。她突然心神茫然，懊恼不已，蹲下来抱住头，就在这时有人突兀地从后面抱住了她。她猛地站起来，极力想挣脱开，那双手却牢牢地交扣在她胸前，勒得她胸都闷了。街上没有几个人，她万分恐惧，要大声喊叫，却觉得那人将头靠在她肩上，"你能走到哪里去呢？！"是周正浩，这个混蛋，她挣脱开，使劲地捶他。他任由她发泄，然后再次揽住她。两个人拖拖拽拽地回了家。后来在床上，在黑暗里，周正浩摸索她的眼睛鼻梁嘴巴，把她的头发缠在手指上，"吵归吵，你为什么要跑开？在这个城市里你是我的，只属于我，你能跑到哪里去呢？"好像因为吵架的插曲，他们谈恋爱时的激情又回来了，后来阎喜咬着他的胳膊睡着了。她清楚记得第二天睁开眼睛，厨房里传来一股焦煳味，她脸也没洗，趿着拖鞋，到厨房里一看，正浩手忙脚乱地下着面条，一只锅里热气腾腾，一只锅里葱花给炒焦了，黑炭一样浮在油汤上。那是一顿难忘的早餐，周正浩用嘴巴示意阎喜看胳膊上的紫红牙印。阎喜红了脸，两人眉眼都是笑地喝光了焦煳发黑的葱花卤面条。

后来知道他们吵架的翁太太说，哪家夫妻不吵架呢？好煞的夫妻不到头。小夫妻床头吵架床尾和，哪里有记仇的？这话结婚头些年是对的，到了后来就不对了。

　　阎喜怀孕后，周正浩的母亲从城北的家里赶来，要照顾小两口的饮食起居。老太太在棉纺厂退休，老姐妹们都当上奶奶姥姥尽享天伦了，她还整天在家里和老头子大眼瞪小眼。周爸爸喜欢养花养草，一有空就对着花儿草儿咕咕哝哝，用在花草上面的时间比陪老婆儿子的时间都多。逮着儿媳妇怀了周家接班人，老太太便大包袱小包裹，艾草，黑豆，小围嘴，俨然挎着一个百货超市义正词严地住进了儿子家。在这之前，每逢小夫妻去过周末，老太太都要夹枪带棒地隐喻半天，方式含蓄意思明显，阎喜肚子迟迟不见动静，到底是没纳入计划，还是哪个有问题？小两口要是会算计，趁着她这两年身子骨还壮实抓紧生个宝宝，她还能帮着看大，如果再拖几年，有个这病那灾的，有那心也无那力了。如果身体不行，抓紧找人看看，她还认识个很神的老中医呢，据说找他看的人生双胞胎的占百分之五十。末了还偷偷塞给儿子一个花哨的小册子。周正浩回家便扔到旮旯里了，阎喜捡起来，妈呀，上面尽是些生男生女秘籍、如何尽快受孕之类。阎喜在农村长大，结婚后阎喜的妈妈也给她口授了若干生男秘方，她嗤之以鼻。阎妈妈不跟女儿一般见识，语重心长地说，你要想在周家立起来，一定要生个儿子。大媳妇生个儿子，你再生个闺女，接着就矮半截，古时的话没有错的，母因子贵。唠叨几次，阎喜也就烦了，阎喜不相信她如果生个儿子，和周正浩的感情就水涨船高，生个女儿感情就落花流水，哪里有这个理。现在这个社会什么地位不地位的，她自己有工资，只要和周正浩感情好，谁还能动她一根指头？她不理这个茬。

　　怀孕后，她食欲倒是好了许多，能吃能睡，小肚子也水涨船高。很重要的一个原因，周妈妈做饭花样特别多，豆腐丸子肉丸子，做出来却不是原色，而是红黄绿，看上去特别喜人。红的是用胡萝卜汁染的，绿的是芹菜汁，黄的则是菠萝汁。鸡蛋肉卷上面撒一层切碎的肉松，茄子肉饼，每个饼干大小，用锅蒸出来……每顿饭都有肉，或者红烧，或者清炖，或者做成卷，或者剁成馅，花样多得让阎喜的味蕾经常处于惊喜状态，更奇怪的是吃起来一点都不腻。许多孕妇对油腥都是很不感冒的，但是阎喜越来越喜欢上了荤菜，她惊叹婆婆深藏不露的厨艺，有相处甚晚之感，那段时间，见到阎喜的人都说她吹气一样，见风就长。最初小腹微微隆起时阎喜是有些害羞的，很想用衣服遮掩起来，后来隆起得明显了，她反而坦然了。她穿着周正浩嫂子拾给她的孕妇裙，一脸的风轻云淡，腮上又有了婴儿肥。有一次周正浩大嫂过来看到婆婆正在厨房里乐颠颠地煎炸煮熬，对捻了一粒杏仁在嘴里嚼着，对阎喜说，小阎，还是你有福气，我生壮壮的时候，咱妈那个时候爱岗敬业，在家里都看不到她人影，你看，现在你的宝宝才刚上身，咱妈已经在这里发挥余热了……不用看大嫂的脸，阎喜也可以感觉出她满腹的酸水，可这个时候她心宽体胖，有充分的理由听大嫂的抱怨并有责任安抚她。她占了便宜就要学会嘴甜一些，她拿一个大脐橙递给大嫂：我还是顶服气你的，一个人又是上班又是带孩子的，可是什么也做得不比别人差，我要是有你那么一半就好了……安抚了大嫂，有时间她还要安抚婆婆，周妈妈是个很好强的人，什么也容不得比别人差，偏偏周爸爸老好人一个，万事好说话。两人吵了一辈子，眼不见心不烦，一闲下来周妈妈便逮着媳妇诉苦，以前她也找儿子说过，儿子心不在焉加满脸不耐烦。阎喜想周正浩不听她唠叨，也是她的宝贝儿子，她阎喜如果有丝毫不耐烦，就别想再吃她做的彩色肉丸了，吃了人家嘴软嘛。得了好处不假，也是要付出代价的。

　　有一次阎喜散步回来，感到眼皮重沉，匆匆洗漱后睡下了。迷糊醒来听到母子俩在客厅里说体己话，周妈妈说，别是你媳妇的例假不准吧？

　　周正浩含糊道，我哪里记得住。

　　如果是三月里上身的，就应该是儿子。可是看她那个做派怎么看怎么像是个丫头？什么辣吃什么，酸倒是不沾一点。走路也像，才几个月啊，就那么埋汰。我怀着你的时候，快要生了走路还像小跑呢。

　　听到这里阎喜心里梗了一下，像咽了一块棉絮。这腔调怎么听着这么不舒服呢，这哪里是白天做饭做汤劝吃劝喝的热乎劲儿啊？

　　这时她听到了周正浩软不拉叽的声音：我哥是个儿子了，我再要个丫头不更好吗？

　　周妈妈说，可是你爷爷就你爸一个独苗啊，单传不如多传……咱楼里有好几个孙子的呢。

　　……

　　娘俩就未出世的宝宝性别还有两人的夫妻生活频率嘀咕了半天，阎喜听着手脚发凉睡意全无。窗纱拉上了，她隐约看到外面青蓝的天，前面楼顶的太阳能，还有不锈钢栅栏，她趴在床上肚子扭到一边，胳膊麻了，她将头扭到一边换了一个姿势。她看了一下自己的卧室，从客厅传过的微光里，一盏圆盘子一样的顶灯，天花板是巴洛克浮雕，对着床尾的是他们36寸的婚纱写真照，她拿着一束百合心无城府地挨着正浩的胸口笑着。纯白色壁橱，里面他和正浩的衣服叠在一起。她的衬裙挨着他的背心，他的领带和她的胸罩圈放在小格子收纳盒里，他身上的荷尔蒙味道沾染着她身上的"一生之水"味道。看上去他们是一体的，不可分离的，这间卧室是他们的，四四方方的小天地。周正浩曾经说过这是他们的天堂。可是在这一刻她分明感到她自以为独成一体的天堂正被放在周妈妈的手上被打量被端详，更可怕的是关于在这天堂里的诸多细节她都牢牢掌控着，比如孕期两人亲热的次数，比如如何辨别肚子里孩子的性别，女孩在里面动是一鼓一鼓的，男孩呢，则是冲撞，像捶拳头……她像是突然惊醒了，从自己身体上跳出来，打量着自己卧室里的摆设，打量着白天自己所承受的厚待，打量着自己的幸福感……然后她觉得胃里一阵翻滚，眼泪流淌下来了。她用枕巾擦了擦，还是流，泉眼一样堵不住。后来正浩走进卧室，躺到她身边，用手轻轻地碰了碰她的肚子——他以为她睡着了，然后他就打个哈欠侧过了身子。在确定他已经睡着了后，阎喜转过身子，打量着他张嘴呼吸的样子，睫毛轻轻眨动，喉结也上下浮动，她不止一次看过他的睡姿，这一次她却觉得无比陌生。

　　阎喜陷入了失眠期。睡晚了早上醒来满脸浮肿，睡早了则半夜两点以后总要醒来。她左翻右转难以入睡，有时就打开床头灯，以前她看到酣睡的正浩总要将手掌覆在他的腮上，正浩鬓角很靠下，她的手掌就有那种毛茸茸的触感。正浩有一个习惯动作，闲来没事或者走在路上的时候吹额前的头发，他鼓了腮帮子起劲去吹的样子印在她心里，她一想起来就觉得心里软软的，痒痒的，他的酣睡总让他想起吹气的动作。可是这会儿她半夜里醒着，婆婆在另一间卧室里睡着，周正浩睡着，呼吸均匀，有时偶尔蹬紧了腿抽一下，一定又在做那种掉下悬崖的梦。她冷冷地打量着他，觉得他的一部分已经离自己而去，或者压根就没有在过，原来她沉醉在两人的小世界里，迷迷糊糊，因而发生了拿无当有的错觉。她不想把腿搭在他多毛的腿上，甚至不再拖着他的手去摸自己的肚皮。有一次周正浩去解她孕妇裤上的带子，她一把打开了他的手，正浩以为她在逗他，伸了手去再接再厉，不想那只温情款款的手着了火辣辣的一巴掌。正浩抬头去看，阎喜竖眉瞪眼，脸色大变，仿佛他不是在爱抚她而是要羞辱她一般，他吃了一惊，脸上有些挂不住。他们还没正儿八经摞下脸过呢，正浩打起精神，好不容易整出一个嬉笑来："嘿，是不是嫌我这两天干劲不足？！"阎喜冷笑一声："为了你们周家后代你就省省吧！"翻身过去留给他一个后背。这不像是开玩笑了，周正浩搞不懂天怎么突然就变了。女人怀孕比男人怀才还难办呢。他突然觉得没意思，涌起来的热望消失殆尽，他赌气爬起来，趿着拖鞋躺到沙发上打开电视，他特意瞅了瞅母亲的卧室，灯已经关了，估计也睡着了。他拨到体育频道，鲁能泰山和大连实德对决，下雨了，运动员在湿漉漉的草坪上懒散地奔跑着，看着看着，他竟然睡着了。一觉醒来天已经微明，黑夜像乌鸦羽化而去，他正想蹑手蹑脚到卧室里去，周妈妈从卫生间里出来了。原来她早就醒了。正浩只得站起来懒懒地打个哈欠：啊，哈，看球赛没想到看着看着睡着了。

周妈妈狐疑地看看儿子发青的眼圈，又看看闭得紧紧的卧室门。早饭端上来，玉米羹，小蛋糕，葱花鸡蛋饼，萝卜丁和一碟榨菜，三杯奶。阎喜只吃了一只鸡蛋饼，就想起身，周妈妈说话了：小阎啊，你可不能吃这么少，做妈妈的人哪能亏待孩子呢？

阎喜生硬地笑了一下：亏待不了，有时候越是娇惯，孩子越吃亏呢。

周妈妈愣了一下，也端出一个笑：孩子没出皮，你现在体会还不深呢。哪个当妈的也见不得孩子吃屈，不信你试试。

类似这样暗藏机锋的话，不知道正浩是听不懂，还是装傻。阎喜也懒得去分辨，除了肚子里的孩子，她已经对两人的新生活心灰意冷，婆婆的到来掐灭了她对正浩的全部幻想。但是婆婆这句话恰当与否，阎喜却无法验证了。俗话说一语成谶，真是不错说的。

关于她孕期的回忆还有很多，烦恼的事，隔着时间回头看，犹如隔着清水看水滴石子，历历在目；甜蜜被以后的痛苦所对照，显得尤为面目可疑。那段时间，她形容枯槁，待在家里，不洗脸不梳头，自暴自弃得像个丐帮女人。翁太太一手抱着一束鲜花，一手抱着一个不锈钢饭钵，里面盛着当归黄芪炖的老母鸡，放好了，坐到她床边，嗔怪地骂了她两句："你这孩子怎么这么不懂事，自己这么糟蹋自己，让做父母的心里怎么安稳？"阎喜脸一黄，眼泪就下来了。哭过了，翁太太拿温水泡了毛巾，让她擦了脸。小产后她听到最多的是责怪，连自己的妈妈过来，又是心疼又是心恨地说她不小心。她未尝不知道是因为当着婆婆——周妈妈脸皮都快耷拉下来了，一个劲唉声叹气。阎喜那天也是犯了迷昏，非要刷刷拖鞋底，她坐在小凳子上，一只脚搭在另一个凳子上，拖鞋底确实是有些脏了，污水顺着刷子流淌，等鞋底见白了，她伸脚丫子要穿上，就在脚够到拖鞋的那一瞬间，板凳一滑，她整个人摔地上了。她想慢慢爬起来，却突然看到一条血蚯蚓汩汩地从大腿根部汩汩地爬出来，她吓坏了，大声喊叫，悄无声息。周妈妈买菜去了，正浩不知道死哪里去了，她自己拨打了120，到了医院，一切都晚了。是个男婴，闭着双眼皮的眼睛，没来得及看一眼这个世界。周妈妈哭得比她还要厉害，几次晕厥过去，正浩就在那里给她掐人中。她辛辛苦苦伺候了几个月，却竹篮打水一场空，不过是她出去买菜的功夫，好好的孙子就没影了。阎喜躺在床上，瞪大眼睛看着房顶，周妈妈的哭泣远远的，仿佛在三丈之外，她感到自己离自己的身体也远远的，疼痛不在了，她的腹部已经扁扁地塌了下去，一些货真价实的东西也不在了。似乎都不像真的，她怀孕了，一天比一天出怀，走路像只企鹅一样摇摇摆摆，坐公交车都有人主动给她让座，她享受着这准妈妈的待遇，仿佛看到小宝贝就在她眼前蹒跚着，一路走来。可是一夜之间，一切化为乌有。

"她为什么非要洗拖鞋底呢，就那么一会工夫……"周妈妈为这样的执著念头折磨着，祥林嫂一样嘟嘟囔囔，饭菜的质量明显下降了，有一次阎喜竟然从粥里吃出了一根洗碗布的纤维。有次阎喜听到厨房里水哗啦哗啦地响，以为忘记了关水龙头，走进去却发现周妈妈一手拿着洗碗布，一手拿着碗，呆呆地发痴。房间里的大胖小子贴图，都撕了下来，那些奶嘴、围兜，以及卡通的拉舍尔小毛毯、新做的小褥子，全被托到了橱顶，没有人想看到那些。后来，周正浩辩解道，不就是那么一句话嘛，至于那样！还是婆婆说的那句话，从周正浩嘴里说出来，阎喜彻底崩溃了，她歇斯底里地把枕头扔到地上，是我故意的，我有病，我故意弄死自己怀了八个月的孩子！行了吧？！周妈妈和儿子看到一个披头散发眼眶乌青的女人光着脚丫子站在床上，眼泪滚滚的，几乎是一个疯子了。在坚持了半个月后，周妈妈情长气短地离开了儿子的家。

阎喜跟翁太太说："我要离婚！"翁太太拍拍她的头，笑了一下："你以为离婚就是两片嘴皮一吧唧那么简单？如果这样我和老翁早离了八百次了。要等离婚也要你身体好后再说话，你这个样子，人家跟你离婚那是遗弃你呢。"

阎喜身体复原后，人变得懒懒的，倒是周正浩勤快起来，也不知道是他突然觉悟呢，还是翁太太让他开了窍。他练习洗衣做饭，并买了菜谱，闷头照着做了起来。蛤蜊汤是黑乎乎的，大约酱油加多了；红烧蹄膀则一片白花花，咸得仿佛打死了卖盐的，就连简单的鸡蛋西红柿，也是黑炭一样黏在锅底，色相全毁……阎喜熬忍不住，将正浩从厨房里赶了出去，打点精神自己做饭，她十二岁就帮妈妈炒过菜，不相信好端端的菜可以弄得这么惨不忍睹。菜端上来，很简单，但是色香味都是值得品评的。灯光打在两个人油光光的脸上，筷子和嘴都是油光光的。屋子里很静，听得见鱼缸里鱼尾巴拨水的声音。

周正浩看着阎喜，这个几个月前还失魂落魄的女人，她站在厨房里，系着碎花围裙，耐心地将香菇摘掉粗颈，把芹菜叶子一片片摘下来，女人真是不可思议。但是更不可思议的事情在后头，在正浩吃到一顿无比正宗的香嫩鲅鱼后，抹抹嘴唇，得意地说："老周家的女人一个顶一个，心灵手巧。"阎喜冷笑了一声："哼，我们还没血肉相连呢。没给你老周家添丁，算不得数的。"

有一次周正浩正行饱暖之后事，突然听到了阎喜说，你是不是算准了日子要传宗接代？

正浩浑身发软地站到地上，阎喜，你是不是有病！

我有病，没病才怪呢，你们不就把我当一工具吗？

这样的吵架次数多了，两个人都无比厌倦。有人说吵一次架，感情就加深一次，等于强化感情沟通，可是在正浩阎喜两人身上，每吵一次架，就生分一次。阎喜一边炒菜一边说，我们离婚吧？正浩眼睛盯着天花板，估计在看上面的苍蝇屎，他几乎不假思索地说，好啊。离就离，谁怕谁啊，阎喜自己盛了一碗饭，浇好汤汁，在没有铺餐巾的桌子前吃起来。她细嚼慢咽，仿佛在品味每一粒米的味道。周正浩坐到书房里，打开电脑。原来他们以为彼此相爱来着，谁离开谁都不行，可是他们结了婚过起了日子，有了孩子，孩子一阵烟一样消失了，就像从来没有来过一样，他们原以为牢固的爱情也一阵烟似的消失了。没有什么是坚不可摧的。似乎连伤痛也是随风而散了，更让阎喜觉得彻悟的是，通过丧子之痛，她看清了爱情的真面目，她看透了她许了一生的这个男人，原来只以为他是个大男孩子，他的无情，自私，冷漠，没有主心骨，比所有她见过的世故的人更让她冷彻心扉。他们失去了中间的一个联系，可是似乎都获得了一个真理：对方并不值得爱，或者对方并不爱自己。他们躲避着彼此之间可能出现的联系，唯一约好了一件事就是离婚。

　　那天是国庆节，两个人都有空，阎喜穿上一件镂空绒线衣，下面藏蓝牛仔裙，粗粗地化了一个淡妆，打车去民政局。民政局大厅里吵吵嚷嚷的，不止一对的青年人焦躁地等着领他们共同生活的通行证。有一对韩版打扮的男女，在等待的间隙里，不时贴耳悄悄话，那个黄头发青春痘的男孩子不知道说了些什么，女孩子爆出一阵压抑的尖笑，哨子一样劈开了嘈杂，满头卷发的办事员瞪了他们一眼又一眼。阎喜超然物外地看着他们，以一种过来人的觉悟同情地看着他们，她突然想起了他们登记结束后，正浩得意地将红皮本揣进裤袋里："嘿，从今天起，你想跑也跑不了了。"时隔三年，他们主动拿了红皮本来兑换绿皮本，兑换一个可以自由出入婚姻的放行证。她低下头看到了自己的达芙妮鞋子，半旧的圆头款，皱巴巴的软牛皮，可是她的胖脚丫子在里面不受屈。而搁置在鞋柜里那双金色的Ferragamo她只在去参加舞会的时候穿过一次，细高跟，修长的鞋带将脚踝圈住，看到的人没有不赞叹它的优雅和出众。可是穿过一次，她的小脚趾就磨起了一个肿泡。他们的婚姻没有人说不配的，可是种种的不舒服她自己知道。一双鞋要是太紧脚，就不如光脚舒服。她去看正浩，还是那副事不关己的德性，心里更是涌起过一阵恨意。她要彻底抛开他带给她的一切痛苦，那么只有离开他。她想若干年后她会觉得自己的决定是对的，即使不对她也不后悔，她承受过的痛苦已经够抵押这一切了。好不容易轮到他们了，阎喜把结婚证递过去，卷头发办事员冷冷地看了她一眼，将结婚证给她扔出来，撇着一口东北普通话高声道："我们加班只为结婚的新人办手续，改天再来吧。"她特意加强了"新人"二字语气，显露出一种趾高气扬的嚣张，大厅里等待的人都将头转向了阁喜，那个哈韩族从他的准老婆耳根下抬起满是青春痘的脸幸灾乐祸地望着她。

阁喜一阵气堵脸红，刚要反问几句，却见正浩一推开推拉门，三步并作两步跳到街上，他撺到了路旁一棵三角梅，落了一肩黄叶子。他的头发枯草一样乱蓬蓬的，腰没有粗起来，小肚子却鼓了，比她三个月的身孕还要大。一想到她差点做了妈妈，阁喜就胸头发闷，她装好结婚证，听到那办事员在背后嘀咕："累死了，不看人死活，离婚也来凑热闹。"妈的，离婚就该受歧视？什么年代了！阁喜怒火攻心真想去扇那卷发两耳刮子。她怒目瞪了两眼，气短地逃出了目光的包围圈。他们的离婚就此拖下来了，起居饮食都是分开的，有一次阁喜要去卫生间，推开门，正浩在里面冲澡，肩头上堆满泡沫，一见她进去慌忙将身子背过去，她感到受了莫大的羞辱，将门一摔走了出去。当离婚拿到桌面上来，谁若主动示好，或者主动撤防，谁就是孙子。问题是谁也没有再向对方靠拢的理由和热情了。他们的婚姻已经没有了呼吸和心跳，行将就木，只等着那张纸来宣判正式死亡。

可是赶在他们宣布婚姻死亡之前，翁先生死了，翁先生是他们的媒人，他们必须要出席他的葬礼，甚至应该在葬礼之后去看望翁太太。这大概是他们离婚之前唯一需要共同去面对的事情了。

阁喜穿着一件黑罩衫，勉强坐上了正浩的破吉普。她想这是最后一次他们两个人坐一辆车吧。回来后他们就分手，然后永不见面。是的，正浩，她永远也不想再见到他了。

灵堂设在翁先生在郊区的家，是一座枯朽的二层老楼。灰砖灰瓦，檐间露出些枯旧的和了灰泥的麦秸，阁喜记得翁太太唠叨过，翁先生近两年犯了病一样，一有空就回来收拾这老房子，里面能动的地方都动了，倒是外面不着一缕，人家都是驴屎蛋子外面光，他倒好，擦粉擦到屁股上。翁先生在滨河花苑有一套房子，在市中心，是许多人梦寐以求的黄金地段。翁太太喜欢那里，超市、医院、商贸大厦、城市广场离得都近。她爱时髦，经常到时尚中心去做个发型，或者去美容院按摩一下，不喜欢到郊区的老房子里来，可是拗不过翁先生。她年轻时大多黑蓝穿着，到了这把年纪，才发现自己少过了许多人生。每当她在大衣镜前搔首弄姿的时候，翁先生就会无孔不入地打击她爱美爱生活的积极性。"到了你这把年纪，就该朴素一些，让人看着也庄重。"别看翁先生是画家，一回家就是个不折不扣的老夫子，翁太太越发别扭："到了这个年龄，土埋半截了是不是？是不是巴不得我给你倒空？"翁先生步步后退，连连摆手。每次吵嘴都是这样的结局，看上去都是他在退，可是翁太太从来没觉得占多少便宜。可是此刻，他静静地躺在一面铺了靛青丝绸的床板上，闭着眼，原来红粉粉的脸孔仿佛金箔纸一般，下巴收着，嘴张成一个黑洞，头顶的香油灯冒着烟。床边烧着一些纸钱，烟灰腾空，有些他们不认识的亲属在那里陪着垂泪，翁太太声音嘶哑，眼袋发青，蓬松着头发，阎喜惊奇地发现竟有一半是白的，头顶灰苍苍的，不留意看，以为不小心顶了一头蛛网。她穿着布鞋，前头草草缝了一块白布，一向收拾得周正的翁太太第一次让人看着这么衰老，无告。院子里堆满了硕大的花圈，菊花花篮，前来吊唁的人一拨来了，对着翁先生的那张黑白照鞠躬默哀，然后有人去握翁太太的手，说一些保重之类的安抚的话，前脚不等走出门，另一拨又来了。

正浩一直瞪大着眼，他不相信一个人说死就死了。那个躺着的人千真万确是翁瑞同，可是又怎么看怎么不像，又黄又干，似乎身高也缩短了一段。就在前天早上，他开车去单位，看到翁先生站在硕大的站牌下等公交车，晨风吹得他有限的头发在明晃晃的头顶盘旋，他双手插在灰色风衣口袋里，像个孩子一般晃着脑袋丈量脚下的方砖。正浩突然觉得十分有趣，咧开嘴笑了。他摁了摁喇叭，大喊一声，老翁。

翁先生闻声停下来，跳上车，不好意思地搓搓手，在副驾驶位子上坐下来。正浩笑着问："等车的时候是不是在思考问题？蛮专注的啊。"翁先生耳朵一竖，颧骨漫上一层红晕。他叹了一口气："刚才我在想啊，孩子大了，两口子呢，也好歹磨得没脾气了，属于老翁我自己的黄金时段来临了。好好想想，唉，还没为自己活过呢。刚才等车的当儿我一下子想起了小时候跟在女同学屁股后面跳房子的情景……没觉得呢，人生半百了啊。"正浩不由瞅了翁先生两眼，他是不显老的那种男人，脸色红红的，鼻头圆圆的，笑起来有些像小孩子又有些像老太太，这样的男人除了青年时期哪个阶段都是漫长的，他不由呵呵笑起来："你现在风华正茂，一朵花刚要怒放啊……"翁先生也笑了："哎，毛头小子还糊弄老头子……"说着话，很快到了书画装裱店，翁先生下车了。他胖胖的身躯包裹在西服里，走起来蠕蠕动着，看上去雄心万丈的样子。可是一天工夫一个活生生的说话走路筹划未来的人就突然说死就死了，丝毫的预兆都没有。阎喜回过头，看到了正浩眼睛里的鸡蛋壳一样的泪光，水泡一样笼着他黑白分明的大眼睛，为不让那水泡破裂，他咬住了嘴唇。她好久不见正浩这样哭了，非常意外地，她心脏部位痉挛了一下。她握着翁太太的手，那只手松弛软得鸡皮一样，又冷又柴。翁先生死的时候，她正好在街上同一个老相识聊天，等她回家时，老翁已经不会说话了。送到医院，医生劈头盖脸一句：早干什么了？提前半小时说不定还有救。她回家的时候翁先生躺在沙发上，她以为他睡着了，上前搡了他一下：才几点就睡，夜里又要不让人睡安稳。老翁一动不动，她刚要再推他，发现他一条腿垂在地上，地上还有一本翻开的书。她心里突地跳了一下。大喊老翁老翁，老翁没有一点回应，他的小拇指似乎微微动了动，也可能是幻觉。翁太太把耳朵贴到他胸膛上，她不知道是她的心在跳还是老翁的在跳。老翁走后，她睡不着，哭得嘴唇发麻，后来她就揪自己头发，捶自己的头……阎喜抓着她的手，她还是一个劲地捶胸口："小阎啊，那天为什么发昏去上街啊，没什么可买的，上街就上街啊，我为什么聊天啊……"

　　没有什么能安抚翁太太。她一夜之间苍老了不止十岁。一个朝夕相处的大活人转眼之间就如灯灭一样，谁能受得了啊。告别了翁太太，阎喜一言不发地上了正浩的车。她失魂落魄的，没有从刚才看到的景象中转过来。车窗外，街旁的洋槐跑步后撤，行人们的身影像一道拉长的彩线，阎喜睁着眼睛，却什么都看不真切。刚才，正浩哭了，自己死的时候，他也会掉这么一滴眼泪吗？他们未出世的孩子去世，他都没有哭过呢，只是和他老娘一个鼻孔出气地埋怨她。一想到那个和她血肉相连息息相关的小生命，阎喜的泪更是止不住。一个生命的孕育要那么长时间，可是死去却如此简单，就像她坐在副驾驶位置上，前面摆放着摇摆花，她一直看着一直看着，那花在那里动着，可是如果突然就消失了，这怎么像真实呢？怎么不让人质疑是幻觉呢？心肌梗塞，就是一根重要的血管突然被堵住了。她那天在阳台晒被子，拍打灰尘的时候，不小心拍死了一只小昆虫，大约是从花上爬上去的，就在她不经意那么一拍那只褐色的不知名的昆虫就一命呜呼了。当时她还耻笑那只可怜无辜的小东西，可是人的生命怎么也这么脆弱？如梦幻一样不可相信。她知道此刻的翁太太巴不得睡着，然后醒来一切都是一场梦。可是怎么是梦呢？那个人实实在在地躺在她身边，鼻子眼睛耳朵，都是她所熟悉的，毛发和汗液的味道。可是他已经永远不在了，失去了呼吸和心跳，失去了和她记忆相连的一切，就是那个唯一让人感觉真实的躯体，也要在火化场化为灰烬。想到这里，阎喜突然问："明天翁太太会去火葬场吗？"正浩闷了半天，说："应该不会吧，她受不了那个。"日光暗下来，薄暮一寸寸地吞没了行人、汽车，街灯次第亮起来，确实看不真切的。相较外面的灯光，车内是黑暗的，像一截黑炭在火光里流动。两个人都不再说话。

回到家里，两个人在客厅里坐下来。他们就那样呆呆坐着，正浩破例没有去书房，阎喜也没有开电视。有葱丝爆锅和煎鱼的味道传递过来，正是吃饭的时间，两个人都有些无动于衷。正浩将头仰靠在沙发上，双手抱头，他的嘴巴也不由张成了一个洞。阎喜豁然想起翁先生的嘴巴，那个仿佛掉牙了的大洞，仿佛深不见底一般。在阎喜的对面墙上，挂着结婚时翁先生送给他们的一幅画，五牛图。由于久不擦拭，已经落满了灰尘，相框横梁上的灰足以埋葬一只苍蝇。阎喜拿着一块抹布踩上凳子，开始擦拭。翁先生画的牛有毕加索笔下牛的风骨，常被翁太太讥笑为画得像野猪。可是就是这张五牛图据说曾有人出十几万的价。为这件事两个人还私底下吵了一架，翁太太嫌结婚画牛不喜庆，牛都是苦叽叽的，一副劳碌相。人家结婚送画也不过是牡丹、百合、蝙蝠、梅花鹿什么的。翁先生听完，嗤之以鼻：俗气。翁先生特意问阎喜："小阎，你喜不喜欢这幅画？"阎喜忙做笑意葱茏状："当然喜欢啊。"私底下，阎喜也是想，哎呀，结婚送牛，该如何讲呢，牛可是吃一辈子苦的。她擦拭干净，跳下凳子，想如果不送这幅画的话，老翁一出手就是十几万哪。原来他们策划离婚这件事的时候，并没做到事无巨细，这幅画就疏漏了。可是想起来又怎样，这是老翁送给两个人的画，两个人分开，任何一个人都不应该得到它。

两个人一直枯坐着，墙上钟表滴滴答答的，把八十平米的房间走得格外空旷。他们最激烈地战争的时候，后来彼此冷漠疏离的时候，也没有这么安静过，阎喜看电视或者看杂志，正浩打红警。从一种热闹退到另一种更具体的热闹里。他们从来没有像现在一样不想逃避，但也不想说话。阎喜低下头看着自己的手，不是特别红润，但是细腻的、光泽的，关节细长，指甲明亮，即使指甲油剥落了也不难看。而翁太太的手，她第一次发现是那么松弛，苍老，罗列在虎口周围的老年斑不像里面长出来的，倒像是外面贴上去的。迟早有一天她的手也会变成那样。她突然觉得毫无意义，原来和周正浩别扭执气毫无意义，像一个身受重伤的人看到别人在较量体力。她站起来，周身疲惫，她想原来愤怒也是需要力气的。后来她去厨房煮了两碗葱油面，自己埋头吃了一碗。吃的时候她才发觉胃已经很饿了。她吃得很慢，吃完后她就到洗漱间洗漱了一番。她没有看周正浩有没有在吃，她只是把碗端到了他面前：吃碗面吧。然后她就只洗脸洗脚草草睡了。她的脚放在木盆里，水没过脚趾，温温的，脑子里全是翁先生葬礼的情形。吊唁的人面目模糊，房间里很奇怪地有一种樟脑的味道，也许是烧纸味吧。她脑子里只有翁先生触目的黄脸和翁太太哭不出声的嘶哑啜泣。来回放着小电影，然后她就做梦了，看到了死去的那个没见面的孩子，几乎蹒跚走路了，非常光洁的一个小身体，摇摇摆摆地走着，似乎还像电视广告上的奶粉婴儿一样咯咯笑着，在她前面走着，然后就走入一片云雾深处了。她再也见不到他了。她醒来的时候枕头上一片潮湿，这是她小产后第一次梦到自己的孩子。她似乎还抽泣了一会，腮帮子凉冰冰的。好久没醒这么早了，大床上散放着几本杂志，除了纵横褶皱的蚕丝被，这张红桃木床显得尤为空旷，她就是在这张床上，怀着她的宝宝，怀着她对美好生活的祈望，度过了八个月，那八个月，她仿佛公主，最后又沦为弃儿。她拉开窗帘，时间还早，夜气未退，有汽车穿过薄雾，疾驰而去。胡同里，有早起练剑的老女人背着一把剑，疾速走过，还有些半大孩子睡眼朦胧地边走边系纽扣，有个孩子手里提着豆汁油条。有个秃顶男人骑着单车贴墙行驶，身形像极了老翁。老翁和她没见过面的孩子一样也不在人世了啊。她清楚记得躺在一盏油灯下的老翁的脸。蜡黄蜡黄的，黄表纸一般。如果不是今早看到这个骑车的秃顶男人，她几乎忘了活着的老翁是什么样了，或者说，她压根觉得死去的老翁和活着的翁先生是两个人。而正浩或许在另一个房间里睡得死熟，他们吵得恨不得对方死去，是多遥远的事情了？

突然，她听到正浩在另一个房间里言语不清地喊老翁。她吃惊了一下，跑过去，正浩蜷着身子，压着团着的毛毯，坐起来，他睁大混沌的眼睛，似乎看到了什么，脸上充满了不确定的痛苦怅惘。

阎喜不明就里，换了一种安抚的腔调问："怎么了？"她用的是一种在病房里安抚病人的语气，因为此刻她觉得正浩不怎么正常，她不能按照原来的态度对待他。

正浩很突兀地抓住了阎喜的手："我梦见老翁了，他还是好好的。在文渊路淘文物呢。他穿着灰呢子大衣，倒背着手。我还看到他在看一个鱼纹陶碗，和他原来跟我提过的一模一样！"

他的手非常用力，不像抓着一只手，倒像落水者抓住一根稻草。阎喜分明地感到手背被攥疼了。他比她的病人看上去还要恐惧无着。阎喜柔声说："你做梦了。"

正浩转动身子四下看看，窗帘，衣橱，床头的陶瓷偶人，俄罗斯套娃。穿着蓝碎花褶皱睡衣的阎喜，此刻正用另一只手拍着他的手背。他知道，翁先生是没了。从他的生活里，他的视野里，乃至这个城市里，消失了，永远消失了。不像他原来出游一样，呆个数月半载总要回来。在这个城市里，正浩除了他的父母，和翁先生一家走动得算多的了，最短一周、最长一月他们总要聚一次，有时候是到餐馆里聊天，有时候呢，则到翁先生家里尝尝翁太太烤制的中国式比萨和小甜点。翁先生喜欢吃甜，也乐意和朋友分享，有一次正浩拿着他百般赞美的一个酒酿巧克力点心，犹豫半天放进嘴里，他非但没觉出丝毫令翁先生如痴如醉欲罢不能的美味，反而觉得舌头被甜得发麻，发木，像个木汤匙掉进稠粥里面一样调不动勺柄。阎喜在这点上倒是翁先生的同好，分享了小点心后，翁先生就跟他们谈他的画，翁太太呢，则将翁先生的话题围追堵截，最后扯到最新时尚快报和城市花边绯闻上。翁先生的一批朋友是书法家、画家，还有书画商乃至政界商界一些知名不知名人士，他这个圈子说大不大，大多是爱好文艺的，有过文学艺术发烧症的青春经历；说小也不小，囊括了各个行业部门，几乎能呼风唤雨了，他们大多都有些不大不小的权力，请吃饭请唱歌的机会比比皆是，并且他们都以和翁先生结交为一风雅事。但是和这帮子人在一起，翁先生倒是很少谈画的，虽然他们竭尽所能将话题往画上引，但是往往都被翁先生看似谦虚厚道实则狡猾地引开了。他们会谈论足球、汽车、女人，当然这些也都是让他们血脉贲张的，这是大家的共同爱好，说着说着就容易兴奋而忘了最初的动机。翁先生这样一个人，装糊涂是最容易也是最拿手的了。可是和正浩阎喜在一起，翁先生就毫无防范心理了，他们都不太懂画，也从来没有觊觎过他的画，相反，倒是他送给他们的那幅五牛图，明明是他的得意之作，两人还分不出多少好歹来。翁先生越是见惯世面，通晓人情，倒越喜欢和他们闲聊，聊着聊着，也就聊到了他的画上。最初翁太太掺和小两口的嘴头官司，翁先生特别看不惯：新媳妇上了床，媒人靠西墙。人家小日子都过开了，你还瞎掺和什么？可是后来他比谁都乐得掺和，几天不见小两口，就唠叨：那俩孩子最近怎么没来玩啊？他们见面常常是这样的，最开始翁先生同正浩讲时事，翁太太和阎喜交流购物心得，后来就渐渐转成了这样的格局：阎喜在听翁先生讲他的画，翁太太呢，则在跟正浩控诉翁先生的罪状。时间一长，阎喜对翁先生的画可以说出一番子丑寅卯，而正浩对翁先生了解得更彻底，或者说更片面了。在正浩心里，翁先生是这么一个角色，比父亲更平易近人，比画家更通俗入世，比一个好丈夫更多缺点，比一个好朋友更多阅历和经验。翁先生口头禅是：嗨，有什么大不了啊。有一次他跟阎喜说："只要听翁先生说上一会话，你就会觉得没什么大不了，除了他的画。"正浩很少说这么幽默的话，阎喜回味过来哈哈大笑，使劲搋着他的肩膀捶了半天。

可是翁先生死了。也就是永远不在了。正浩八岁那年，爷爷死了。他问奶奶，我爷爷什么时候睡醒过来？奶奶说，爷爷去了另一个地方了。正浩又问，那什么时候回来？奶奶撩起灰大襟擦擦眼睛，说，你爷爷去了，就不来了，一个人一辈子只能来一回。正浩不相信，一直等着爷爷阔步进门的脚步声，直到他忘了等待这件事，后来他终于知道，死亡是怎么一回事。永远不来了。永远，不来了。后来他听到医生告诉他，孩子死了。他脑海中再次想起这句话，心脏部位一阵揪痛，大家都跟他说要做爸爸了，要做爸爸了，一个新的生命要降临他的家，为了迎接这个新生命，他妈妈专程来照顾阎喜的饮食起居，并天天为这个小生命的降临做种种准备。阎喜呢，照镜子时不再看描眉画眼，而是更多地看她的肚子了，可是就在一瞬间，全家为之忙活的一个小生命化为乌有，医生让他看看他的孩子，那是个俊美婴儿，双眼皮的眼睛紧紧闭着，小拳头紧紧攥着，小嘴巴紧抿着，只看一眼，他就受不了了，跑到走廊深处蹲下了。这是他的孩子，不错，可是他见到的时候他已经死去了，他更多的是为他母亲为阎喜为他们周家的不幸而难过，他不像阎喜经历过怀孕，感同身受的痛苦。而翁先生，是和他们来往密切息息相关，他熟知翁先生作画的动作，熟知他们夫妻二人的拌嘴缘由，熟知翁先生的种种习惯爱好，闭上眼睛，翁先生的言谈举止就像在眼前一般，这些个记忆和躺在菊花丛中，脸比菊花还干还黄的影像打架。翁先生笑起来弯兜兜的嘴和那个老太太一般窝着的嘴张成的黑洞在打架，正浩受到了严重的刺激。翁先生已经不在了，那个躺在那里的身体，是他褪下的一个壳子而已。生死就在一线间，可是一线两边天差地别。

正浩转动脑袋，最后眼光落到阎喜脸上，她头发没梳，脸上油光闪闪，浮动着一层非常久违的柔情，好久以来，她的眼光都是刀子一样的，嘴巴也是夹枪带棍的，一来二去，两人不是说出了最寒心的话，就是互不搭理。他抽出手，有些后悔和害羞似的，叹口气：是啊，翁先生是死了，真像一场梦一样。说完话，他们不约而同望向窗外，一层雾漫上来，就像从地底下生起一般，将即将大白的拂晓遮盖起来。

一周后，他们又去看望了翁太太。

房间里布置没有更换，只是墙上多了一张放大的照片，是翁先生和翁太太在西子湖畔照的，翁先生穿了格子衬衣，大红毛呢背心，翁太太则着长穗羊毛披肩，穿一件苏格兰裙子，翁太太此刻正披着那件披肩，她给二人泡茶。正浩把茶壶抢过去，给四只茶碗都倒了半杯，是西湖龙井。翁先生爱喝的。翁太太说，你们有空多过来，陪老翁喝茶。她说，这房间还是按原来样子布置的，我担心老翁回来不认得了。

　　翁太太动作有些迟缓，原来入鬓的长眼睛也下垂了，茶色眼袋显出来了。三个人喝着茶，外面有风，树叶子哗啦哗啦的。"一场秋雨一场凉，俗话真是不错的。"正浩阎喜答应着。

　　翁太太又说，老翁愿意住到这里，秋天院子里落满杨树子，黄灿灿的，他也不让扫。我只嫌他懒，地上铺满黄树叶子是挺好看的。二人望出去，确实别有一番风味。他们来时还误以为翁太太身体不舒服，没精神打扫呢。她想如果老翁回来，一定会到这所他生前喜欢的老房子里，所以她不动里面的摆设，给老翁泡上他喜欢的龙井茶。

　　翁太太说，我盼着梦到老翁，可是他不来。有一次，我梦到老翁在水边坐着，我赶过去，老翁在看一个本子，我低下头，认得是他平时记东西用的，可是一个字都看不清……后来我找到了那个本子……

　　翁太太说着，拉开抽屉，取出了那个黑皮笔记本。上面写着老翁的蝇头小楷，是一些关于作画做人的笔记。其中一节是关于画牛的心得：世间生灵中，牛最倔强，也最温顺。认准之事，脚踏实地；遇不平事，也宽容为怀。有执著心和慈悲怀。画牛形易得，气难求。凡世间男女，身上有牛的习气者，皆属上品，何出此言？所求甚少，一坯干草也能咀嚼出万千滋味；所奉甚多，周身血肉毛皮，无不献出。用牛的心态干事，无不成就，用牛的操守做人，无不圆满。牛眼看事，世间无事不可包容。常听下辈子做牛做马报答你，这句话听着实在，其实虚无，今生把握不住，何谈来生？谨愿世间人常存牛精神经……

　　正浩阎喜方才悟出翁先生送五牛图的苦心。正浩在那里继续翻阅，翁太太和阎喜一边拉话。翁太太说："老翁走后，我去厨房，倒油时，油壶空了——原来都是老翁将桶装的油给我倒进油壶里。有一次我好不容易睡踏实了，被风吹醒了，门窗开着呢，原来睡觉前都是老翁检查门窗的……老翁走了，可是他哪里都在啊。

　　"我听到你出事那天赶去医院，正浩那孩子正蹲在病房走廊里哭泣呢，两人别怄气了。孩子没有了可以再要一个，你们还年轻呐。我那时候天天抱怨老翁，我自己也以为恨他，他走了后，这屋子空荡荡的，我才知道，我那时嫌他整天只有他的画，不肯陪我，老翁后来画得最多的是牛，他一辈子吃苦受累牛筋巴力的，没为自己舒坦过啊，我还只是跟他怄气。可是说这些又有什么用呢，人都走了。

"有一次老翁托梦给我，说他好好的，我醒来，也不觉得是梦。那时正是半夜，人都睡得悄悄的，我就说，老翁，如果真的是你，你就响一下。就响一下。这时候一个木头印章咕咚一声歪在了书桌上。不是风刮的，小阁，如果是风的话，那个贝壳风铃也会响的，我爬起来，拖鞋也没穿，扑到那个图章面前，掉眼泪，小阁啊，你知道一个身边人永远都见不到了是什么滋味吗？"阁喜浑身打个冷战，眼泪也掉下来了，她知道，她当然知道，八个月的孩子，离开了她，她都感到自己生命被带走了一部分。翁先生跟翁太太，他们已经过了二十四年，还有一年就银婚了啊。她又想到正浩，她不止一次想跟他分开，那么她希望他死去吗？不，她要他在这个世界上好好活着。

下楼梯的时候，正浩在头里，阁喜看着他勾着头，向下看着，想象他蹲在走廊里哭泣的情景，他的头一定也是这么勾着，或者用两只手托着头发，狠狠地压着头，恨不得将所有的不快压回去。就像一切从来没有发生过。可是怎么可能呢，也许正因为这一切，他们才发现内心深处的眷顾吧。失去孩子，正浩背着她偷偷哭泣，是啊，他是孩子的父亲啊。正浩在前面一言不发地走着，他的背宽宽的，但是哭泣的时候也应该和她在病房里看到的那些男人一样肩背伛偻下去吧。她记得一个魁梧的男人在老婆难产时，蹲在洗手间门口，双手抱头，在他周围有几个烟蒂，卫生员上前指责他的时候，他抬起的头，满面泪水，垂着双肩，看上去整个人缩小了一圈。阁喜忽然心头发软，眼睛里又有了酸涩感，下台阶时，路灯坏掉了，又下起小雨来，正浩歪过身子，回头伸手遮挡了一下，他走的地方有一个坑洼。他们让翁太太回房间歇息，雨雾浓密起来，这场雨落在这个城市，落在家家户户房顶，当然也落在那些拥有亲人和失去亲人的人们心上。每场雨都会落下，然后都会蒸腾为云，就像每个人都会来到人间，然后死去，或者在来的路上就已经死去，他们在天国注视着这个尘世，提醒着人们迟早都要离去，都是过客。来早来晚而已，走早走晚罢了。

离开翁太太的家，大约半个小时的路程，阁喜却觉得走了好久。他们上楼，掏钥匙，正浩走在头里，摸黑打开房门，楼道上的感应灯反应迟钝。阁喜跺了一下脚，灯像被惊醒似的，一道光线射进黑暗的房间里，就像一把雪亮的刀切开了混沌。正浩没有急于打开房间里的灯，而是伸出那只没有拿钥匙的手，阎喜把手递过去，他们拉手顺着那道光线进门，随着一声闭门的响声，楼道灯再次被惊醒了，光亮照彻了整个楼道。

巩生与彩霞

李师江

巩生贼头贼脑地从太尉巷出来，径直进了兴隆快餐店，要了一勺洋葱炒肉片、一勺炸肉皮和一勺白菜，再来一块钱的米饭，总共是五块钱。他掏出一张十块的人民币递给老板娘，老板娘看这张票子和这个人身上的衣服一样皱巴巴的，警惕起来，把十块钱展开检查了一遍，道："换一张。"

巩生道："怎么啦，这是假的吗？"

"你自己看，缺了一角，不能用的。"

巩生一看，果然如此，方才自己太大意了，争辩道："没事的，缺这么一点怕什么，也是别人找我的。"

"谁找你的你找谁呀，我这儿不行。"老板娘斩钉截铁。

巩生只好换了一张，嘴里嘟哝道："这个婊子养的，坏得很！"

老板娘圆睁眼道："你骂谁？"

巩生慌张表白道："不是骂你，我骂刚才找我钱的那个婊子。"

老板娘无辜而强势道："你嘴巴朝我，骂别人？懂不懂得骂人呀你？"

巩生慌忙把嘴巴转过去，只花了不到五分钟，就把快餐铁盒里的三样菜和一块钱米饭一粒不剩地装进了胃里。他抽了一张卫生纸，边擦嘴巴边快速进入太尉巷，那个三十来岁的叫彩霞的白胖女人依然坐在门口，悠然自得地等待下一个客人。

巩生把卫生纸一丢，掏出那张饱经风霜的十元纸币，道："换一张。"

彩霞白了一眼，道："哪里弄来的破钱，找我换，你是谁呀？"

巩生打了个饱嗝，他迅速把饱嗝压下去，叫嚣道："我是谁？十分钟前你还刚跟我弄完来着，我给你一张绿油油的五十块，你找我两张十块，其中一张就是这个破钱，另一张好的，我吃了一份五块钱的快餐，还剩五块在这里，除此之外，我身上再没有别的钱，铁证如山，你还敢狡辩！"

彩霞道："你说我找你的，当时怎么不说，现在说什么都没用了，谁知道你从哪里弄来讹人的。"

巩生道："你这个女人就不对了，起先还对我好言好语的，还叫我下次再来，现在钱也不认，人也不认，明摆着设计害我的。告诉你，你今天不换，我就不走了。"

在门口路过的贼头贼脑的男人见了这里的喧嚣，都闪身而过，躲避不及。房东，一个上了年纪的老太太，宠辱不惊道："彩霞，他要吵你带他出去吵，这里还要做生意呢。"

彩霞不情愿地把肥胖的身子从椅子上拔出来，像一只母鹅领着一只公鹅来到巷子拐角，一个颇适合吵架的僻静处，骂道："我没见过你这种人，干了这种事，还好意思那么大嗓门骂骂咧咧的，生怕别人不知道，做男人怎么能这么不要脸呢？"

经他这么一提醒，巩生也有点心生惭愧，起先自己出去的时候还鬼鬼祟祟，后来碰到钱的事，居然什么都不顾了，真是钱迷心窍。但又觉得自己有道理，便梗着脖子道："你要是不给我破钱，我也不会回来，都是你搞的鬼嘛。"

"嗤，"彩霞不屑道，"还好意思说，为了十块钱，也不怕把脸丢净了，还是男人吗？告诉你，刚才用了套子，本来要加五块钱的，我都没跟你要。"

"我说不用套子，你偏要用，照理当然是你出了。"

"嘿，你还有理了。看你浑身脏兮兮的，要狐臭有狐臭，要汗臭有汗臭，谁知道你有没有病哟。"彩霞骂兴上来，便尽情地侮辱这个不要脸的民工。平时她可没机会骂客人。

"我有病？笑话，我半年才做一次，我能有什么病，有病我还能留在工地上吗。你才有病，一天也不知道接多少个客人，告诉你，你要是不换我钱，你的病可能就要发作，你就要完蛋了。"

彩霞觉得自己的骂人技术并不比他高出很多，骂是骂不走他的，便正色道:"我这么告诉你吧,干我们这一行的,放进口袋里的钱,绝对不能再掏出来,这是规矩,懂吗?规矩破了,将来我喝西北风去。"

"别跟我谈规矩,哦,该出的钱我出,一个眼神都不眨,不该出的,我豁出去也不让人赚便宜。今天你讹我,明天你讹我,我老婆孩子还不照样喝西北风去。"巩生理直气壮道。

彩霞冷眼瞧了瞧这块揭不掉的膏药,无奈又愤怒地叹了一句:"现世宝!"她用自家方言骂的,在方言里,这个词语包含着无赖、泼皮、人渣、鄙夷、愤怒等意思,比任何一个词都精华。

"你才是现世宝!"巩生被这个词激怒了。在老家,小时候只有他顽劣得太不像话时,他母亲才舍得用这个词。除此之外,还没有第二个女人敢用这个词骂他。他习惯性地抽出手来,决定用武力教训教训一下这个女人,在家他有时也会这么对付老婆,养成了小习惯。

彩霞费劲地挪一下身子,躲避巩生即将落下来的手,用方言道:"莫动手嘛!你也是安溪的?"

巩生犹豫了一下,愤愤停住动作,道:"若不是安溪的,我能听出你骂我?"

安溪是邻县的一个镇,此处亚方言繁多,一个镇与另一个镇都有区别。

彩霞毕竟是女人,怕吃眼前亏,叫道:"是老乡了还打什么打嘛。你是哪个村的?"

"坂头村。"

"嗨,我是坂尾村的。"

"住得这么近了,快把钱给我换了。"巩生趁机道。

"住得这么近了,你还好意思跟我换十块钱?"彩霞反驳道。

这回两人都用方言对峙,比刚才又多了点人情味。

"十块钱,我怎么不好意思换?我在工地上搬砖、抹墙,早六点干到晚六点,一天才六十块钱,还看老板发不发善心及时发工资。能跟你比吗?你往床上一躺,三十,再一躺,又三十,下辈子说什么我也不想当男人了。十块钱你不换,就太没良心了,讹谁也不能讹老乡哟!"

"说得简单,你到我那里去坐坐看,有时候坐了一整天,还躺不了一次呢！哪像你，天天都有六十块，都国家干部似的，还发工资。你才是有钱人。"

"我有钱？你以为我钱挣的是我一个人的呀，家里还有老婆孩子呢，孩子马上要上学了你懂不？"

"你没钱养老婆孩子，还有钱出来嫖，谁信！"

"你要说到这份上，我索性就让你听明白了。这事儿，全怪他娘那伙现世宝，晚上在工棚里不睡觉，谈女人，特别是有几个来过的，谈得起劲，说这里女人多好，多便宜，跟老婆完全不一样，还怂恿别人。你就是一个和尚，都会被说得上火。为了这一遭，我都犹豫了半年，省了好几个月的烟钱，狠狠心来一次，省得老被那些人说得天花乱坠，胡思乱想。我都是被逼的呀。你没看到，我给你三十块钱，我的手都在抖，我的心都在流血。"

"别说得跟上刑场似的，我还真不爱听。坂头村，我都有亲戚呢，那谁，金巧云，是我表姐呢，你该熟吧？"

"哪有不熟的，她老跟我老婆混在一起玩纸牌呢。"

"你老婆叫甚？"

"向日葵。"

"哎哟，我见过，瘦条子脸，长得跟丝瓜似的？"

"是倒是，别说得那么难听，人长得跟丝瓜还像人吗？"巩生见老婆被人贬低，还是不悦。

"既然这么亲，那你赶紧走人。"彩霞突然从一副唠家常的表情变成严肃的表情。

"只要你把钱换了，我立马走人，你以为我有闲工夫？"

"你要是再缠下去，我可要告诉你老婆啦，我只要打电话给金巧云，指定能找到你老婆。"彩霞拔出手机恐吓道。

巩生吓了一跳，这个女人刚才跟他套亲近，原来为了这个阴险的目的。一种恐惧加愤怒涌了出来，他条件反射地举起手，比彩霞更像恐吓地恐吓道："你敢打手机，我就敢打你。"

彩霞举着手机退了一步，道："你动我一根寒毛，就别想在这里混下去，干我们这一行的，都有保护伞，你懂什么叫保护伞吗？可不是遮风挡雨的那个伞。"

言外之意，干这一行很有背景。

巩生也算见过世面的，当然懂得保护伞的意思。他见过地头蛇来工地里闹事的场面，懂得保护伞的厉害，因此没敢再用拳头恐吓彩霞。他改变了策略，道："你会打给巧云，我就不会吗？我要让巧云告诉你老公，你在这里干见不得人的勾当，到时候看看谁好受。实话告诉你吧，即便我老婆知道了，也是向着我的，你讹我的钱，她第一个算账的，肯定是找你。你老公知道了，那就不一样了，要么把你宰了剐了，要么把你关在家里再也不让你出来。反正我要是你的男人，指定把你赶出去，我就是喝西北风也不会让老婆干这个事……"

彩霞突然蹲到墙根底下，号啕大哭起来。巩生一愣，叫道："嘿，你哭什么，你可别再讹我，我可没动你一根指头。"

他拉着彩霞起来，并想制止哭声，以免被人误认为自己欺负了她。彩霞嚎道："我哭一哭怎么啦，你干吗不让我哭！"

"我要明白你为什么哭呀，你反咬一口我怎么办？"

"你别提那畜生，你一提我就想哭。"

"哪个畜生？哦，是你老公？！我只不过吓唬你，又没真的打电话过去，你要哭也得等他动手了再哭嘛！"

"他要是会为这个动手，我才叫谢天谢地呢。以前在家，日子不好过，就打我，一喝酒就打；现在我出来做这个了，他倒高兴了，每次打电话都是叫我好好干，好好干，一张口就要钱，这不是畜生是什么？你还说给他打电话，你打呀，你直接打给他呀，让他知道他老婆在外面是怎么挣钱的呀！"

彩霞近乎疯狂地把手机强塞给巩生。巩生怕烫着似的，把手缩回来，道："不打不打了，既然这样，还打什么。"

"他还把儿子上学注册的钱拿去赌，让儿子被老师挡在教室外面哭。你说这样的男人，我该不该跟他离婚？他偏偏就是不离，像膏药贴着我，把我当成钱罐子，你说怎么会有这种男人让我碰上了，你说为什么呀！"

"我不懂，我真的不懂，你还是把钱给我换了，我快点回去，你也快点工作。"巩生不想把事情越搞越复杂。

"我都这样了，你还好意思说换钱？"

"这样怎么啦？两码事嘛。不论怎么惨，也不能把破钱找给人家呀。要说惨，你不要以为我不比你惨，去年年底为了讨回工钱，我们抓阄选一个人来假装跳楼，偏偏就选上我，结果我差点从楼上被风吹下来，魂掉了一半了，要不是眼疾手快，今天哪还能在这里跟你争来吵去，要说惨，你有我惨吗？"巩生不为所动，振振有辞。回想起悲惨的往事，他觉得现在在这里为十块钱奋斗简直是无比幸福的生活。

两人都有点累了，安静下来，但谁也不肯让步，站在墙角对峙。天色暗了下来，但路灯还没有亮起，两人在观察对方的眼神，看看对方的眼神里有没有一丝妥协。

"这么着呀，"彩霞眼里露出了温柔，道，"你跟我再上去弄一次，这次我只收你二十块，明白意思了吧？"

"不，半年弄一次都够奢侈了，一天还弄两次，你以为我是包工头呀？"巩生道，"下一次我舍得掏钱出来搞这事，恐怕要等到明年了。你还是直接换钱吧，咱们都算乡里乡亲，怎么能欺诈呢，是不是？"

"别跟我提什么乡里乡亲，现在不认这个。我说过，不管那钱是不是我找你的，我都不能从口袋里掏出钱来，这是规矩。规矩你懂不懂？就是豁出命来也要遵守。"

"我不管，你不给我，我就缠着你，你别想做生意。"巩生显示出他的牛脾气。

"唉，没见过你这样的人，你用这股执拗劲去干什么不好，非要来破我规矩。这样缠下去对谁都没有好处，今天咱们就各退一步，你不是以后还要来吗？不管明年来还是后年来，下次我只收你二十，仁至义尽了吧？！"

巩生想了想，虽然说没什么道理，但也不失为折中的一个办法。但是自己以后还会来吗？这个说不准，前阵子还在打牌的一个工友，前几天就被吊车砸下来给砸死了。自己是不是由己及人，由人推己，并意识到谁也不能预料自己未来？即便自己还活得很长，以后还会舍得掏钱吗？

"既然你说到这个份上，我就把心里话说出来。今天我花了三十，虽然舒服了一下，但是掏钱的时候，那心疼，你是不能理解的。因此，就这份心疼，我也指不定哪天都能来，不如这么着，哪天我哪个工友上火了，我带他过来，你收他二十，我去他那里收十块，这么做呢，我们很快就把这笔账给了了，你说是不是？能结的账还是早结好。做生意嘛，跟谁做都一样，你要指望我，真的是遥遥无期。"

"行，你以为我非要你呀，男人不都一回事嘛。"彩霞很快就答应了。

这桩纠纷终于有了一个满意的解决方式，两人都舒了一口气。彩霞拍拍屁股准备回去，但刚走几步，又被巩生赶上来拉住。

"怎么啦，又反悔了？"彩霞怒吼道。

"不。"巩生正色道，"事情是这么解决了，但是口说无凭，我想还是写个条子吧。"

"连这你都不相信我？"

"不是不相信你，是不相信这个社会。"巩生道，"我们开工的时候，我们老板开了很多好条件，到了收工的时候，他就全忘了，你跟他提起来，你说，哦，我说过吗？同样道理，这事你要到时候真的忘记呢，我找谁算账去？到时候我要维权，连个凭据都没有。对了，不要以为只有你们有保护伞，我们民工也有维权的组织。社会风气如此，我们不能不小心点，正规一点，法制社会，证据很重要……"

彩霞被唠叨没办法，只好答应，埋怨道："好了好了，都听你的，不就弄一次嘛，那么费事，以为自己真是文化人了。"没有纸笔，彩霞只好带他上楼，在自己工作的房间里，拿了一张草纸。巩生伏在脏兮兮的工作床上，认真地写了一张字据：

欠　条

　　彩霞欠巩生十元钱，但无力偿还。下次巩生或者工友来彩霞处消费，彩霞只收二十元，欠款两清。

　　口说无凭，立字为据。

巩生好久没写字了，写得很慢，彩霞连连催促。好不容易写完，念给彩霞听，彩霞觉得理都写偏了，自己哪有欠他钱呀？但是为了把巩生快点打发走，她只好忍气吞声道："行了，你爱怎么写就怎么写，别再跟我要钱就是。"

巩生让彩霞签字，彩霞只有小学毕业，自己的名字倒是记得，只是多年不写字，手都硬了，好不容易写下两个硕大的字，纸都写破了。

巩生又看了一遍，边下楼边沉思着还有没有漏洞，走到门口的时候，终于认为这件事干得天衣无缝了。他满意地把欠条放进兜里，嘴里不由自主地嘟哝了一句："妈的，又多了一张白条。"

彩霞随着巩生下楼，把巩生彻底打发走以后，她舒服地叹了口气，又坐在门口的椅子上。房东老太太窃笑道："有你的，今天逮了个好男人，一天弄两次呀。"弄一次老太太都有五块钱的抽头。

彩霞苦笑一声，自嘲道："逮个好男人？哼，我可没那个命！"

谈　判

千里烟

1

小杉打来电话，说半小时之后在旧货市场边的洞庭湘菜馆里见面（确切地说，是庭湘菜馆见面，那个"洞"字招牌，已经掉一两年了）。我不同意，用时髦的一个词来说，是"严重"不同意。

洞庭湘菜馆在马路的那一边，离我的出租屋很远，以前和老贾去过一两次。再说，说不定他们要叫上些杂七杂八的什么人。我虽然出身一般，但也并不是什么人都想见的，加上也是一个单身弱女子（通常这么说能引起别人同情，实际上我的内心还是相当强大的），还是提防着点儿好。我告诉小杉，要见，就在老李头火锅店见。火锅店里谈判气氛热烈一些。我在"热烈"二字上加重了语气。隐隐地，我有些小期待，期待一伙人在一起热火朝天地争论某个事情，这是好多年没有的事情。

老李头？小杉反问了一句，我没搭理。对于这场谈判，我的心情是复杂的。说实话，我不想有结果，有结果意味着我和老贾什么都完结了。有钱人觉得什么事都可以用钱搞定，我觉得不能。我恨有钱人，我希望用谈判来窥探他们的窘态，他们应该也有恐慌和措手不及的时候。小杉在电话那头问老李头火锅店在哪儿，我说你怎么连老李头火锅店都不知道，亏你在北京读了这么多年书，亏你嫁给北京人在北京混了这么多年。就在我出租屋巷子外的马路对面。小杉木木地哦，说，知道了，想起来了，听说这个火锅店里有很多小姐。我说，放你娘的屁，小姐在火锅店里干吗？小杉说，那……就是我记错了。半小时之后我们到，面谈。

面谈？谈什么？我心里也没底儿。事实上我没有什么目标，谈判没目标是最不好谈的，不着边际。我就是那个也许他们轻看了的对手。我对小杉说，老贾必须去，否则，一切免谈。看来，我还是有条件的。小杉在电话那边停顿了几秒，说，行。

想想让小杉这个局外人在中间给我和老贾传话，真是滑稽。

老贾是我的相好，我们好了快两年了。最可笑的是，这次谈判，老贾的老婆小李子也会到场，而且，是这次谈判的组织者。起初，我对谈判是没有兴趣的，觉得不会有什么好的结果，至少对于我来说。不过，我并不怕小李子，现在都这个样子了，怕不怕也无所谓了。人活一张脸，脸不要，什么都好办。前三十年我就是太在乎脸皮，所以活得人不人鬼不鬼。三十岁以后我总算明白了，那张脸看是搁在谁头上，人不值钱，脸也值不了多少。

小杉是我的老乡，我没她那么好的命。小杉的老公郑天一和老贾是同事，她充当说客是最合适不过，如果小杉徇私，不怕我以后在她家祖坟上跺上几脚的话，那就尽管徇吧。我问到底哪些人到，小杉说，老贾、小李子、郑天一、我，还有邹主任。邹主任是老贾的领导兼铁哥儿们，这个数字这些人与我预计的一样。我是不怕的，一个人去，他们也不会吃了我。我看看表，还有十分钟，于是，换了件老贾最喜欢的那件低胸粉红短袖衫，用一个紫色的玻璃发卡把头发盘在头顶，将钥匙、手机和零钱放进有些剥蚀的手提包里，出了门。

昨天晚上我做了个梦，薄雾缭绕，梦里还和老贾云雨了一番。和老贾上床之前，我原以为我对性没什么要求了，哪知，老贾像一条公狗，唤醒了我这条母狗身体和灵魂深处的欲。我有一种陷入初恋的滋味，人生快过半，才知道初恋是什么样子的，不知道这是一种悲哀还是值得庆幸的一件事。我曾将这个秘密告诉小杉，小杉微张着嘴，说，你……是说你和老贾搞上了？他老婆可是公司老总呢。我一抿嘴，笑道，老总怎么啦？老总在床上不理朝政，照样是个老蔫。小杉说，没想到老贾去打个麻将你都能勾搭上，你可真够可以的。我说，话别说得这么难听，是他勾引我的好不好！

说来，我更喜欢没穿衣服的老贾，就像刨了皮的老萝卜，无论是样子还是口感都要稍中看一些。老贾穿上衣服后，就人模狗样一本正经了，看着他那种在人前正人君子的样子我就想吐，为了逗他玩儿，我有时故意当着人面将乳房抵着他的后背，他紧张异常，轻轻将我推开。

我出租屋所在的地段是贫民区，清一色低矮的简易平房，拥挤不堪的走道，一条货运铁路将这贫民区腰斩为两半，每逢装满货物的火车经过，那条铁路就如开肠破肚般呻吟。不过，我很喜欢这种声音，和着偶尔传来的屠宰场的血腥味，别有一番快感。小巷两边的小摊小贩不时吆喝着，有固定门面的，蒸屉里的包子永远都热气腾腾的，它们和人们在地上踏起的烟尘纠缠在一起，构成了这片贫民区的烟火。我更喜欢这人间烟火，为生计发愁，让我的每一天变得漫长。

我有一个儿子。这是两次婚姻赐给我的"礼物"，准确地说，是第一次婚姻赐给我的"礼物"。一个年纪为12岁的自闭症儿子球儿。有人说女人怀孕是身上驮着一块肉，产子的时候，那块肉就生生地从身上割下来了。可我不，那块肉从怀孕到现在，还一直在我身上。我割不下，甩不脱。我必须拿出足够的养分供养这团肉。它就是球儿。球儿的眼睛是木然的，它不会疑惑、猜忌、欣喜和忧愁；它是一块紫檀木雕，就那么袒露在你面前，给你的只是千年不变的纹路。看着看着，我就把球儿看成了一件艺术品。关于球儿的父亲，也就是我的前前夫，我不太愿意提及，他和一个不能揭露的秘密一起埋葬在我的老家。这么多年我隐姓埋名，就是想忘记这个秘密。

我出门时，球儿还躺在床上。床上的凉席上散放着不少东西。一个剥了漆的红色小葫芦、一个钢丝锈了的绿发卡、一个搪瓷茶杯，里面装了花红叶泡的茶，还有一包饼干。球儿饿了渴了，会自己在身边取用，另外，床头边的电视机永远开着，里面会出来形形色色的人对球儿说话。遇到90后美女出现在荧屏上，球儿的手指含在嘴里，长长的涎水顺着右手食指滴落在床上。我不担心球儿会饿死，虽然潜意识里曾那么想过。此时，球儿大概听见门响，肩膀动了一下，翻身又睡去了。

过去的两年里，老贾就和我并排躺在这张床上。老贾大我18岁，秃顶、有口臭、身上的肉松垮垮的，走起路来像弄潮儿一样。我没想过和这样的人上床，可我还是上了。就像有人不喝咖啡，可等她渴了十天半月之后，端起这杯酱褐色的液体还是毫不犹豫地一饮而尽。而我，不仅仅是渴，这份感情应该夹杂着非常复杂的成分。

　　刚开始看老贾，不但没有好印象，简直就是一个可憎可恶的人。粗俗、邋遢、市侩，总而言之，俗不可耐。我们的相识绝没有影视剧中那样浪漫的场景，什么大海边、草原上。没有。我们都是些俗人，俗不可耐的人，所以，相识的场合是在烟雾缭绕或充满铜臭的地方，我们是在麻将馆里相识的。两年前，我还是红叶麻将馆里的一名服务员，平庸、普通，每天接待来自祖国各地的牌客。红叶麻将馆里，真正的北京人占到三分之一，其他的都是外地人。外地人中，三分之一是小姐及二奶，三分之一是包工头儿，三分之一是社会闲杂人员。我读的书虽然不多，但还是属于热爱生活忠诚生活的那一类人，老老实实做事和吃饭，养我的傻儿子，慢悠悠过我那要死不活的生活，我从不想什么人生的意义。在男女之事上也灰了心，不想再爱什么人。我活着，只是因为球儿需要我，仅此而已。

　　老贾喜欢打麻将。

　　老贾的牌打得很臭，输的时候多。也许，这与老贾的性格有关，优柔寡断、患得患失。有时候我看他输得太多，用胳膊肘捅他，叫他去上厕所，我帮他挑几盘土。在麻将馆，这种事我虽然不常做，但偶尔还是有的。有的牌客要上厕所，有的要出去买点什么，有的要回家拿钥匙开个门什么的，分身乏术，我就会临时出现在牌桌上替换一下。至于拿胳膊肘捅他，只是我的习惯性动作，显然，在红叶麻将馆，我必须装作和任何一个牌客都很熟，这也是老板的要求。换老贾打，我的牌运出奇的好，就那么一两盘，我就能帮他和上大和。其他人不乐意了，说老贾你赶紧来，上个厕所还赚了，以后不许让你挑土。

　　老贾看着抽屉里厚起来的钱，大嘴咧开来，他不住夸我会打麻将。我也有口无心地和着。麻将馆里的话，就像天上的浮云，一阵风一眨眼，就会轻轻飘过，谁往心里去呢？来麻将馆的人，是来消遣的，寻乐子的，他要是夸你了，那是他此刻心里高兴；要是不高兴，他也可以给你脸色看，不停地换零钞倒开水来折腾你。我曾经养过一条小狗步步，在步步身上我投入的感情要比这些牌客多。和这些人，是没有交集的。我的工资从老板那里拿，吃饭做事赚我该得的钱，其他的，我从来就没想过。好在我也不是一个打眼的女人，没有出众的姿色。人说，一白遮百丑，女人白，丰盈，也许很招中老年男人喜欢。

有天坐在沙发上，老贾端着杯子过来了，坐在我对面，他说叶子你长得挺白的。标准的南方美女。

我切了一声，说，还美女？都人老珠黄了。

老贾说，我觉得挺美的。

说完，老贾将杯口凑近嘴唇，轻轻呷了一口，那神色有那么一丝暧昧。接着，老贾又问我手机号。我说，我天天在这里，要手机号码做什么。老贾说，有时我问问什么时候可以上场，免得在这里等着。

我的手机在斜挎的包里，身子还是没动。老贾接着说，没想到你的胆子这么小，连个手机号都不敢给，怕我吃了你？

此时若不给手机号，还显得我有点自作多情了。我报出号码，老贾用手机存了，接着，我的手机铃声响了起来。老贾说，我的号码拨过去了，有事的话找我。

我礼貌地应了一声，说，行。

又来了三位牌客，看着老贾向十号桌走去的背影，我抽出一支香烟。老贾的背部很宽，但在我看来，并不是可以依靠的类型。虽然我好久没尝过男人的滋味了，但还不至于饥不择食。

当晚，在我睡下之后，老贾给我发了一条短信，写着：叶子，睡了没？

我没理会，觉得有点儿幼稚。再说，我睡不睡觉，与你有什么相干呢？你是我什么人？

老贾见我没理，也没再发。第二天在红叶麻将馆，我们就像没事人一样，只点点头，就各自忙去了。

不知谁将一份写有孤儿院报道的报纸放在麻将馆的沙发上。孤儿院三个字我还是认得的。我突然想到球儿，假如扔他到孤儿院去是不是会幸福一些。总比跟着我这样为了讨生活必须成天忙碌的单亲妈妈好得多，比把他一个人锁在家里好得多。这个念头一闪而过的瞬间，我心里滋生出一种罪恶感。假如连他的亲生母亲都嫌弃都想把他丢掉，那谁还会喜欢他呢？我觉得这个放报纸的人故意给我设的套儿，于是，将报纸撕碎，再揉成团，丢进了垃圾桶里。这时，老贾来了，问我看见报纸没。看到垃圾桶里凸起的一团，他明白了，问我怎么把他的报纸撕了，报纸又没招惹谁。我冷冷地说，就是招惹我了。

老贾说，我的报纸，招惹你了？怎么招惹你了？

我说，就是招惹我了，就是招惹我了。你欺负人。

老贾在沙发上坐下来，说，这可是稀奇了，我怎么就招惹你了？那是我刚买的新报纸。老贾突然住了嘴，大概见我眼眶有些湿润，他说，好，好，是我的报纸招惹你了，你撕得对，行了吧？如果你撕一张不解气，我再去买一大摞你撕，行不行？

也不知怎么了，我心里的一团无名火此刻非要发泄出来，我说，去买呀，我等着。

老贾将茶杯放在柜台上，真的出去了。不一会儿工夫，他进来了，怀里抱着一摞报纸。看着茶几上的报纸，我愣住了。老贾说，撕吧，想撕多少撕多少，撕完了我再去买。不就是几张报纸吗？咱们撕着玩儿。说着，自己拿起一张撕了起来。我没有动，看着他一直撕，将那一摞报纸撕完。自始至终，我们没有说一句话。

红叶麻将馆的百分之八十的时光，都是无聊的。我觉得这个麻将馆就是一个大戏台，形形色色的人在这里轮番上演。在利益驱动的前提下，人们表面上一团和气，实际上骨子里巴不得对方兜里的钱都跑到自己兜里才好。老贾也不例外。最近一周，他的牌运转了，每天都要赢上几百块。和他坐同一个麻将桌的女的输得没钱了，最后散场的时候还欠老贾50块。老贾不让那女人走，那女人上前两步干脆用自己的膝盖抵住老贾的小腿，问他想怎么着，说如果实在不放过她，去她家也行。老贾装聋作哑问去她家干吗，女人说，睡觉。

老贾说，睡几次？

女人说，你以为我们女人这么不值钱？还睡几次？

老贾说，不是女人不值钱，是你不值这么多。

突然传来一声脆响，老贾用手捂着右脸，那女人的丈夫出现了。听口音是东北的，他问老贾想怎么着。我吓了一大跳，这一对夫妻，是东北的，女人在这里做鸡，男人协助她的生意，女人的母亲在这边帮他们带孩子，一家人的日子过得还不错，闲了，女人和男人都上这麻将馆打儿圈牌，女人在打牌的时候，顺便扩大自己的人脉，宣传生意。这红叶麻将馆有个东北帮，一般人都不敢招惹他们。我暗暗为老贾担心起来。

老贾看着眼前这五大三粗的男人，并没有退缩，他将右手握着拳狠狠地送出去，打在东北男人的鼻尖上，顿时，鼻血喷了出来。老贾收回手，说，欠钱还钱，天经地义，你们还倒有理了？

东北男人抬起头，大概从没人在他面前这么嚣张过，突然，从腰里拔出一把匕首，刺向老贾。老贾的大手好像一把钳子，把东北男人的手腕给钳住了，东北男人疼得嗷嗷直叫。等老贾松了手，东北男人甩了甩手腕，说，好，算你狠，明天这个时候我们在楼下单挑！说完就走了。

我看呆了，觉得老贾好像就是警察，同时，也暗暗为老贾担了一份心。睡觉前，我给老贾发了条短信，说，老贾，这几天你避避吧，别招惹他们了，他们是不要命的。

老贾说，谢谢关心，我可不是吃软饭长大的。

我也不好再说什么。我的手摸到球儿的身上，被蛇咬一般缩了回去，球儿身上滚烫。我忙拿了钱包，抱起球儿出门去医院。出巷子口到马路边，看见老贾站在一辆白色的私家车旁抽烟。我觉得奇怪，准备招手拦的士，老贾看到了，二话不说叫我上车。我问老贾怎么在这儿，老贾说，我候着那东北男人呢。我说，真是疯了。老贾又笑了，说，在家闷得慌，拉点私活。我不信，觉得老贾这种人是不愁钱花的，老贾好像看出我的心思，说，不是愁钱花，是愁没人说话。

我说哦。

球儿的体温还是很高。老贾好像知道球儿要去医院一样，就在我必经的路口等着。我突然想起家里未关的门。难道老贾给球儿吃了什么东西？这个念头一闪而过时，我为自己的肮脏感到羞耻。老贾边开车边注视着前方，并不看我，车厢里有些鬼魅的气息在流窜。老贾抓方向盘的手突然少了一个，他抓住我的左手，轻轻揉捏着，说，叶子，真是难为你了。

我淡淡地说，这是我的事儿。再说，你又不是孩子他爹，这句话犯不着由你来说吧。

老贾笑笑，抽出一支烟来，点燃了，说，表面上看是这样的，可实际上，你这句话，不像是和谐社会背景下的产物。现在都什么社会了？和谐社会，知道不？

我一声冷笑：和谐社会？那是你们有钱人玩的文字游戏。我们穷人，只有"活着"二字。

所以，为了你们更好地活着，我们这些有钱人该帮帮你，是不是？老贾说。

我的右手想推开车门，说，我不需要你的帮助，我又不是不能打车，还不至于闹到乞讨的地步。

老贾一踩油门，说，行了，行了，别闹了，孩子看病要紧。

我扭头看着窗外，大街上空旷，带着一丝寒意。路灯站着分明显得更瘦更长了。老贾打开了音乐，是我喜欢的一首歌：《朋友，别哭》。我将头靠在椅子后背上，微微闭上眼。想起白天老贾在麻将馆的英雄举动，我问，你不怕死？

老贾说，既怕也不怕。怕，是因为觉得死了看不到世界了；不怕，是觉得有时活着真他妈没劲。

我说，还真看不出你有那一手。

老贾坏笑，说，我就是一流氓，你不知道？谁流氓，我就比他更流氓；谁无赖我就比他更无赖；谁小人我就比他更小人。

我说，没觉得。只是，怎么看，看不出你是个老师。

球儿退完烧，从医院回来，再到我的出租屋，这一折腾，已是凌晨两点。老贾看了看表，又看了看我，我知道他心里是怎么想的，说，要不，就在这儿挤一晚？

老贾也不客气，说，好。

其实，我留老贾在我的出租屋过夜，有戏弄他的意思。我想看看他到底对我存着什么心。一个大男人，和一个女人同床共眠，不出事，要么那男人有生理问题，要么那女人毫无魅力。

令我百思不得其解的是，老贾从倒下的几个小时到天亮，真的没有碰过我一丝一毫。我隐隐有点儿失望，不知道老贾葫芦里卖的是什么药。黑暗中，我把那股气息从鼻尖缓缓吐出，老贾觉察到了，说，还没睡着呀？

我说，你说我们怎么会躺在一张床上，我都不知道你的名字，更不知道你多大，你有老婆没，你结婚还是离婚……

老贾说，你想那么多干吗？不早了，睡觉吧，明天还得上班呢。

我说，你……有性冷淡？

老贾说，没有哇。

我说，那怎么这么个活女人在你身边，你不动心？

老贾说，我主要是没往这方面想，至少现在。

我说，那你在想什么？

老贾说，我也不知道在想什么。感觉自己在梦游。突然就到你这里了。

我说，那你不喜欢我吗？

老贾说，喜欢。

我说，别惹那些东北人。

老贾说，好。

我不再说话，闭着眼，沉沉睡去。

就这样，从此，我们在这张床上躺了两年。

2

我走进老李头火锅店，一眼就看到了老贾。此时的火锅店还不到营业的时候，大堂冷清清的，老贾永远是火锅汤里最显眼的那块骨头。他背对着我，穿着长袖。倒是他的老婆小李子，直面人生直面我，我一走进，视线和她相撞的瞬间，她的眼睛就变成了扫描仪。

我也盯着她看。没有原则的身材和脸蛋。肤黑如炭。我好像明白老贾为什么喜欢肤白的人了。这是他生活中所没有的。

小杉站起来迎接我。小杉今天穿了件连衣裙，她的身材永远是做姑娘时的样子，不胖也不瘦。我曾向她讨教过减肥秘诀，她告诉我八个字：少进少出，能量守恒。从小学到中学，我和小杉一直是同桌，等到高中时，她把我甩得老远，考到北京的一所名牌大学。像她们这一类人中骄子，是体会不到我们下层劳动人民的疾苦的，即使假模假样地表达同情，也是流于表面，不痛不痒，反倒让人心里不舒服。当初我来北京，也是小杉的介绍，说她们学校食堂差一个洗碗工，在那所不大不小的中学食堂一干就是五年，洗碗洗得手上脱了一层皮，离开的时候，我没跟小杉说。

小杉说，叶子姐，坐。

我没搭理，径自在一个空着的椅子上坐下了。

邹主任说，你们想吃点什么？

小杉说，人家还没营业呢。

小李子说，那就来壶茶。服务员，来壶铁观音——

我看小李子那一副好为人师的样子，觉得可气，说，我不要铁观音，我要菊花茶。

老贾大概怕我和小李子争执起来，忙说，菊花茶就菊花茶吧。

服务员问，还要别的吗？

我说，给我来瓶啤酒。

小杉说，现在喝什么酒！喝酒误事！

中午我和老贾一起吃的饭，就在这老李头火锅店。我和他对吹了六瓶啤酒。边喝我边骂老贾骗了我。老贾说，我怎么骗了你？我对你不好？

我边哭边喝，说，你这个王八蛋，你骗了我。你勾引良家妇女！以前我在红叶麻将馆老老实实当服务员，干得挺好的。自打认识你这个扫帚星，我的生活就乱了。你叫我从麻将馆出来，说什么自己当老板做生意，生意生意也没做成，现在，你说你老婆知道了，要和我分。弄得我人不人鬼不鬼，你说，这不是害我是什么？

老贾说，当初，是你每天向我诉苦，说当服务员累，说什么脚肿得比水桶还粗……

我说，我说说不行吗？你说我一没本钱二没技术，我拿什么赚钱？

小李子明显听不下去了，用空玻璃杯敲击着桌子说，安静一下，安静一下，现在我们不是坐下来想办法吗？你提，提个要求，看我们能不能满足你。

我说，我没什么要求。

小杉说，你没什么要求来谈什么判？

我说，你要记住，不是我要来谈判的！

老贾说，好，好，是我要求来谈判的。

一直没吭声的郑天一说，叶子，说良心话，你很任性。今天中午12点，你还在和老贾吃饭喝酒，可一点半，你又骚扰他，到单位，到他家门口，你这样有意思吗？

我说，那他为什么不接我电话？

老贾说，不是不接你的电话，是手机不在手上。

郑天一说，你是他什么人？他为什么要接你电话？

我说，那我不管，我打电话他就要接。

小李子面带微笑地看着老贾，说，贾大华，以后，你给我记着，在外面找女人，要找婚姻中的，不要找离异的单身的，那是自找麻烦。你说你现在活得还像个人吗？这么热的天，你穿个长袖，怎么不敢穿短袖？你身上被她抓成那个样子……

邹主任叹了一口气，说，唉，叶子，说实话，小李子和老贾结婚这么多年都没和他动过手，你把老贾抓成这样，像话吗？

我说，抓他还是轻的。

小李子说，你说吧，怎么才能了断？老贾，我跟你说，现在我是处理敌我矛盾，等这个事处理完了，我再跟你算账。

我听到"了断"二字，看了看老贾和他的厚嘴唇，昔日的恩爱场景一下子浮现在我眼前。我不想说什么。

小杉在桌子底下朝我伸出三个指头，小声问，三万怎么样？我茫然地点点头。

小杉看看大家，大声说，这样，我提个数字，看你们有没有什么意见。老贾呢，作为对叶子的补偿，拿三万元出来，你们看怎么样？

老贾补充说，这个补偿的意思是，当初我不该让她从红叶麻将馆出来，失去这份工作。没别的。

　　小李子说，三万？可以考虑，不过，我要回去和儿子商量一下。我重申一点，三万元假如交到你手上之后，你要离开高碑店，永远离开。我要看到你回老家的火车票，并看着火车离开。

　　我心里很乱，凭什么她拿三万元就决定我的去向？我站起来，椅子在脚边呼啦响：不谈了，不谈了，你们自己谈去！

　　小杉起身将我抱住，说，叶子，你怎么这么不成熟？说好坐下来谈的，怎么又要走？

　　我说，我儿子还一个人在家呢。

　　邹主任说，既来之，则安之。其实，我觉得三万块不少了。你拿去做点什么小生意，过日子，挺好的。

　　什么叫挺好的？这群道貌岸然的人，他们知道老贾在床上的时候和我说过些什么？他说他爱的是我，想和我好一辈子，一起私奔到外地去过日子……可现在呢，一切都变了，他情愿守着性冷淡的老婆过日子也不愿意搭理我，把我像扔垃圾一样地扔掉。既然想扔我，当初何必又招惹我？我就那么贱吗？招之即来挥之即去？我倒要看看他们到底要玩什么把戏。好，既然给钱，那我就接着。三万块，为什么不要？我要！

　　郑天一说，你就答应拿下这三万元，如果同意，明天就给钱。

　　小李子说，给钱之前，我们还是签个协议。

　　我心里的烦又像毒蛇一样翘首了：什么协议？

　　小李子说，三万元也不是一个小数目，是不是？至少用得要有点价值吧？签协议的目的，就是对彼此有个约束。人，不能由着自己的性子来，毕竟，这是个法制社会。

　　我从话里听出小李子含有威胁的意思，说，你是不是想把我送进大牢？那最好，我那个傻儿子你管着就行。我可没提出要钱，这三万元钱是你们说的。算了，我不要钱，你们别以为有钱就能搞定一切。

　　气氛一时紧张起来。大家都不再说话了。

　　郑天一和邹主任不时看看老贾，我也看了老贾一眼，老贾说话了。

　　老贾说，其实，我觉得，这根本不是钱的事儿。

　　小杉说，那是什么？

老贾说，有些事能用钱搞定，有的是搞不定的，我说了，你们又不信。我觉得叶子还是觉得我好，放不下我这个人。

小李子"呸"了一声，一脸嘲笑：贾大华！你真不要脸，现在你还说这种话！那你和她去过啊！你以为我真的钱多得没地方放了，放在这个骚货那里？我是想用这三万块给我儿子和我买个平安！

看他们夫妻吵，我心头浮起一丝快意，感觉我这边的砝码稍稍重了一些，这也是我想看到的场面，我站起来，这一次态度坚决，说，不谈了，不谈了，这是谈的什么判！

一看我要走，小李子急了，说，我受的委屈不比你小，我都没急，你倒急了。走？走能解决问题吗？

我一声冷笑，说，我要解决问题了吗？要了吗？我要解决什么问题？想解决问题的是你，你们！

郑天一起身，拉着小杉离开，边走边说，走，小杉，我们回家。和这样的人，拧不清。不管了！你怎么有这种老乡！

小杉跺脚：郑天一，你别添乱好不好？怎么都没一点耐心？走，谁都不许走！都给我坐回去！小杉一边说，一边把我拖住，重新按回在椅子上。

小李子喝了一口水，喘着气，看着老贾，说，你说吧，你惹的事，你说怎么办？

老贾说，我也不知道怎么办。老贾看看我，说，叶子说想跟我结婚。

小李子脸上没有任何表情，说，那你的意思呢？如果你有意思，我可以退出。

老贾说，我没有这个意思。

我看着老贾，他的一张大嘴失去弹性的样子，那些话在口腔里关不住，在嘴唇边肆虐着，我有些恶心，说，你没有这个意思吗？你这个出尔反尔的小人！

老贾并不敢看我，说，我们说过的每一句话，都有具体的语言环境，不能割裂开来看。

我干脆撕开他的伪装，说，是不能割裂开来，你真是道貌岸然。你每天在我这里都要打炮到十点钟再回去，自从认识我，你倒省了找小姐的钱了。

好，我承认，我喜欢的是你的下半身，行了吧？你别以为你有多了不得，在我这个单身女人眼里，你不过是条公狗！

邹主任站起来，说，我还有点事，提前告辞，你们好好谈，心平气和地，不要这么冲，坐在一起就要解决问题。相互埋怨相互发火能起什么作用呢？

老贾冲邹主任点点头，玻璃门在邹主任身后里外晃荡了两三下，安静下来。

小杉用钥匙上的指甲剪剪了一大堆月牙般的指甲壳，郑天一看着皱眉头。小杉用手抹下放进烟灰缸，她接着理事。

小杉说，这样，就按我说的，叶子呢，拿三万元钱。然后你们俩断绝关系，永不来往。

我说，什么叫永不来往？那是不可能的。我儿子半夜发烧要上医院怎么办？我换煤气罐怎么办？我春节回老家买火车票怎么办？

小李子说，你为什么一定要找老贾呢？天底下的男人死绝了？

我说，他是我男人，我不找他找谁？

小李子说，那我是谁？我们是有结婚证的。

我说，那不管，他上了我的床就要对我负责。

郑天一大概听不下去了，说，对你负责？你是黄花闺女？你们都是成年人，既然玩感情游戏，就要遵守游戏规则！

我对郑天一的话有些反感，说，郑老师，你好像很懂游戏规则，是不是你找的女人从不给你添麻烦？

小杉看了看郑天一，又看看我，说，叶子，你可不能乱咬人。

郑天一站起来指着小杉的鼻子说，胡小杉，你现在马上给我回家！再要是管这些没油盐的事，我跟你没完！

郑天一和小杉一前一后地走了，现在，就剩下老贾、小李子和我三个人。老贾脸上写着失望，他站起来要走，小李子的脸上也写着无奈，她跟着老贾，大概想看他到底干吗。我也紧跟着他们出了门，看他们并排走在前面，快到马路边，我突然烦了，右手从左脚上脱下凉拖，左手从右脚上脱下凉拖，分别朝两边一丢，朝老贾扑去。老贾听到我的号叫，往前逃窜着。我围着大樟树追了几圈，追不上抓不着，便赤脚跑到马路中间哭号起来，两头的车马上停了，堵了，喇叭声响成一片。老贾跑到路中间扶起我，把我安置在对面马路花坛边坐着。我看着拥堵的车慢慢蠕动着，它们像腹中的大便，朝着肛门的方向走。我感觉自己活着就像一坨大便。臭烘烘，稀塌塌。

晚上回到家，我抱着球儿哭了三个小时。球儿也哭，拿手指不停地给我抹眼泪。我又用手将他手掌的泪擦干。第二天，我给老贾发了120条短信，在短信中，我表达了自己的悔意。老贾一条短信都没回。我知道他生气了，这一天，我没敢打他电话，只有气无力地和球儿并排躺在床上。后来，有人喊我去麻将馆打牌，我就去了。我们这儿，麻将馆并不止红叶麻将馆一家，我从那里出来，当然暂时不会去那儿打。我迷迷糊糊地打了四锅牌，输了一千块，就回家了。回家后，我煮了几把米，就着咸菜和球儿吃了一顿稀粥，觉得很无聊，决定再去老贾家门口看看。

从晚上八点坐到十一点，老贾家的窗户都没亮灯，门口也没进人。倒是有邻居问我是不是找老贾，我说是的，他们耐心地问我找老贾什么事，我说老贾借我钱不还，邻居有口无心地应着，点点头，离开了。

老贾家所在的院子都在传他在外面搞女人的事。老贾在电话里警告我以后再也不许去他家。我说你除非回我短信接我电话。老贾说我不想听你说话。我说，你以前不是说喜欢吗？不仅喜欢我说话，还喜欢我的所有动作。老贾说，以前我不是人，是畜生，当然喜欢。

我说，老贾，没想到你成人了，恭喜你！

老贾说，你到底想干什么？

我说，我要钱。

老贾说，你不是说不要钱吗？

我说，我想通了，还是想要钱。以前不想要钱，是觉得和你有感情，其实，我压根儿就不喜欢你，喜欢的，只是你的钱。所以，我还是要钱。

老贾在电话里顿了顿，说，好，既然你想通了，那就好。今天晚上就可以叫我老婆给钱你。

我说，我不想见你老婆，我要见你。

老贾说，我是不会见你的。

我说，我不单独见你老婆，你还是叫小杉陪着一起去吧。

老贾说，人都被你得罪光了。

我说，我等你电话，过了今天晚上，我不伺候。另外，看在你过去曾照顾我和球儿的面子上，我只要两万。

老贾说，三万就三万吧，当初说好的，我说话算话，反正你也缺钱。

我说，好。既然你有钱，三万就三万。

老贾家里有钱，这是我知道的。虽然我以前并不关注这些。和老贾在一起的时候，老贾在我身上花的钱并不多，他掏钱包的动作好像特别慢。当然，也许是我的动作特别快。穷人就是这样，讲面子，生怕别人小瞧了自己，想通过买单来填补自己的自信，哪知是打肿脸充胖子。老贾和他老婆小李子平素的消费是AA制，这点我特别不明白。比如，两人一起出去吃饭，要是花费60元，那么一人从兜里掏30买单。起初，老贾和我在庭湘菜馆吃饭也要这样，被我骂了一顿。我说那成什么了，有意思么，骂的同时，钱已经被我从自己兜里掏出来了，虽然我知道那笔钱能给球儿买上两盒药。

晚上和小杉、小李子见面的地点改在了麦当劳。是我改的，我想顺便给球儿带包小薯条回去，他昨天看电视广告，盯着薯条直流口水。我知道他想吃了。进麦当劳时，我一眼就看到了在喝可乐的小李子和小杉，她们也看见我，向我招手。表面那样子，好像我们就是一起逛街一起血拼的亲密无间的三个闺密。

小李子说，你的可乐。

我接过，在她们对面坐下。

小李子背着一个黑色皮包，她看看我，从包里拿出一张纸，说，这是协议，你先看看。

我说，不用看。

小杉说，还是看看为好。签协议，总要看看上面写着什么东西。

小李子说，小杉也看过，上面应该没有对你不利的条款。

我匆匆扫了一眼，无非就是拿了钱以后不许再联系老贾之类的话，我觉得很没意思。既然我答应了，我还会反悔吗？她们还把老贾这种男人当个宝。

小李子在对面又指指协议的右下方，说，身份证带来了吗？

我说，带身份证干吗？

小李子说，不带身份证，怎么签协议呢？

我说，你们搞得真是复杂！以前我借钱给别人，借条都不写，你们给这点钱，又是这又是那的，弄得这么麻烦。身份证我没带。

小李子说，不是说好了带的吗？身份证没带，我连你的名字都不知道。

我说，我叫叶美。

小李子说，这是你一面之词呀，我们怎么知道你叫叶美？

我觉得太可笑，指指小杉，说，她可以作证呀，我和她是老乡，是同学，难道她不能作证？

小李子说，她虽然是你的老乡和同学，可她很早就考大学出来了，她对你后来的经历也不了解，谁知道你后来改名换姓了没有呢？

我气愤地说，我为什么要改名换姓？我杀人了还是放火了？

小李子仍然不依不饶，说，是呀，所以说我们不知道呀。

麦当劳里很吵，小李子在里面的贡献最大。我感觉自己都没争吵的力气了，说，身份证我拿来了，不过，只能给你们看一眼，看我是不是叶美。至于身份证号码，我是不会签在上面的。

见我退了步，小李子说，行，我看一眼，确认一下身份就还给你。

小李子捏着我的身份证，眼神狠狠的，好像要把那个小塑料片挖出一个洞来。我问她看完没有，还给我前她最后又看了一眼，我感觉她是在大脑里拼命记忆什么数字似的，看来，小李子真够狡猾的。不过，五十多岁的人，身份证这么长的数字，她未必记得住。

我在补偿协议的右下角签上了我的名字，小李子拿出钱，交给小杉又数了一遍，小杉交给我，说，叶子，今天，你和老贾就算两清了，以后就是陌路人。

我说我知道的。

小李子见我把钱直接塞进包里，说，你还是数数。

我说，不用了。

接着，小李子和小杉一前一后站起来，小杉说，我们先走了，再见。小李子则没有回头。

我守着她们留下的空可乐杯，坐了大约一刻钟，然后，起身，去柜台买了一大包薯条，回家了。

麦当劳对面，是一处建筑工地，半成品的高楼被绿防护布遮掩着。人行道上有些冷清。我用脚尖追着自己的影子，听着单调的脚步声。

3

我一直等待小李子和老贾清算的消息，可是，看到的却是他们亲亲热热在湘菜馆吃饭喝酒。那天晚上，我不顾协议规定，拨通了老贾的电话。

电话响了好久，我感觉手机就在老贾的手上，他大概在犹豫到底该不该接。三分钟后，他还是接了。

什么事？老贾说。

你们什么时候离婚？我单刀直入，你老婆不是说处理完我们的事再找你算账吗？

老贾似笑非笑的语气，说，算账？没有。

我说，为什么？

老贾说，女人到这个年龄了，还算什么账？再说，对不起我的是她。她现在也意识到这一点，说冷落我了。

我说，我问个愚蠢的问题，假如你老婆一定要和你离婚，你怎么办？

老贾说，还真没想过这个问题。也许单身吧。

我说，那我呢？怎么办？

老贾说，那是你自己的事。

我怒了，没想到老贾的嘴脸变得这么快，我咬牙切齿：我要让你下岗！

呵呵，下岗？你这个词好像过时了。你问问邹主任，他会让我下岗吗？老贾浑身轻松。

我不信这个世道真的什么也不管了，邹主任是老贾的领导，老贾搞婚外情，和外面的女人瞎搞，不讲道德，难道他真的就不管？第二天，从一大早就开始打雷下雨，我也不管不顾，向门卫打听后，直接冲到邹主任的办公室，邹主任看见我，有点儿意外，说，你怎么来了？

我说，老贾你们单位就不管了？

邹主任说，管什么？他的业务挺好的，单位也没犯什么事儿。

我说，邹主任，你应该明白我说的是什么。

邹主任看了看表，说，我还有个会，你呢，劝你一句，见好就收。老贾那个协议，其实对你是有利的，人家要是不为你着想，可以让你蹲号子。

我说，你在威胁我？

邹主任已经从桌前起身了，他说，我去会议室了。

老贾听说我要将三万元钱退给他，火了，说，你到底想干什么？

我说，我想离开高碑店。

老贾在电话那头咳嗽了几声，说，回老家么？

我说，我想去天津找我老乡，想在那边找点儿事做。

老贾说，那把这三万元拿着，正好当本钱。

我说，我手上还有点钱，不想用你的。

老贾说，这三万给你了，就是你的了。随便你怎么花。

我说，你想我么？

老贾说，不想。有什么好想的？

我说，老贾，我不想要这个钱，钱有什么用，轻飘飘冷冰冰的。

老贾说，那你想要什么？

我说，我想要你。

老贾说，那不可能。

我说，那你的性生活怎么解决？

老贾说，我自己有手。自己动手丰衣足食。

我说，那有意思吗？

老贾说，再不成，还有洗浴中心呢，又不贵。

我说，你就不怕得病？

老贾说，这个年纪了，有什么好怕的。死就死呗。

我说，我现在是想死不能死，死不了。我死了，球儿也死了。

老贾说，那你就好好活着。

　　我说，好不了。老贾，那三万元我退给你老婆，我还另外给她五万。

　　老贾说，你到底想干吗？

　　我说，我想叫你老婆把你让给我。

　　老贾说，那不可能，你就死了这条心吧。要说以前，我还有这样的想法，可你太让我失望了，把我的名声都弄臭了。

　　我哭起来，说，你原谅我好不好？以前是我错了。

　　老贾的语气冷冷的，说，原谅不了，我们回不到从前了。说完，老贾毫不犹豫地挂了电话。

　　我坐在床上，想老贾这种男人到底有什么好，其实，他真的一点也不好。我的前夫和前前夫长得要比他帅气得多，我从没见过老贾这么猥琐邋遢的男人。可我为什么还揪着他不放呢？我也说不清。我想，也许是我骨子里不肯认输吧，手心里想攥一点真正属于自己的东西。哪知，越想攥，越攥不住，越逃得快。不过，我是不肯轻易认输的。这么多年，我就是活那么一口气。如果不是憋着那一口气撑着，我的坟上早长了草。

　　接下来的十天，我给老贾发的短信加起来不超过一百条，他一条都没有回。我相信他都看了，看了就好。

　　老贾的几件衣服还在我这儿，我叫他来拿衣服，说过三天假如还不拿，我就烧掉。三天后，我就烧掉了。

　　老贾放在我这儿的一辆自行车，我叫他骑走，我说三天假如还不来骑，我就随便送给过路的人了。三天后，我把它送给了一个乞丐。

　　我又来到老贾的单位，在门口，我碰到郑天一，我问他看到老贾没，郑天一警觉地说，你怎么又来了？

　　我说，我来找他有事。你看到老贾没？

　　郑天一说，没看到。你到底想干什么？

　　我说，我想让他下岗，他是个流氓。

　　郑天一说，你让他下不了岗。

　　我摸了摸身上的刀，说，那我就杀了他。和他一起死。

　　郑天一笑起来，说，你死了你儿子呢？

　　我说，我儿子反正也是要死的。

郑天一耸耸肩，说，请便。

老贾的人间蒸发让我感到愤怒，但我也无可奈何。一次次地捏紧拳头冲出去可碰着的都是空气，时间一长，自己也泄了气。像我这样的人，是要靠憋着一口气才能活下去的，气不能散。在红叶麻将馆门口，我截住东北男人，说，能帮我找一个人吗？

东北男人说，你想找谁？

我说，和你打架的那个。

东北男人想了想，说，出多少钱？

我说，三万。

东北男人又想了想，说，你不仅仅是要我找他吧？这么大的单子我还没接过，我还有老婆孩子呢。要不，你找别人？

我骂了一声胆小鬼，东北男人耸耸肩，苦笑着进了麻将馆。

接下来的几天，我拼命呕吐，我决定去医院弄个究竟，作为过来人，虽然我能猜到这是怎么一回事。医生给我一张化验单，明确告诉我我怀孕了。我没想到这个烂俗的故事竟还有这么一个桥段，它是个孽种，这是毫无疑问的。我想，老贾是不是有预感，所以给了我三万叫我去打胎？这三万元钱花在这上面是我没想到的。我告诉老贾我怀了他的孩子，我说假如三天之内不给我回信，我就去医院打掉。三天后，我没有去医院。老贾当然也没有回信。我用三天的时间想了很多问题，我决定生下老贾的孩子，然后，用老贾孩子的一生，去照顾我的球儿。

这个决定虽然定下了，可我还是去市场找了个摊位卖水果，苹果、梨子、芒果、葡萄什么的，我进了一大堆，我坐在它们后面，也不吆喝，看着它们一天天腐烂。水果亏本之后，我又去北京西站倒票，我认识一个售票员，以前经常在红叶麻将馆打麻将，我从她那里拿票然后在西站广场附近询问那些拖着行李箱的人，结果，一个傍晚，在永和豆浆门口，我被一个脸上有疤的男人痛打一顿，他说这里是他的地盘，我一个贱女人有什么资格在这里卖。有疤男人打我的时候，我故意挺着肚子，我说，有种的你就朝这儿踢，踢他妈的这个小王八蛋。有疤男人愣住了，他住了手，朝我身边狠狠吐了一口浓痰，骂道：神经病！

　　一个月后，我带着球儿和两个大皮箱，离开高碑店，准备去天津。一出西直门地铁口，在北京北站，我碰到戴着墨镜的老贾，老贾看见我大包小包的，还是上来搭了一把手。在候车室，他说，叶美，祝你好运。

　　我说，总是那么巧。

　　老贾说，刚送走一个老同学。你……要走？

　　我说，我这一走，也算永别了。

　　老贾说，以后别砍哪杀的，我老婆说，别以为不知道你前夫是怎么死的。

　　我说，你们还调查我了？

　　老贾说，小李子说的，我不知道。我只是不想走你前夫的老路。

　　我说，没想到你也怕死。

　　老贾的视线好像在我的肚子上停留了几秒，显然，他并没发现什么，说，你还是隐姓埋名好好过你的日子吧。

　　我说，……你也是，找小姐的时候最好戴两个套儿，别弄一身病。

　　老贾说，这个，你就甭操心了。

　　在进站之前，我扭头问了一句老贾，你觉得咱俩真就了结了吗？

　　老贾的一身皮肉陷在老头衫里，凹凸不平。整个身体就像一个被雨水长久浸湿的土堆，说不定哪个时候就会坍塌成一地稀糊。在我怀里时是个宝；不在我怀里，管他是个什么玩意儿呢。

梦　死

梅　驿

一

　　父亲坐在床上，一只胳膊套上了毛线衫，一只胳膊赤裸着，他一边穿衣一边跟母亲讲他昨晚做的梦——他这个习惯保持了差不多三年了。让人惊奇的是，他几乎每天晚上都做梦。什么梦都做，天上飞的，地下跑的，人间有的，人间没有而地狱有的，他都梦。比如梦见一只大鸟钻进了我们家炉膛，被火烧得吱吱叫；比如梦见一群龙飞在我们家天上，后来又落在我们家屋顶上等等，五花八门、离奇荒诞。当然，有时候也会很生活。多年不见的老邻居啦，考试啦，喝汽水啦，比如有一次他梦见了我们老家的一棵枣树，上面却结了很多绣球花，风一吹，簌簌地落……

　　我们家的电脑成了父亲的双脚接通地气后的第一站。他上网，查他的梦。然后朗朗有声。厨房里的母亲这时候就会把锅碗瓢盆敲得更响。等父亲坐到饭桌前，或攒眉或讪笑时，母亲正甩开腮帮子大嚼，好在七点五十分之前赶到厂里去，她都懒得看父亲一眼了。

　　父亲的生活像一杯清水，一眼就能看到底。他是一家工厂的配料工人，他今后无非两个结局，下岗或者退休。照理说，这么一种一点也不充满未知的生活，梦的预兆作用就没什么施展的机会。可父亲不这么认为。

　　父亲有几次成功的现身说法。照他的经验和《周公解梦》的解释，梦到屎，乃是富贵的象征。果然，在梦到屎的第二天，他捡到了十块钱。又一次，他梦到包饺子，《周公解梦》的解释是全家将要团聚。而他从小听他母亲讲，梦到包饺子是要犯小人。他宁信坏兆头，第二天一天都格外谨慎，可还是在临下班的时候跟一个工友吵了一架。这件事启发了他，那就是老祖宗留下来的《周公解梦》也有不实之词，有时候还不如来自民间的经验准哩。

可更多的时候，父亲做了理应发财的好梦，早上喜滋滋地出了门，回来却耷拉着一张脸。他不灰心，他认为梦没能实现是有原因的，或者会在几天后实现呢，或者积聚到一定地步就会实现呢。他仍然每晚就早早钻进被窝酝酿好梦，努力奋斗一夜之后，他会略显疲惫地醒来，大声嚷嚷几句，上网查一通，在经过深思熟虑之后，他才会怀着不同的目的，小心翼翼地出门。

可是，有一天，当父亲又一次半裸着上身给母亲讲他的梦时，刚刚下床的母亲从自己的耳廓上揪下一片半透明的薄皮来，那东西类似耳屎，却薄，呈片状，她盯着那件古怪的东西看了半晌，忽然冲父亲大吼，你这个窝囊废！以后再给我讲你这些狗屁梦，你就滚！你瞧瞧我的耳朵，都磨出茧子来了！

最近这两年，母亲完全无视我们的存在，经常当着我们的面说出让父亲滚这样的话来。

父亲茫然地看着她，他只听说干活磨出茧子来的。这种情况下，父亲常常是茫然的，说不出一句话。母亲又吼，老大在家里都待了三个月了，你是瞎子？

大哥那年大专毕业，天天在家玩网络游戏。他上半年一直在找工作，无非给人打工，打累了，就回来了。刚回来的时候，父亲也说，回来好。回来找个正经工作，总比给人打工强。但一晃三个月过去了，大哥连打工的工作都找不到。大哥说，现在没钱、没权，去哪儿找工作？我一个同学的爸爸是正科级，儿子直接进机关。我另一个同学的爸爸是总经理，甩了十万块，儿子直接进大企业当项目经理。

既然矛头直接指到了爹的头上，父亲就只能挺身而出了。

父亲虽然只是一个工人，但却有一个在我们这个县城里身居要位的同学。当下，虽然时兴什么"同学会"，像互助组一样，父亲也随礼凑份子，但却跟同学们没什么更密切的往来。说起来，父亲活到这么个一目了然的地步，也不愿跟他们去吃五喝六添这份堵了。但这回，不一样，父亲决定去试试。

二

父亲找了一个主吉顺的日子去找他的老同学。头天晚上的梦里，风起浪涌，汪洋一片。有一种说法，叫火是财，水是命。水火无情，居然被赋予了这么美好的象征，我想，还是与事物之间的属性有关。火是越烧越旺的，钱财是有了大的好生小的，越多越好生，就像柴火，越多越好烧一样。祝人家生意做得好、多赚钱，要说红红火火，可见火一定是跟财富有关的。而水呢，水是千万年一直奔涌的，但有自己的流向，有不可更改性，常说，人不可能两次踏入同一条河流。这跟一个人的命运多么像啊。

父亲自认为他的梦的预兆作用完全符合这个亘古流传的说法，母亲耐着性子听完了他的解释，伸出手从她耳廓上揪下来一小块薄皮，有指甲盖大小，母亲显然顾不上这些了，只咕哝了一句，就去柜子里给父亲找西装，父亲那套灰色西装是他们厂前几年红火时发的，现在套上去，有些晃荡了。母亲又塞给父亲五百块钱，嘱咐他给老同学买一箱好酒，才打发他出门。

直到下午三点多，父亲才被老同学的司机给送回来。他醉醺醺的，倒头便睡。

晚上，我们终于听到了父亲的说话声。那声音高昂、兴奋，掺杂着得意。父亲说，老同学告诉他，他去得正是时候，再晚个两三天，恐怕就要错失一个大好机会。近期，县里要在高速上增设一条监测线，正要招几名工作人员，关系隶属交通局。我们都睁大眼，这可是正儿八经的事业单位啊，比几年河东几年河西的企业不知要好多少倍。

父亲顿了顿，说，老同学还说，得按行情走。

多少？母亲问。

最少得五万块。县领导、交通局、人事局，哪个衙门口不花钱？

母亲半天没说话。大哥也半天没说话。

接连两天，我早起晨读，都听到父母在卧室里讨论该不该花这笔钱。母亲这两天新添了一个毛病，就是手指时不时就去耳廓捻，母亲一边捻，一边跟父亲说话，若捻到并揪下来一小片薄皮，母亲会停下来看看，再说话，声音不知怎么就高了，母亲说，快刀斩乱麻，你能不能简单点说？叨叨叨，叨叨叨，都聒死了，你瞧瞧我的耳朵！若捻不下来，母亲会说，你省心能省到天上去，连句话也不说，装什么土地爷？

父亲不知道怎么说，就见缝插针地讲他的梦，三言两语的，不知怎么，母亲居然听进去了，母亲的脸上是一种少有的沉静，手虽然还在耳廓上捻，但明显慢下来了。

第三天早晨，还没待父亲套上第一条袖子，母亲就破天荒问父亲，昨晚做了个什么梦？父亲灰黑的脸像被接通了电源一样，一下子就亮堂起来。父亲一边穿毛线衫，一边说，从未有过的好梦！

什么梦？

满院子的大红帐子！我这辈子都没见过那么好看的帐子，上面绣满了花儿，比谁家结婚挂的帐子都喜庆！红彤彤一片，把天都染红了。

有这么个好梦支撑，在母亲的授意下，父亲又换上了那套还算挺括的灰色西装，这回，还背了一个人造革书包，包里鼓鼓囊囊的。

这回，父亲没喝醉，是自己骑自行车回来的。西装依旧，书包却瘪了。父亲因为这瘪成了我们家的大功臣。照他说的，该拜的佛都拜了，该烧的香都烧了。中午，还跟县长一起吃了饭，县长还跟他握了手，还在宴会上笑眯眯地看着他。最重要的是，县长还连着两次嘱咐陪同的人，一定要把这件事办好。

县长发了话。父亲说，那还不是铁板钉钉！

有两天，我和母亲没听到父亲讲他新做的梦。讲也是讲的，一开口，都是大红帐子。不知道他是不是享受到了无梦的睡眠。父亲坐在电脑跟前，沉思半晌，在框里输入的也是：大红帐子。他每天都要查大红帐子的喻义，《周公解梦》上没有具体的解释，网上也没有。但无疑是好的。从未见过的好看和喜庆，还能不好？再说，"红"不正预示着开门红吗？

我们都认为，父亲的大红帐子梦将成为他人生的高潮。

父亲这辈子，凭汗珠子吃饭。年轻的时候，他一天能扛四吨的原料，上下几百阶楼梯。快五十了，也能扛个两三吨。三年前，厂里改革，这类体力活都包给了临时工，临时工工资低。而他有两条路，要么跟临时工一样干活拿工资，要么内退。父亲在家里闷了两天，选择了前者。同样是甩汗珠子，但显然，有很多东西不一样了。好像就是从那时起，父亲开始做梦，做各式各样的梦，一直做到今天。除了上班、吃饭，就是做梦。好像就像母亲指责的那样，父亲再不会干别的了。但这回的大红帐子梦跟大哥的人生联系了起来，而且是非常有利地联系了起来，这就让我们家包括母亲在内的所有人都对父亲的梦改变了看法。

母亲问，不会有啥差错吧？

父亲言之凿凿，不会。

母亲又说，那可是咱家全部的积蓄啊。

父亲说，你是不相信我还是不相信县长？

母亲说，县长亲口答应的？

父亲说，亲口。还当场交代给下头的人去办了。不会有错的。

母亲说，他没喝酒？

父亲说，清醒得很。

按老同学的说法，三个月内，监测线的人就会全部配齐。三个月后，就正式上岗了。大哥等了两个月之后，开始采买东西，小旅行箱一个、真皮公文包一个、新手机一部、西装一套、夹克衫牛仔裤一套。洗漱用品也都收拾得妥妥帖帖的，只等一纸令下，就去报到了。

那段时间，父亲的新梦层出不穷。梦见吃鸡肉、梦见从深谷里往上爬、梦见举家迁徙等等。凡是主吉顺的，父亲都会高兴地说，老大的事儿准成！又做好梦了。凡是主败运的，父亲都认定那是冲着自己来的，不是厂里又扣罚了奖金就是谁又要找他的茬呢。那段时间，母亲也格外关注父亲的梦，父亲做了好梦，母亲就双手合十，连念阿弥陀佛。父亲做了不好的梦，母亲就趁日光初升的时候跑到院子里，对着一面墙壁念念有词：

有梦不祥，来到西墙。日光一照，百事无妨。

而且，母亲耳廓上的薄皮也像它的神秘来临一样，神秘地消失了。母亲的手又回到了她一贯的位置上，再不在耳廓后捻了。

久而久之，我们一家都对梦小有研究了。我们知道一些常用的解梦常识，比如梦大都是反的。梦见哪个人死了，那个人在世上会添寿。梦见哪个人生病了，那个人一定健健康康的。比如火是财，水是命。比如棺材就是官和财。比如瓜果就是有结果，比如开花就是烟消云散。都是父亲常常念叨的。说到底，也不过是一种暗合和关联。

三

那些梦却没有因为我们的善待而给我们带来好消息。像漫长的一场征程终于到头了，我们才恍然发现走反了方向。先是不肯相信的。三个月过去了，据说监测线的员工都上了班，可大哥这里连个信都没有。父亲红头涨脸地去找老同学，老同学说，咱说话晚，得再等等。你别着急，没问题的。就又等了一个月。父亲又去找，老同学说，县长都同意了的事，没个跑。但得容人家个工夫，再等等。就又等。等到第十八天头上，父亲和母亲正为要不要再去找老同学而争吵时，他们意外地在电视上看到了县长突然调走的消息。父亲颓然地坐了下去，母亲瞪着眼睛，看父亲，看了足有两分钟，才吼道，你这个窝囊废，让人家当傻蛋给耍了！你去，给我把钱要回来！

钱当然是要不回来的。但母亲吼到第三次的时候，父亲还是抓起衣服出去了。

老同学不在，父亲在办公室等了一下午，也没见到个人影。晚上，电话终于打通了，老同学在那头不温不火地说，县长走了，可下头办事的没走啊，你不是都说到了吗，没关系，再等等。

这时候，我们已经知道这个"再等等"就是慢性毒药，只不过让你"死"得没那么撕心裂肺而已。可我们还不肯彻底放弃，总觉得那么多钱都花出去了，总不会一点响声都听不到吧？

没有人提那五万块，就像皮肤下隐藏的血管一样，我们看着那些血管变得青紫，却不敢去触摸，只怕一不小心，就会引发大流血——我们都绕着那五万块走，小心翼翼地。而在私下里，那五万块却时时奔涌在我们的血液里，让我们在无人时只想大喊大叫。

最先放弃的倒是父亲。

因为，我们注意到，父亲不跟母亲讲他的梦了。父亲坐在床上，一只胳膊套上了毛线衫，一只胳膊赤裸着，他张了张嘴巴，却没有像往常一样讲他的梦，而是打了个哈欠，接着就发起了呆。发一会儿呆，他才会套上另一条袖子，磨磨蹭蹭地下床。电脑他也不怎么开了。本来，除了查梦，他在电脑上几乎不会干别的。

但母亲耳廓上的薄皮还是长了出来。

很突然地，在一个沉默的早晨，母亲穿衣服的时候，手触摸到耳廓，就揪了一片下来。母亲愣愣地看了一会儿，大声冲父亲喊，天啊，我的耳朵又长出茧子来了！都是你——她停顿了一下，还是喊道，都是你的破梦！

父亲茫然地看着她。这种情况下，父亲常常是茫然的。虽然他已经好几天不讲他的梦了，但母亲耳廓上的薄皮无疑跟他脱不了干系。

母亲耳廓上的薄皮大有愈长愈旺之势，每天早晨都会有一层。撕下来一层，只要睡，就会又长一层。母亲每次撕那层薄皮时，都会冲父亲吼，吼得越来越大声，越来越难听。终于有一天，母亲吼道，都是你做的好梦！二十多年的积蓄让你一个梦给梦没了，二十年的积蓄啊，什么不能信，信你的狗屁梦！天底下怎么会有你这种蠢货啊！

父亲不说话。

撕了一星期，吼了一星期后，母亲惊恐起来，要大哥陪她去医院看病，她以前从不肯去医院看病，总说医院宰人。我和父亲听到，她出门的时候嘟囔，反正都这样了，爱咋咋吧。都这样了，爱咋咋吧。

父亲不说话。父亲就像没听到。

四

我高考过后，天天在家读小说。有一天早晨，我刚起床，父亲就钻了进来。父亲赔着笑，说，我昨晚做了个梦。我警惕地看了一眼厨房门，说，你不是不做梦了吗？别让妈听到了，妈最不能听你讲梦了。父亲说，梦见一条开满鲜花的峡谷，我从这头爬到了那头。我觉得你能考上大学，等着瞧吧。我说，你别自欺欺人了。大哥不就是个例子？父亲一改过去犹疑的神态，说，那是我自己记错了。我后来想起来了，我确实梦到了满院子的大红帐子，但那是邻居家的院子，不是咱们家。都怪我，没有把大红帐子梦到咱们家。我看到父亲两鬓的白发，忽然有些心酸，说，好了，但愿我能考上。可考上了又怎么样呢？毕业回来，不是一样不好找工作吗？

父亲得到了我的支持，当天就在饭桌上开了戒。他先检讨自己，对自己没有把那么好看和喜庆的大红帐子梦到自己家表示了悔过，接着就开始讲他昨晚的梦。大哥斜着眼看他，然后从鼻子里哼出一声来。他现在在一家超市当保安，就待在超市门口，看人，看一个月，给八百块。母亲最近心情还算不错，她的工厂这几个月效益很好，她耳廓上的薄皮也不长了。前几个月，母亲为那些层出不穷的薄皮去了好几家医院，有说中耳炎的，有说耳朵硬化症的，有说火皮的，把我们家垫底的那点钱都折腾没了，也没见好。现在，什么药也不吃了，倒自己好了。我看了一眼满脸谦卑的父亲，心里对他升起了崇敬之情，他太会抓机会了。果然，母亲没有蹦起来，让父亲滚，她一门心思地吃着饭，没有发表任何看法。

父亲坐在床上，一只胳膊套上了毛线衫，一只胳膊赤裸着，他一边穿衣一边跟我讲他昨晚做的梦。是的，昨晚父亲睡到我房间里来了。

父亲开始讲梦那天晚上，直到母亲愤怒的声音传到我耳朵里，我才明白，中午饭桌上的和谐其实是一种假象。母亲是要等到晚上找机会算总账的。也许父亲得寸进尺了，要跟母亲进一步探讨他的梦，也许父亲什么都没说，但父亲脸上的松懈让母亲看不惯，母亲就吼，我这辈子嫁给你算是倒了霉了。要钱没钱，要权没权，连给孩子找个工作都找不到，还配做什么梦？别说给我讲你那些破梦了，就是做，你也不要做了。再做，你就滚！

父亲做了几年的梦，岂是想不做就不做的？再说了，做梦又不耽误干活，又没有污染，一个人管天管地，还能管得了人家做不做梦？但父亲跟别人不一样，父亲做梦是有讲究的。我也是在父亲住到我的房间后才知道的。那就是父亲每睡醒一觉，就要把刚过的梦记录下来，他说，不记录下来，第二个梦就会冲掉前面的梦，到时候就想不起来前面的梦了。

这样，父亲就达不到母亲的要求。父亲半夜起来，拧亮台灯的时候，看到母亲的上眼皮猛地翻开，暴怒的眼珠子凸了出来。他手里的大黑皮笔记本就"吧嗒"一声掉到了地上。

但父亲一定也是努力过的。因为，一个多星期后，父亲才蔫巴巴**地抱着**

被子来了我的房间。随他来的，还有那个大黑皮笔记本。我好奇地翻了翻，父亲记得很全面，有梦的内容、从网上查到的解释、当天发生的所有事情以及父亲的总结。那总结就像一个法官最后的裁定，是有理有据的。而且，我还发现父亲很有文采，一篇篇小短文虽然只是一种记述，却明白晓畅。我恍然想起父亲当年也是很喜欢读书的，他有一纸箱子《说岳全传》、《七侠五义》之类的书。从什么时候父亲不读书了呢？我想不起来了。现在，父亲一副重拾昔日时光的样子，在我的书架上翻来翻去。

我跟父亲开玩笑，你这个笔记本上得写个名字，叫《梅公解梦》。

五

在饭桌上讲梦，还是保留了下来。父亲开戒那天，母亲没有当场翻脸，就是给了父亲这个暗示。父亲是感恩戴德地接受的。他起初是小心翼翼地讲，讲个一句两句就算了，但梦的准确度是一定要强调的。看母亲没有不悦的表示，父亲讲得慢慢多了起来，最后竟神采飞扬了起来。我们见多了母亲对父亲的打击，母亲能给父亲留这么一个薄面，我们感到很宽慰，毕竟，连我都是高中毕业的人了。

可是，大哥被超市开除了。大哥待在门口看人，天天看，看了几个月，却没有看到一个小偷大摇大摆进了超市，虽然只是偷了几包零食，大哥还是被开除了。

大哥又住回了我的房间。父亲就抱着被子回到母亲房里，其实，父亲是想回去的，我看到父亲脸上的笑纹，就跟父亲开玩笑，珠子还是要回到匣子里的。

母亲每天晚上睡觉前都敲敲我们房间的门，喊一声，差不多就睡吧啊！大哥有时候应，有时候不应，大哥在网上玩游戏，每天都玩到很晚。每天早晨，我起来，都看到母亲忧心忡忡地朝大哥的被子努嘴，意思是几点睡的，怎么还不醒？我也只能摆手，因为我也不知道他几点睡的，更不知道他几点醒。

那时候，我的同学们有一大部分都接到了大学录取通知书。我几乎天天跑学校，看有没有我的。我每次出门，父亲都要在背后说，儿子，别着急，慢慢骑，今天肯定能接到你的通知书，我昨晚做的梦不赖！如果我动作慢一点，他就会抓紧时间给我讲完他的梦，这时候母亲往往已经上班了，他的声音也因为无所顾忌而大了起来。

两个星期之后，我再出门，他的声音照例响起，儿子，今天肯定能拿到，我昨晚做的梦不赖。我连看都不看他一眼，把自行车骑得飞快，还故意去撞小区门上的木板，心里恨恨地想，就知道你的破梦！——我从来没有因为父亲的梦而见到我的通知书。

母亲就是那时候爆发的。我又一次空手而归的时候，父亲颤颤地迎了上去，有了梦的父亲是跟现实隔膜的，他根本看不到我满脸沮丧，反而信心百倍地问我，儿子，拿到了吧？我甩开父亲，故意撞翻了一把椅子，钻进房里，"咣当"一声用力关上门，再不肯出来，母亲几次喊我吃饭，我都没有出来。

母亲的声音就炸响了，你还有完没完？老大的五万块让你弄丢了，现在，你又要毒害我的老二了？

父亲怔了怔，说，五万，五万，你老叫五万干吗？打麻将和牌啊？我告诉你，咱家这牌和不了，全赖你整天瞎叫唤！

母亲没想到父亲一下子变得这么口齿伶俐，她的嗓子因用力过大而有些沙哑，我叫唤？我不叫唤，你连饭都吃不到嘴里！我怎么这么倒霉嫁了你这么个蠢货，要啥没啥，就知道糟践钱！就知道一头钻进你的春秋大梦里！有本事你做个梦，一头梦死算了！

六

父亲找了一个木匠，"叮叮当当"一阵响，把我和大哥的房间隔开了，一间略大一些，一间略小一些。略小一些的，他把一张从旧货市场买回来的单人床塞了进去。他又一次抱着被子从母亲的房间里出来了，这次，他睡到了自己的单间里，跟他的大黑皮笔记本一起。

只有我知道，父亲有一个伟大的梦想要在他自己的房间里得以实现。

父亲说，我只告诉你啊，你是个好孩子——他不惜把我叫回到十几年前而进一步拉近我们的关系，是你妈提醒了我，这么多年，我什么梦没做过？连《周公解梦》上没有的梦，我都做过。我就是没有梦到过死！

他挑一挑眉头，接着说，这么说也不全对。梦也是梦到过的。梦到我死了，你和你妈他们都哭。梦到一家人给我送葬。但我没梦到过一个人怎么死，死了之后会怎么样，灵魂上天还是入地。

我吃惊地望着他。

他又说，从来没人知道死的过程和死后的事情，因为死的人再也活不过来。我要是能梦到死，然后醒来，不就成了天下第一人了吗？

他还说，孔子说过一句话，叫，未知生焉知死。他停顿一下，一字一顿地说，未——知——生——焉——知——死。知道吧？那么，孔子到底知不知死呢？他又停顿一下，说，反正整部《论语》根本没有有关"死"的论述。我看过《论语》，真的。就是从你的书架上拿的。父亲的嘴巴朝我的书架努了努，眼睛里一下子光芒万丈，接着说，可孔子又说，五十而知天命。你想想，他都知了天命了，能不知死吗？

他又停顿了一下，说，我看孔子是个大滑头，他什么都知道，包括死。他就是不说。你想啊，他能知死，我也就能知死。他是一个人，我也是一个人。而且，我还要说出来，让人们都知死。

我目瞪口呆。我第一次知道父亲还是一个哲人。而这种"哲"，让我害怕。

虽然答应了父亲不告诉任何人，但我还是告诉了母亲。

母亲不屑地一笑，他还能做出什么花样？

我说，他要梦死！是真的，他天天琢磨着怎么梦死呢！

母亲说，他要梦死就会梦死？他要梦到你大哥有个好工作，怎么没有？他要梦到你能上个好大学，怎么没有？

我说，可那是……死啊。

母亲说，连生都不行，还会死？

我略略放了心。我下了决心复读，每晚都跟大哥睡得一样晚。

隔壁，父亲的房间里，却早早就熄了灯。那个时候，父亲正在全力以赴地梦死呢。我想，父亲就像我小时候迷武侠小说一样，迷过了这几年，就好了。

父亲说，日有所思、夜有所梦。我白天要不停地想死，要不断地研究死，才能在潜意识里种下"死"这粒种子。还有一点，父亲靠近我的耳朵说，有时候，白天不经意看到的一个场景，就会引发梦境。所以，我要尽可能地多走路，多参加别人的葬礼，看到街头埋人，我也要感同身受，上去拜一拜。这样，就在我的潜意识里又埋下了一粒"死"的种子。最后，至关重要的一点，要能成功梦死，还得在进入睡眠之前，进行充分的导入。

导入？我说，就像我们语文老师讲新课一样？

父亲说，是啊。

怎么导入？

这个，我先不能告诉你。父亲卖了个关子，赶我出门，睡去吧，等我有了成果，就告诉你。

父亲的理论似乎很成熟。父亲也很努力。他背着母亲和大哥，买了许多书，都是研究玄秘文化的，他还趁母亲不在家，偷偷看刀光血影的恐怖光碟。

但成功好像并没有垂怜他。

父亲睡得越来越早了，有时候，刚刚黄昏，他已经躺下了。有时候，好几天，我都找不到机会跟他说句话，除了上班，他几乎不出他的屋子，而他的屋子越来越充满诡秘的气息了。但在一些深夜，我起夜的时候，又会听到他咳嗽的声音、喝水的声音，还有辗转反侧的声音，可见，他的梦也不那么流畅。

饭桌上，父亲几乎不怎么讲梦了，也不怎么说话了，他一言不发地吃着饭。我和母亲对视一眼——作为父亲的叛徒，我把父亲的每个动作都报告给了母亲——我和母亲会意，他因为没有梦到他需要的内容，从而失去了讲述的兴趣。我们都看出了他的疲累。他越来越瘦了，像一截影子。

有一次，我在父亲房里看到了一个深红色的骨灰盒，上面刻着花纹，我惊惧地问他，父亲说，你不懂。如果一个人睡着了，他眼皮上刚好有水，他就会梦到自己被大水淹没了。我睡觉的时候，把这个玩意儿放到心口上，就会梦到死了。

这难道是他所谓的导入方法之一吗？可世界上真有什么东西，能让死顺利来临，又如愿离去吗？

第二天，抱着骨灰盒睡了一夜的父亲脸色黯淡地坐在饭桌前，看样子，父亲又失败了。我装作不知道，母亲也装作不知道，一家人沉默地吃完饭，母亲上班前照例忧心忡忡地朝大哥的床铺努了努嘴。黄昏，父亲下班回来，一进他的屋，就急匆匆奔了出来，我的骨灰盒呢？他冲厨房做饭的母亲喊。母亲头也不回，说，扔了。父亲说，你怎么能扔了？扔到哪儿了？那是我花钱买来的啊！母亲愤怒的声音立刻从头顶上炸响了，我还没死呢！等什么时候你把我气死了，再买那玩意儿也不迟！神经病！——精神病！她又追加了一个词。父亲愣了一会儿，说，我的事情不用你管！说完，拉开门出去了。

那天晚上，我到处寻找父亲，没有找到。直到凌晨时分，他才回到家里。第二天，那个疲疲沓沓影子一般的父亲又出现了。他坐在饭桌前，沉默地喝一碗粥。

父亲上班后，我去他的房间偷看了他的大黑皮笔记本，就算昨晚他只睡了三个小时，他仍然详细地记录了他的梦，他梦见了撕纸，满满一屋子的纸，要他一个人撕，他撕啊撕，撕到最后，他的手流出了鲜血。他没有梦见死。我还从他床下的一个纸箱子里，发现了一个新的黑色的骨灰盒，这次，我告诉母亲后，母亲只看了我一眼，没有说话。

那天，母亲梳着梳着头发，忽然啊了一声，她用手去捻耳廓，很轻易地，就从耳廓上揪下一片薄皮来，母亲跟我说，这玩意儿，怎么又长出来了？我仔细查看了她的耳朵，白皙、干净、干燥，没有生病的症状。别管他，母亲说，过几天就好了。

几天过去了，早晨起来的母亲，还是每天都从耳廓上揪下一小片薄皮来。好在，母亲已经不拿它当回事了，她知道，就像它的神秘来临一样，它最终会神秘消失的。

那天，午睡起来的母亲，正要习惯性地把手放到耳廓后，她听到了敲门声。不到五分钟，我们屋里的门就被撞开了，母亲只说了"你们的爸爸"五个字就瘫软在地上。那时候，大哥正在玩网络游戏，我正在读书。

　　据工友说，父亲是扛着一袋原料从楼梯上摔下来的，摔得头破血流。工友的声音发着颤，他爬了这么多年的楼梯，怎么就摔了下来？转而又强调，是他自己摔下来的。是他自己从他天天爬的楼梯上摔下来的。好多人都见了。看我们并没有过激的行为，他又吞吞吐吐地说，老梅临死的时候好像说了一句，我终于死了。他狐疑地抬头看我们，什么叫终于死了？老梅怎么会这么说？

　　没有人回答得了。用父亲新买的黑色骨灰盒埋葬了父亲之后，我收起了他的大黑皮笔记本。我常常翻看他的记录，关于死那一页，还是空白。

柔　软

宋长江

——你该走了。

电话里的男人，声音沙哑，沉痛，具有不可抗拒的启发性和无限关怀，仿佛从舞台深处荡来，幽灵一般。

吴韧整个身体瞬间飘浮了。

之前，关乎自己生死命运的关键一刻，曾以各种方式或情境被吴韧无数次揣摩过，唯有这个电话，跳出了他的揣摩范围。

比如，睡梦中，警察突然破门而入，把赤身裸体的吴韧从妻子的被窝里拖出，随即铐上手铐。为此，吴韧好久不脱裤衩睡觉了。哪怕和妻子完成世俗交合，也要抓紧时间把裤衩穿上。妻子吉雪曾冷脸讥讽，说你病得不轻。对此，他不作任何解释。他们之间几乎到了无话可说的地步。之所以还能同眠一张床，是因为有一张看不见的网，把他们牢牢罩住。两人即便都曾上过另一个女人或另一个男人的床，以目前状况，谁也不想挣脱这张编织了十余年的网，情愿暂栖其中，过着自欺欺人的生活。他们都清楚，谁先撕破这张网，也就意味着他们的厄运提早降临。为此，吴韧嘲笑自己，当然也嘲笑吉雪，人若深陷不义之途，廉耻感荡然无存，便动物般没羞没臊了。令吴韧称奇的是，久而久之，竟然从没羞没臊中享受到了某种莫名的惬意。

再比如，吴韧突然接到政府办通知，要他去县方参加矿难现场会。那起矿难已时过境迁，该捕的捕了，该判的判了，该处分的处分了，所谓现场会无非是走走形式，以示领导者持续重视安全生产的姿态。假如一次现场会能够起到杜绝矿难发生的作用，当然值得。可惜，恰恰相反，矿难以牛皮癣的赖劲，在全国范围内屡屡发生，层出不穷。这一次吴韧很得意，侥幸自己的手尚未伸进这家煤矿。那么，参加这个现场会，算例行公事，他不必心存顾虑，便欣然前往。然而意外发生了，途中他的车被拦下，有人敲开车门，亮出纪委或检察院的证件，核对了他的身份后，立马没收了他的手机，毫不客气地把他请到另一辆车里，直接送到一个不为人知的地方，扣在那里。他好像并不慌张，既不伸张也不狡辩，以死猪不怕开水烫的精神保持沉默。为此，冥冥之中，他对自己的表现倍加自赏。

不过，上述两种可能，都不在吴韧最后的确定之中。按照他的推理，只有当妻子吉雪仰仗的煤大佬或他的上司苏市长萝卜一样被拔出，他才是被翻出的土。煤大佬现已身居国外，苏市长昨天晚上还活动在电视里，出席一个大型招商项目的奠基仪式。

还比如，有一天，有那么一个人，用电话偷偷通知他，说老吴，情况不妙，快去自首吧。那么，这个幽灵般的沙哑声音接近后一种揣摩。令吴韧费解的是，不是让他去自首，而是说——你该走了。

走？什么意思？

他是谁？

他的声音显然经过修饰，来电显示，号码出自路边公用电话。

搜索无果，时间紧迫，吴韧无暇深入猜想，便着手出逃前的准备，从思想到必备的钱以及出逃途径。

出逃途径能在短短几秒钟确定，与吴韧平日关注新闻和深思熟虑有关，也与他喜欢电影戏剧有关。经验告诉他，所有重大的抢劫、杀人、越狱或重要犯罪嫌疑人失踪的案件发生后，全城所有出城路口都会在第一时间设卡堵截。即便坐上飞机，飞到任何一座城市，实名制也会让罪犯在飞机降落时，面对警察寒光凛冽的冰冷手铐。即使奔进北郊的山，等同于钻进鸟笼，全民皆兵大搜捕是中国追捕疑犯的强项，就算插上四只翅膀也在所难逃。再说火车，毫无机动性，根本不在他的考虑范畴内。那么，只有乘长途客车了。长途客车班次频频，出城线路东南西北四通八达。吴韧果断决定，向东。东方在他的潜意识里具有象征曙光的意义，只要客车走出一百公里，到了另一个地区，再换乘另一辆只要不是回头方向的车，基本上就算逃离成功，起码在短时间内警方寻不到他的踪迹。

此刻的客运总站，想必戒备森严。吴韧又在第一时间，否决了去客运总站的思路。他抓起黑色皮包，飞奔下楼。这时，他才感觉出，脚下如同踩了棉花般柔软，身体和高楼起起伏伏。他令自己站住，稳稳神，犹豫片刻后，绕到后街，堵了一辆的士，对司机说，去333路终点站。

333路终点在东郊，是客运总站发往东方的长途客车必经之路。

吴韧之所以选择在东郊333路终点站乘长途客车，是为了避开出城的堵卡。他特意绕到后街打的士，是不想在家门口留尾巴。试想，等警察扑来，走访查找线索时，街坊邻居或有着足够警惕觉悟的出租车司机，会在第一时间把他的去向报告警方，那么，他出逃的路线显而易见会被警方所获，他能走多远呢？他再一次为自己在关键时刻，冷静地作出判断和正确选择而自得。

出租车已临近333路终点站。远远望去，出城路口已经被全副武装的防爆警察和武警占据，每一辆出城的车，包括货车和摩托车，全部被叫停。所有长途大巴的乘客，都一一下来接受盘查。

吴韧在离堵卡百余米的地方让司机停车，付了车费后，以闲人的姿态，慢慢悠悠朝堵卡走去，又以围观者的身份，走入忙于查车的警察和武警中间，还和大巴上下来接受检查的人打招呼，问，出什么事了？

一位戴鸭舌帽的乘客，在接受检查和盘问的同时，朝吴韧耸耸肩，说，不知道。吴韧故作茫然地说，一定出大事了。

警察朝吴韧喝道，离远点！

吴韧在警察的驱赶下，轻轻松松走过堵卡，走向公路深处，停在长途客车站牌下。之后，掏出一包烟，抽出一支，点燃，狠狠地吸了一大口，又长长地吐了出来。

几分钟后，那辆接受完检查的大巴开到站牌下，吴韧不慌不忙上了车。

到底发生了什么大案？吴韧故作镇静地问。

那个戴鸭舌帽的人说，抢银行了吧？

另一个人说，不像。好像杀人了。

吴韧完成了以示自己是局外人的姿态表演以后，和戴鸭舌帽的人点点头，找到一个空位子坐下。

车启动了。

这时，吴韧忽然发觉，自己的心跳异常激烈，且口干舌燥，腿脚抖颤，身体潮湿无力……他慢慢闭上了眼睛。

沉闷。异味。仿佛拱在被窝里。吴韧心里骂了一句，真他妈的不幸，怎么上了一辆垃圾味十足的破车？即便如此，他也不想把头伸出，更不想睁开眼睛，宁愿窝在异味和沉闷的空间里，颠簸，沉坠或飘浮。

一定是杀人了。有人在耳边小声推测。

又有人说，光查出城的车有什么用？警察太愚蠢了！要是那个杀人犯不坐车，走步出城怎么办？

吴韧的心突然惊乍，我杀人了？

吴韧摸了一下手提黑包。他把这个自问，解释为瞬间紧张而导致的思想错乱，是精神恍惚的结果。他努力确定，包里没刀。

吴韧曾收藏过一把可用于杀人的刀。当然也是一把可以用于自杀的刀。可现在，刀，莫名地不见了。

吴韧随即放松了神经，他想抬头看一眼说话的人。他想说，持刀上车的人，是最愚蠢的人。他还想对人家说，他一直鄙视杀人，更不曾有过自杀的念头。但他马上提醒自己，说了，说多了，才是最愚蠢的人。

不过，吴韧终于想起，自己确实动过杀人之念。说来心酸胃寒，他要杀的人，竟然是同床共枕十余年的妻子吉雪。当然，那个杀人之念，仅仅在脑子里瞬间闪过，也仅限于吉雪封给他一顶绿帽子的时候。瞬间过后，他以他宽宏的气度和异样的思想境界，成功地把绿帽子改换颜色，借那顶绿帽子完成了自我身份上的转换，由一个兵不厌诈的小卒，摇身进入钱权阶层。

给吴韧编织绿帽子的人，是本地区名人梅达年，外号煤大佬。

五年前，一个平平淡淡的日子，在外贸公司工作的吉雪，电话通知吴韧，下班后直接去聚龙阁餐厅，参加一位朋友的宴请。

吉雪很少带吴韧参加社交活动，吉雪的理由很明确，一个在区政府信息办工作的老公，除了汇总毫无价值的资料，几乎就是一个无职无权的摆设，上不了台面。无奈的吴韧，常以生不逢时还击吉雪，这又成为吉雪更加不屑的理由，因为生不逢时的话，他说得次数太多了，多到已经不敢轻易张口，所以不得不忍痛笑纳吉雪对他的所有评价。但他相信人生如同戏剧，剧情说变就变，也坚信自己终有咸鱼翻身之日。吉雪主动请他赴宴，大多是老同学聚会，少了他，吉雪自然难过酒官司。所以，吴韧以习以为常的心态，答应了。

吴韧乘一辆出租车刚刚停在聚龙阁门前，身后又开来一辆奔驰。吉雪手挎红色坤包以优雅的姿态从奔驰车上下来。吴韧略略愣怔一下，很快消除了疑虑，对吉雪而言，搭豪华便车出席社交场合早已是家常便饭了。吉雪说过，你给我买一辆车，哪怕是一辆吉利，我也不坐别人的车。吴韧只能继续失语。关于买车，他已经许愿多次了，同样到了再也无法张口的地步。

谁请客？吴韧拿出麻木的样子问。吉雪想了想说，梅达年。

吴韧顿在了原地，问，谁？吉雪说，煤大佬！

吴韧眨眨眼，你怎么认识他？他为什么请我？吉雪谁了一下眼皮说，请你？你是谁？人家请几对夫妻，把我捎上了，因为我前不久给他推荐了一个翻译，他很满意。仅此而已。请你？真不知天高地厚！

吴韧自嘲地说，那就再厚一回吧。

能和身价数亿的大老板吃饭，非常符合吴韧的心理需求。他整理一下衣襟，伴着吉雪迈进聚龙阁。

推开包间门，偌大的包间仅仅坐了一个人，梅达年。吉雪的脸色首先僵了，她发现餐桌上仅摆了三套餐具。

梅达年，也就是赫赫有名的煤大佬立刻站了起来，热情洋溢地说，这就是吴韧先生了，来来，请坐。同时伸出手，和吴韧握了握。

吉雪问，没有其他人？梅达年说，我只想请你们，请吴韧先生。

盛情难却，诚惶诚恐。这是吴韧当时最真实的心态。

梅达年感谢吉雪为他找了一位合格的翻译之后，一瓶五粮液已经被三个人喝光了。等打开第二瓶时，梅达年或许是在酒精的激励下，豪情满怀，开始大谈女人。吴韧看到吉雪面露困色，便有了如坐针毡般的感觉。突然，梅达年口吐狂言说，我喜欢女、女、女人，可我、我从、从不嫖妓，和、和我上床的女人，都是素、素、素、素质高的漂亮女人。说话间，眼神直瞟吉雪，又对吴韧说，比、比如说你夫人，吉、吉雪。

吉雪目瞪口呆。

吴韧疑是自己喝大了，听错了，频频眨眼。

嘿嘿嘿嘿。梅达年得意地笑了。笑得很顺溜，毫无醉意。

吴韧发现，吉雪面红耳赤，诺诺不语，眼里闪着惊嘘嘘的光。

仅仅一瞬间，吴韧就确认了这个事实。以他对吉雪的了解，以她的性格绝不会在听了梅达年赤裸裸的表述后，诺诺不语；以他对梅达年的耳闻，煤大佬在女人问题上的肆无忌惮，已成为公开的秘密。梅达年这是公开向自己挑衅！或者说，谈不上挑衅，是侮辱，或……吴韧已经不可遏，但是，同时他又觉得自己苍白无力，一个机关里跑堂的小科员，面对身家几个亿的煤大佬，就像当年韩信手无缚鸡之力，在淮阴市上两个少年要他从胯下钻过去时，都钻了，何况自己？面对煤大佬的赤裸表现，以吴韧的观世经验，区区类似男盗女娼之事，等同于空中鸿毛，无人顾及，只能作为风花雪月般的笑资，一笑了之。自己若想计较，如飞蛾扑火。

仅仅一瞬间，或许是男人的本能起了作用，吴韧忽地站起，演戏一样将酒杯往桌子上一墩，拂袖而去！

哈哈哈哈。身后传来煤大佬的开怀大笑。

这个场景，一直以舞台话剧的形式留在吴韧的记忆里。他也一直想弄清楚，他拂袖而去后，那间包房里又发生了什么。常以洁身自好和争强好胜自诩的吉雪，如何看待煤大佬突然袭击式的侮辱？从吉雪的目瞪口呆和眼里闪过的惊嘘嘘的光，毫无疑问，煤大佬的突然袭击，绝非和吉雪事先合谋演绎。那么，当时不予以制止或不敢制止的吉雪，事后会以何种态度化解即将面临的后续麻烦呢？吴韧想了一百种可能，都一一否决。唯有一种可能，让他想象不到。

当天晚上，吉雪未回家。吴韧想，这个家，吉雪再也不会回来了。她无法面对他了。那么，你就走吧。你也该走了！可是，第二天吴韧下班回到家，发现吉雪已经回来了，并做好了饭，见吴韧进屋，她开宗明义地说，关于我和梅达年的事，我不想解释，解释也没意义；你想和我离婚，可以，不离也成。停了一会儿又说，梅达年问你，想不想换个地方，想，他给你安排个位子，能管他的，正处级，一步到位。

吴韧仿佛站在舞台上，仰头冷笑，随后想豪情满怀地哈哈大笑。可仅仅一声冷笑，竟寒透全身，因为冷笑的最初含义，在哈哈大笑之前，瞬间变质了。他的本意，是想借助那声冷笑，把对吉雪的恨，以哈哈大笑的形式置于自己的蔑视和崇高境界里，或在随后的拳脚相加中击碎。可吉雪的直言不讳，说明她在煤大佬那里陷得很深，煤大佬既然能左右吉雪，同样也能左右他吴韧，甚至左右这个行业。拳脚相加的后果，必然是自取灭亡。久藏于心中的那个咸鱼翻身的欲望，难道是以这种形式降临吗？

吴韧后来承认，他本质上的变化，就是从这一刻开始的。他要利用吉雪和煤大佬为他编织的绿帽子，改换颜色，重新开启他未来的人生。于是，那天晚上，他一句话也没说，喝了他一生中唯一一次最大量的酒，把自己放倒在床上。吉雪也是一言不发，上床后，隔着吴韧两尺远的距离，默默躺下。她尚未搞清楚吴韧的真实想法，并且难以预测吴韧接下来的行为走向，躺下后，也是忐忑不安。

两人默默躺在床上足有二十分钟，吴韧本以为酒劲上来，困意也会随之而来，把自己睡进另一个世界，等到醒来时，再换出一个全新的吴韧。可酒精并没像以往那样快速产生睡意，而是窜进大脑，进行一次前所未有的搅拌，最后竟然搅拌出赤身裸体的吉雪和煤大佬滚在床上的画面。他的大脑瞬间膨胀了，他翻过身，一把卡住吉雪的脖子。

吉雪惊恐万分。然而，吴韧的另一只手，却在撕扯她的短裤。一个信号即刻缓过她的恐惧——吴韧不是要掐死她，而是想干她。

尽管吴韧以极其粗暴的动作继续卡吉雪的脖子，似乎要置她于死地，而随后来势凶猛的肉体撞击，再一次缓解了吉雪的灾难性想象。她睁开眼睛，吴韧的脸已扭曲变形，同时她也发现，吴韧的面颊上，竟然有两行终止不动的泪珠。自始至终，吴韧尽管没说一句话，他的无语和疯狂的发泄，已经让吉雪明白了，吴韧投降了……她也在这一瞬间，生出一丝丝的愧疚。

从这一天开始，他们的生活便进入了一个不正常的轨道，有时平行，有时交叉，有时各奔东西，有时激烈碰撞，撞得体无完肤，过着人不人鬼不鬼的生活。

　　我杀了吉雪？

　　吴韧闷在异味的空间里，努力回忆。

　　昨天，或前天，或前不久，吴韧突然一时难以确定了。那一天，吉雪回到家，从脸上表情可以看出，像遭受到了灭顶之灾。她突然发泼，并诅咒，你们都不得好死！我要把你们统统送进监狱。

　　你们，当然包括吴韧。吉雪说，我要把你从天堂再拉回地狱，让你身败名裂！把我气急了，我先杀了你！

　　女人的歇斯底里，假如不过分或直接影响到具体问题，吴韧有足够的气度来化解。绿帽子都能化解成进入权钱领域的台阶，一个女人的歇斯底里算得了什么？然而吉雪过了，越过了吴韧的思想底线。她竟然要杀他。他相信她能做得出。因为她正行走在鸡飞蛋打的末途，因为煤大佬跑到国外去了……

　　吉雪突然又说，我人不人鬼不鬼活着，都是因为你！当初你要是有出息，我能被煤大佬戏耍吗？

　　一股寒风灌进吴韧的肺里，险些被呛死。曾经忍下的屈辱被吉雪的混蛋逻辑激活，顿时怒悲交加。现在可以确定，那个杀人之念就在那一瞬间产生了。他热血沸腾了，沸腾到了他的手里真就握了一把刀子，他像演戏一样，拿出舞台上哈姆雷特的腔调说，我的吉雪，我曾经可爱的妻子，你像魔鬼一样冒犯了我，使我遭受到了前所未有的人格侮辱，甚至改变了我美好的人生。我不想杀你，可你要杀我，天理不容啊！我要替天行道了！

　　浑厚的腔音，应该来自吴韧年轻时的戏剧情结。记得和吉雪结婚后，他曾想去戏剧学院进修，被吉雪毫不留情地泼了一盆凉水。吉雪知道他在大学时参加过学校组织的话剧演出，那仅仅是一个活动，活动而已，和他的计算机专业毫无关联。吉雪气愤地说，你脑残呀？都工作五六年了，想演剧？现在还有人看话剧吗？你也太幼稚啦！一看就是个没出息的坯子！人家都在想法子挣钱，你可好，尽想些异想天开的事情！

　　异想天开吗？

　　不，吉雪，我可怜的妻子！吴韧被自己陌生的戏腔荡漾着，为自己在生活中真的演了一场戏而心满意足了。他再次高呼，我要替天行道了！

听完吴韧的戏腔，吉雪竟然也进入到了剧情里，她哈哈大笑，拉着长音说，难得呀，难得呀！姓吴的，你真出息了，来吧，来吧，往这捅吧！说着，扒开衣服，露出雪白的胸脯。你有种，就往这捅吧！

吴韧退了一步。吉雪突然像一头疯掉了的狮子，大声叫道，小样，来吧，捅呀！就直逼过来。吴韧来不及退缩，也没有足够的力气和勇气迎战，吉雪却像一颗子弹，直射过来，扑在吴韧紧握刀的手上。

吉雪那双铃铛般的眼睛，瞬间定格了。吴韧抱住吉雪，泪流满面，发出只有在剧场里才能听到的回音，吉雪——

吴韧抬手抹了一把脸，想擦去眼泪，却没有摸到想象中的泪水。他奇怪地想再次尝试，手尚未抬起，呼啸的警笛声不绝于耳。他警觉地继续缩头。异味的空间令他难以大口呼吸。

——你该走了。

那个幽灵般的声音再次荡来。吴韧冥思苦想，还是无法确认这个沙哑、沉痛、具有不可抗拒的启发性和无限关怀的声音发自何人。他没有死心踏地的同党，也没有推心置腹的朋友，那么，能够在关键时刻提醒他的就只剩下同谋了。

谁是同谋？

为吴韧缝制绿帽子的煤大佬，以其财力把他供到权钱交易的前台，在他的绿帽子由此涂上红色之后，开始坐享金钱源源不断滚进腰包，惬意的是，滚进来的，还有一位姿色女人——叶枝。正是有了叶枝，吴韧举一反三，明确了煤大佬是不可能接纳吉雪为妾的，就像自己不可能娶叶枝一样。他发现，这个社会正在滋生着一种集体的欲望，欲望金钱的同时，也欲望着性的最大自由。财富拥有者，可以像皇帝一样，把女人归于自己名下，即便是身无分文的无产者，也要在女人身上胡思乱想，生怕被潮流落下。据说，女人的欲望也是如此。他同时也深深领悟到，面对性的自由，又有多少人具备了享受性自由的思想基础呢？后来的事实证明，和叶枝交往，如同地下工作者，绝对避开光天化日之下。再说煤大佬，携带自己的家眷深居国外，把吉雪毫不留情地抛在了国内。这就是说，煤大佬无需告诉他——你该走了。

谁是同谋？

吴韧的红帽子与苏市长有关。尽管和这位市长从未单独相处过，即便在相关的会议上，甚至从未打过招呼。记得第一次参加由苏市长主持的会议，苏市长对吴韧这副相对陌生的面孔也视而不见。然而，吴韧比任何人清楚，他们之间系着一条看不见的纽带。尽管煤大佬从未说过，吴韧的工作是由苏市长操办的。吴韧十分清楚，权和利的分割，等同于骨头连筋，我走了，难说不是骨筋分离的好方法。不过，以他对这位上司的了解，以苏市长的睿智，假如出现即将土崩瓦解的局面，他会直言不讳地告诉他，往哪走，或神不知鬼不觉将他干掉，或要求他自我了断。干掉的可能性极大。这样说来，苏市长无需告诉他——你该走了。走得出去吗？一旦落网，必然同归于尽。

谁是同谋？

难道还有被自己忽略的同谋吗？这个人，一定工作在相关机构内，听到了对自己不利的风声，才通风报信，冒胆相助。逢场作戏的酒肉关系不少，敢冒如此风险的人，实在难以确定。

难道是吉雪雇佣的？

煤大佬赠与吉雪的那辆十余万的车，现在看，已抵不住吴韧目前所拥有的权力。权力所衍生的金钱，自然超过那辆车的价值。所以，为了一辆车，吉雪无需采用调虎离山的办法。何况，他一旦出走，无论是司法介入还是纪委介入，所有财产，都将变成国家财产予以没收。

难道是叶枝？

不，我的离去，她将失去更多的利益。

算了吧！吴韧决定不去浪费脑细胞了。之所以决定出逃，总有逃跑的缘由。

或许是饥饿，或许是疲劳，或许是精神状态不佳，吴韧暗暗告诉自己，必须抓紧时间睡觉，养精蓄锐。逃亡途中的艰辛完全在他的想象和预料之中。

睡吧。睡吧。

恍惚间，耳际嘈杂。吴韧想睁开眼睛，却觉得眼皮沉重。于是，又一次放弃了睁开眼睛的机会。

恍惚间，又死一般的寂静，仿佛把吴韧带入另一个恐怖的空间。他终于睁开眼睛，却发现戴鸭舌帽的人没有了，再一看，车厢里空无一人。他慌忙举头张望，这辆车已不是在行走了，而是在飞翔。

吴韧露出了惬意的笑，老天在助他一臂之力。他的出逃即将成功了。

继续睡吧。

睡觉是一件幸福无比的事情，可以忘记所有的屈辱，忘记所有的张狂，甚至忘记恐惧。那么，为了生存，为了金钱，为了女人，过去的忙忙碌碌，似乎都不值得了。冥冥之中，吴韧暗自感慨。

嘈杂声再次闹起。吴韧醒了。他发现自己已置身于另一辆车里，不由得惊出一身冷汗。大巴怎么回到了起点？何止起点，而是他曾经有意躲避的客运总站。他顿时傻掉了。

此刻，客运站周围，警察和武警戒备森严，检查外出的所有旅客，而对进站的旅客，开通了绿色通道，让他们快速离开车站。

吴韧来不及多想车是怎样转换的，再次外逃已被封堵的事实，令他万分沮丧。他随到站的旅客走出车站，又凭借熟稔的地理环境，快速窜进一条小巷。他告诫自己，不能像逃犯，要把路走得自然和休闲一些。于是，他站住，稳稳神。他抬头仰望，街两旁的摩天高楼突然有了倾斜感，他慌不择路地躲闪，却撞上一个人。这个人大骂一句，你神经呀你！

吴韧怔怔地注视这个人，这个人也是倾斜的，甚至辨别不出是男是女，其行为动态像是一具行走的僵尸。他恐惧地蹦跳起来，难得忍让地躲开，拱进一家超市。进了超市，他立刻想到必须更换服装，只有乔装打扮，才不至于在短时间内被俘获。

吴韧选中一件黑色风衣。当小卒的时候，他喜欢这个样式的黑色风衣，潇洒飘逸，再配上墨镜，完全是电影戏剧里黑社会老大的形象。可惜，那时勇气不足，财力欠缺，只能望洋兴叹。等有了财力，甚至权力，红色乌纱帽又拒绝黑色，只好再次望洋兴叹。现在，一个脱离了红色线路的人，一个本质上有戏剧情结钟情于黑色的人，一个需要乔装打扮躲过追捕的人，不妨最后潇洒一回吧。

交钱的时候，有人议论，说出城的路口都被警察封死了，那个杀了人的人，插翅难逃了。另一个人说，不是杀人，听说是一个贪官，正在潜逃。

穿上黑色风衣的吴韧，果真像黑老大一样，大声说，傻逼还待在城里，早逃走了！

那几个人同时把目光对准吴韧。吴韧侠客一样，飘逸般消失在超市出口处。

吴韧再次告诫自己，千万不能随便说话，不能放松警惕，不能在街上行走，必须隐藏起来；另外，不能给熟人挂电话，不能和熟人见面说话，避免自投罗网。他心里十分清楚，所有可能落脚的地方，和可能联系的电话，一定有警察把守。这是电影戏剧里的常识。他为自己在这个关键时刻还能保持清醒的头脑万分欣慰。唯一的遗憾，是路上不该睡觉，都是睡觉惹的祸。不过，他也想得开，是祸躲不过，这可能是老天给自己一次自首的机会吧。同时，他也预感到了，被捕只是一个时间问题。

那么，被捕之前自己是否要做点什么，比如给父母写封信，给女儿瑶瑶写封信？想到瑶瑶，吴韧突然激动起来，他默默地说，瑶瑶，爸爸对不起你，爸爸给你的未来……未来的瑶瑶亭亭玉立来到他的面前。

爸爸，你回来了。

吴韧望着瑶瑶，说，瑶瑶，爸爸回来告诉你，前不久，爸爸已经为你存了一笔足以在国外生活的钱，那个存折放在你奶奶家的相框里，就在你百日照片的背后，等你上大学时再拿走。爸爸告诉你密码……

瑶瑶问，你去哪？

吴韧说，爸爸要去很远很远的地方。

突然，一个怪异的想法替代了和瑶瑶的对话，假如吉雪已经死亡，是不是也应该分点钱给失去女儿的丈母娘呢？他笑了，都说人之将死其言也善，一点不假。尽管丈母娘对他极其虚情假意，老人嘛，何必一定要人家不和女儿一个心眼呢。他坚信，吉雪出轨，丈母娘教唆的因素不能排除。嘿嘿，吴韧的善，随即变了味道，拿了死去的女儿分得的钱，难受去吧！痛苦去吧！他甚至坚信，丈母娘即便再痛苦，也会如数收下这笔钱。

吴韧嘿嘿笑笑，转身融入到人头攒动的大街上。他仿佛看到了高仓健，行走在东京的街头。他的目光随着高仓健的视角，意外地发现了人群中的蓝。

蓝是吴韧曾经暗恋的女人。

蓝也看见了他，先是一愣。她站住，犹豫不决站了片刻。同行的人喊，蓝，你怎么不走了，看什么？蓝说，没看什么。便被同行者拉走了，仅仅走出几步，蓝又回过头，深情地望了他一眼，姗然而去。

吴韧躲进一条胡同，在片刻的时间里，他把蓝和吉雪作了比较，假如当初娶了蓝，自己不至于走到今天这个地步吧。吉雪有太多的欲望了，而蓝是一个安静的女人。和这样的女人生活，想必也是安静的。

这时的吴韧，已经看到了自己的末日即将来临。他像一只无头苍蝇，东突西避，飘浮和穿行于大街小巷，甚感疲惫。回家等于死亡。住店等于死亡。他突然站住，戏腔十足地说，吴韧，你走投无路了！瞬间，眼界里的高楼被他的戏腔震得倾斜、抖颤、扭曲。

在倾斜的街楼缝隙里，一家韩国快餐店的大门洞开，饥饿感旋风一般涌进吴韧的肚子里，他仅仅迈了一步，便跨进了店门，坐到一份韩国拌饭前。刚要张口，猛然发现对面坐的竟然是叶枝。他立刻警觉起来，叶枝可能是来钓鱼。他瞬间明白了，自己的逃亡之路就此该终结了。

好久不见了。叶枝说。

吴韧勉强说，是的。眼神左右瞅瞅。

叶枝问，你好像有什么事？

吴韧防范道，我会有什么事。

叶枝说，有难事我帮你。

吴韧眨眨眼，又扫了周围一眼，没发现异常，就说，我不能告诉你，知道了，叫知情不举，会牵连你。

叶枝说，我不怕。

吴韧忽然生出暖意，谢谢你。我正在被追捕。

叶枝像没事一样，丝毫未显示出惊讶，嬉笑说，追捕？你包里是钱吧？走，到我那里躲躲吧。

吴韧笑了，心想，这个女人，贪婪得毫无防范。

吴韧拒绝了。他想到了陷阱。

但是，叶枝的妩媚，仿佛是迷魂药，吴韧在拒绝的同时，意识里掺杂进一种放任的无奈，我是被你迷进家的，那里就算是我最后的归宿吧！

叶枝的家，和过去一样，没有什么变化。叶枝让吴韧洗澡，洗澡之后将要发生的情节完全在吴韧的想象之中。因为和叶枝上床无需铺垫，目的性很直接。所以，免去缠绵一步到位。随即，吴韧自我感觉，陷入了另一种无底的柔软。

瞬间，吴韧遗精了……

——你该走了。黑暗中，忽然传来吉雪的喃喃自语。

吴韧疑似再次登上舞台，侧身一看，叶枝竟然变成了吉雪，就躺在他的身旁。

吴韧忽地坐起，全身虚汗淋淋。他望望四周，没有方向感，唯有吉雪隐约可见的袒露的双乳。

意外之外

王宗坤

锵——嗒——嗒，锵——嗒——嗒……楼梯上又响起了那一高两低的动静。这是长江一天中最不愿意听到的声音。随着这鼓点般的节奏一阵一阵地逼近，接下来就该是老拽那浓重的喘气声了，同时还伴着白亮亮的钥匙相互撞击发出来的哗啦声。自老太太走了之后，老拽那条老式金属链子上的钥匙就多了起来，家中各个房间各个柜子上的，再加上他原来办公室的，提溜起来足足有很长的一串。本来原办公室的那几把钥匙是要交回公司的，但老拽知道新来的党委书记会马上换锁的，因此在退休交接的时候他没把钥匙交出去也没舍得扔掉，十多年了就这样一直用那条脱了漆的金属链子拴在腰上。从这么多的钥匙中要找到外防盗门的那把显然得仔细甄别，这样一来那个哗啦的声音就要持久一些。终于听到那把最大的钥匙钻进锁眼的声音了，一阵急促的窸窸窣窣声之后房门吱吱呀呀地打开了。

一般老拽是不忙着进屋的，尽管之前的所有声音都是为了这一刻所准备，但这一刻真正到来的时候老拽却沉静了起来。假如午后的太阳足够亮，就会把带着红晕的光亮透过房间的各个窗口播撒在老拽那微红的脸颊上，在这微弱的金色光芒中老拽往往要把身前的拐杖再锵锵地点两下，两只肥厚的手掌重叠着放在拐杖的顶端，花白的脑袋往上挺着长长地出一口气，同时那双浑浊的眼球也从松散的眼皮下面绽放出来，朝向房间的最深处瞭望。房间本就那么几件家什，所以老拽的瞭望也就显得矫情了许多，但这种矫情在老拽的脸上绝对显现不出来，他此时具有的那种神态是庄重而严肃的，仿佛面对的不是自己居住了二十几年的家，而是在操练场上检阅他那曾经有着几千号人的部队。

　　往日老拽这一系列紧张而迟缓的动作能给长江足够的时间，那鼓点般的节奏一响起来长江才开始着手关电脑，先是关掉正在浏览的页面，然后再点击电脑右下角的菜单，找到打着红叉的"关闭计算机"，再照着带有U形标志的关闭图标狠狠地摁下去。往往是电脑在出现关机程序之前还会出来很多的提示，比如"您确定要关掉计算机吗？"比如"这样您会丢失有关文件的数据"之类的文字，看着这些文字长江就在心里感叹：电脑真是个精细的家伙，它比自己对老拽周到多了。

　　长江是老拽的第二个孩子，不过在七岁之前长江对老拽的印象仅仅是停留在墙上的那个大相框里。那个大相框的边棱都是用清漆漆过的，微黄的底色上密布着有规则的花纹，里面的玻璃板下压着无数张大大小小的相片，这些相片差不多只有一个主人，那是一位英俊的年轻军人。刚学说话的时候娘就把相框放在长江的面前，指着相片上的军人让他喊爹，所以爹这个概念在长江脑海中一直就不大具体。

　　长江七岁那年秋天的一个傍晚，村里的主干道上突然开进来一辆草绿色的吉普车，正在村头玩耍的长江和小伙伴们在飞扬的尘土中追着吉普车的屁股闻汽油味儿，没想到吉普车就在自己大门前停了下来，先是下来一位穿军装的年轻小伙子，嘴里喊着"去去去"地驱赶他们，见到了这么好的西洋景他们当然不会这样轻易错过，就围着吉普车藏猫猫。嬉闹间从车上下来的一位中年人及时制止了那位小伙子，这位中年人也穿着一身军装，不过他身上的军装是四个兜的。那位中年人走到长江跟前俯身和蔼地问他是谁家的孩子，当时他就有了某种预感，神态怯怯的不敢回答，转身就往家门跑，没成想一头扑进了身后娘的怀里，娘是听到动静出来迎接老拽的。娘看到失魂落魄的长江顾不上老拽了，蹲下问怎么了，经娘这一问，长江心里突然就充满了委屈，小嘴巴一撇，哇地一声就哭了出来。刚才还和蔼的老拽看到哭泣的长江也不和蔼了，皱着眉头说："这可不像我任大器的儿子！"

　　此后娘就带着长江和哥哥长龙跟着老拽来到了部队，到长江上初中的时候，他们一家又跟着老拽转业来到了秀水市，老拽被安排在市拖拉机厂干党委书记。当时的拖拉机厂非常红火，长龙高中毕业后没有考上大学，一心去厂里当工人，娘也跟老拽说了多次，但老拽一直说不符合政策，后来长龙就一气之下当了兵。走的头天晚上老拽破例让长龙喝了一大江子白酒，长龙喝完后就醉了，面对老拽那些保家卫国之类的冠冕堂皇的嘱托，第一次把自己的不屑表现了出来，大着舌头说："你老人家就在这里臭拽吧！现在都什么时代了还讲这个！我以后就不叫你爹了就叫你老拽。"

长江现在想来，哥哥长龙真是有先见之明，老拽自从得了脑溢血之后就拄起了拐杖，走路的时候左边的半个身子一起往外撇，整个看起来就是一拽一拽的。

老拽是娘走的第二年病倒的，长江打电话告诉长龙说老拽病了，长龙推说工作忙没有回来，长龙在部队干到连职就转业了，他没有回秀水，而是在一个叫黔西的地方谋到了一个职位。长江从来没有听说过这个地方，后来查了地图才知道这个地方属于贵州的毕节地区，是一个很小的县城。长江知道长龙对老拽的那根筋一直没有扭过来，之所以宁愿选择这么一个偏僻地方也不回秀水就是一种示威。不过长龙也没有太绝情，过后不久就汇过来五千块钱。长江知道这五千块钱对身处边穷地区的长龙来说是个不小的数目，本想再给长龙汇回去，但这时的长江确实太需要钱了。

相比较长龙，长江是得老拽恩泽最多的一个孩子，技校毕业之后就进了拖拉机厂的喷漆车间，但这时的拖拉机厂已经奄奄一息了。厂子虽然不景气了，但毕竟还是有了个单位，解决了这个基本的问题，对象也很快就解决了，是拖拉机厂下属服务公司的，两人本来是技校同学，上学的时候还没有这个意思，来到一个单位就觉得亲近了许多，后来就越走越近了，一切都是水到渠成，也没有什么大的波折。两人要结婚的时候向厂里申请，厂办在老厂区给了他们两间平房，这事长江事先没有叫老拽知道。但最后老拽还是知道了，当时就逼着厂办主任去找长江把钥匙要回来，厂办主任也不含糊拿出厂里早出台的文件，说厂里有规定双职工结婚是应该提供住房的。在长江的记忆中这是老拽唯一的一次妥协，后来他才知道老拽的这次妥协，不仅是因为厂里的文件，还有娘在背后的抗争。

拖拉机厂一直苟延残喘到千禧年末，这期间也经过了大大小小的折腾，先是企业改制，名称由"厂"改成了"公司"，然后是股份制改造，改造的结果是掏空了庙堂养肥了方丈，只是苦了厂里的上千口子职工。下岗后的长江和妻子晓莉先是像无头苍蝇一样打了一阵子零工，最后盘下了街头的一间小门市部度日。这时老拽早已经退休了，厂子宣布破产的那段时间，老拽着实忙了一阵子，整天到市政府里要去找市长，光情况汇报就写了好几大本子，但最终连市长的面都没有见上。

这次老拽进门匆忙了些，几个不同的声音之间几乎没有了停顿，就像一只被缚住的鸡或鸭，不停地展开翅膀扑扑棱棱地徒劳做逃命状，以致老拽那肥硕的身子站在门口的时候，长江最后一个页面还没有关上。跟很多资深网民不同，长江上网纯粹是为了消磨时间，刚才正在看香港一位女明星的趣闻，说的是有天晚上香港某教会医院接下一急诊，一女子下体被塞进了乒乓球，尽管该女子在治疗期间一直蒙面，但事后有人证实这位下体吞球的女子就是那位著名女星，这段时间她正被一知名富豪包养。这种八卦新闻无疑比她在荧屏上的表演更能吸引观众的眼球，尤其是对像长江这样的落魄男人而言，出场费动辄几十万几百万的明星就得这么敬业，幕前幕后都要让人娱乐。

长江担心老拽看到那花花绿绿的电脑页面又要斥责他不务正业，急忙站起来用身子挡住了电脑屏幕。长江玩电脑确实是不务正业，这电脑本不是给他的，是老拽买给长江的儿子任重的，原来是在长江家的，后来任重就要上高中了，长江两口子担心电脑影响学习就把电脑挪回了老拽这里。

实际上长江的担心完全多余，老拽这次走得急，根本就没有留意长江在干什么，右手把手里的拐杖朝上撇了一下，左手扬了扬说：“我捡了一个钱包。”

长江这才注意到老拽的左手抓着一个粉红色的皮夹子，皮夹子是狭长的，开口的地方还镶着一道亮闪闪的金边儿。捡到钱包无论对谁而言，都是让人感到欣喜的一件事情，长江的心头一喜，抬头想从老拽脸上寻找些共鸣，但长江看到的那张脸还是像过去一样板着，这是一副长江从小就熟悉的表情，过去这副表情下更多的是拽一些大道理来教训人，而现在更多的则是沉默。

是的，沉默。不知从什么时候起，老拽面对长江的时候开始沉默了。有事情的时候，就像对待他过去的那些部下一样，有板有眼地把事情交代清楚，没有事情的时候更多的是沉默。这让他们看起来很不像一对父子，倒像一种规范的上下级关系。有时任重来看爷爷，老拽反而要对他说一些似是而非的大道理。这个时候长江注意到任重表现得比自己小时候还要不耐烦，但看在爷爷每次都给钱的份上任重每次都忍着。长江把这理解为老拽对他的失望，由于失望所以沉默，同样是由于对他的失望才把希望转嫁到儿子身上，儿子小名叫健壮，上学的时候本来是应该叫任健健或者任健壮的，是老拽坚持让他叫任重的，其中的意思也就不言自明了。

"我看了一下……皮夹子里有失主的……电话，你……你……打电话，尽快还……还回去吧。"老拽病了之后，说话就不像过去一样连贯了，尤其是在表述一些长句子的时候。所以这话说出来就有些吞吞吐吐的感觉，但长江知道背后的意思是不容置疑的。

老拽说着也不看长江就把皮夹子扔了过来，见长江伸手接了，这才挂着拐杖转身往客厅的大沙发上走去。

对于一个专业陪护来说，他唯一的工作重心就是病人。刚开始过来照顾老拽的时候，长江是怀着这样的心思住过来的。本来一开始过来照顾老拽的是晓莉，老拽病了之后晓莉一反常态地对老拽好了许多，长江知道晓莉的这种态度绝对不是来自于孝心，粗粝而艰辛的生活使她对老拽的怨恨日甚一日，"孝"字就更谈不上了，现在之所以这样，是因为老拽的这套老式的三室一厅的住房。为了房子，晓莉忍下了诸多的委屈，从医院到家没白没黑地照顾了老拽两个多月，最后也没有在老拽面前落下好。

长江本不想住进来的，老拽愿意请护工就让他去请，反正他手里的工资花不了也不会接济自己的孩子们，但晓莉整天在旁边唠叨，说这是他们最后的机会了，如果这套房子老拽留下遗嘱赠予他人，他们这一辈子就只能住在这样的憋屈的房子里了，更可怕的是这样憋屈的房子他们也不一定能住得长，这片旧城区的改造已经纳入了城市规划，他们又没有房产证，就是给补偿也不会太多，旧房子拆了他们一家三口就要住大街了。这样的唠叨一天要念呱上好几遍，再好的性子也是受不了的，长江只好卷铺盖出门，晓莉见他终于行动了，高兴地帮他收拾，一边还说："你放心地去吧，家里的事情你就甭管了，我什么都不会给你落下，孩子上学我照顾，小门市部我经营，进货收拾摊子我都会弄得好好的，你的任务就是把老头儿哄恣儿了，把房子顺顺当当地留给我们。"这话晓莉说得兴冲冲的，而长江听了却难过得眼泪就要下来了。

　　让长江感到意外的是这种两不情愿的状态并没有他想象得糟，来的第一天老拽就跟他谈明白了。长江负责他的饮食起居，他付长江工资，每月一千，先试用一个月。这话谈得虽然钉是钉铆是铆，但毕竟他们是父子，不等同于一般的雇佣关系，长江在心里还是有种说不出来的踏实感。这种踏实感让他在老拽面前就随便了很多。譬如现在，本来他是应该给老拽准备晚饭的，老拽自从出院以后生活就特别有规律，每天六点钟起床，起床以后先吃药，在阳台上活动半小时后喝茶，大概十点多钟开始吃早饭，早饭之后有时戴上老花镜看会儿报纸有时看电视，一点多钟睡会儿午觉，然后就拄着拐杖去附近的东湖公园，一直转到下午四五点钟，然后回来吃晚饭，一天就吃两顿饭，这样无形之中就给长江节省了些气力。

　　翻开皮夹子，首先看到一沓子花花绿绿的钞票，背面的一个个的小横格里插着几张银行卡，里面还有张身份证，夹层里居然还有几张名片。长江先抽出名片看了一下，名片做得很精致，底色是纯白的，左半边印着一枝灼灼的梅花，梅花花瓣是粉红色的，每个花蕾里还镶着一颗亮闪闪的假钻石；右半边是单位及姓名电话，名片的主人叫隋红梅，想必她也是皮夹子的主人了。单位就大了，叫中华寰宇理财公司，身份证显示这位隋女士不是当地人士，来自于辽宁省辽阳市，芳龄二十五，是这家理财公司的业务经理，长江明白，像这样的公司经理一带了业务就经而不理只剩下业务了。银行卡总共五张，除了四大商业银行的，还有一张是当地农村信用社的。长江最后清点了一下皮夹子里的钞票，总共是一千三百四十块钱。

　　有姓名有电话有单位，这样的失主应该是极容易找的。老拽本可以不把这个皮夹子拿回家来，直接在外面给失主打个电话让她过来取就行了，依老拽目前的身体状况，虽然费劲些，但电话还是能打的。

　　这天的晚饭真的有些晚了，老拽吃得比平时快了一些，盛汤的时候长江突然问："干吗要把皮夹子再拿回来？"老拽正在吞咽一口米饭，竭力兜着嘴巴含混地说："就在……就在楼下捡的，就……就拿上来了。"

　　吃过晚饭长江多了个心眼儿，没有用家里的电话联系失主，而是来到街上找了个公用电话亭，几个硬币塞进去，长江按着名片上的号码拨了过去，听筒里马上就传来一个好听的女声："您好！您是哪一位？"

听了这话，长江心中莫名其妙地紧张起来，感到自己握电话听筒的那只手的手心都出汗了。"您好！您是哪一位？"对方的声音再次在耳边响了起来。长江这才吞吞吐吐地说："请问你是不是丢东西了？"

"是啊！今天下午我把皮夹子丢了。"对方急切地说："里面也没有什么钱了，只是有几张银行卡和身份证什么的几个证件，这些东西补办起来是很麻烦的，如果您捡到了请还回来吧，我不会让您白捡的。"

这位隋女士一下子就抛过来好几个诱惑，明明皮夹子里有一千多块钱她反而说没有什么钱了，还说不会让白捡，看来皮夹子里的这些东西对隋女士还是蛮重要的，因此她才有这种态度。钱不要了只要证件，长江心里忽然就有了种反感，她怎么就这么自信呢！自信自己就是她认定的那种人？原来简单的想法忽然就复杂了，长江决定跟这位隋女士周旋一下。

"我是捡到了一个皮夹子，不过跟你说的那个不太一样，看来咱们说的不是一样东西，我捡的这个不是你的，再见。"长江说着就把电话挂了。挂完电话长江并没有急于离开，而是静静地站在鸽子笼般的空间里，不到十秒钟，电话又急切地响了起来，而且是持续的。长江注视着吵闹不休的电话，想象着对方焦急的样子，心里竟然有了某种快感，看响得差不多了，长江伸手想把电话再重新抓起来，但这时电话却突然就静默了。长江犹豫了一下，最终没有把手指摁向那组密密麻麻排列着的数字，叹了一口气折身从电话亭里走出来。

第二天上午，长江安顿好了老拽就又来到这个电话亭里，重新摁了那个号码，对方很快就接了，这次这位隋女士的语气比昨天晚上沉静了很多，张口就叫大哥，长江想对方既然知道自己是谁了，就听她且说些什么吧。

"大哥，我知道皮夹子在您的手上，我也知道您是好人，不然您也不会主动给我打电话了。昨天我是给急糊涂了，现在想起来了，皮夹子里是有一千多块钱的。我从昨天晚上就庆幸，这个皮夹子幸亏是您捡了去，如果被哪个别有用心的坏人捡了，现在说不定他要怎么着呢！好人就得有好报，甭管怎么说我都是要好好谢谢您的，我知道您不是为了图报答才这样做的，但这是我的一份心，一份情意。您要有什么要求最好提出来，光凭我的心意也不一定能办到您心里去。”

这话说得比昨天晚上委婉了许多，但里面暗含的意思还是对长江不放心，长江自己想想也是这样，捡了个有一定价值的钱包就这样平白无故地交回去，任谁都是会不踏实的，所以对方有这样那样的想法也是正常的，自己可能是对对方要求太苛刻了。意识到这一点长江就不想再玩下去了。很干脆地说：“今天下午两点你过来拿你的皮夹子吧，我在银座商场对面的小三角花园等着。”

对方听了，千恩万谢地说了许多感激的话才把电话挂了。

下午的时候长江本来是打算一点半出门的，银座商场对面的三角公园就在旁边，穿过泮河桥就到了。但这天中午老拽快到一点了却突然说自己饿了，长江又拾掇着给老拽做好饭，又伺候他吃下，出来的时候已经快要两点了，急急地往三角公园赶，走到泮河桥上就看到一个浓妆艳抹的女子正站在一棵冬青树下焦急地东张西望，想必她就是那位失主隋红梅了，这样的判断是根据该女子的神情得出来的。如果拿着身份证来比照，两个形象简直有天壤之别。身份证上的那个隋红梅剪着短发，头发披散开来，簇拥出一张饱含稚气的圆脸，看起来也就是十五六岁的样子。而眼前的这位隋红梅，穿着皮短裙，染成栗色的头发高高地绾起来，下面是黑色的网状长筒袜，脚上的高跟鞋足足有八寸，上身是一件枣红色的皮褛。

这个时间正是公园里人最少的时候，靠近街头的石凳上有两个提着大塑料兜子的过路人正坐在上面歇息；里面的小亭子里有三五个闲人正围着一个象棋摊子叽里咕噜地乱叫；边上还有一个十多岁的孩子用双手捧着在颠两个吹得大大的气球。走到桥头，长江下意识地看了一下腕上的那块老式手表，见已经快两点半了，刚想伸手招呼那位时髦的女性，就见一个光头的小伙子突然从旁边窜了出来，长江吓了一跳，见那位小伙子颈上戴着个粗大金链子，身上套着黑色的衬衫，袖子挽得老高，两只胳膊上布满张牙舞爪的刺青。一开始长江以为那位小伙子要对隋红梅不利，心脏一下子被提溜了起来，随后他看到那位小伙子凑到隋红梅的身边，说：“看来我们被那个混蛋涮了，要不我带着弟兄们在附近找找，他既然定在这个地方，就一定会在周围出现。”

隋红梅有些急了，厉声地斥责道："谁叫你出来的！不在旁边好好待着！这么没有耐心！事情早晚会毁在你手里。"那小伙子听了并不敢犟嘴，尴尬地摸了一下脖子，灰溜溜地朝公园深处隐去。隋红梅一直看着那小伙子的背影消失才转回头来，不自觉地朝长江来的方向瞭了一眼，长江赶紧低下头顺势沿着桥头下面的小径转向了马路。

马路对面就是银座商场前的大广场，这里的车流和人流都是很密集的，在这样嘈杂的场所中长江是很好隐蔽自己的。这期间长江一直装作漫不经心地盯着对面的三角花园，见隋红梅等到后来也急躁起来，不停地走动，还拿出香烟抽着。长江刚刚建立起来的那点内疚，一下子就被隋红梅抽烟的举动给冲淡了。长江讨厌女人抽烟，在他看来抽烟的女人都是有些不正经的。更何况眼前的隋红梅还不仅仅是抽烟，从穿着到行为跟长江认为的那种女人基本是相吻合的。

隋红梅终于不耐烦了，狠狠地把手里的烟蒂扔在地上，又在脚下踩了几下，然后向后扬了一下手臂，立刻就有四个穿着打扮一样的小伙子从不同的方向冒了出来，其中就有刚才那位愣头青。五个人凑在一起嘀咕了老半天，接着就气势汹汹地朝长江的方向冲了过来。长江知道自己在暗处他们发现不了，但心里还是哆嗦了一下，赶紧找了个缝隙钻了出去。

逃离了刚才的喧闹，长江才觉得自己有些多余，把皮夹子给她不就完了！何必弄出这么多的事情来？这一切都是自己心里的那种情绪闹的，想想也真的没有多大的意思，就是这位失主认定了自己是位雷锋式的好人又能怎么样呢！现在谁还把这种虚无的东西当回事！但现在看她那个架势，再想直接交给她也难了。

直到上了另外一条街道，长江才发觉自己这不是回老拐那里而是在回自己的家，自从在老拐这里常住沙家浜之后，老拐让他每周回去住一个晚上，这个规定是有些意味的，说起来也很人性化，但长江一开始却没有想到，直到有天晚上他在晓莉身上做起了荒废多日的功课才猛然意识到老拐的用意，这让他第一次体会到老拐也有对自己的子女用心思的时候。

今天这个日子正是应该回家的日子，怪不得老拐难得地下午喊饿，这个日子老拐比他算得还要清。长江抬头看了一下路边的站牌，八路车正巧就从门市部门口经过。长江把手伸向裤子口袋，老拽捡来的皮夹子正横躺在里面，下面是买菜剩的零钱，他摸索着找到一枚硬币，捏在手上在站牌下蹲了下来。

晓莉正躺在破藤椅上打盹，长江的开门声猛然就把她惊醒了。晓莉站起来揉着眼睛问："你怎么回来了？"问完了才意识到这话问得有些无味，随即就把头扭向卖货的窗口。窗口外摆着一些烟酒糖茶的空箱子，每个都摆得老高，下面就是些水果干果日用杂货之类的商品，这些东西晓莉每天都要自己屋里屋外地倒腾两趟。刚开始的那段时间长江总是一早安顿好老拽，就骑着自行车赶回来帮晓莉摆出来，晚上再过来帮着收回去。后来晓莉说什么都不让他回来了，理由不是嫌他累，而是担心伺候不好老拽。

门市部的生意越来越差了，一个下午只卖掉了两袋盐一瓶酱油。晓莉的抱怨声在耳朵边上就像一只撵不走的苍蝇，把长江吵得烦烦的，真想赶紧回老拽那里，但又一想自己好不容易回来一趟总要见见儿子健壮吧，健壮晚上十点才下晚自习。两个人把货都收进来也就差不多了，晓莉拉出车子来就要去接健壮，长江要去晓莉说他不知道怎么走，长江说秀水二中他几十年前就知道怎么走了，怎么现在反而不知道了？长江中学就在二中上的，所以对二中非常的熟悉。晓莉却懒得跟长江理论，一边往外推着车子一边说："说你不知道怎么走就是不知道，你拧什么！"说着还在灯影里眨了一下眼睛。

晓莉的这个暧昧的动作让长江有些明白了，他忽然想到晓莉曾经跟他说过的一件事情来，晓莉的一个朋友，有次在公共汽车上就看见健壮和一位年龄相仿的女孩子挤一个座位。据说现在的高中生谈恋爱是个比较普遍的现象，晚报上就经常有这样的新闻，前一阵子刚出了一个双双在秀水河里殉情的事件。晓莉的坚持接送在很大程度上就是为了了解孩子的情感动向，意识到这一点，长江刚才的烦躁一下子就没有了踪影，甭管怎么说晓莉都是个好女人。

吃过晚饭健壮回家继续温习功课去了，这边两口子也拾掇着准备睡觉。门市部的床小，是在一堆乱七八糟的货物中间搭起来的两块木板，过去长江独自睡在这里，现在是晓莉。晓莉故意撵长江回去睡，这个信号是非常明显的，如果没有那种想法晓莉是不会有这种举动的，表面上让他回去内心是渴望他留下来，这背后的潜台词长江当然明白，但长江却丝毫没有这种兴致，他觉得用交公粮来喻指夫妻之间的房事真是再恰当不过了，发明这个词的人真是天才，公粮就意味着是种必须的任务。既然是这样，没有兴致也得要完成，谁知脱裤子的时候，那个惹祸的皮夹子突然就从口袋里溜了出来，这么一个鲜艳的东西横在脏兮兮的地板上，晓莉的眼睛自然是不会放过的。

"哪来的？"这是晓莉问的第一句话。

"捡的。"

"捡的？那为什么现在才说？"

"是要还回去的。一件捡来的东西马上就要还回去了有说的必要吗！"

长江说完这话就把皮夹子从晓莉手中抢过来重新往裤兜里揣，由于裤子已经没有了肢体的支撑，原来的软塌塌的格局都被打破了，长江一时拿着皮夹子找不到深入裤兜的方向，揣了几揣都没有塞进去，晓莉趁势又抢回来说："让我看看里面有多少钱。"说着就把皮夹子抓在手上打开，一下就把那一沓花花绿绿的钞票薅了出来。

晓莉数完了，晃动着手里的钞票问："真要还回去？"

长江说："这还能假了，我都给失主打过电话了。"

晓莉一听，火了，一下子把钞票摔在床上说："跟你爹一样的老死脑筋，现在还有这样的傻子吗！现在连电视上都整天说捡个大钱包是一大幸运，偏你这样的狗脑子不开窍。你要真是富翁也行啊！自己穷得叮当响却还在这里讲清高讲品格，这些能当饭吃吗！你儿子马上要交两千块钱的课外辅导费，这钱你能给我清高来吗！"

长江内心的火气已被晓莉的这番话给堆了出来，待要发火又一想，晓莉这么看重钱也是因为日子过得太紧巴了，自己作为男人不能让老婆孩子过上好日子已经够理亏的了，怎么还能乱发脾气呢，于是长江就耐着性子把中间的过程说了。晓莉听了，说："那也用不着把钱还给她，把那些银行卡之类的给她就够可以的了，咱们又不是偷的，她自己不小心丢了应该给她个教训。"

长江说："不就是一千多块钱吗！为这个让人家背后嘀咕不值得，更何况老头子肯定早已把里面的钱数过了，如果让他知道咱们把钱截留了，以他那个性格还不跟我闹翻了天。"

这话说到了晓莉的痛处，晓莉低头把那沓钞票重新从床上捡起来塞进了皮夹子里。

　　长江不想再给那位隋红梅打电话了，昨天下午的那个阵势把长江搞得有些怕了，来取个皮夹子弄得像黑社会的毒品交易一样，任谁都会心有余悸的。一大早坐公共汽车回老拽那里的时候正巧经过市场街派出所，长江从小就听捡到一分钱交给警察叔叔的儿歌，现在把这个烫手的皮夹子交给警察叔叔应该是最好的选择了。

　　这个时间的派出所静悄悄的，院子里停着好几辆警车，长江走进值班室，里面有个民警正趴在桌子上睡觉，进门的声音也没有把他惊醒。长江一时无措起来，不由自主地咳嗽了一声，民警醒了，还没有把头从胳膊上抬起来就嘟嘟囔囔地说："你佯咳嗽什么？这里早就知道你进来了，有什么事快说。"

　　民警抬起头，长江果然没有看到睡态，只是那张鲞黑的大脸压得有些变了形。长江说："我捡了一个钱包。"

　　民警打量了一下长江笑了笑说："想不到你还是个活雷锋。钱包在哪里？交给我们你就放心吧，我们会帮你找到失主的。"

　　长江说："失主不用找，里面有名片。"

　　民警说："那你怎么不直接联系失主？"

　　这话长江一时不知怎么回答，沉吟了一下。

　　"噢！我明白了！"民警一副恍然大悟的样子，"你是不是想出名？晚报记者们的鼻子比狗的还灵，整天到我们这里来寻摸新闻，你留下姓名电话，我让他们宣传宣传你。"

　　长江心里一惊，万没有想到民警会有这样的思路。现在的人都怎么了？难道所有的行为就只是为了名和利！就没有点其他的东西！长江不想搭理民警了，想扔下皮夹子就走，民警却缠住他不放，继续絮絮叨叨地说："上次有个比你年轻一些的小伙子也是捡了个钱包，交过来我们让晚报宣传了一下，年底就被市委宣传部评为了十佳市民，一下子就奖了两千块钱。不过这孩子也忒不仗义了，我们给他出了这么大的力气，拿到奖金也不知道过来请请，现在这人呐！真没法说……唉！不过我看你倒是一脸的老实相，真出了名可得想着我们……"

正说着后面的电话铃响了，民警回身接电话。长江抽了这个空当，掏出揣在裤兜里的皮夹子放在了眼前的桌子上，转身就要往外走。谁知那民警却还死盯着他，见长江就要离开，忙用左手捂住正接电话的送话孔大声地喊道："喂，让你留个电话你怎么不留呢！这不光是为宣传你，你要把失主的东西给匿下了我们找谁去？"

见民警这样说长江只得转身回来，自己不留电话反倒是心里有鬼了。想想留个电话也没有什么大不了的，晚报记者真找来，自己就说不愿宣传就完了，难不成这样的事情他们还能牛不喝水强按头。民警见他回来了，就开始咋呼狼叫地打电话。桌子上有本带有工作日志的台历，里面还夹着支自来水笔，长江又朝民警瞟了一眼，见那位民警打着电话眼睛也没有闲着，一直盯着他看，嘴巴还朝那本台历努了努。长江迟疑了一下，俯下身子把老拽家的电话号码写了下来。

两天以后的一个下午，老拽去东湖公园散步了，长江像过去一样在网上百无聊赖地闲逛。到了五点多老拽还没有回来，长江有些慌了，老拽从来就没有这么晚过，来到阳台看天空阴沉沉的，有星星点点的雨丝飘落下来，就赶紧拿了把伞到公园里来寻老拽。

正是下班的时间，街上来往的车辆很多，再加上天气不好，那些带轮子的怪物都像发情的公牛一样横冲直撞。长江小心地从车流中穿行到公园，这个时间的公园反而安静了很多，老拽和老友们聚会的筛月亭已空无一人，湖中心的木制廊桥有几对年轻人正在卿卿我我……整个公园都快要转下来了也没有发现老拽的踪影，长江就又开始往回走，他想自己肯定是跟老拽走了岔道了。说不定现在老拽正在家里拄着拐杖到处找吃的呢！

急急地跑回家来，长江刚才想象的那种场景没有出现，老拽仍然没有回来，长江在屋子里急得直转圈，这是老拽从来就没有过的现象，正因为没有出现过他才加倍地焦急。原先老拽是有个手机的，后来他就不带了。电话骤然响了起来，刺耳的铃声在这空寂的房子里更显得特别的响了，长江忽然就有了一种不祥的预感，过去拿起听筒，里面一个浑厚的男中音很快就弥漫了长江的整个耳廓："你是任长江吗！这边出了个小事故，你父亲被车撞了……"长江一听，脑袋一下子就大了。

长江赶到医院的时候老拽已经停止了呼吸。老拽过马路的时候没有看到红灯，在路口被一辆疾驰而过的轿车给撞飞了，刚被人救起的时候老拽还没有完全断气，长江的联系方式就是当时老拽提供的。

处理事故的警察把长江带到了那个路口，长江发现这个路口跟东湖公园要隔着好几条街，离家就更远了。长江不明白老拽怎么就走到了这里，自从病了之后老拽从来就没有走过这么远的路。要说是一时糊涂迷了路，但怎么被撞以后家里的电话会记得这么清楚呢？长江想不明白，当时问站在旁边的警察，看警察一脸茫然地摇了摇头，才知道自己问得多余。

长龙也从贵州黔西回来了，他们在清理老拽遗物的时候，才发现老拽早就把遗书写好了，这套老式三室一厅的房子留给长江，存折上积攒下的二十四万元的存款给长龙。事故处理也很快下来了，本来这边是全责，但肇事者本着人道主义精神拿出了五万块钱，长江就把这钱全给了长龙。在处理这个事情的时候长江是准备对晓莉费番口舌的，奇怪的是晓莉对此没有提出任何的异议。

又一个下午，长江正在粉刷那套老拽留下来的房子，电话却突然就响了，长江拿起电话，对方张嘴就问："你怎么回事？"

长江一开始以为对方打错了，就说："打错了吧。"

对方说："没错，我都快要打了八百遍了，一直没有人接，你是不是姓任？"

长江说："我是姓任。"

对方说："那就是你了。你是怎么回事？说那天下午把失主的那一千三百四十块钱送过来，这都十多天了人也没见钱也没见，你要着人玩呐！……啊！"

这话让长江留意起来，听着对方的声音有些耳熟，猛然就想到了自己去市场街派出所的那个早上，就是那个有着一副阔大黧黑面孔的民警。明白了对方是谁，长江心里有数了，一字一板地说："你能慢慢说吗？最近家里出了一些事情，上次接电话的可能是我父亲，有什么事情你现在就对我说吧。"

那民警"噢"了一声继续说："是这样，你们上次不是来所里交来个皮夹子吗，我们很快就联系到了失主，失主的态度不错，要对你们表示感谢，在核对钱物的时候，失主说里面还有一千多块钱，失主当时的意思是不要了。而我们不能不过问一下，当天接着就打了你们留下的电话，好像当时就是一位老同志接的，说话不是太清楚。我说了情况之后那位老同志说是有一千三百四十块钱，是在翻看皮夹子的时候忘了塞进去了，下午就给送到派出所来。我一听就把晚报的记者联系好了，想下午一块宣传你们一下。谁知等到六点多连个人影都没有等来……"

……

放下电话长江心里明白了，那天早上自己把皮夹子交给民警的时候，里面的现金已经没有了，匆忙之间自己也没有翻看。那位隋红梅拿到皮夹子的时候提出了异议，民警就打了他留下的那个电话，当时长江正巧不在家，老拽接了电话，老拽一听就明白了，以为这钱长江匿下了。下午就自己取了钱准备送到派出所，谁知在路上遭遇了车祸。

这么一联想所有的环节都对起来了，老拽出事的那条街的西头就是市场街派出所，还有在整理老拽留在医院衣物的时候，晓莉从老拽口袋里翻出了一沓子钞票，事后长江问是多少钱，晓莉随口说几百块钱就含混过去了，长江现在想来，看那么厚的一沓子，绝不会是几百的。现在问题的关键是谁取走了皮夹子里的那些现金的呢？是晓莉！一定是晓莉！那天晚上自己回去住了一晚上，到了第二天一早钱就没有了，不是她还能是谁？心里一旦有了这个认定，长江觉得自己浑身一点力气都没有了，一下子就瘫软在了地上。

晓莉刚打发走一个顾客，猛然就看到骑着自行车疾驰而至的长江，身上还穿着那件沾满墙漆点子的大褂，以为发生了什么事情，赶紧迎出去想问个究竟。谁知长江来到近前把自行车一扔，一步就窜上来薅住了晓莉的褂领子，红着眼睛厉声地叱问："说！是不是你拿了皮夹子里的钱？"晓莉还从来没有见过长江这样，彻底吓蒙了，哇的一声就哭了出来，颤抖着嘴唇说："我……我知道自己错了，自打从老头子裤子里翻出那一千三百四十块钱我就知道自己犯了大错，你现在就打死我吧，你打死我我也就心安了……"

长江瞪大了血红的眼睛，使劲攥了几下拳头，然后高高地举了起来。

晓莉在下面闭上了眼睛，布满皱褶的脸颊上弥漫着一层凄凉的色彩，眼泪渐渐从她那已然松懈的眼皮下漫溢出来，汇成一颗颗晶莹的水珠在眼睑上晃动着，似乎不肯独自寻找归处，也好像在期待着什么，但那拳头却像被丝线吊在了空中始终没有落下。

优良杂种

魏思孝

1

今天上午，一名中年女子在杨浦区包头路近民星路一家歌舞厅内猝死。目前，女子的死因仍在进一步调查中。事发地点是位于包头路近民星路处一栋沿街商铺三楼的民欣歌舞厅，据附近目击者介绍，当时这名五十多岁的中年女子突然在舞厅里倒地，当即不省人事，舞厅工作人员发现情况后拨打电话求救。

接下来发生的事情，都由一则房屋合租广告所引起。来到青岛的第三天，我和小春在电线杆上发现这个合租广告，吸引我们的是：有缘者可免租金。小春很高兴，把广告揭下来装进口袋里，说要上门看看。我认为这是骗人的伎俩，很有可能是色情陷阱。小春蹲在路边哭了起来，然后抬头对我说她不想睡大街。

整个冬天，我们是在江苏省和山东省搭界的小镇上度过的。春暖花开的时候，小春说她不想继续在这住下去。然后我们来到青岛。面对陌生的地方，怎样才有归宿感，我不清楚。身上的盘缠所剩无几，晚上小春躺在小旅馆的床上对我说，先找个房子住，再找工作，有了工作就有收入，便可以在这立足。我们去了趟房屋中介，房源充沛，但月租金最便宜的也要一两千。我对小春说实在没办法只能流落街头。小春说不是有救助站吗。我不同意。小春说事情都过去几个月了不用太担心。我说要去你自己去。

　　我不想和小春继续争论，这种无谓的争吵虽已稀松平常，但又能怎么样，她少不经事对任何事情总抱有侥幸心理。除此之外，我认为小春希望我被警察抓住。小春已经厌倦和我一起过这种颠沛流离的生活，她想摆脱掉我，但她同时缺乏检举我的勇气，盼望我能自投罗网。这个猜测令我痛苦，可我又不能表露出来。

　　我说过我要保护小春，要带她去认识世界分辨世间善恶。这自然是我的一厢情愿，想这些的时候我完全没有考虑小春的感受。或许小春并不想认识世界，现在看来懵懂无知未必不是一件好事。我开始怀疑自己是不是真的会保护小春一辈子。

　　根据房租合同上的地址我们来到江西路，这是一个独立的两层别墅，外面是围墙，进去后是种满了花草的大院子，几棵参天梧桐树。张贴广告的人叫秦杂，和我年龄相仿，二十岁出头，据说是这个别墅的主人。秦杂问我们几个人入住。我说两个。我不无担心地说，这房子是你的吗？秦杂说，当然是。我想知道怎样才算投缘。秦杂说，只要你们给我讲个有趣的故事。我和小春不明白。秦杂说，我是个搜集故事的人。

　　这就是我和秦杂的第一次会面。我们有诸多共同点，最主要的是都没有工作。当然秦杂不工作是因为他不需要，而我不工作是因为我不能工作。对于秦杂的所作所为我能理解，在中国的历史上，他并不是第一个如此搜集故事的人。清朝康熙初年的盛夏，蒲松龄在山东淄川蒲家庄大路口的老树下，摆了一个凉茶摊，供行人歇脚聊天。后来蒲松龄立了一个规矩，哪位行人只要能说出一个故事，茶钱他分文不收。于是有很多行人大谈异事怪闻，蒲松龄攒集到许多故事素材，最后以自己丰富的想象和生活经验，将许许多多牛鬼蛇神、妖魔狐仙，充实、完美成一篇篇小说。时光荏苒，白驹过隙，三百多年后，文学青年秦杂效仿蒲松龄，以免费供人住宿搜集故事。可见，现代人对喝茶这件事已经不是很在乎，因为不喝茶也有很多碳水化合物的饮料可以喝。住房问题才是现代人亟须解决的事情，房价飙高，不知道有多少人沦为房奴，也不知道有多少人无家可归无一锥立足之地。

　　我问秦杂，食宿不全包吗？

　　秦杂说，只住宿。

如果我的故事好，能食宿全免吗？

可以考虑。

我指着小春，我们两个人住。

这不行。

我问小春有没有故事讲。

小春说没有。

我对秦杂说，小春是我故事里的原型。

顺理成章，我和小春住进别墅中。秦杂对我所讲的故事充满兴趣，这在意料之中。

2

　　该名猝死的福州女子名叫陈美萍，今年才二十二岁，为琅岐金砂乡人，来美三年，一直在纽约的餐馆当企台。本月七日，找到一份在弗吉尼亚州名叫红城中式布斐餐馆的工作，薪金比较优厚，她立即坐车上班。十九日在餐馆忙碌时，陈美萍突感不适，随即晕倒，不省人事。

小春以前是一名旅馆的服务员。我住进这家旅馆的时候，还不知道小春这个人。我先认识李先生，他是一个在逃犯，他拿着枪对准我，让我帮助他完成一个计划。当时我根本不知道李先生的枪是个仿真水枪，如果我知道的话根本不会和他同流合污，成为他的同伙。

旅馆的老板是个女人，叫赵玉香。赵玉香的丈夫在几年之前因为车祸死掉了，之后她开了这个旅馆，养了一条宠物狗，继续守寡。我住旅馆的那天晚上，是赵玉香把我带领进李先生的房间。起先，我以为他们两个有不正常的男女关系，后来我知道了李先生的计划，才知道我冤枉了赵玉香。是李先生对赵玉香有想法，想和她发生关系，但赵玉香一直对其不屑一顾。

李先生的计划是想把赵玉香搞到手，但他深知自己一个人的能力有限，需要一个帮手。我的出现，让李先生觉得我就是这个帮手。李先生的逻辑是这样的，旅馆里一共有以下几个活物：赵玉香、小春、宠物狗、李先生、我。其中，前三者是一伙的，我和李先生是一伙的。在数目上我们不占优势，李先生想让我追求小春，把她变成自己人，这样在人数上我们就占优势，他再追求赵玉香的把握就会更大。

所以，李先生给我的任务是追求小春。我不想这么做，但是李先生给了我一笔钱，这样我就没有不做的理由了。我对李先生的智商产生怀疑，认为这种追求方式纯属无稽之谈，但我只是拿钱替他办事，没有多少发言权。后来，我按照李先生的想法，追求到了小春，小春成了我们自己人，但赵玉香并没有接受李先生的爱，还把他羞辱了一番。

李先生恼羞成怒，他意识到追求赵玉香的关键不是在人数上占优，而是那只宠物狗。

这只宠物狗不是一只普通的宠物狗，自从失去丈夫后，赵玉香的感情出现了真空，她养了这条宠物狗，日久生情，她把这条狗当做是自己的亲生儿子，百般呵护。李先生的计划变成，让我杀掉这只宠物狗，这样一来，李先生乘虚而入填补空缺，让赵玉香离不开他。

对我来说，杀一只狗是举手之劳，这只狗是只普通的狗，又不是藏獒。但我得知这只狗对赵玉香而言宛如自己的亲生儿子时，我退却了，这相当于杀她的儿子，我不敢这么做。

我就这样迟迟不敢行动，秋末冬初时我和李先生双双染上重病，住进医院。在我们住院期间，赵玉香对李先生细心照料，两人之间好像有奸情产生。与此同时，赵玉香不允许小春和我继续交往下去，这让我怀恨在心。

出院后，李先生杀狗的念头已经不是很大，赵玉香对他的态度开始好转，这让他看到了希望。但我在赵玉香阻止小春和我交往这件事上，怀恨在心。我要报复赵玉香，所以极力劝说李先生为了万无一失还是杀掉那只狗。李先生默许。

我想到一个两全其美的方式杀那条狗，既不用我出手，还能保证这狗必死无疑，这就叫借刀杀狗。我从外地找来一条疯狗，把疯狗放了出去，疯狗横行乡里，短时间内多人死伤，造成空前的恐慌。疯狗的事情惊动了政府，政府开始了灭狗行动大肆捕杀狗，禁止私人养狗。赵玉香的宠物狗未能幸免。

阳光很好的一天，赵玉香的狗在大庭广众之下惨死在乱棍之下。赵玉香接受不了这样的打击，精神突变，成了个疯了。李先生当然不会喜欢上一个疯子。而我，带着小春离开了这个旅馆。

3

报道4日下午，福田区皇岗小区一女子流鼻血后昏迷不醒，经120医生抢救无效死于出租屋。邻居街坊称死者生前曾长期吸食毒品，怀疑女子为吸毒过量致死。福强派出所民警封锁现场，并对女子身份和死因作进一步调查。

别墅很大，两层楼，七间卧室。一开始我就怀疑，秦杂这个家伙怎么会有这么大的房子。不仅是房子，还有一辆车。我们年纪相仿，差距却如此之大，这让我有些心理失衡。这还是次要的，主要的是我身边有个女人。住进别墅后，我意识到小春还是一个女人。我们住在同一个房间，头天晚上小春对我的态度有所变化。她躺在宽大的床上，身体舒展开说真是舒服简直太舒服了。我问她觉得秦杂这个人怎么样。小春想了想，一头扑进我的怀里对我说，我对你至死不渝。我说她虚伪，然后她蒙着被子哭了起来，挺伤心的，我也感觉伤心，用脚踹了一下她的屁股说，离我远点。

小春初中毕业后在饭馆当服务员，要不是我把她拐走，她还会继续当服务员。她没见过世面，对世界缺乏了解，对男人也是如此。我作为一个大学生，不可否认，还是有点吸引力的。可是现在看来，我的吸引力很有限。那天晚上小春哭了很长时间，一边哭还一边说我对她一点都不好，简直是个混蛋。我怀疑和小春之间是不是有真感情，即便有的话，现在看来也岌岌可危。小春是个女人，但凡女人就爱慕虚荣，就像男人朝三暮四，一样的道理。我对小春说秦杂不是什么好人。小春不同意，反过来说我没有良心。我说秦杂让我们住进来肯定有不可告人的目的，让我们讲故事给他听，你以为他是三岁小孩吗。小春说，那你还给他讲故事，你还不是为了有个地方住。我生气了，问她到底和谁一伙。

　　这里的一切都让我不适应，不适应是因为看不顺眼，看不顺眼是因为这些都不属于我。我的心理变得不平衡，我根本没办法做到平衡。与我的焦躁不安形成鲜明对比的是小春，她在这里住得心安理得，她变得十分勤快，早上很早就醒来去厨房做早餐。

　　小春离我越来越远，不是说物理距离，是心理上。不过这些并不是我当时的想法，我那时候才没这么多愁善感。设身处地想一下，我刚到青岛没几天就找到一个可以栖身的地方，并且是免费的。这个事情让我心情愉快了很久。虽然当时我已经对小春的态度有所察觉，但我只是有些气愤，事后我也认真反思过自己为何情绪波动，主要还是心理失衡。房子、车子这些东西都是我梦寐以求的，现在看到这个叫秦杂的家伙拥有了这些东西，而我却一无所有，这种差距让我有些愤愤不平。还有就是，我有些水土不服。来到青岛之后，这里的空气湿度、含氧量等各方面的空气指标都让我这个在内陆待习惯了的人不适应。我食欲不振有些上火。最严峻的问题是，我的生活失去了目标。这很棘手，不知道你有没有这种感觉。不知去向何处，何处去逗留，世界虽大却无容身之处。可我的这些感受不知向谁倾诉，我当然不能向小春说明这些，我想做一个可以让她去依赖的人。

　　回想起我的改变，都在小春毫无征兆地死掉后才出现。小春死掉了，而且就死在我们睡觉的那张床上。在小春死之前，我对她心怀敌意。在她死之后，我性情大变。

4

　　　　罗湖区莲塘小区四巷一年轻女子被发现死在一间出租屋。邻居称，该女子今年二十六岁，在附近工厂上班。昨日上午，有同事发现死者没去上班，多次拨打其手机也无人接听，遂过去查看，发现其躺在床上已没有气息。知情者称，死者生前患有先天性心脏病，两年前曾经到北京做手术，这次死亡很可能与此有关。

　　秦杂说，我和小春是第一批看到广告来入住的人。秦杂的房租广告已经张贴出去一个多月，到现在为止慕名而来的只有我和小春，现在小春已经死掉，只剩下我和秦杂住在这个房子里。秦杂感觉很困惑，为什么会是这个样子，这和他的预期有很大的差距。他本以为，房租广告张贴出去之后，会有众多的人闻讯赶来，但结果却迥然不同。

我给秦杂提了两点建议。第一，形式上，不能用街头小广告。你看看都是什么才在街头张贴广告，性病、牛皮癣、重金求子、招聘女公关之类，这种见不得光的事情才这样。要增加内容的可信度就要登报，这样才会取得人民群众的信任。第二，广告的内容也要改进，之前的太过于模糊，词不达意，不知道的还以为是色情广告，聚众淫乱呢。什么投缘、什么免费居住呀，都太过不健康容易让人想入非非。

几天后，报纸上出现了这样的一则新闻——《现代蒲松龄提供住宿买故事》。

> 本报讯（记者×××　实习生××）　昨天，记者接到热心市民（指我）打来的电话，据了解我市青年作家秦杂为了搜集故事进行文学创作，将自己居住的房子拿出来，效仿蒲松龄，只要有人提供一个有趣的故事，将免费在他的家中住宿。记者还了解到，此事属实，绝非空穴来风。之前秦杂将这一想法以小广告的形式张贴在大街小巷上，不仅破坏了城市的环境和给环卫工人增加了工作负担，还收效甚微。现在本报报导秦杂的这一事迹，首先是因为他的出发点是正确的，搞文学创作，繁荣文化。其次，为路人提供住宿，这是助人为乐造福社会，是建设和谐社会的缩影。

秦杂拿着报纸说，这还是我第一次上报纸呢。秦杂说，报纸上都承认我是青年作家。秦杂对我刮目相看，因为我向他提供了一个登报的机会。我不以为然。我只为获得一百元的新闻线索费。我对秦杂的态度很复杂，一方面我很感激他，毕竟他为我这个快要走投无路的人提供了一个住所，不然我可能要流落街头。这一点上小春和我的感受是一样的，甚至说小春对秦杂的态度除了感激之外或许还有些好感，总之是善意的。另一方面我很嫉妒秦杂，我不确定是否应该说是羡慕更准确些，毕竟我们两个人的境况相差太大，我连嫉妒他的资格都没有。

小春说我的心理变得扭曲，不纯洁。这还用她说吗，我早就是这样了，我多疑担心惶惶不安，看不惯世间的一切，想摧毁世间的一切，却又无能为力。最后，只剩下愤怒。生活没有意义，而我又不得不活着。

更多的时候，我对秦杂的态度可以用一个词语来概括：文人相轻，尤其是当我知道他也是一个文学青年时。我现在的行为是，卖身求荣。我把我的经历告诉了秦杂，他从中得到写作的素材，将要创作出一部作品，我一点也不担心，以我经历为蓝本的故事将会不同凡响。现在我与其同流合污成为他的助理，这有什么。

小春说既然你这么看不惯秦杂，还住人家的房子，你应该有点骨气。小春已经不是自己人，她也没把我当自己人。我们相互看不顺眼，关系面临着崩溃。我不在乎。

现在是深夜，我和小春躺在床上，屋里漆黑一片，窗帘密不透风，四处寂静无声。我睡意全无，身边的小春应该已经入睡，我看不见她的脸。不用看我也清楚她睡觉时的样子，嘴角下垂，眉毛弯弯，她的胸部会随着呼吸上下浮动。一般情况下小春睡觉的姿势是这样的：身体朝左，屁股撅起，左腿伸直，右腿弯曲成弓形，躯干压住心脏。我曾提醒过她，这样的睡姿对心脏不好，长时间压迫心脏容易导致呼吸骤停。

现在我对小春的睡姿没有任何的看法，因为这和我没有任何的瓜葛。不出意料的话，过几天我和小春就不会在一张床上睡觉，她应该会搬到二楼的房间去，那是秦杂的房间。我现在有了杀人的念头，开始，这个念头一闪而过，没有成形，一如怀孕不久的妇女，胎儿只是一团模糊的血肉，没有手指脚掌，没有毛发也没有五官，反向思维，就是一个成年人被砍掉四肢后再用砂纸反复摩擦，直到如同鹅卵石一样光滑。渐渐地，杀人的念头越来越庞大，形成一个旋涡，我陷入其中，头晕目眩，一直坠落，坠落，坠落，坠落……尔后，紧急着陆，思路清晰，三维立体，生动鲜活。

现在杀掉小春，简直易如反掌。我可以采取两种方式，用枕头将其脸捂住窒息而死，或者拿刀将其斩首。比较而言，还是第一种比较好，第二种太过血腥。如果采取第一种的话，结合小春的睡姿，我必须要先把小春的头摆放好，面部朝上，然后我整个人骑在她的身上固定住她的四肢，再用枕头用力捂住她的脑袋。不管是哪种方式，都牵扯到毁尸灭迹这一环节。善后处理是谋杀中关键的一环，因为若想判你有罪，必须找到被害人的尸首才行，不然那就是死无对证。真正做到毁尸灭迹，就是将尸体焚烧或者碎尸，这方面有许多的电影可以借鉴。或者依照黑社会电影中惯有的桥段，将尸体转移到荒郊野外，挖坑掩埋。

其实，用这两种方式，谋杀的痕迹都太重，最好是有种方式可以将谋杀伪造成自杀。小春晚上睡觉有个习惯，那就是半夜起床喝杯水。我几乎每天半夜都起身给她拿杯水喝，可以设想，睡意蒙眬中，口渴难耐的小春接过我递给她的水杯，不由分说全部喝下去。剩下的问题是，水杯中是什么样的液体，水杯里可以是水，但也最不可能是水，那么水杯里应该有的液体将会是：毒药、硫酸、汞、砷之类的。

5

过完性生活，男子竟在睡梦中猝死，妻子上厕所时才发现。昨日凌晨，这一幕就发生在宝安沙井博岗小区一出租房内。死者姓李，在沙井新桥一家不锈钢五金厂打工，三十五岁左右。据其妻子韦女士称，凌晨四点左右，韦女士同往常一样，半夜醒来欲起身上厕所，突然发现平时爱打呼噜的丈夫没有打呼噜，上前一看，发现已经没有呼吸了。

第二天醒来，稀疏的阳光透过缝隙照进屋里，我睁开眼睛看到小春侧卧在床上一动不动。往常小春早就起床在厨房准备早餐。我推了一下小春，她没有反应。我将她的身子转过来，看见小春面部平静，鼻孔中流出两行血，酱红色的血，血迹已干。小春死掉的情形就是这样。

面对小春的尸体，我和秦杂感到束手无策。可以肯定，我没杀死小春。我有过杀死她的念头，但只是想想而已，根本没准备下手，我和小春之间的关系虽然在恶化，但我也没想过将其杀掉。秦杂问我，人真不是你杀的吗？我说不是。秦杂说，我怎么才能相信你？我想了想说，如果真是我杀的，我还会站在你面前吗？

事情因为小春的死变得复杂起来，小春已经死了，所以现在对我们来说，怎么死的这件事已经不是最重要的，怎么处理小春的尸体才是当务之急。人死了，尸体不能还在床上，天气越来越暖和，不出多长时间尸体就会腐烂散发出臭味，先在皮肤上出现死人斑，皮肤黯淡，尔后皮肤发白，时间一长，虫蝇们会纷纷闻讯赶来落在尸体上进行吸食和繁衍，尸体会变成这些杂种的繁衍基地，渐渐地，尸体由内而外就慢慢地开始腐烂，内脏融化，肌肉松垮垮地成了一坨海绵般的组织。我真不想看到这张年轻的脸有朝一日会被虫蝇一点点吞噬成千疮百孔的肉饼，我现在注视着的这张人皮，会一点点地破裂，苍蝇的幼虫会努力地往上冲顶，皮肤开出一道小口，幼虫撑破皮肤，脓包里的水慢慢渗出来，皮肉绽开，越来越大，成千上万的蛆在小春的肉里蠕动，行动敏捷，节奏欢快，有说有笑，大家吃劲十足，争先恐后。我不能再继续想下去，要赶紧把尸体处理掉，这才是首要的任务。

我说要不要报警，秦杂不同意，他说小春死得不明不白，在警察面前说不清楚。我说人命关天。秦杂说就因为这样才要慎重。最后我说，该怎么办，你拿主意。秦杂说，他妈的你开什么玩笑？

从早晨发现小春的尸体直到天黑，我们也没想出该怎样处理。小春的身体已经僵硬，体温尽失，完全是死人的样子。我抚摸着小春的尸体，肌肤相触，除了内心的恐惧之外，我断定小春确实已经死了。在这个世界上，小春已经不存在，你可以说这就是小春，但在我看来，这只是一堆四十多公斤的肌肉组织而已。逝者如斯夫，我和秦杂现在要做的就是化悲痛为力量。这样说也不够准确，应该说悲伤的只是我而已，现在的秦杂坐立不安，具有狂躁症的诸多特点，心烦意乱，躁动不安。

在怎样处理尸体这个问题上，我和秦杂没有达成共识。以我对小春的感情而言，我希望将她进行防腐处理，把内脏挖空剩下一副人肉皮囊，然后用福尔马林浸泡在容器里，必须是玻璃容器，这样看起来方便。如果是农村里盛放粮食的深蓝色大瓮，想看一下小春，还得用钩子勾住小春的尸体从里面打捞上来，这样既费时费力又不宜保存尸体。现在的情况是，一米多高的玻璃容器还真不好找，也没地方摆放，尸体标本总要遮人耳目才对，不能当成一幅油画那样钉在墙壁上，供人欣赏。问题不在如何欣赏，而是怎么安置标本。既然要把小春的尸体做成人体标本，就是让小春的音容笑貌以实物的形式存在。这也只是我的一厢情愿，秦杂不允许我这样做，他不能让自己的住所变成一个停尸房，这又不是医院。

我们用被子把小春的尸体包裹起来，然后用绳子捆住，放进汽车后备箱。秦杂开车来到一个山头上，我们把尸体抬到山顶，找到一棵大树，在大树下面挖了一个坑，把尸体扔进里面盖上土，平整好地面。在回去的路上，秦杂说真是可惜了。我说什么可惜。这么好的尸体，应该捐献器官，会救不少人。秦杂说，总比在泥土中腐烂合理。我闭口不言。秦杂问我有没有想过自己会怎样死掉。没想过。秦杂说，想开点，人已经死了，想太多也没用。秦杂说小春应该是猝死，当然这是建立在我没谋杀小春的基础之上。秦杂在网上查了一下数据说，小春有可能是脑出血身亡。按照秦杂所说的，小春的死是因为脑出血，血积存在颅腔内，无法排除，压迫脑组织而致猝死。这是秦杂的说法，真假暂且不论，但总归让小春的死有了一个解释，总比不明不白要好，我也就轻信了。

小春死后没几天，秦杂想把我赶出去，可我实在没有其他的地方可以去，我对秦杂说，你放心让我走吗？秦杂问我什么意思。我说小春可是在你这死的，你还帮我毁尸灭迹。秦杂说有时候死亡并不是一件坏事，活着也不一定正确。秦杂说如果没有死亡存在的话，他就不会有现在的一切。这是对他自己而言，一个幸运的遗产继承者。

秦杂的母亲突发脑溢血晕倒在地，他的父亲看到后受惊过度心脏病突发。这时候秦杂的二叔恰好来他家，看到两个人躺在地上一丝不动血压升高也晕倒了。事情就像多米诺骨牌，秦杂的二婶是在接到医院的电话，下楼的时候不小心失足脑袋受到撞击死掉的。总之，一夜过后，秦杂成了无亲无故的一个人，同时成了百万富翁。

我在想小春给我留下了什么东西，答案是什么也没留下，她的衣物我也已经扔掉了。秦杂说我的生活已经分为两个阶段，小春死之前和小春死之后。我明白秦杂的良苦用心，他是想让我赶快从小春死亡的阴影中走出来。小春的死让我难过了一阵子，有那么几个小时我真的是很难过，不过也没到痛不欲生的程度，看着小春的尸体躺在床上，想到她不能再呼吸，不能睁开眼睛像往常那样活动，确实让我一时半会很难接受。不过很快，我就搞清楚现状，现在远不是悲痛的时候，怎么处理小春的尸体才是关键的，我总不能让一个死人再给我惹麻烦。

虽然小春死得有些突然，但总不至于让我心灰意冷。我有所悲伤的是，我本身是个性情冷漠的人，不善交际，朋友不多，亲密无间的人更是少之又少，小春曾是我亲密无间的那个，现在她死掉了。我因为这个苦恼，所以在秦杂劝慰我的时候，我觉得他很烦人，但转念一想，这世上还有一个人在乎我的感受，也未尝不是一件好事。我很清楚，自己这种厌世的情绪还要保持一段时间，不能太快重拾起对生活的信心。人有时候也不是为自己而活，这句话我现在有些理解了，我现在是为秦杂而活，为了迎合他的看法，我开始消沉。

6

浙江云和男子蓝某对一女子性侵不成，将其掐死，实施奸淫行为后，竟残忍地将女子碎尸欲掩盖罪行。近日，丽水市中级人民法院以强奸罪判处被告人蓝某死刑，剥夺政治权利终身。

有一天早上，秦杂来到我的房间对我说，要我重新振作起来，有更重要的事情等着我们去做。秦杂还说，不要忘记我现在的身份。秦杂说的更重要的事情，就是搜集故事。而我现在的身份是秦杂的助理。没过多久，秦杂觉得故事搜集得差不多了，最重要的是我们开始厌倦。我们的初衷只是做一个简单的故事搜集者，但我们又不得不沉浸在每个故事当中，感受着讲述者的情绪变化。因为我们还没成为冷血动物，我们最终也纠缠在这缤纷复杂的情感中。

实际上，我们成了情感垃圾的收集者，倾诉者一吐为快，不仅把埋在心中的事情讲出来释放了情绪，还获得了免费住宿的机会。而我们，除了获得这个故事之外，还需承受着这个故事所带给我们的冲击。我和秦杂的身体出现了不同程度的问题，我出现了幻听，而秦杂的行为变得怪异反常。

我的耳朵里总是同时出现几种声音，我坐在房间里把所有的窗户门都关上，与世隔绝。可我还是很清晰地听到外面汽车的鸣笛声，还有骨骼生长的声音，我在想自己是不是像那个青年的父亲一样得了奇怪的骨病，或许我身体的骨骼正在交纵错杂地生长，有一天，我的身体里会形成一道密密麻麻的骨骼网。这就像你把十几根几米长的钢钉插进了我的身体里，从头到左脚一根钢钉，从头到右脚一根钢钉，你伸展开双臂，钢钉从左手插入经过胸腔从你的右手冒出，剩余的几根钢钉呈"米"字形或者是"田"字形在你的胸中穿来穿去，你将丝毫动弹不得。如果你还是想象不出的话，你可以找来一只青蛙或者是蚂蚱，先用两块木板把它夹在中间，让其身体保持笔直，然后用缝衣服的针，上下左右前前后后一根根地洞穿，就会形成一个永远不会再移动和弯曲的标本。

唯一不同的是，把这种方式运用在我的身上，在每一根钢钉插入的时候，都会有鲜血从我的口中喷薄而出，一些动脉血管会被钢钉刺破，一部分鲜血顺着钢钉的入口渗出来，另一部分鲜血囤积在身体内部。从表面上看我还是完好无损的，内部的结构已经是模糊一团，各种内脏在钢钉的串联下，左歪右斜，扭扭捏捏地貌似被挤压的橡皮泥。如果钢钉在插入的时候手法比较精湛，恰如其分地躲避了动脉血管，只是破坏了静脉血管区的话，我还不会因为失血过多立刻死掉，静脉血缓缓地流出来充斥在体内，我的皮肤会慢慢地膨胀，像是发酵的面团，当然我可不是雪白的面，由于身体内流动着静脉血的缘故，我的嘴唇会发紫，整个躯体的肌肤也会呈现出紫色，毫不夸张的话，我就成了一个茄子，一个被钢钉密密麻麻穿透的茄子。

除了骨骼生长的声音，我还听到虫子在我身体内纵声欢歌。是有那么一只小虫子，长着锋利的头，能穿破任何的阻碍，进入任何的物体内部。这样的虫子当然也能进入到我的身体里，它确实是进来了，从我的脚掌、手指、肚皮、头皮等各种位置，我身体的外壳还没有哪个地方能将整个小虫子拒之门外。虫子进入我的血管里，随着流动的血液可以去任何的地方，它进入到我的大脑内部开始寄生，一点点地吞噬我的脑组织，通过消化之后的粪便再排放出来，过不了多久我的整个脑壳里就充斥着它的粪便。玩腻了，虫子通过血管进入到我的胃里面，将我吃掉的食物消化掉，这样我就不管怎么暴饮暴食还会觉得饿，身体还会日益消瘦，这就像是得了甲亢一样。它把我的胃钻穿再进入我的腹腔中，这时候我就是胃穿孔的病人，大量的酸性物质流进腹腔中，腐蚀内脏。不过，虫子才不在乎这些，它畅游其中，吃口小肠再喝点内分泌物，悠然自得，直到我一命呜呼被火化，它终于也跟着我烧成了灰烬。

秦杂说我这是身体妄想症。不仅如此，我还出现了幻听和幻视。秦杂的情况也好不到哪里去。为了防止病情继续恶化，秦杂写了一个告示贴在门上，我们免费提供住宿的活动就此告一段落，请勿打扰，院内有狗。

7

浙江省温州市瓯海区委书记谢再兴，已因涉嫌碎尸杀人案被捕。被害者是一位传与他关系暧昧的女干部，死前工作于浙江省老干部局下属的浙江老干部活动中心。经历两天无休止的八卦猜测后，3月30日，温州市瓯海区委书记谢再兴的去向终于有了结论。

在出现幻听和幻视之前，我们的情绪已经有所变化。只不过我们没有察觉，远不如那个从宁夏远道而来的青年人深刻。这个满脸长着青春痘的家伙是在傍晚来的，背着个包，手里拿着一份报纸，刊登着秦杂是青年作家的那份过期报纸。

秦杂说，你来这里有什么目的？

免费住宿。

还有呢？

给你们讲故事。

秦杂说，你觉得你有什么资格让我们免费给你提供住宿？

我给你们讲故事听。

我们对你的故事一点兴趣都没有。

我说，因为你太难看了。

你们不能以貌取人呀。

秦杂说，你有什么资格和我们住在一起？

我说，你还是尽早回老家吧，这里根本不适合你。

秦杂说，你一辈子都不会出人头地的，还是尽快回家放羊吧。

这个来自宁夏的小青年，在我和秦杂的辱骂声中落荒而逃。我们也是为他好，他年纪轻轻没有知识没有相貌，根本不适合在这里生存下去，在这里他得不到自己梦想中的金钱和女人，他只会在被人压榨之下一事无成最终客死异乡。既然是这样，何不死在家乡，入土为安。对于他人那些苦难的故事，我们已经听得太多，现在我们不关心会听到一个什么样的故事，我们要做的只剩下发泄愤怒，把心里面堆积的那些心理垃圾统统释放出来。不过差强人意，那些苦难的故事在我们脑子里面仿佛已经生根发芽，你越想把它们拔掉，它们就越加愤怒地生长。

有天晚上秦杂彻夜未归，第二天回来的时候身上穿着一件破大衣，鼻青脸肿。秦杂在警察局待了一晚上。本来秦杂不应该被打，他只是在街上裸奔。随后警察赶到把他拉回警察局，到了警察局秦杂没完没了，在办公桌上大小便，臭气熏天。警察把他拉到院子里，绑在一棵树上，接上水管子往他身上冲洗，然后倒上石灰粉用拖把和砂纸反复地擦，再用水冲洗。所以，秦杂回来的时候不仅鼻青脸肿，全身泛红像充血的龟头。石灰粉是碱性的，遇到水起了化学反应，释放了热量。秦杂全身都蜕了皮，他就像一只被煎炸的小龙虾，红扑扑的，真是可爱至极。只是他没有龙虾坚硬的外壳，他的皮肤溃烂流出大量的脓水，不堪入目。

秦杂说他是故意在警察的办公桌上大便。在裸奔的时候秦杂的脑袋是不清醒的，他根本没意识到自己没穿衣服一丝不挂地在大街上走。后来警察来了，他才恍然大悟，不过事情到了这地步已经不能挽回。秦杂说他一进警察局就什么都明白过来了，可是自己又不能不继续装疯卖傻，不然故意在大街上裸奔是要拘留的。所以一不做二不休，秦杂就爬上警察的办公桌开始大小便。

经历了石灰粉的洗礼，秦杂的脑袋有些清醒了。他拉着我去了一家心理诊所。医生说我们精神失常，可能是心理上受了刺激或者是脑袋遭受猛烈撞击。医生说我们的情况不是很严重，吃药便能控制。医生给我们开了些抗精神病的药物，氯丙嗪、奋乃静、氯氮平。

8

据西班牙报道，位于Jerezdela Frontera的Cádiz省法院判处杀死女伴并欲碎尸的中国籍凶手17年零6个月监禁，并赔偿受害者家属1050000欧元。法院作出此判决是考虑到由于自事发之日起，该被告已经被关押两年，且其辩护律师提出，这是被告在酒精作用下和嫉妒心理下的过激反应。

我们的脑袋确实受过激烈的撞击，这件事从头至尾都很丢人。在搜集故事的过程中，我们听到了一个爱情故事，是个三角恋。讲述者是个男的，平头，胳膊上有个狼头的文身，狼的眼睛在光线黯淡的地方散发着蓝光。刚开始我还没发觉他的文身有这个特点，他向我们讲完故事，晚上我们一起去了KTV，计算机屏幕在换歌的间隙，整个屏幕都成了黑色，我歪头，看到他胳膊上的狼眼发着蓝光，盯着我。

讲述者：左东奇，男，24岁，山东人。

左东奇在洗浴中心认识了小黄。当时左东奇在保定一所警校上大学，晚上他和舍友翻墙出校打出租车去一家洗浴中心。小黄是这家洗浴中心的按摩技师，那天晚上一共有很多个按摩技师，只有小黄表现得很愉快和积极。给左东奇做足疗和按摩的过程中，小黄的愉快表现在两个方面，一是在按摩的过程中和左东奇聊天，二是等同伴都给客人按摩完毕之后，小黄还在不知疲倦地按摩左东奇的脚丫。等服务结束，左东奇准备离开的时候，小黄跑过去喊住他，把手里的一支碳素笔交给他。左东奇把自己的手机号写在了小黄的手上。

左东奇说，我们好上了。

当时左东奇在学校里还有一个女朋友，称呼是女朋友也不准确。他们没公开的交往，表面上只是普通同学，但私下已经发生过性关系。他把此事告诉了小黄，小黄并不介意。左东奇说他也喜欢小黄，但这种喜欢和爱不一样。自从和小黄交往后，左东奇每周末都会去她的宿舍住一天。小黄还有一个姐妹，也是洗浴中心的按摩技师，她也有一个男朋友，也是周末来找她。每次在睡觉之前，他们四个人会一起去外面吃饭喝酒。左东奇说小黄的姐妹长得比较风骚，个高，瘦，身材性感。小黄姐妹的男朋友比较强壮，强壮分为两种，一种是身体强壮，一种是在床上强壮，他两种都具备。左东奇虽然是警校的学生，也练过体育，但并不强壮。每次去小黄的宿舍睡觉他都比较有压力，因为宿舍墙壁的隔音效果不好，加上小黄的姐妹性格比较开放，当小黄和左东奇在床上搞的时候，你会很清晰地听到隔壁响亮的呻吟声。呻吟声是来自小黄的姐妹，当左东奇和小黄结束之后，小黄姐妹的叫声还在持续，这无形中给左东奇很大的压力。后来左东奇借助壮阳药挽回了点颜面，除了吃药小黄还要求左东奇在办事的过程中不能戴套，她觉得戴套不舒服。后来，小黄怀孕了，去医院做了人流。

左东奇说小黄的工作单位虽然是洗浴中心，给人感觉不太好，但这是一份正当的职业，不仅如此，收入也很可观。在左东奇上大学期间，小黄经常接济他。前几天左东奇去保定找小黄，这是他大学毕业后第一次回去。他和小黄已经有一年多的时间没见。当天晚上他们去外面吃完饭后便回到小黄的宿舍，期间小黄的手机一直在响，一个男的打来的电话。过了一会，小黄宿舍的门在响，外面一个男的说，我知道你在里面，开门。左东奇把门打开，一个穿着黑衣服体型高大的男的站在外面。刚开始气氛还很友好，小黄相互介绍了一下对方。认识之后，他们三个讨论起爱情这个严肃的话题。在这个过程中，小黄夹在两个男人的中间情绪激动一直在哭。

男的对左东奇说，我知道小黄一直很爱你，可我也爱小黄。

左东奇说，你能带给小黄幸福吗？

能。

我退出。

左东奇拿着自己包，准备走。小黄拉着左东奇的胳膊不放，男的在后面抱住小黄，左东奇用手掰开小黄的手。左东奇走出门外，小黄在门内一边哭一边喊，不让左东奇走。左东奇走到大街上的时候，小黄追了出来，抱着他的腿不让他走。男的追出来双手拦腰抱住小黄，把她扛在自己的肩膀上对左东奇说，你快走吧，这里有我。

我说，那天晚上你去哪了？

找了个旅馆住。

那你为什么还放弃了小黄？

左东奇说，因为我不能给小黄带来幸福。

左东奇讲完自己的故事之后，我和秦杂的情绪都很低落。

左东奇问，我能在这里住一晚上吗？

秦杂说，可以。

晚上，我们三个去一家KTV唱歌。左东奇一进入这个灯红酒绿的地方就脱胎换骨，脸上堆起笑容晃动着身体。相比之下，我和秦杂愁容满面，还沉浸在左东奇的故事中。左东奇说，做人最重要的是开心，向你们倾诉后，我现在心情好多了。我们上了二楼的一个包间，一个服务生问，要不要陪酒的？秦杂说，不用陪，我们自己喝。左东奇说，难得高兴，没女的不热闹。一会狭小的房间里走进来七八个女的，依次排开，高矮胖瘦层次不一。左东奇从左看到右，上下仔细打量，上去拉着其中一个短头发穿着一身黑衣服显得冷霜的女子坐在自己的身边。我歪头一看，左东奇在黑暗的角落里已经把那女的压在自己身下。

突然包房的角落里传来女的尖锐的声音，要什么流氓呢你。黑衣服站起来，上身的短袖已经被脱得差不多了，露出黑色的胸罩。下身的短裙也被掀起，一个衣角卷进内裤里面。

左东奇说，摸摸你怎么了？

女的说，想摸回家摸你妈去，操你妈。

这是什么服务态度？你老板呢？还有没有人管你们啦？

管你妈逼，老板不在，保安们都在。

我们走出包间的时候，十几个保安顺着楼梯站在外面。走到楼梯口的时候，我看着一个保安有些脸熟，是宁夏的小伙子。结完账后，我们立刻走出了这个店。夜晚冷清，街上连个出租车也没见到。第二天，当我醒来的时候发现自己躺在天桥下面，秦杂躺在我的身边，左东奇不见了。我头上的血迹已经干了，只是头还隐隐作痛。秦杂的脸上血迹斑斑，头上的血已经混着毛发凝固成一团。我们身上什么东西都没了，衣服也没了，两个人赤裸裸地躺在地上。我们不关心左东奇去了什么地方，就算他惨死在大街上也和我们没什么关系。

9

梁可勤得知同居女友刘春花与刘云涛有男女关系，遂产生敲诈念头，在女友将刘云涛骗至租住处后，他与几名同伙殴打、折磨刘云涛，从其身上搜走随身财物后，又逼迫其写下二十万元的欠条。经过几日的折磨，刘云涛没有了呼吸，梁可勤遂与刘春花等人将刘云涛绑上石头抛入井中。

有件事情我一直没对秦杂说，那就是我对小春的死也拿不定主意。如你所知，当我和秦杂刚发现小春死了的时候，秦杂先问我人是不是我杀的。我一口否认，人当然不是我杀的。其实我说这话的时候欠考虑，顺口就讲了出来。不然的话你要我怎么回答？难不成让我说，对，人是我杀的，我是杀人犯；或者说，人有可能是我杀的？

请你们站在一个杀人犯的立场上思考这个问题，你杀了人会这么轻松就承认吗？尤其是在没有人证物证没遭受严刑拷打的情况下，你总不至于这么干脆就对一个不是警察的人说出真相吧？我只有一种选择，那就是矢口否认。秦杂不是警察，他只是我的房东，我没必要什么都说出来。说句可能让秦杂伤心的话，我甚至都没把他当做朋友。所以，有些事情我就没必要告诉他。到现在秦杂对我几乎一无所知，相对应，我对秦杂也知之甚少。

后来，小春被我们认定为猝死，虽是非自然死亡但与我无关。话说回来，秦杂这个人还是很够意思的，我们一起把小春的尸体埋在山顶上的一棵树下面，在这个过程中，秦杂表现得兢兢业业，吃苦耐劳，毫无怨言。

小春死后，我本来想告诉秦杂我也不确定小春是不是我杀的，但我觉得似乎没有这个必要。因为我们几乎要忘掉小春这个人了。还有就是那段时间我和秦杂都很忙，忙得焦头烂额，每天都要接待很多慕名而来免费住宿的人，倾诉自己的遭遇。我们白天听别人讲故事，晚上通宵达旦把故事整理出来。掐指一算，小春的尸体已经开始腐烂。

有段时间我们每天都要接待很多从外地赶到青岛来寻亲或者就医的人，他们都是看到报纸上的新闻来寻求免费住宿的。一开始我们对每个来访者都印象深刻，没过多久来访者越来越多，我们听到的故事大同小异，你买份报纸上面就能碰到几个类似的。

每个人的生活应该有个主题，可我一直没找到这个主题，也许没有主题本身也是一个主题，这个谁也说不准。我和秦杂谨遵医嘱按时吃药，幻听和幻视得到好转。这时一个年轻人来到这里，向我们讲述了另一种生活。他带着一个旅行包走进房间，站在客厅里。

我说，我们现在不搜集故事了。

我不要住宿。

那你来这里干什么？

只是找个人倾诉。

讲述者：陈足（化名）；职业：打字员；年龄：不祥。

陈足有自闭症，蓝东是他唯一的朋友。陈足的工作和住所都是蓝东安排的，他从事打字的工作，这和蓝东的职业相得益彰。蓝东做盗版图书，每个星期他会将市场上卖得最火的十本书交到陈足的手中，让他在尽可能短的时间内打出来，然后蓝东就把这十本书结集出版，一夜之间，大江南北各个街头小书摊上，就会出现由他制造的盗版畅销书。

陈足居住在一间十平米不到的小阁楼里，每天只吃蓝东带来的方便面，没日没夜地坐在计算机前用五笔输入法打字。最近陈足的工作效率在降低，他脑子里都在想女人，身体内部的男性荷尔蒙在迸发。他把自己的顾虑告诉了蓝东。蓝东没有冷眼旁观，他采取行动。在陈足不知情的情况下，给他带来一个女人。女人和陈足一样对男女之事不甚了解。然后，在蓝东的现场指导下，陈足和这个女人发生了性关系。

以上就是陈足所讲述的故事。事实上，陈足是个艾斯伯格综合征患者，一种常见于天才的社交沟通障碍。症状之一就是不懂别人是怎么想的。不过陈足可不是个天才，或许他是天才，但是他几乎把所有的精力都倾注在用五笔输入法打字上。陈足不懂得别人是怎么想的，如同我不知道陈足是怎么想的。讲完他的故事后，陈足就走了，留下他的旅行包。也许是他故意遗留下来的。

我觉得陈足杀掉蓝东的行为是正确的，先不管他的出发点如何。单纯从他榨取一个天才的劳动力上，就十恶不赦。陈足是个天才，虽然有社交沟通上的障碍，但也是一个天才。一个天才会为人类创造多少精神或者物质上的财富，你参照一下爱因斯坦、莫扎特就知道。可蓝东却让陈足去打字，没日没夜机械性地去打字，最终的目的却是方便其出盗版的图书。这真是天理不容的一种浪费。我不知道蓝东给陈足找的那个女朋友是什么样的相貌，可以肯定脑子也正常不到哪里去。他把女人带到陈足的住处，现场指导他们性交。这没什么不好，两个对性爱都很陌生的男女，首次品尝禁果，当然需要有人授业解惑。使我费解的是，是什么让陈足动了杀机，陈足杀人的动机是什么呢？

现在我没办法从陈足那里找到答案。陈足说完这些，就走了，他也没要求住宿。我们打开陈足遗留的旅行包，发现一个骷髅头。

10

曾以"香水达人"上电视的富家子宋志宏，被控以毒品控制前女友黄亭芸，手段残忍地虐杀黄女致死，还将过程拍成光盘，检方形容黄女遭虐杀过程"惨绝人寰"，求处死刑，但板桥地院法官认为宋并非具有直接杀人犯意，昨天判处无期徒刑，褫夺公权终身。

在海边，太阳坠落的时候，一大片的海面在夕阳的映照下泛着红光，随着波浪跳动着，如同生生不息庸俗不堪的火种。我和秦杂看着这一壮观的景象，目瞪口呆。就在这时候，远处传来了救命声。我们追随着救命声跑去，最终在一个礁石上看见一个女子。礁石已经被海水淹没了，只剩下一小块岩石冒在海水上，女子孤零零地站在岩石上，不知如何是好。秦杂走进海里，不一会游到礁石上，女的爬在秦杂的背上，秦杂游回到岸边。救人的过程就是这样，女子到了岸边惊魂未定，闭着眼睛躺在沙滩上呼吸着。

大概是从昨天开始，我们在报纸上看到了一则新闻，一个男的下午在海边，一个巨浪打过来，这个男的就死掉了。新闻上还介绍说，这个男的是独生子，刚新婚不久，妻子正有身孕，他就这么突然被海浪拍死了，家里人都悲痛欲绝。秦杂说，我们决不能允许这样的人间悲剧再次发生。

早上起床后，我看到昨天被救的那个女子从秦杂的房间里走出来，穿着秦杂宽大的衬衣，下身什么都没穿，一双腿，亮白得很。她向我打了个招呼，我愣在原地。我的生活因为李小的出现开始失衡，本来我和秦杂相处得还算比较融洽，李小突如其来闯进来，一切就变了。秦杂当着李小的面，根本不把我当成朋友来看待，呼来唤去，指手画脚。他之前可不这样，虽然有时候秦杂以不允许我继续在这住要挟我，可起码我还和他平起平坐。现在可好，我真是成了他的助理。

如前所述。有天秦杂看到一个男子在海边被海浪拍死的新闻后，冒出了要见义勇为的想法。这一点都不像是秦杂的作风，根据我对他的了解，他是一个无利不起早的人，更别提在海边冒着生命危险救人的事情。他刚开始和我透露这个想法的时候，我以为他的精神分裂症又在加重。我可没想到他是动真格的，结果我们就在海边发现了李小。当时李小被困在礁石上，海水涨潮，水淹没了她周围所有的石头，一个人孤零零地站在四面环水的石头上。此情此景，秦杂猛然跳进海水中，把李小救上岸。整个事情的经过就是这样，原本我以为事情到这就结束了，可没想到李小竟然和秦杂睡在了一起。

我不知道李小是何来路，可以说来路不明。我对李小的印象一点都不好，我想她对我的印象也不会好到什么地方去。这个女人，生性浪荡，这是肯定的。在认识秦杂的第一天，她就和他上了床。她下面什么都不穿，只在上身穿着一件衬衣，在房间里走来走去。她对什么都指手画脚，好像她是主人一样。这引起了我强烈的不满，我有必要和她进行一次谈话。李小下身还是什么都没穿，她就这么在我的眼前动来动去，我试图不去关注她的腿，但我还是去关注了，从小腿看到大腿，就在大腿中间的部位上，恰到好处地覆盖着一块白布，那是她的衬衣。她看出了我的意图，觉得很欣喜。

骚货。

你说什么？

骚货烂逼。

李小从厨房里拿出把刀，追着要砍死我。我跑到院子里，恰巧秦杂从外面回来。我感觉到头晕目眩，倒在地上，仰望着天空。天空很蓝，白云朵朵。他们把我抬进屋里，用绳子把我绑在床上，我的手和脚都被绑住，动弹不得。我不知道他们到底给我打了多少麻醉药，我全身都没了知觉。刚开始我感觉到自己的全身都被针扎了一遍，然后就没了知觉。我的脑袋混沌得很，蒙眬中不省人事。

我从来没想过秦杂会和一个女人联合起来这么对付我，在我逐渐昏迷的过程中，我想趁自己还有点意识，记住李小这个女人。现在我对李小记忆深刻的不是她的长相，也不是她经常裸露在外的那两根大腿；而是，她曾对我说过的一件事情。李小说，曾经有两个男的为了她而决斗，一死一伤。她在对我说的时候，表现得洋洋得意。我在想，秦杂是不是也算是为了她把我弄死了。我现在生死未卜，昏迷中想的就是这件事情。有一天李小会对别人谈起，秦杂为了她把我的头给砍了还在我全身上下注射了大量的麻醉药像做实验一样，我悲从心来。我不想沦为别人的谈资，如果不幸变成这样的话，毋宁死。

11

松原警方历时八天打掉一特大入室杀人抢劫团伙。嫌犯作案手段残忍，如果不被抓，还预谋作案，且不留活口。松原市民包先生发现自家养殖场存放的五十八张貉子皮被盗，在养殖场做更夫的哥哥包军臣失踪。就在警方侦查时，被害人的亲属在院内发现了包军臣的尸体。

等我再次醒来时，秦杂和李小消失不见，取而代之的是一对中年夫妇，我睁开眼看着他们，男的说，老实点，别他妈的乱动，警察一会就来。警察和120相继赶到，医生先给我做了一个全身检查说，生命没大碍，头上被刀砍了一下，腹部被利器刺穿。医生看着满地的麻醉药玻璃器皿说，麻醉药打了太多，大脑可能会有损伤。

警察说，现在能审问吗？

医生说，时间不要太长。

你怎么来这里的？

我在这里住。

警察说，房子是这对夫妇的，他们出国旅行，这几个月都没在家，你怎么住进来的？

这房子是秦杂的。

后来警察从床底下的旅行包中发现一个骷髅头。我把陈足的故事告诉警察，当然我就是陈足。事情就是这样，秦杂和李小消失了，像从来没在这个世界上存在过一样。秦杂是不是存在过，现在我也拿不定主意，我的一半脑袋还处在麻痹的状态中，可能是由于头上打了太多麻醉药的缘故。这已经不是很重要，听警察说，房子是这对中年夫妇的。这样看来，房子确实是他们的。那样的话，秦杂根本就是个骗子，他根本不是这个别墅的主人。我杀小春就是没必要的事情，但转念一想，人已经死了，再说这些也没任何的意义。

现在我是个杀人犯，未来的生活会怎么样，也不是我所能控制的。但我并没有太多的悲伤可言，既然我不能很好地驾驭我的人生，那么把我的人生交给别人处置，也不谓是件坏事。有件事情我觉得我做得很对，那就是替陈足这个天才顶罪。我帮助一个天才脱罪，这可能是我一生所做的最有价值的事情。想到这里，我就觉得很高兴，不枉此生。

到金茂大厦去

杨　邪

　　我从来没去过金茂大厦。一直以来，我对金茂大厦充满了反感。我之所以对金茂大厦反感，倒不是因为上海早已经有了一座著名的金茂大厦。上海怎么啦？上海有了金茂大厦，我们共城难道就不能有金茂大厦了？我觉得这完全没问题。在我们共城还有巴黎呢。有一次由于堵车，七转八弯地，我把车开到了新城区的一条陌生而宽阔的大道上，我和我太太几乎同时看到了巴黎，我们都惊呼了起来。是的，没错，那两个字虽然写得太眉飞色舞，但我们都确定，是巴黎。巴黎也许是一家大酒店，也许是一家咖啡厅，又或者是一家金楼、珠宝行，或者是一家服装商场，甚至有可能是一家夜总会。反正，我的车速比较快，几乎是一掠而过，事后我和太太都不能确定它的性质，我们能确定的只是，毋庸置疑，它确实叫巴黎。

　　我之所以对金茂大厦充满了反感，也不是因为它这个名字的俗不可耐。对于俗不可耐的东西，我早已见怪不怪。这个时代，它本身就是一个俗不可耐的时代，在这样的时代，你每时每刻都能看到俗不可耐的事物与场景，听到俗不可耐的新闻、故事和事故，乃至连在空气中闻到的气息，你都会觉得太俗不可耐……

　　我好像有点信马由缰了。我知道，在这个俗不可耐的时代，大家的耐性都是极其有限的。现在，我必须明确地说出我对金茂大厦的反感的理由。

　　我对金茂大厦充满了反感，这是因为，它以前不叫金茂大厦，它原本有一个非常非常有意思的名字——时间大厦。

　　金茂大厦原本叫时间大厦。大家觉得有问题吗？是不是觉得有问题的不是金茂大厦而是时间大厦？是不是也连带觉得，有问题的恐怕还有我这个人？

我想，大家应该是对的。

在这个俗不可耐的时代，像我这样的前诗人是比较有问题的。前诗人，这个称呼在最初仅仅是我自己的谦辞。在已然遥远了的大学时代，我曾经是一位诗人，并且在全国范围内都能算得上是颇有知名度的校园诗人，可以毫不夸张地说，我在大学里是出过一些风头的。但后来我就不再是诗人了，我把这归咎于自己就读的是金融专业而不是中文专业的缘故。大学毕业后，自从走上工作岗位开始，我每天面对的是钱币，除了钱币就是跟钱币有关的层出不穷的数据与信息，在这样的环境下，我就不再写诗了。不过我喜欢前诗人这样的称谓，虽然是过去式，但毕竟有一个与众不同的过去式。所以，前诗人，这样的谦辞每每从我口中吐出来，其实都带着一种隐隐的或者说婉转的骄傲。然而前诗人这个称谓后来到了我太太的嘴里，就变了味儿了，它已经不是谦辞，而是贬义词，几乎完全是一种揶揄了。

作为一位前诗人，我一直认为，把时间大厦改名为金茂大厦，这绝对是愚蠢的行为，当然这也正好印证了这个时代的俗不可耐。但是，我太太却不这样认为，她认为我的心智一直停留在那个可笑且荒谬的文学时代而不能自拔，所以才有了如此违背时代潮流的识见。

时间大厦？哈哈，起这个名字的人是一位哲学家？是一位诗人？我太太漂亮的脸蛋上写满了嘲弄，喊，都什么时代了，还这么酸溜溜，他不嫌牙疼我们嫌牙疼！我看，把好端端的一幢大楼的名字起得这么抽象，那个人要么是神经病，要么以前一定是个文学青年！

好多年前，二十四层的时间大厦还是我们共城的最高建筑。这幢白色的大厦，胸前佩着它的名字——黑色，竖写，行草，狂放不羁又不失雅致。据说，那四个让我叹为观止的字，出自身居京城的共城籍某著名老画家的颤巍巍的手笔。每当阳光强烈的中午，"时间大厦"那四个字的每一个笔画都会发射出刺目的光芒。

然而那四个字却招致了无休止的热议，归纳起来，大致有三个方面的问题：

一、那四个字太难以辨认，乍看上去，根本不知道写的是什么；

二、哪有这么难听的名字？什么意思？太不像一幢大楼的名字；

三、雪白的墙体，写着黑咕隆咚的字，像是白联子，太不吉利。

以上不是我归纳的，是我曾在共城市政府的网站上看到一位网民归纳的。他的帖子有数千的点击量，后面跟着数百个回帖，而那些回帖绝大多数是表示赞同或骂娘的。我点击到最后一页，看到最后一个回帖，不由得莞尔。

为什么叫时间大厦？因为这幢大厦一共有二十四层，正好对应一天二十四个小时，一年二十四个节气！不过我的遗憾是，时间大厦的额头上应该再安装一只巨大的瑞士进口的石英钟，让它每时每刻给我们共城人民精确计数流逝的美好时光！

有位网民自问自答。

真不好意思，我还是一再信马由缰了。

不过，这也是这金茂大厦太让我感慨了的缘故——时间大厦屹立了大约不到两年时间，它就在共城永远地消失了；它被改了个与时俱进的名字，改叫金茂大厦了，而且它整个儿的外墙也被重新涂过，涂成了金黄色，它的名字则换成了四个金光闪烁的舒体字。

在金茂大厦刚刚替换时间大厦的一段时间里，我曾经刻意询问过自己的许多朋友与熟人，在时间大厦与金茂大厦之间，他们居然无一例外地赞成了后者。我暗暗想，莫非真的是我这前诗人的脑袋出了问题？那再找十个，继续询问，假如最终能碰上一个站在我这边的拥护者，就算我的脑袋没问题。但结果还是如你所料，没有，连一个拥护者都没有，这太让人沮丧了。

好了，现在赶紧言归正传。

如前所说，我从来没去过金茂大厦。但是今天，我必须要去一趟金茂大厦了，而且得带上我的太太，携手一起去。

我们要到金茂大厦去，原因很简单，我们银行的一个绰号叫做体育老师的同事，他马上要结婚了。当年体育老师刚进银行，他待的第一个岗位就在我的手下，每天要上百次地喊我为师傅。后来，体育老师又到了我太太的手下，有意思的是，他不喊我太太为师傅，而是喊师母。再后来，体育老师到了另外的部门，虽然跟我和太太都不搭界了，可是人前人后，他一直都以师傅和师母相称。今天早晨，我把车开进银行的地下车库，刚停泊妥当，体育老师的车就紧接着停在了边上。我和太太下了车，他立即把窗玻璃降下来，伸手出来向我们示意。

嘿，师傅，师母！体育老师出来打招呼。

我礼节性地停住了脚步。

师傅，师母！他神情有点儿严肃，说，我跟你们商量个事儿。

什么事情这么严肃？我和太太对视了一眼，好奇地看着他。

他说，师傅，师母，我快要结婚了！

嗯，这个我们听说了呀，哈哈，祝贺你终于结束了钻石王老五的生涯！我太太抢在了我前面，俏皮地说。

我也对他笑了一笑。我想，他是给我们发请帖吧。

可是我猜错了。

他说，中午有空吗？我想请师傅、师母先来我家看看，顺便吃一顿家常便饭。

我犹豫了一下，结果发言权又被我太太抢去了。

好哇，不过，你得先告诉我，你太太在不在家。你总得让我们先睹为快才是啊，你说是吧？我太太说。

当然，这个当然！我请你们过来，就是想让我老婆露一手她的厨艺呀！那就这么说定了，中午下了班我在这儿等你们！他有点儿喜出望外的样子。

他看着我太太，又特别喜悦地望着我。

好，那中午就上你家做客吧。我报以微笑，说，听说新房在金茂大厦？

是啊，在金茂大厦，中午只有师傅、师母，我不请别的客人！他一脸的诚意，还给了我们一个不无温馨的提示。

平心而论，体育老师长得还是蛮帅气的，棱角分明的国字脸，挺直的鼻梁，一个高大健壮的大男人，就是眼睛小了点，不过那小眼睛被他自己美其名曰关羽牌丹凤眼，想想也算得上是小得颇有特色。体育老师之所以被叫做体育老师，是因为他爱好运动，什么长跑啦，游泳啦，足球啦，跆拳道啦，几乎每一项他都热爱，并且也货真价实地擅长。由于长期热爱运动，体育老师浑身肌肉发达，走起路来虎虎生风，顾盼自雄。有一次，他下到国际结算部任职，没两天，那些女同事就议论开了，说假如他胸前再挂一个口哨，就完全像是她们记忆里的中学体育老师了。体育老师的绰号就这样被传开了，可以想象，这个绰号既然出自女同事之口，那么它多多少少应该还是有点儿讥讽的成分在里头的，可是体育老师却毫不介意，他始终把这当作是一个美誉，甚至还经常以此自诩。

体育老师在同事们中间被提及的频率越来越高，那是他先后与几个女同事谈了几次对象以后的事。

体育老师与女同事谈对象，一个一个谈过去，先后约莫谈了三四个，结果颗粒无收。为什么呢？根据大家的总结显示，这都是体育老师的错，因为他四肢发达头脑简单，根本不知风情为何物。后来在我们银行里流传开了许多关于体育老师的经典台词。

电影有什么好看的？还不如去洗脚呢，洗脚多舒坦！

这公园里栽这么多热带的树，简直是劳民伤财！

你怎么这么脆弱呢？赶紧开始锻炼身体吧！

一定要有肌肉，没有肌肉是不行的，没有肌肉就没有美感了！

我喜欢性格直爽的女孩子，女孩子要是像一个男人就好了！

谈恋爱嘛，就要争取做到纯粹，先要严肃地谈一场纯粹的恋爱，然后才是……

体育老师倒是比较热衷于谈对象的，谈完了银行内部的，再谈别家银行的，银行系统的谈完了，然后是工商的、税务的、政法的、医院的、学校的，乐此不疲。几年下来，他应该是谈了不少的女孩子了，但几乎都是从兴致勃勃始，以索然无味终。

当然，体育老师真正在同事们中间被热议，还是今年以来的事。年初的时候，据传他终于谈到对象了，要结婚了，谈到对象了要结婚了原本也不值得大惊小怪，让大家大惊小怪的是，别人热衷于买二手房，体育老师他要娶的是个二手老婆。

体育老师可是从来没结过婚的呀，他怎么能娶个二手老婆呢？

体育老师谈了这么多年的对象，在时间的跨度上都能媲美抗日战争了，一个斗志昂扬的老革命，怎么就被一个离过婚的女人俘房了？

那女人是何方神圣啊，她怎么就有这么大的魅力呢……

同事们的议论虽然七嘴八舌，但是没有众说纷纭，因为他们的观点几乎是一致的，就是渴望及时并且准确地了解体育老师背后的那个神秘女人。

群众的力量真是无比的强大。据说就在体育老师宣布自己已经谈到了对象的第二天，我们银行就有同事目击到他亲昵地牵着一个女人的手，进了一家美发中心；第三天，又有我们银行的同事干脆在一条狭弄里堵到了他们俩，并且认出那个神秘女人来了；第四天，银行里传布开了那个神秘女人的资料：胡菲，三十三岁，市公安局前局长的第二任前妻，平安保险公司的前业务经理，四年前的窗口形象照显示她长得比较像歌星王菲……

半上午的时候，我太太打电话过来与我商量去体育老师家的事。自然，依照惯例，类似这样的商量只是一个形式，更准确地说，这样的商量实质上不是商量，其实是指示。我太太说，中午我们如果空着手去史劲松家，这不合适。史劲松是体育老师的真实姓名，我太太是银行里少数几个不习惯叫体育老师这个绰号的同事之一。我说，是，是有点儿不合适。我太太说，那我们买点儿什么礼物最合适呢？我说，是啊，那我们买点儿什么礼物最合适呢？我在话筒边做出思考状，一边用嘴角发出哧哧的吸气声。我太太说，我觉得吧，我们还是买两瓶红酒去比较合适，一定要高档点儿的。我说，对对对，就买红酒吧，高档的，两瓶，我去准备！

挂了电话，我找了个借口，溜到对面的超市挑选了一盒红酒，放到轿车的后备箱里。

待到下了班，我和太太一起进车库，体育老师已经早一步进了自己的车子，伸手做了个手势，示意我们跟着他走。

说心里话，对于答应去金茂大厦，我是有点儿犹豫的，不是因为金茂大厦本身，而是体育老师这个人。我对体育老师的反感始于同事们的一个玩笑，他们说，体育老师一直暗恋着他的师母。体育老师的师母就是我的太太呀，他们当着我的面开这样的玩笑，太过分了，显然是居心叵测。我第一次听到这样的玩笑话可以一笑置之，但第二次第三次听到同样的玩笑话，我的心里就有点儿不好受了，再也无法淡定。我太太一直被公认为是银行里的第一美女，多年来，无论银行招收进来多少年轻貌美的小姑娘，我太太的地位都丝毫没有动摇过。像我太太这样的女人，在银行里被人暗恋，这很正常，暗恋她的人多着呢，甚至那些领导还曾起了色心多次试图占她便宜呢。可是无论如何，我觉得体育老师对我太太动心，却是很不应该的。我可是他体育老师的师傅哇，他怎么能对比自己年龄大一截的师母动心呢？此为大不敬！我是个比较感性的人，不过在这件事情上，我还是比较理智的，我没有停留在猜测上，而是通过了一段时间的仔细观察，还作了必要的调查研究，用来证明我的猜测的准确性。事实证明，我太太对体育老师也存在着明显的好感，而说体育老师对师母暗恋是不对的，因为体育老师已经把话挑明了，他发送给我太太的许多火辣的猛料的手机短信，已然逾越了暗恋的界限，多少带有调情或者说勾引的性质。

是可忍，孰不可忍？既然如此，我吃体育老师的醋便是必然的了！

当然，今天中午，对于体育老师那长得像王菲的太太的好奇，逐渐冲淡了我心中酝酿了很久的醋意。

金茂大厦距离我们银行也就不到一公里的距离，我们很快就到了。停妥了车，在走向大厦入口的途中，我以不经意的姿态向体育老师递了把软刀子。

对了，听说这金茂大厦上面住的可都是政府机关里有头有脸的人物哇，你是什么时候买的房子？是二手房吗？我盯着体育老师的眼睛，问道。

谁知道，体育老师的回答是那么的直接、坦荡，让我不由得羞愧。

房子倒不是二手房，但是，老婆是二手的。体育老师自我解嘲说，上面那套房子是我老婆的前任老公的，一直空着没装修，他给了我老婆，现在我们把它简单装修了一下，将就将就。

我看到我太太瞪了我一眼。

我装出一副颇为惊讶的样子，对着体育老师，而他拍拍我的肩膀说，师傅真是孤陋寡闻呐！我又装出一脸的尴尬。他瞥了一眼我太太，又说，没关系的呀，反正纸包不住火的，所有的秘密，哪怕国家机密，都有解密的时刻，同事们早晚都会知道的。

当然啦，我觉得她是个十分优秀的女人，能够碰上她，是我的福气吧！说难听点儿，我是瞎眼耗子掉到了米缸里；说好听点儿呢，所谓三生修得同船渡，我无怨无悔！在等电梯上楼的当儿，体育老师看看我太太，又看看我，神情严肃地说。

金茂大厦实际上从二楼开始分东西两幢，每幢楼实际上又从四楼开始分南北两幢，体育老师的家在东幢的南幢，十八楼。

出电梯，经过一段宽敞的大理石过道，右拐，是一扇其貌不扬的防盗门。开门而入，展现在眼前的装修风格让人霍然一惊。

在共城这样的一座俗不可耐的城市，能够把家装修得如此粗犷又细腻、朴素又典雅的，这显然是绝无仅有。

我太太未必喜欢这样的装修风格，但是至少，她也被惊呆了。

哇，装修挺有个性，是请什么人设计的？我问。

胡菲，我老婆！体育老师回答。

我说，真的呀？

体育老师说，当然是真的，这房间里所有的东西，一切都是按照我老婆的设计装修的，她还是全程的监工呢。

我惊诧不已，几乎不知道再说什么。而这时候，传说中的胡菲，那个俘虏了体育老师的神秘女人从厨房里出来了，她戴着白色的高筒厨师帽，系着白围裙，套着白袖套，虽然全副武装得严严实实，但她的漂亮还是无法掩饰：高挑的个儿，玲珑的身段，皮肤白皙，明眸皓齿。

小菲，贵客到了！体育老师说。

师傅、师母好！她彬彬有礼地迎上来，落落大方地说，今天能请到你们俩，真是荣幸！

我和太太都盯着她看，她似乎是有点儿羞涩，脸上泛起了动人的红晕。

这样吧，老史你先招呼师傅、师母，我回厨房，再过十分钟就好了。说着，她非常得体地向我们点点头，婀娜地退回了厨房。

老史，小菲？这称呼蛮有趣嘛。我打趣说。

不，不是老史，是老师。体育老师说，单位里大家不是都叫我体育老师嘛，她也这样叫，不过简便一些，只叫我老师。

原来不是老史，是老师啊。

体育老师的解释，让我和太太忍俊不禁，也使得屋子里的气氛融洽了许多——此时此刻，还没来得及进入厨房的胡菲显然也听到了我和体育老师的对话，她蓦然回首，笑靥如花。

胡菲大约忙碌了十多分钟，所有的菜肴都摆上了餐厅的宽阔的玻璃餐桌。而在这十多分钟里，体育老师带着我们，把一整套房子，着着实实地领略了一遍。

在这一路领略的过程中，我觉得自己的心情是很复杂的，老实说，这其中有惊讶，有不解，有叹服，也有羡慕，甚至是嫉妒。

他们的客厅摆放了太多高大的盆栽植物，像是一个既局促又广阔的公园，主卧室的基调是温馨，温馨得简直让人浑身酥软，副卧室像是如梦似幻的童话世界，客房则像是高档宾馆的标准房。最豪华的是两个青石贴面的卫生间，容得下双人的冲浪浴缸，尽显尊贵的镏金马桶，说不出怎么精巧又得体的洗漱台……

据体育老师介绍，房间中用来装修的木料，全部都是纯天然的实木，没有一块是合成板，桌子、橱柜和床等木制家具都是专门定做的，没有动用一滴油漆和胶水，这样一来是为了环保，二来是为了达到原生态的效果。而几处嶙峋的墙体和悬空的管道，则是为了刻意保留空间的立体性和一点点的原始味。此外，客厅墙角上的狂草是胡菲亲笔书写的，而遍布客厅和各个房间的那几十幅用来装饰的大小不一的摄影作品，也都是出自胡菲之手。

我的太太向来是意见领袖，不管是在家里、单位还是其他的什么场所，但是对于这套房子里的所有装修设计，她似乎是被震慑住了，自始至终，没有发表她的负面意见，这也让我舒了一口气。

最后我们回到了餐厅。餐厅几乎是一个风格十足的现代酒吧。我又用一种貌似妥帖的姿势，迅速地过去张望了一下厨房，发现那厨房倒是没有任何叛道离经的前卫风格，白瓷砖，成套的厨卫，与所有人家的厨房并无二致。唯一与众不同的是，里面的抽油烟机非常特别，它不是通常的安装在灶具上方的那种顶吸式抽油烟机，而是靠墙安装在灶具里侧的侧吸式抽油烟机，侧着抽风。

五味杂陈之后，我们落座，而胡菲解除武装出了厨房，吓了我一跳——她不像歌星王菲，竟然更像是电影界公认的才女徐静蕾！

关于这顿午餐，按理是应该仔细叙说的。

没错，我是说按理。不过这个世界上的许多事情都不是按理来说的。所以，请允许我不按牌理出牌，叙说得粗略一些。

如前所说，玻璃餐桌的桌面比较宽阔，可能是这个缘故，菜显得不是很丰盛，然而感觉却很精致：煎牛排、炖肥肠、清蒸鹅肝、红烧鸦片鱼头、盐水虾、爆炒土豆丝、油炸腰豆、水煮高山菜，外加一个紫菜脆皮榨菜汤。另外，他们已经准备了法国轩尼诗红酒，放置在支架上。

胡菲去客厅开音响，熟悉的旋律让我立刻分辨出来了——莫扎特的小夜曲，像一株植物一样随风摇曳了起来。

我们男左女右而坐，我和太太在这边，体育老师和胡菲在那边，我的对面是胡菲，我太太的对面是体育老师。刚开始的时候，大家面面相对，仿佛都略微有点儿局促。

是的，今天的这顿午餐来得似乎有些不是那么的自然而然，也就是说有点儿莫名其妙。我暗暗问了自己几遍，这一顿有必要吗？我每一遍给自己的答案都是否定的。好在，我在第一时间夸起了胡菲的厨艺，而我正好夸到了节骨眼上，体育老师说，胡菲曾经跟一位特一级的厨师学过两个月的厨艺呢。

在我夸过胡菲之后，我太太开始夸体育老师了。体育老师这会儿已经脱掉了工作服，换了一套休闲的。我太太说，小史就是健美，有型，脱了衣服，更健美，更有型。

我呵呵而笑，我说不对，这句话有问题，应该说是脱了工作服之后更健美更有型。

其实在我们日常的口语中，倘若细究起来，是会发现很多语病的，譬如我太太的所谓脱了衣服。当然，这时候我郑重其事的纠正是为了打趣，是为了调节气氛。可是，弄巧成拙，我太太脸上却挂不住了。

你神经啊！我太太竖起了柳叶眉，哪有你这么咬文嚼字的，神经病！

神经病。是的，就是这么一个刺耳的词，我仔细地咀嚼了一下，又仔细地咀嚼了一下。然后，我努力了一下，想把它迅速遗忘，像吞咽一口嚼烂了的碎骨头一样。可是，我没能做到，或者说，我只做到了一点点。

我知道的，我太太的脾气是大了点儿，可是，在这样的氛围里，面对体育老师和胡菲，她如此发作，确实是我始料未及的，也是让人非常难堪的。

我清晰地记得，体育老师就是在这个时候劝起酒来的。他对胡菲说，我师傅是海量，从来没有醉过，根本没有人知道他到底能喝多少。他似乎为了更有说服力，还描述了几个经典的战役，以证明自己此说非妄。他还说，我师母也是深藏不露的高手，这样的红酒，她有一次喝下两瓶，居然能声色不动神情自若……

我已经到了古人所谓不惑的年龄，我相信，自己之所以着了体育老师的道儿，酒性大发，并不是由于他的劝酒，而是，今天中午，我有太多莫名其妙的感觉，这些感觉告诉我必须得喝酒喝酒喝酒。

午餐的整个过程比较复杂，反正是，后来胡菲也开始劝酒，我和我太太都喝了很多，她自己和体育老师也喝了不少，桌子上法国轩尼诗红酒的空酒瓶越来越多。当然一边喝酒，话题也越来越多，越来越纷呈，越来越混乱。反正是，后来我提到了"格调"和"诗意"，我用这两个词，来形容胡菲对这套房子的设计理念，而体育老师，由"诗意"这个词提起我曾经风光的诗人生涯。胡菲经体育老师这么一提，突然眼睛放出异样的光芒来，仿佛一下子成了当年校园里热爱诗歌的小女生。面对这样久违了的目光，我忽然也激动起来了。

胡菲特别地来劲，应该就是这时候，而我的太太，也基本上是在这时候更与我和胡菲较起了劲儿的。平常，我太太与我较劲儿，就是否定我，贬低我。今天也一样，不但一样，还更夸张。她说，什么诗意呀，屁！诗人都是神经病，都是屁，而且呀，你还是个过时的神经病，过时的屁！说完，她哈哈大笑。面对如此不雅的言辞，我几乎愤怒至极，但是我忍住了，我哈哈哈大笑三声说，咦，这话在哪里听过，这么耳熟能详啊，对了对了，是前不久上映的姜文的电影《让子弹飞》里的台词，你说得比刘嘉玲更有气势！显然这个时候我太太也已经喝多了，她说，刘嘉玲？刘嘉玲她妈的算个屁呀！今天我说的就是我李玲玲的台词！

　　每回喝多了酒之后，我觉得有一件事特别奇妙，就是我发现自己仿佛戴上了一副奇妙的隐形眼镜，能够发现别人脸上的隐形的雀斑在绽放，能够捕捉到别人脸上的非常隐秘的表情。这一回，透过我的隐形眼镜，我发现，我太太的脸上突然多了不计其数的小雀斑，而与此同时，我在胡菲脸上捕捉到了她的一丝嘲笑。要命的就在这里——胡菲是带着那一丝嘲笑而附和我太太的，她说，对，刘嘉玲算什么呀，她哪比得上师母你的漂亮和天生丽质！

　　也是凭着我的奇妙的隐形眼镜，我发现，当胡菲在与我讨论格调与诗意时，她显得急切，她的脸上写着好奇与真诚。于是我忍不住说了一句话，我说，小菲你真的像一个人。胡菲说，谁？我说，老徐。老徐？哪个老徐？胡菲很好奇。老徐就是徐静蕾呀，大才女！我说。是的，我真的是忍不住才说出这些话的，因为事先我清醒地知道，自己不该这么说，但我还是管不住自己的舌头。说出这样的话之后，我的隐形眼镜让我目睹了胡菲脸蛋上如莲绽放的喜悦，同时也让我真切地目睹了我太太平静的脸上所蕴藏的迅速聚集的风暴。

　　到这个时候，我已经意识到自己确实是喝多了。然而酒精的作用是很奇怪的，它似乎让我这个人分裂成了两个人，这一个我在劝说另一个我尽快结束这顿午餐，离开这个是非之地，而另一个我却又反过来劝说这一个我留下来，继续喝酒，继续逞口舌之强……

　　接下来我们说了些什么呢？有很多我记不起来了，反正是，我记得越来越乱了套，我一直管胡菲叫小菲，李玲玲直接叫体育老师为老师；而体育老师和胡菲一会儿叫我师傅，一会儿叫我师母；李玲玲呢，则无数次被他们俩唤作师傅。我只记得我与胡菲还讨论到了书法。胡菲说她小时候一直被自己的祖父逼着练书法，她说练书法有一个好处，就是后来使得自己对艺术的一些门类都有广泛的涉猎，视野开阔。而李玲玲与体育老师讨论起了健身的诸多好处，又由健身讨论到了人生的纵深地带。我还记得我们一起讨论到了爱情与婚姻，讨论到了上海的海派清口掌门人周立波与温州女老板胡洁的那场慈善婚礼，以及刚刚曝出的影视红星姚晨与她那不够红火的老公凌潇肃的离婚新闻……

我们的午餐是被我骤然响起的手机铃声打断的。是行长找我询问一件事，我顺便请了下午的假。我看了下时间，原来早已到了下午上班的时间。体育老师说他事先已经请假。我问我太太是否要请假，她横了我一眼，起身离席，说得走了。

于是我只好也跟着起立，与太太一起告辞。

体育老师和胡菲手牵着手，把我们送到电梯口，胡菲索要了我的一张名片，因为刚才我对她的那些摄影作品赞不绝口，她说要把那些作品的电子版发送到我的电子邮箱里，她需要我的邮箱地址。胡菲又体贴地说，师傅、师母就把车泊在楼下吧，打个的回去算了。我太太说，不，我们可以开车。胡菲说，那不行，不怕一万只怕万一，万一碰上交警测试酒精，现在可得刑拘了，摊上这事非常恐怖的，犯不着冒险。

电梯是体育老师摁的按钮，一会儿，电梯门打开了，里面有一对小夫妻牵着一个三四岁的小女孩，他们静静地站着，递过来微微有些讶异的目光。我们赶紧进电梯，体育老师和胡菲执意要把我们送到楼下，但最终被我们拦下了，他们俩只好在电梯口挥手对我们作最后的道别，胡菲柔声说了一句什么话，我只听见"师傅"两个字，电梯门就完全关闭了。我侧首，去摁按钮，按钮居然摁不住，这才意识到错了，电梯是向上走的。

就这样，我们陪那对小夫妻和他们的小女孩从十八楼一直上到了二十四楼。奇怪的是，我太太居然没察觉错误，她一错再错，竟尾随那小夫妻他们仨出去了。

我大笑说，错了，李玲玲你错了，这里是顶楼！

神经病！我太太白了我一眼，正要继续说什么，她的手机响了。

我太太在拎包里掏出手机，瞥了一眼显示屏，急切地接听起来。我迈出电梯，拉了一下她的衣角，被她用力一把甩脱了。

这时电梯门关上了，我赶紧摁按钮，电梯门重新敞开。我一脚踏在电梯里，一脚留在门外。

李玲玲，走哇！我喊。

她不理我，背对着我，只是顾着声情并茂地与手机说话。

我提高声调，又喊，李玲玲，你到底走不走哇？

她回过头来，白了我一眼。但又转过头去，继续与手机说话，一边还夸张地浑身发颤地笑。

我已经忍无可忍。好，那我先下去了！我气呼呼地说了这一句，就进了电梯，关门，下底楼。

电梯一路畅通无阻，到十八楼，停了，打开门，可门外没人。

我张望了一下，还是没人。心想，应该是刚才体育老师摁错了按钮的缘故吧。

关门，继续下，但是意外出现了，电梯到了七楼，停下来，门却开不了了。外面有人拍门，拍了几下，不拍了。电梯再也不动弹了！

我在里面鼓捣了几下，还是于事无补。

我脑子里的第一个反应是给我太太打电话。

拨过去，对方正在通话中。

神经病！一心急，我骂了一句我太太的口头禅，再拨，还是在通话中。

没办法，我动用电梯里的应急电话。对方是个稚嫩的女声，她说，真的吗，电梯真的坏了，不会吧？我说当然是真的！她说，那请你耐心等候，我赶紧通知有关部门。

有关部门。怎么电梯故障也得联系一个有关部门？对于有关部门这个暧昧的名词，我都有点儿过敏了。

我又给我太太打电话。我想，她不会还在通话中吧？谁知，她还真的在通话中。我决定继续拨打，因为她的手机在通话中有第三方来电提示。我连续拨了四次，歇了口气，再拨，居然，她关机了。

我再拨打，对方已关机；再拨打，对方已关机；再拨打，对方已关机……

电梯是半个小时后被打开的。

被困在电梯的这半小时里，我想过给体育老师打一个电话，可是转念一想，我打给他干什么？告诉他我被困在他们家的电梯里，而他的师母却幸免于难？就是告诉了他，又能怎样？他能为我们做什么呢？

这样想着，于是作罢。

我不死心，又向我太太的手机拨打过几次电话，还是关机。

我想，我太太应该是乘坐相邻的另一架电梯下楼了，此时此刻，她是站在这金茂大厦的底楼等我吧？她知道我被困在电梯里了吗？不，她肯定没留意，要是她知道我被困在电梯里了，那她应该重新开机，给我打个电话，最起码也应该等我拨打她的手机吧？那么，既然她不知道我被困在电梯里，而在底楼又找不到我，是不是要火冒三丈？火冒三丈了，她是不是要马上拨打我的手机向我兴师问罪？可是她根本没有。

后来，我干脆就不再想这些事了。我琢磨起了胡菲。

胡菲真的是一个才貌双全的女人，这样的女人，其实翻遍整个天底下也是不多见的。像她这样的女人，年龄大一点又有何妨呢？别说大体育老师两岁，就是大五岁八岁，体育老师也应该娶她；同样的道理，像她这样的女人，即便有过短暂的婚史，又有什么关系？就比如房子吧，你买到一套新房，这并不能说明它一定是新房，有些新房其实有可能是隐性的二手房，当你买到它的时候，你就已经不知吃了多少亏了。

当然，胡菲与前公安局长的离婚，这个问题本身也值得琢磨。在这一事件上，胡菲有可能是主动的，比如前局长是个浑蛋，生活作风败坏，比如他年纪大了，在生理上赶不上趟儿了；但是并不能排除，前局长是主动甩了胡菲。前局长不要胡菲，有可能是胡菲红杏出墙？有可能是胡菲个人有什么隐性的生活上或者生理上的大问题？

这样的问题瞎琢磨下去，是个无底洞。

我转而又琢磨起了我的太太李玲玲。

我与李玲玲结婚已经十四年了，前些天，刚好有多事的同事替我们码过了，说我们已经经受了两个七年之痒的考验。

在银行，我也算是一个帅哥了，当然我的帅，经常被我的才能所掩盖。我与李玲玲，一直以来被同事们认为是郎才女貌的一对，同时，我们也是公认的恩爱甜蜜的一对，是单位里的革命样板，是楷模，甚至是一个小小的奇迹。

事实呢？作为当事人，这些年来，我仿佛越来越感觉到了李玲玲对我的不满，还动不动就发脾气。虽然，由于我的智慧，我们从来没有把争执升级到吵架的地步。

李玲玲对我有什么好不满的？这个问题，我真的想不通。然而细究起来，我倒好像有很多大可以对她表示不满的地方。比如对外，她是个开心果，她好动，在男女界限上，有时候概念模糊，这使得她经常惹出疑似的绯闻，虽然事后都证明她是清白的，无辜的。对内呢，她喜欢打扮自己，把自己打扮成一个出身高贵的贵太太，却不善于做家务，整理房间，甚至还讨厌做菜，常常敷衍了事。如果说，对于上述问题我能够忍受的话，那么，有一个问题却是我实在难以忍受的，那就是，李玲玲有一套属于自己的李玲玲式的逻辑思维。

仔细思量，这些年来，我是深受李玲玲式的逻辑思维伤害的。

李玲玲式的逻辑思维，大致地说，一是从众，凡是大多数的就是对的，至少是合理的；二是一根筋，认死理，毫无回旋的余地，几乎到了匪夷所思的地步。而对我来说，我的人生经验告诉我，真理永远掌握在少数人手中，任何属于大多数方面的观点或意见都是值得怀疑的；至于一根筋，那就更可怕了，这个世界是纷繁复杂的，任何事物都有多面性，一根筋无疑是瞎子摸象，或者是如临深渊。

就在最近几天里，我和李玲玲之间发生了两件事，在这里恰好可以用来作为佐证。

一件是染发事件。我从来没有染过发，但是我不得不开始染发了，原因可想而知，是我开始长出白发了。但我染发不是由于我头上开始长白发，而是由于李玲玲建议我染的发。李玲玲说，你四十岁就开始白头了，真是悲哀。我说，要是干脆全白了更好，就俨然是老教授了。她说，你赶紧去染发，要不然和你走在一起，我心里发毛。我说，染发呀，太恐怖了，染发剂会致癌的！她说，不是有植物染发剂吗？我说，那是骗人的，世界上没有真正的植物染发剂，全是挂羊头卖狗肉！她说，那别人呢，你看看，满世界的女人都在染发，满世界的像你这样白了头的男人也在染发，你怕什么？我说，你这是什么逻辑？大家都在染发，就能说明染发剂是安全的？我觉得我的反问很有逻辑上的力量，但悲哀的是，最终我并没能在这个问题上取得胜利，为了息事宁人，我屈服了，染了一头乌黑油亮的头发。

另一件是汤匙事件。那天李玲玲在厨房失手打碎了一只汤匙，让我去最高的那只橱柜里取一只新的汤匙。我取了，一看，是脏兮兮的。我递给她，说，洗一洗。她说，干干净净的，洗什么？我说，不干净的呀，脏兮兮的！她来了脾气，说，前段时间我亲手洗干净了的，怎么脏兮兮的呢？她赌气地随手洗了一次。我拿起那只汤匙，说，你看，还是脏兮兮的！她不再拿眼睛去看汤匙，而是发飙了。神经病！跟你说过了汤匙是干净的，你为什么不相信我的话？现在我再洗一遍了，还不行吗？她手舞足蹈起来。我笑了，我说，李玲玲你看一看呐，你用眼睛看看好不？看看它是干净的还是脏兮兮的！说着，我把汤匙举到她的眼睛前，可是，她一把夺过，把汤匙就地摔了个粉碎……

其实，也许李玲玲更适合与体育老师一对，而胡菲呢，她似乎是更适合我的！

当有关人员把我从电梯里解放出来的时候，我正在做这样可笑的几近无耻的胡思乱想。

但是，从电梯里出来，坐另一架电梯由七楼到底楼，许多不切实际的胡思乱想，都随着我的身体越来越接近坚实的地面而消失了。

半个小时过去了，我的太太李玲玲还会在底楼等我吗？我想，这个期待并不现实，但说实话，我还是抱着一丝侥幸的心理，希望她在底楼翘首以待，希望她在底楼急得像热锅上的蚂蚁。

当然了，如你所料，奇迹根本没有出现。

不，有一个奇迹出现了，我们的轿车不见了。

车钥匙放在李玲玲的拎包里。李玲玲不但走了，而且，敢情她还是开着轿车走的！

她可是喝了不少的酒哇。她干什么？急着上班去？

我再次拨打她的手机，还是关机。

接着我拨打她的办公室电话，她对面的同事说李玲玲不在，刚才打电话过来请过假了。我咬牙切齿说，那就好！

是的，既然请过了假，那李玲玲一定是回家了。

回家了，那就好办了！

我再给家里打电话，无人接听。又打，还是无人接听。我明白过来，李玲玲既然决定关了手机，她自然是不会再接我的电话了。

金茂大厦后面是个人口密集的小区，小区边上一整溜儿全是卖美食小吃的店铺。这些店铺与金茂大厦之间，空间小得可怜，人流量却大，人车并行，三步一堵的。我心中还是抱有一丝侥幸，目光在这狭长的地带反复搜寻我们那辆银色的奥迪，但却完全徒劳。

按照路况分析，李玲玲开车回家，应该从金茂大厦的后面绕到相对宽敞的左侧，然后进入金茂大厦前面的广场，向西，再从广场西南角的那个十字路口向南走。

我又迅速追向金茂大厦前面的广场。

阳春三月的下午，金茂大厦广场上空的太阳竟然很是有点儿毒辣了。我跑过去，爬上一个高高的花坛，举起右手架在额前，遮挡强烈的阳光，然后踮脚四处张望，活像电视镜头里蹿上云端的孙悟空。

我来回扫视了几遍，广场周边停泊着的奔跑着的，根本没有银色轿车的影子，而沮丧地爬下花坛的一瞬，抬头仰视了一下整幢金光闪闪的金茂大厦，突然觉得一阵晕眩。

我也真的是有点儿喝多了。可李玲玲呢？她同样喝多了，她还开着车！

李玲玲醉酒驾驶，被交警逮住了可不是闹着玩的！

我疾步向广场的西南角走去，走了一段路，忽然慢下来，放慢脚步，一再地放慢了脚步。

慢慢地，大约步行了五分钟，在接连打了三个酒嗝之后，我终于做出了一个艰难而重大的决定——我要赶紧回家，与李玲玲大吵一架，与此同时，我必须出手，出手狠狠地揍她一顿，质问她为什么非要在金茂大厦的顶楼接听那个电话不可！要是她不接听那个电话，我们早点儿下楼，说不定电梯的故障就不会发生了！我还要质问，质问她为什么要关机，质问她为什么不等等我，质问她为什么要醉酒后开车！当然，我还有更多要质问的。我已经想好了打击目标：她的每天精心护理的脸蛋或者是那一根筋的整个儿脑袋，当然，劈头盖脸更带劲！

我之所以步行五分钟后才做出这个决定，就是为了让自己尽可能地再冷静片刻，尽可能地消除酒精对我的怂恿。

这些年，李玲玲曾经在不同的场合表达过一个始终相同的观点，她说一个女人是绝对不应该容忍家庭暴力发生的，哪怕是一次——正如一面镜子，一道裂痕，就使得破镜难圆，而家庭暴力事件一旦发生，婚姻就破裂了，这样的婚姻绝对不能苟且，这样的婚姻就应该立刻结束。

我想清楚了，现在我迫切需要的就是马上对李玲玲实施一次家庭暴力！

我已经到了金茂大厦广场西南角的那个十字路口。我拦住了一辆出租车，我感觉，这个时候的自己，几乎完全是一个跃跃欲试的正骑上骏马准备出征的将军。

一路上，我不停催促司机快点快点，可出租车刚到我们家小区的边界，前面正好下水道一样堵塞住。我等不及了，干脆下来，跑步从一个小侧门进了小区。

绕过几幢房子，远远就望见我们位于小区中心三角区的那幢点式楼，我看得真切，我们家大卫生间的窗户打开了。

我突然恶狠狠地咧嘴乐了一下，又使劲再乐了一下。

为了防止灰尘的入侵，平常出门上班前，我们习惯把所有的门窗都关闭。大卫生间的窗户，几乎每次都是我亲手关闭的，而现在它大大咧咧打开着，那么唯一的原因就是，李玲玲她早已经回家了。

我跑得有点儿气喘吁吁，所以慢下了脚步，由跑步改为快步走。走了不一会儿，觉得不对，觉得自己必须加速冲刺，于是又跑了起来，跑得更快。

许多事情都是需要一鼓作气去做的。我想，实施一次家庭暴力，对李玲玲进行一次非常规的打击，那更需要一鼓作气了！

我冲进楼道，冲上三楼，一手摁门铃，一手把钥匙插进锁孔，打开防盗门，进屋，甩手带上门，连鞋都不脱了，直接冲进去。

可是，李玲玲呢？李玲玲到哪儿去了？

客厅里没有，卧室里没有，卫生间里没有。对了，大卫生间！大卫生间里也没有，有的只是冲过澡的迹象，地面有一摊水迹，水龙头还有一点余温。

我冲上阳台张望，楼下我们家的停车位上没有我们的银色奥迪。一转身，赫然发现洗衣机上丢着李玲玲今天刚刚穿着的那套裙子。

真是胡闹！敢情，李玲玲是换了一套衣服，又开车出去了！

我又拨打李玲玲的手机，手机里还是说，对方已关机。

关机，关机！混账东西！

不知有多少次，我跟李玲玲说，我最恨两种人了，一种是频繁更换手机号码的人，另一种是动不动就关手机的人。一个人使用手机，既是方便自己，也是方便别人，而一个频繁更换手机号码的人，他只知道自己方便，却不懂得方便别人，也就是不懂得尊重别人。关机呢？那好比是单方面撕毁合约，使得别人上天入地却都无门，更可恶。动不动就关机的人，比如一睡觉就关机的人，是自私的；而大白天也关机的人，不是见鬼，就是有鬼！

我之所以这么说，是因为李玲玲就喜欢换手机号码，也习惯在睡觉前关机。

每当我这般数落时，她都不置可否。可有一次，她认真地盯了我一眼，吐出了一句话。

莫名其妙！她说。

对于李玲玲的评判，我倒真的莫名其妙了。

我怎么莫名其妙了？我说得不对吗？莫名其妙！现在这个词可以用在李玲玲的身上了——竟然大白天也关机，真是见鬼！

我得承认，是"见鬼"这个词让我想起"有鬼"这个词的。而"有鬼"这个词，让我突然跳了起来，仿佛是身上哪个部位被狠狠扎了一针。

我扑过去查看电话机上的显示屏，上面显示着我的手机号码。客厅里的电话机如此，卧室、书房的电话机也都如此。那就是说，在我最近一次给自己家里拨打电话之后，并没有人再打来电话，而这三部电话机，在此之后都没有拨出去过电话。那么之前呢？我又把它们查了一遍——在今天早晨我们出门上班之后，它们都没有被打入或者打出过任何电话。

去卫生间洗了把脸撒了泡尿，之后，我下决心给我那在移动公司当领导的同桌同学老屁拨出了电话。

我报上李玲玲的手机号码。我说她喝了很多酒，竟然开车出去，还不知道去哪了，她的手机又没电了，我想查一下她最近一小时的通话记录。

干吗呢？老屁永远是一副吊儿郎当兼油腔滑调的嘴脸，他在电话那头有气无力地说，你老婆那么漂亮，她该不会是被劫持了吧？你应该去找老麻，让他的天网恢恢帮你找老婆呀。

老屁说的老麻，是在监控中心上班的我们的另一个同学。

别这么夸张！我一边暗骂老屁，一边陪着他干笑。

谁会劫持她呀，我又说，我只是担心她被交警拦住了测试酒精含量，这样就麻烦大了！

你要明白一点，找老麻帮忙，老麻必须帮你的忙，因为这是他的本职工作；可是找我帮忙呢，就大不一样，今天我要是帮了你的忙，我就是知法犯法，罪加一等。老屁拖长着声音说。

我说，关起门来犯法，就你知我知，连天地都不知啊！

你也喝了酒了，喝了不少，舌头都放不下来啦。老屁说。

我和老婆刚才在同事家一起喝的酒，我没醉，我怎么会醉？我口齿清晰地说。

说没醉，就是醉了嘛。老屁说。

我们先不讨论醉不醉，先说你答不答应，行不行？我急了。

还是不行！从来不正经的老屁当了领导之后竟然有点儿轴了。

那你要怎样？我更急了，我说，李玲玲是我老婆呀，我又不侵犯别人的隐私，算我求你了，叫你一声爷爷好不好？

不好，叫爷爷也没用！老屁说，你老婆就是你的呀？

那我老婆是谁的？我问。

你老婆当然不是别人的，但也不是你的，她是她自己的呀，老屁说，你是你，她是她，你有你的隐私，她有她的隐私。

老屁！你他妈的，说相声啊？你到底要怎样？我一心急，连他从前在中学里的绰号都喊出来了。

可不料，不知道为什么，我这一骂，老屁却乖乖地屈服了。

好好好，死就死了，我老屁怕了你了，我犯法！老屁突然换上了一副从前的嘴脸，答应了。

他让我再报一遍号码。我又报了一遍，听见那边键盘噼噼啪啪一阵响。

不对呀，你老婆的手机有电的呀！他说。

怎么说？我问。

这一小时，她接了一个电话，通话九分钟，然后有人打了十几个电话，哦，都是你的，没有接通，可是中间她打出了两个电话，第一个通话半分钟，第二个通话五分钟……老屁说，你老婆为什么不接你的电话，你们吵架啦？快快八卦一下，我再告诉你那三个神秘的号码！

真是急呀，我又骂了老屁一通，他才肯告诉我那三个号码。

那个通了九分钟的电话，也就是李玲玲在金茂大厦的二十四楼接的那个电话，对方是个手机，号码烧成了灰我也认得。那是李玲玲一个绰号叫做金刚的男同学的手机。大约有一年时间了吧，金刚春夏秋冬不分季节地老是鼻涕一样不要脸地黏着李玲玲，曾经有几次李玲玲关机了，准备睡觉了，他还打到我们家里的座机上来，让我接了个正着。

李玲玲打出去的第一个电话，是给她自己办公室的，半分钟，请个假早已经足够。

问题是，李玲玲打出去的第二个电话，让我好一会儿愣怔。那么一溜儿齐刷刷六个八的手机号码，正是我们那腆着肚子横着走路的行长的！

李玲玲打电话给行长，她干什么？那老鬼整天色迷迷的，她还跟他讲了五分钟？五分钟，可以讲多少话呀！

怎么办？这是个比较棘手的问题——换是别人，我早就一个电话打过去了，但是，现在碰上了我们的行长。

我又急着去撒了泡尿，再洗了一把脸。

出了卫生间，我决定出门下楼。

下楼干什么呢？我似乎还没有想好。我绕着自家楼下转了一圈，最后去了南大门。

那个被我们私下里叫做变态哈巴狗的门卫站在值班室外面。远远地，他就涎着脸冲我笑。

有好多次，李玲玲告诉我，变态哈巴狗总是趁她进门打卡的当儿跑出来与她搭讪，然后居高临下，透过车窗，下流地、恶狠狠地瞄她那开得很低的领口。

感觉上，变态哈巴狗的笑，是那种脏兮兮的让人毛骨悚然的笑。

你出去呀？他说。

我没有回应。

咦，刚才，你太太开车出去了的呀！他又说。

我定了定神，才冲他笑了一笑。

是吗？我说，真的吗？她都喝了酒了，还开车？

啊，喝了酒啦？那怎么行！他作色说。

你是不是看错了？我笑说，你真看见我太太开车出去了？

说话间，我走到值班室的窗口，透过窗口，正好看见那几个监控画面里的一个，那个画面里的我，瞪着血红的双眼，正在对着我自己笑，但是我发现，我笑得比哭还难看。

怎么会看错呢？他昂着头说，你太太长这么漂亮，大美女呀，我怎么会看错！她开车进来，不一会儿，又开车出去了，我看得很清楚，她还换了一套裙子呢！

他怕我不信，大步跨进了值班室。

喏喏喏，你来看看监控录像！他认真起来了，似乎怕我不信，挥着手说。

我顺势进了值班室，而他在那一溜设备前一阵猛摁。

画面终于出来了。

李玲玲进门与出门的时间只相隔二十五分钟，她出门的时间距离此刻刚好半小时，也就是说，刚才我后脚进门，她则早我十分钟左右前脚出门了！

喏——她出了这门，在那边上接了一个人进车，刚才，我还以为那个男人是你呢！门卫他又调出一个画面，指手画脚地说。

画面是小区大门口左侧连接街道的那一块空地儿。

慢镜头重放。可惜，关键时刻，有个傻大个磨磨蹭蹭经过车屁股的位置，刚好挡住了那个上车的男人的真面目。那个背影进了副驾驶室，然后李玲玲开着我们的奥迪，驶出了画面……

那男人是谁呀？我忍不住这样自问。

这个时候，讨厌的变态哈巴狗也问了一句。

谁呀？怎么看不清楚呢？他露出那招牌式的恶心的笑。

我报以坦然一笑。

哦，我看清楚了，我说，那是我太太的表哥呀！

我装模作样说出"表哥"这个词之后，忽然觉得有点儿怪怪的，但我管不了这么多了。

走出值班室，我走上了大街。

见鬼！那个男人到底是谁呀？我一边拼命回忆刚才目睹到的模糊镜头，一边又开始一遍遍追问自己。

答案，当然是没有。

面对着大街上屁颠颠奔跑来奔跑去的车流，突然，我又觉得晕眩了起来。

我斜着走了几步，靠上一棵梧桐树，一咬牙，把电话拨给了同学老麻。

妈的，还真的要靠政府的天网工程了！我暗暗说，李玲玲啊李玲玲，天网恢恢，今天我就不信找不到你！

然而，意料不到的是，老麻的手机居然也是关机。

关机！关机！关机！

活见鬼！老麻，我他妈的砍死你！拨打了几次，我猛地对着手机破口大骂，骂完了，抬头看看前面的车流，这些屁颠颠的车跑得越来越欢快了。

在我的血红的双眼中，有两个光晕，渐渐地，两个光晕扩散再扩散，倏地合二为一。我看到，从巨大的光晕中冲出去一个发了疯的男人，他挥舞着手中那把雪亮的西瓜刀，砍哪，砍哪，幻起一片白亮亮的刀光，而大街上所有奔跑着的车辆都为他停了下来……

那个疯狂的男人，就是喝醉了酒的我！

图书在版编目（CIP）数据

虚构：短篇小说 / 《百花洲》杂志社编著. -- 南昌：百花洲文艺出版社，2013.8
（中文之美书系）
ISBN 978-7-5500-0748-2

Ⅰ. ①虚… Ⅱ. ①百… Ⅲ. ①短篇小说—小说集—中国—当代 Ⅳ. ①I247.7

中国版本图书馆CIP数据核字(2013)第240068号

虚构：短篇小说

《百花洲》杂志社　选编

出 版 人　姚雪雪
责任编辑　胡青松　游灵通
美术编辑　赵　霞
制　　作　张诗思
出版发行　百花洲文艺出版社
社　　址　南昌市红谷滩世贸路898号博能中心A座9楼
邮　　编　330038
经　　销　全国新华书店
印　　刷　江西千叶彩印有限公司
开　　本　720mm×1000mm　1/16　印张　23
版　　次　2013年12月第1版第1次印刷
字　　数　350千字
书　　号　ISBN 978-7-5500-0748-2
定　　价　35.00元

赣版权登字　05-2013-286
邮购联系　0791-86894736
网　　址　http://www.bhzwy.com
图书若有印装错误，影响阅读，可向承印厂联系调换